山河笔

莊士渊敬题

—— 李庄朝鲜战地报道

李　庄◎著
李东东◎编

人民出版社

书名题字：苏士澍
责任编辑：雷坤宁
封面设计：林芝玉
版式设计：石笑梦

图书在版编目（CIP）数据

山河笔：李庄朝鲜战地报道 / 李庄 著；李东东 编 . — 北京：人民出版社，2017.8
ISBN 978 - 7 - 01 - 018776 - 1

I.①山… II.①李… ②李… II.①新闻报道 - 作品集 - 中国 - 当代 IV.① I253

中国版本图书馆 CIP 数据核字（2017）第 318582 号

山河笔：李庄朝鲜战地报道
SHANHEBI LIZHUANG CHAOXIAN ZHANDI BAODAO

李 庄 著 李东东 编

人民出版社 出版发行
（100706 北京市东城区隆福寺街 99 号）

北京盛通印刷股份有限公司印刷 新华书店经销

2017 年 8 月第 1 版 2017 年 8 月北京第 1 次印刷
开本：710 毫米 ×1000 毫米 1/16 印张：28.5 插页：2
字数：231 千字

ISBN 978 - 7 - 01 - 018776 - 1 定价：116.00 元

邮购地址 100706 北京市东城区隆福寺街 99 号
人民东方图书销售中心 电话（010）65250042 65289539

出版前言

为继承和弘扬党的新闻事业优良传统，追寻革命前辈的足迹，切实承担起在新的时代条件下党的新闻舆论工作的职责和使命，我社出版了李东东同志编著的《红蓝文稿》（全四册），分别为：《岁月痕》《山河笔》《红蓝韵》《风云辑》。

这四本著作，从"抗日烽火奔太行"到"红笔蓝笔两从容"，回顾了老一辈优秀新闻工作者的战斗和工作经历；从《"三八线"上》到《被人们欢呼"万岁"的部队》，再现了我国首位赴朝鲜战场采访的新闻记者客观记载的战地情景；从《真实，不能触碰的新闻底线》到《有志于使新闻工作留名青史》，阐述了党的新闻事业优良传统和多位优秀新闻工作者的新闻实践事例；从新闻通讯、新闻评论到新闻史料归集，记录了改革开放伟大历史进程中的风云点滴。四本著作，深情讲述了在烽火连天的革命岁月，在热火朝天的建设年代，在波澜壮阔的改革时期，一家两代新闻工作者将个人命运与党和国家命运紧密结合；深入展现了优秀新闻工作者在建立新中国、建设新中国、探索改革路、实现中国梦的伟大实践中的忠诚执着和孜孜以求。

书中一以贯之体现了党中央对新闻舆论工作的高度重视；体现了新闻战线与党和人民同呼吸、与时代共进步，在革命建设改革各个历史时期发挥的重要作用；体现了优秀新闻工作者对党和人民的无限忠诚，对祖国的无比热爱，对新闻事业的无私奉献。

2016 年 2 月 19 日，习近平总书记在北京主持召开党的新闻舆论工作座谈会并发表重要讲话时强调："党的新闻舆论工作是党的一项重要工作，是治国理政、定国安邦的大事，要适应国内外形势发展，从党的工作全局出发把握定位，坚持党的领导，坚持正确政治方向，坚持以人民为中心的工作导向，尊重新闻传播规律，创新方法手段，切实提高党的新闻舆论传播力、引导力、影响力、公信力。""做好党的新闻舆论工作，事关旗帜和道路，事关贯彻落实党的理论和路线方针政策，事关顺利推进党和国家各项事业，事关全党全国各族人民凝聚力和向心力，事关党和国家前途命运。必须从党的工作全局出发把握党的新闻舆论工作，做到思想上高度重视、工作上精准有力。"

这本《山河笔——李庄朝鲜战地报道》，是 20 世纪 50 年代初，李庄同志深入朝鲜战争前线，在炮火硝烟中记录下来的战地实况。全书主要由战地通讯、战地日记及战地采访回忆文章构成。"李庄朝鲜战地通讯"辑录了从 1950 年 7 月到 1951 年 3 月，发表在《人民日报》上的 27 篇战地通讯，从正面记录了战争的过程；"战斗十日"记录了中国人民志愿军某营对敌作战、浴血拼杀、以弱胜强的故事；战地日记是李庄同志去世后在他的遗物中发现的，记述了战地报道背后的故事，从侧面反映出朝鲜战场的情况；最后一部分是李庄同志在 20 世纪 90 年代和 21 世纪初，回望战场写下的战地采访回忆文章。

本书四部分内容相互呼应，各有侧重，生动还原了朝鲜卫国战争和抗美援朝前线的情境，体现了党的新闻工作者对党和国家的忠诚、对前线战士的关爱；体现了一位战地记者不惧生死的大无畏精神、严谨负责的职业操守和倚马可待的新闻功力；体现了一位丈夫、父亲对远方亲人的牵挂，对正义战争必将胜利的坚定信念。

期望通过本书的出版，为广大新闻工作者在思想政治、道德修养、理论知识和新闻业务等方面提供借鉴，帮助新闻工作者增强新闻敏锐性和洞察力，为实现广大新闻工作者做党的政策主张的传播者、时代风云的记录者、社会进步的推动者、公平正义的守望者尽绵薄之力，在实现"两个一百年"奋斗目标、实现中华民族伟大复兴中国梦的新征程上，不忘初心，继续前进。

2018 年 7 月 1 日是李庄同志诞辰 100 周年纪念日，我们和本书作者一道，谨此深切缅怀当代著名新闻工作者、新中国新闻事业的开拓者、党的新闻宣传战线的优秀领导干部李庄同志。

人民出版社
2017 年 8 月

目录

目录

目　录

山河笔
——
李庄朝鲜战地报道

红鹰

历史回眸

抗美援朝，保家卫国

1950 年 6 月 28 日，毛泽东主席在中央人民政府委员会第八次会议上发表讲话，号召全国和全世界人民团结起来，进行充分的准备，打败美帝国主义的任何挑衅。1950 年 10 月，中共中央和毛泽东主席毅然作出"抗美援朝，保家卫国"的重大战略决策。

抗美援朝 1950—1953

　　抗美援朝战争是 20 世纪 50 年代初，中国人民组建志愿军，为援助朝鲜人民抵抗美帝国主义武装侵略、保卫中国安全而进行的战争。

中共中央作出"抗美援朝，保家卫国"的决策

抗美援朝保家卫国

　　1950 年 6 月 25 日，朝鲜内战爆发。美国为了维护其在亚洲的霸权地位，推行侵略政策，立即出兵干涉。26 日，美国总统 H.S.杜鲁门命令美国驻远东的海、空军参战，支援南朝鲜（韩国）。27 日，杜鲁门发表声明，宣布派兵入侵朝鲜，并令美国海军第 7 舰队侵入台湾海峡，侵占中国领土台湾。同日，联合国安全理事会在没有

苏联和中国两个常任理事国参加的情况下，通过了美国提案，要求各会员国在军事上给南朝鲜以"必要的援助"。7月7日，联合国安理会又通过了美国关于设立联合司令部以统一指挥在朝鲜的各国部队的提案，并委托美国提供人选。8日，杜鲁门任命美国远东军总司令 D. 麦克阿瑟为"联合国军"总司令（后由 M.B. 李奇微、M.W. 克拉克继任）。

中国主张和平解决朝鲜问题，对于美国武装干涉朝鲜内政和侵占中国领土台湾表示极大义愤。6月28日，中华人民共和国中央人民政府主席毛泽东号召全国和全世界人民团结起来，进行充分的准备，打败美帝国主义的任何挑衅。同日，中国政府总理兼外交部部长周恩来发表声明指出：杜鲁门27日的声明和美国海军的行动，乃是对中国领土的武装侵略、对联合国宪章的彻底破坏。中国人民必将万众一心，为从美国侵略者手中解放台湾而奋斗到底。7月6日，周恩来再次发表声明，指出联合国安理会6月27日关于朝鲜问题的决议为非法，中国人民坚决反对。

为保卫中国东北地区的安全和在必要时援助朝鲜人民的反侵略战争，中央军事委员会（简称"中央军委"）根据毛泽东的提议，于7月13日作出《关于保卫东北边防的决定》，抽调第13兵团及其他部队共25.5万余人，组成东北边防军。后又调第9和第19兵团作为二线部队，分别集结于靠近津浦、陇海两铁路线的机动地区。

9月15日，美军趁朝鲜人民军主力在朝鲜南部洛东江地区作战之际，以其第10军于朝鲜西海岸仁川登陆，配合正面部队对朝鲜人民军实施两面夹击，并向北推进。战局发生了不利于朝鲜人民军的急剧变化。

9月30日，周恩来发表讲话，警告美国：中国人民决不能容忍外国的侵略，也不能听任帝国主义者对自己的邻国肆行侵略而置之不理。随后，中国政府又通过外交途径进一步向美国政府表明自己的态度。但是，美国政府无视中国政府的一再警告，于10月初令其侵略军越过北纬38°线（以下简称"三八线"），企图迅速占领全朝鲜。朝鲜民主主义人民共和国处境危急。与此同时，美军空军不断轰炸中朝边境的中国城镇和乡村，海军不断炮击中国渔船和商船，中国安全受到严重威胁。

当时，中华人民共和国成立伊始，十分需要一个和平的国际环境以恢复和发展经济。然而，美国硬要将战争强加到中国人民头上。中国人民忍无可忍，决心对付这一挑战。10月初，中国共产党中央委员会和毛泽东主席根据朝鲜劳动党、朝鲜民主主义人民共和国政府的请求和中国人民的意志，作出"抗美援朝，保家卫国"的决策，迅速组成中国人民志愿军，入朝参战，同朝鲜人民一起共同抗击美国侵略者。为在军事上掌握主动，中央军委对投入作战的兵力、后勤保障、武器装备以及国土防空、东南沿海防御等重大问题进行了周密部署。

1950年10月19日，中国人民志愿军在司令员兼政治委员彭德怀的率领下，跨过鸭绿江，开赴朝鲜战场，与朝鲜人民军并肩作战。25日，揭开抗美援朝战争序幕。

协同朝鲜人民军实施战略性反攻作战，
将"联合国军"打退到"三八线"南北地区

从 1950 年 10 月 25 日至 1951 年 6 月 10 日，为抗美援朝战争第一阶段。这个阶段，中国人民志愿军和朝鲜人民军采取以运动战为主，与部分阵地战、游击战相结合的方针，因势利导，避强击弱，连续进行了五次战略性战役。其特点是：战役规模的夜间作战和很少有战役间隙的连续作战，攻防转换频繁，战局变化急剧。

改变防御作战计划，实施反击战役。志愿军入朝之前，为了有把握地进行作战，中央军委曾计划先组织防御，创造条件，然后再进行反攻。志愿军入朝后，在开进中发现以美国为首的"联合国军"及其指挥的南朝鲜军前进甚速，志愿军已来不及先敌占领预定防御地区，且"联合国军"尚未发现志愿军入朝参战，正在分兵冒进，为志愿军在运动中歼敌提供了有利机会。毛泽东当机立断，于 10 月 21 日指示志愿军改变原定防御计划，采取在运动中歼敌的方针，指出：现在是争取战机问题，要在几天之内完成战役部署，以便几天之后开始作战的问题，而不是先有一个时期部署防御，然后再谈攻击的问题。

10 月 25 日，志愿军发起抗美援朝战争第一次战役，以 1 个军的主力配合朝鲜人民军在东线进行阻击，集中 5 个军另 1 个师于西线给"联合国军"以突然性打击,将其从鸭绿江边驱逐到清川江以南,挫败了"联合国军"企图在感恩节(11月23日)前占领全朝鲜的计划,初步稳定了朝鲜战局。

将"联合国军"打回"三八线",扭转朝鲜战局

志愿军初战获胜后,彭德怀估计"联合国军"将继续进攻,决定采取诱敌深入的方针,以一部兵力节节抗击,主力后撤待机,准备在预定战场上各个歼灭敌人,并将战线推至元山、平壤一线。将刚入朝的第9兵团(3个军)部署在东线,其余6个军部署在西线。毛泽东批准了这一方针和部署。此时,志愿军在前线的作战兵力达38万多人,与"联合国军"22万人相比,数量上已占有优势;"联合国军"虽然已经发觉志愿军入朝参战,但却错误地估计志愿军参战只不过是为保卫边界,最多不超过六七万人。11月24日,"联合国军"发起旨在圣诞节结束朝鲜战争的总攻势。志愿军按预定计划,故意示弱,将"联合国军"诱至预定地区后,立即发起反击,给以出其不意的打击。"联合国军"兵败于西部战线的清川江两岸和东部战线的长津湖畔,被迫弃平壤、丢元山,分从陆路、海路退至"三八线"以南。志愿军在朝鲜人民军配合下,又赢得抗美援朝战争第二次战役的重大胜利,扭转了朝鲜战局。

为粉碎"联合国军"整军再战的企图,志愿军乘胜越过"三八

历史回眸 抗美援朝,保家卫国

线"。"联合国军"在战场上连遭失败，引起美国统治集团不安。为挽回败局，美国于 12 月 14 日操纵联合国大会通过成立所谓"朝鲜停战三人委员会"的决议，打出"先停火，后谈判"的幌子，企图争取时间，整军再战。同时，还以准备使用原子弹来恐吓中朝人民。为不给"联合国军"以喘息时机，在政治上取得更大主动，毛泽东决定志愿军立即越过"三八线"。据此，志愿军同朝鲜人民军一起于 1950 年除夕发起抗美援朝战争第三次战役。这次战役，采取稳进的方针，志愿军集中 6 个军，在朝鲜人民军 3 个军团协同下，对依托"三八线"既设阵地进行防御的"联合国军"发起全线进攻，将其从"三八线"击退至北纬 37°线附近地区，占领汉城，并适时停止了战役追击。

抗击"联合国军"反扑，实施积极防御作战。志愿军连续取得三次战役胜利后，中央军委为准备长期作战，决定志愿军部队采取轮番作战方针。这时，志愿军一线部队，由于连续作战，已相当疲劳，兵员、物资未及补充，因而主力转入休整，准备春季攻势。"联合国军"发现志愿军补给困难，第一线兵力不足，便迅速补充人员、物资，调整部署，于 1951 年 1 月 25 日恢复攻势。志愿军立即由休整转入防御，与朝鲜人民军一起，展开抗美援朝战争第四次战役。开始先以一部兵力在西部战线顽强抗击，集中主力 6 个军（军团）在东部战线横城地区对南朝鲜军实施反击，并取得了胜利，但未能打破"联合国军"主要方向上的进攻。之后，志愿军为了以空间换取时间，掩护后续兵团到达，准备新的反击作战，遂在全线转入运动防御，节节抗击，消耗与拖延"联合国军"。3 月 14 日，中朝人民军队主动撤出汉城。4 月 21 日，将"联合国军"扼制在"三八线"

南北附近地区，志愿军后续兵团也完成了集结。

以进攻粉碎"联合国军"的侧后登陆计划，夺回战场主动权

当"联合国军"占领汉城向"三八线"推进时，麦克阿瑟同杜鲁门在侵朝政策上发生严重分歧，杜鲁门于 4 月 11 日撤销麦克阿瑟的职务，任命李奇微为"联合国军"总司令。"联合国军"再次越过"三八线"后，计划以侧后登陆配合正面进攻，将战线推进到朝鲜蜂腰部，即平壤、元山一线，建立新防线，以便在军事上、政

治上取得有利地位。志愿军由于第 19、第 3 兵团的到达和原在元山地区休整的第 9 兵团重返前线，兵力已居优势。根据毛泽东提出的"战争准备长期，尽量争取短期"的指导方针，中朝人民军队决定以进攻粉碎"联合国军"的侧后登陆计划，歼灭其有生力量，夺回战场主动权。

4 月 22 日，中朝人民军队发起抗美援朝战争第五次战役。首先集中志愿军 11 个军和人民军 1 个军团于西线实施主要突击，再次越过"三八线"，直逼汉城；接着，志愿军又转移兵力于东线，同人民军一起给予县里地区的南朝鲜军以歼灭性打击。胜利后，中朝人民军队为保持主动，向北转移，准备新的作战，至 6 月 10 日，

历史回眸 抗美援朝，保家卫国

将战线稳定在"三八线"南北地区，从而结束了战争第一阶段的作战。

中朝人民军队历时 7 个多月的作战，将"联合国军"从鸭绿江边打退到"三八线"，共毙、伤、俘敌 23 万余人，为抗美援朝战争的胜利奠定了基础。

实行战略防御，边打边谈，胜利结束战争

从 1951 年 6 月 11 日至 1953 年 7 月 27 日，为抗美援朝战争第二阶段。这个阶段，中朝人民军队执行"持久作战，积极防御"的战略方针，以阵地战为主要作战形式，进行持久的积极防御作战。其特点是：军事行动与停战谈判密切配合，边打边谈，以打促谈，斗争尖锐复杂；战线相对稳定，局部性攻防作战频繁；战争双方都力图争取主动，打破僵局，谋求于自己更有利的地位。

实行战略转变，朝鲜停战谈判开始。第一阶段作战结束后，战争双方的军事力量趋于均衡，战场上形成了相持局面。"联合国军"投入到战场上的总兵力增至 69 万余人，中朝人民军队总兵力增至 112 万余人，其中志愿军为 77 万余人。但在技术装备上，中朝人民军队仍处于劣势。经过 7 个多月的军事较量，美国政府已认识到

山河笔
——李庄朝鲜战地报道

在日益强大的中朝人民军队面前，其侵朝战争已无取胜希望，如将主要力量长期陷于朝鲜战场，则对其以欧洲为重点的全球战略极为不利；加上其国内外反战情绪日益高涨，因此，美国决定转入战略防御，准备以实力为基础，同中朝方面进行谈判，谋求"光荣的停战"。6月初，美国政府通过外交途径向中朝方面作出了通过停战谈判结束敌对行动的表示。中朝方面，经过五次战役的实战，也深感在现有武器装备条件下，要想在短时间内歼灭敌人的重兵集团是困难的。鉴于美国已表示愿意谈判，中央军委和毛泽东于1951年6月中旬，提出"充分准备持久作战和争取和谈达到结束战争"的战争指导思想和在军事上采取"持久作战，积极防御"的战略方针，要求志愿军作战应与谈判相配合、相适应。据此，志愿军适时进行战略转变，由运动战为主转变为阵地战为主，由军事斗争为主转变为军事、政治（外交）斗争"双管齐下"。为锻炼部队，提高作战能力，中央军委和毛泽东在作战指导上，还提出了"零敲牛皮糖"，由打小歼灭战逐步过渡到打大歼灭战的方针。

1951年7月10日，战争双方开始举行朝鲜停战谈判。从此，战争出现长达两年多的边打边谈的局面。

粉碎"联合国军"局部攻势和"绞杀战"、细菌战

1951年7月26日，停战谈判讨论军事分界线问题时，"联合国军"方面以补偿其海、空军优势为借口，无理要求将军事分界线划在中朝人民军队战线后方，企图不战而攫取1.2万平方公里土地。遭到朝中方面坚决拒绝后，竟企图以军事进攻迫使朝中方面就范。8月中旬—10月下旬，"联合国军"采取"逐段进攻，逐步推进"

历史回眸 抗美援朝，保家卫国

的战法，连续发动了夏、秋季局部攻势。并从 8 月开始，实施了长达 10 个月的以切断中朝人民军队后方供应为目的的"空中封锁交通线战役"即"绞杀战"。1952 年年初，美军对中朝军民还秘密地进行了细菌战。对此，中朝人民军队予以有力地回击，取得了抗美援朝战争 1951 年夏秋防御战役、反"绞杀战"和反细菌战的胜利，并在反"绞杀战"斗争中建成"钢铁运输线"。在此期间，中朝人民军队为配合停战谈判，还主动进行了战术反击作战，收复许多前沿阵地和 10 余个岛屿。在这种形势下，"联合国军"方面被迫放弃无理要求，于 11 月 27 日同朝中方面达成以实际接触线为军事分界线的协议。

攻守均处主动、进行全线战术反击和上甘岭战役。1952 年春，"联合国军"方面为强行扣留朝中战俘，提出所谓"自愿遣返"的原则，反对朝中方面提出的全部遣返的主张，使停战谈判陷入僵局。此时，"联合国军"接受了发动夏、秋季局部攻势受挫的教训，采取以小规模的进攻行动和空军的破坏活动，维持其防线和配合其谈判。

志愿军为坚持持久作战，巩固已有阵地，创造性地建成了以坑道工事为骨干、同野战工事相结合的支撑点式的坚固防御体系。从而由带机动性质的积极防御，转为带坚守性质的积极防御；由主要用于坚守战线、消耗敌人的阵地防御，逐渐转向以歼灭敌人为主的阵地进攻；攻防作战均处于更加主动的地位。随着阵地的不断巩固，中朝人民军队在打小歼灭战的思想指导下，广泛开展小部队战斗活动，袭击和伏击"联合国军"，抢占中间地带，夺取其突出的前沿阵地和支撑点，并逐渐扩大作战规模。1952 年秋，中朝人民军队有组织有计划地在全线进行具有战役规模的战术反击作战，攻占了"联合国军"许多营以下阵地（见抗美援朝战争 1952 年秋季战术反击作战）。接着又取得了上甘岭战役的胜利，粉碎了"联合国军"发动的规模较大、持续时间较长的"金化攻势"。

进行反登陆作战准备。1952 年冬，朝鲜停战谈判仍无进展。新当选的美国第 34 届总统 D.D. 艾森豪威尔表示，如果谈判还不成功，就要不顾一切危险全力发动一场进攻。为此，"联合国军"总司令克拉克组织了专门小组，制订进行侧后登陆的计划。中朝人民军队从 1952 年年底起，开始进行大规模的反登陆作战准备，加强了朝鲜东西海岸的防守兵力和防御阵地，囤积了大量的作战物资；正面战场也做了充分准备。至 1953 年 4 月完成反登陆作战准备工作，"联合国军"被迫放弃进行军事冒险计划，于 4 月 26 日同朝中方面恢复了中断 6 个月之久的停战谈判。

发起夏季反击战役，促进停战实现。志愿军根据毛泽东关于"争取停、准备拖。而军队方面则应作拖的打算，只管打，不管谈，不要松劲"的指示，为促进停战实现，与人民军一起，发起抗美援朝战争 1953 年夏季反击战役。从 1953 年 5 月中旬开始，先后对"联合国军"进行三次不同规模的进攻。经第一、第二次进攻作战，迫使"联合国军"方面作出妥协。6 月 8 日，关于战俘遣返问题达成协议；6月15日，按照协议重新调整军事分界线的工作也将完成，在停战协定即将签署之际，南朝鲜当局却以"就地释放"为名，强行扣留战俘，并公然声称要"单独干"、"北进"，企图破坏协议的签订。中朝人民军队为实现有效的停战和停战后处于更有利地位，决定再给南朝鲜军以打击，于7月中旬发起以金城战役为主的第三次进攻作战，迫使"联合国军"方面向朝中方面作出实施停战协定的保证，有力地促进了停战的实现。

战争第二阶段，中朝人民军队共毙、伤、俘敌71万余人。

1953年7月27日，战争双方在朝鲜停战协定上签字。至此，历时2年零9个月的抗美援朝战争，以中朝军民的胜利和美国的失败而告结束。

抗美援朝战争的特点及其胜利的重大意义

在这场战争中，美国将其陆军的三分之一、空军的五分之一、海军近半数的兵力投入到朝鲜战场，使用了除原子弹以外的所有的现代化武器，然而却遭到失败。志愿军毙、伤、俘敌71万余人。美军在朝鲜战争中消耗各种作战物资7300余万吨，用于战争的经费达830亿美元。志愿军伤亡、失踪36万余人，消耗各种作战物资560余万吨，用于战争的经费为62亿元人民币。

这场战争的突出特点是：（1）它是一场规模较大的国际性局部战争，政治斗争、军事斗争交织进行，复杂尖锐，两军较量异常激烈。在一个幅员狭小的战场上，战争双方投入大量兵力、兵器，到战争结束时，双方兵力总共达300多万人。喷气式飞机广泛使用于战场。战场上的兵力密度、某些战役战斗的炮火密度、美国空军轰

"三八线"上
新闻报道
战斗在长津湖畔
战地通讯忆汉城
朝鲜战争
被人民欢呼"万岁"的部队
战地日记

炸密度都超过了第二次世界大战。（2）战争双方武器装备优劣相差悬殊。美国是资本主义世界最大的工业强国，美军具有第一流的现代化技术装备，掌握着制空权和制海权，实行现代化诸军、兵种联合作战，但进行的是非正义的侵略战争，失道寡助，内部矛盾重重。中国经济落后，志愿军武器装备处于明显劣势，基本上是靠步兵和少量炮兵、坦克部队作战。后期虽有少量空军，也只能掩护主要交通运输线。但中朝人民军队所进行的是正义的反侵略战争，得到了中朝人民的全力支持和全世界爱好和平人民的支持，有巨大的政治优势。（3）战争的主要战场是在东西濒海、地幅狭长、山高林密的朝鲜半岛北半部，便于实施登陆作战和利用山地隐蔽军队、组织防御，但不便于发挥现代化技术装备的效能和大兵团实施广泛机动。（4）志愿军出国作战，就地补给或取之于敌都较困难，一切作战物资基本上靠国内供应，而且交通工具落后，加之美国空军的封锁破坏，供应困难，作战行动受到很大影响。"联合国军"依赖其现代化装备，能迅速完成补给，保障作战。这些特点，都制约着战争双方的战争指导，影响着战争的进程和结局。

中国人民志愿军在中国共产党和毛泽东主席领导下，坚持按照一切从实际出发、实事求是的思想路线指导战争，以高度的国际主义和爱国主义精神，以顽强的意志、无比的勇敢和智慧，战胜了许多困难，同朝鲜人民军并肩作战，取得了战争的胜利。

抗美援朝战争的胜利，具有重大历史意义：（1）中国人民志愿军同朝鲜人民军一起保卫了朝鲜民主主义人民共和国，保卫了中华人民共和国的安全，为维护世界和平、促进世界人民反帝斗争作出了重要贡献。中国人民志愿军打出了军威、国威，提高了新中国的国际威望。（2）这场战争极大地激发了中国人民的爱国主义、国际主义精神，增强了民族自信心和自豪感，有力地促进了国民经济的恢复和发展。（3）这场战争由于双方都面对新的战场、新的作战对象，因而作战样式、战略战术的运用，都有别于过去进行的战争。喷气式飞机的大量使用、直升机直接用于作战、以坑道为骨干支撑点式防御阵地体系的形成，给以后的战争提供了新经验，促进了军事学术的发展。（4）中国人民志愿军不仅圆满地完成了祖国人民赋予的光荣使命，而且在战争中学习战争，取得了以劣势装备战胜优势装备的宝贵经验，丰富和发展了毛泽东军事思想，促进了中国国防和军队的现代化建设。

（资料来源：CCTV 网站）

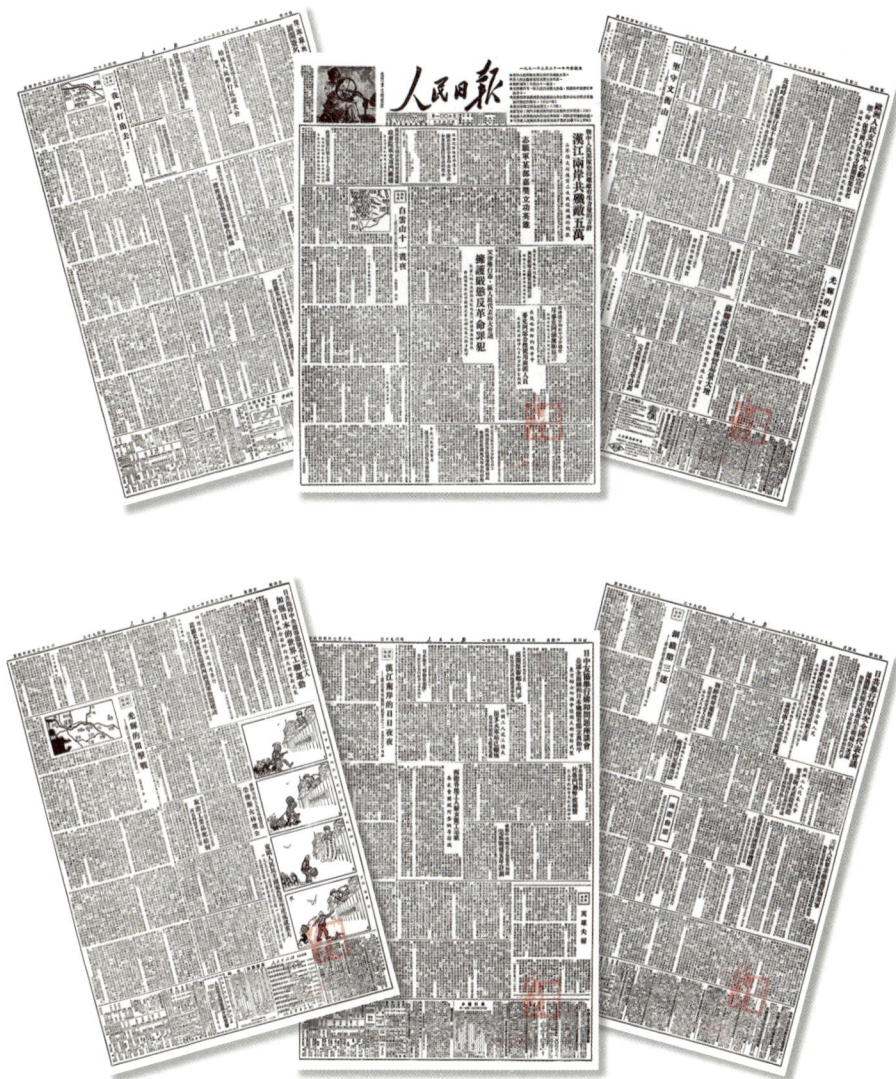

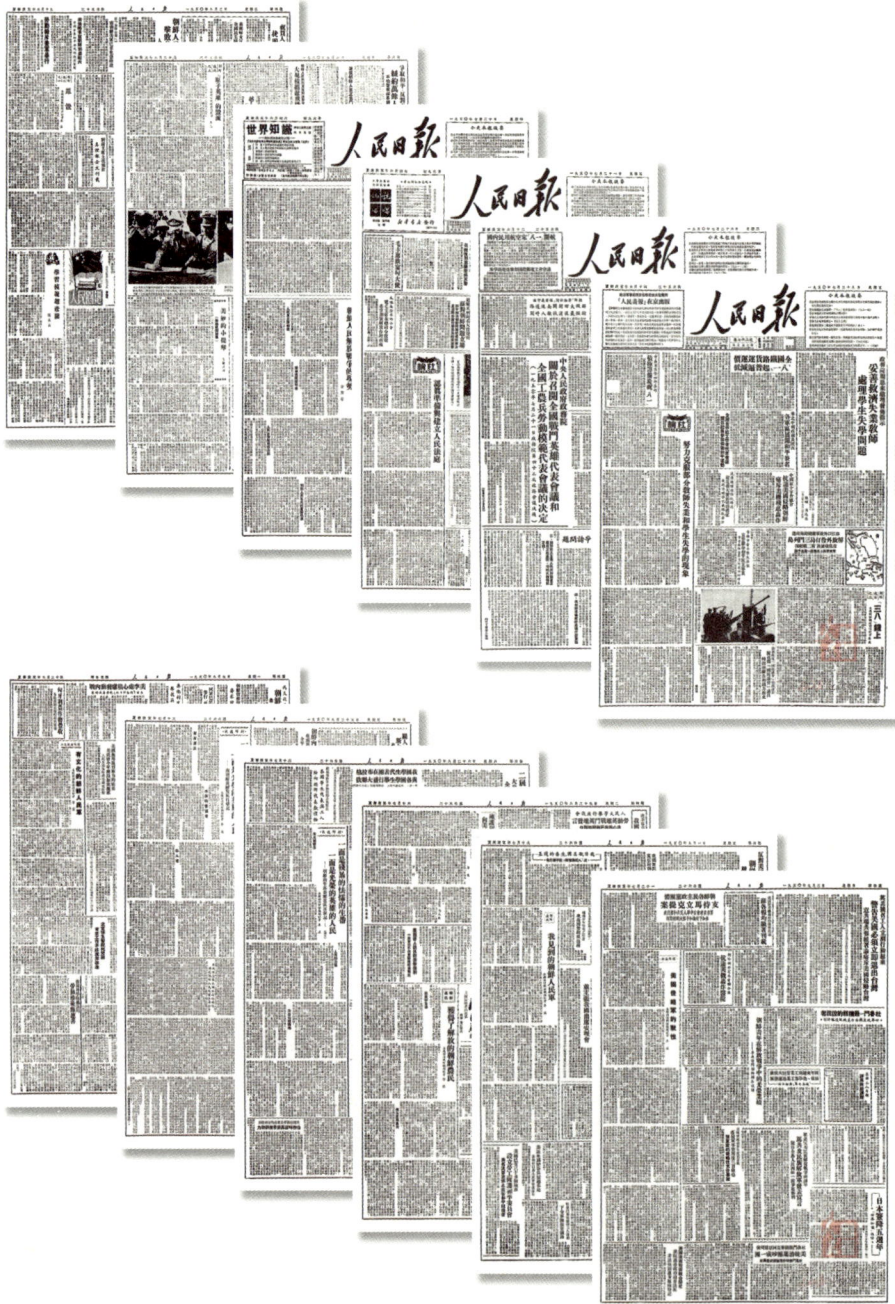

山河笔
——李庄朝鲜战地报道

新闻报道
朝鲜战争

"三八线"上
战斗在长津湖畔

战地通讯忆汉城
被人民欢呼"万岁"的部队

美丽的河山，勇敢的人民 *

在新义州到平壤的火车上，我得到两个非常强烈的印象：朝鲜的河山十分美丽；朝鲜的人民，是勤劳而勇敢的。

十七日上午十一时半（朝鲜时间较中国早一小时），火车从新义州出发。这是一列客车，共十二节车厢。乘客中百分之七十是新战士，他们还穿着白色的农民服装和学生制服。欢送者人山人海。一长列排得整整齐齐的中学生，大声唱着朝鲜的送别之歌。新战士们年青、健康而愉快，他们从车窗中探身出去，挥动着手中的帽子和手巾。欢送者把苹果和鸡蛋塞到新战士手里，齐声高呼"满塞"（意即万岁）。

在平壤，北朝鲜劳动党中央宣传部部长朴昌玉同志对我们说："战争爆发以后，北朝鲜人民参军者已有八十万人，南朝鲜新解放区参军者也有五十万人。"这列车上的新战士，只占朝鲜全国新战士中很小的一部分，但是，车中的情景，已经足够说明他们与人民的关系，是这样血肉相连的。

---

* 编者注：从本篇始 12 篇新闻作品采写发表于朝鲜卫国战争期间（1950 年 7—9 月），原载于《人民日报》，1950 年 11 月结集成书《朝鲜目击记》。本书采用的是《朝鲜目击记》用稿，但书中标注于篇后的时间早于《人民日报》刊登时间，可以推想大约是作者在战地的发稿时间。

新闻报道
朝鲜战争
"三八线"上
战斗在长津湖畔
被人民欢呼"万岁"的部队
战地日记
战地通讯
忆汉城

火车在长白山余脉的峡谷中向南行驶。沿途景物异常秀丽。山上长满伞状的小松树。灿烂的野花点缀在各种草木的苍翠中。山坡上种着谷子、豆类和玉蜀黍，玉蜀黍已经吐穗了。峡谷的开旷处有许多苹果园，苹果累累枝头，已呈粉黄之色。有时候火车进入盆地，立刻出现了一望无垠的稻田。什么都是绿色的，只有蜿蜒的小溪和镜子一样的池塘，闪着灰白色的光。农妇们穿着白色的衣服，戴着白色的头巾，三三两两地在稻田中工作，好像海鸥飞翔在碧波万顷的海中。山坳中经常出现红色的小洋房、灰色的瓦房和苍黄色的草房，牧群在山坡上静静地吃草。杜鲁门、麦克阿瑟们看中了朝鲜的锦绣江山，已经伸出了它们的猪嘴。朝鲜人民为了保护自己的锦绣河山，被逼着起来反抗了。

全朝鲜人民都在欢送这样的列车。农夫和农妇们放下工作，在田里挥动白色的头巾。渔人在池塘边站起来，用钓竿比划着射击的姿势，跳着、笑着、嚷着。北上的列车和我们的列车相遇，对方总要响起一片欢呼声。从新义州南行五公里，到一个叫作南新义州的小车站，列车停了。车站西边有一个小工厂，工人们趴在窗口上，挥动着粗黑有力的手臂。车站东边，有一个包括两排房屋的小营房。在营房前面的小坪上，有几十个人民军的士兵，向新战士行军礼致敬。

每个车站都拥满送行的人，但是没有比南市车站上的情形更动人的了，天下着微雨，朝鲜母亲们背着小孩，头上顶着送给自己儿子和丈夫的礼物。老态龙钟的农民，戴着朝鲜"卡梯"（类似中国旧戏中县官带的纱帽，但没有翅，朝鲜六十岁以上的男人才能戴这种帽子）。他们满面风尘，喋喋不休地嘱咐自己参了军的儿子。妇

新闻报道
朝鲜战争
"三八线"上
战斗在长津湖畔
被人民欢呼"万岁"的深夜
战地通讯 忆汉城

女们泪光满面，悲愤地送别自己的丈夫和儿子。车上的新战士却唱着愉快的朝鲜有名的民歌。这支歌的意思是："你有了正义，你就有力量，那么你就能胜利。"歌声和泪光融合成一种复杂的情绪。任何母亲都舍不得自己的儿子，但是，为了正义的战争，朝鲜的母亲们献出了自己的儿子。可以想到，在不久的将来，当战士们凯旋回乡的时候，这些朝鲜母亲们又会破涕为笑了。

　　黄昏，车过清川江。江面不宽，水黄且浊。隋炀帝侵略朝鲜时，曾经进至此江，大败而回。那是古时候的事情了。七时，在离清川江不远的一个车站上，我看见不少穿着中国衣服的华侨，他们和朝鲜人站在一起欢送朝鲜的新战士。在"万岁"声中，两种不同的语言混在一起，反对着一个共同的敌人——美帝国主义。新的时代，国际主义的时代开始到来了。　　　　　　　二十日于平壤

（原载《人民日报》1950 年 7 月 21 日；

《朝鲜目击记》，1950 年 7 月 21 日）

走在民主朝鲜的土地上

　　我们得到一个机会，从北朝鲜西部的平壤市，到东海岸上的元山市（属江原道）旅行。这段旅途长二百二十公里，横断朝鲜半岛，穿过朝鲜有名的太白山。太白山十分清秀。迂回曲折的峰峦上，长满马尾松、落叶松、长青柏和各种各样的阔叶树。遍地清香，一片葱茏。朝鲜人民自卫军手执梭镖，在山间公路上巡逻，保卫着后方的治安。太白山真像它的主人一样，坚强秀丽，可爱可亲。

　　在朝鲜北部，时时可以听到轰炸的声音。从日本起飞的美国飞机，残酷地虐杀朝鲜的和平人民。但是，我们在路上看到千千万万的朝鲜人，他们顽强不屈地工作着。在离平壤十五公里的一个小村边，我和一个卖水果的朝鲜妇女攀谈。这时候，平壤正遭受美国飞机的兽性轰炸，浓烟四起。这位四十七岁的朝鲜妇女，静静地看着，低低地骂着。她丈夫是一位有十七年工龄的矿工，她的两个儿子也是矿工。她的大儿子已经病了半年，靠着她丈夫和二儿子做工，生活还相当宽裕。战争爆发后，她的二十二岁的二儿子李炳贵参军了，她开始卖水果补助家用，生活较战前困难一些。我问她，为什么要送儿子去参军呢？她毫不迟疑地说："他愿意去呀！我也愿他去呀！为了祖国的独立哟！"独立意味着什么，朝鲜人是最清楚的。她说，在自由朝鲜，她住着漂亮的、国家拨给她的工人宿舍，吃着朝鲜人最喜欢吃的大米饭。而在日本人侵占时代，她住着不能遮蔽风雨的草房，吃的是日本人从我国东北运来的豆饼。现在，美国人打进朝鲜来了，她这四五年的独立自由的生活受到严重的威胁，她不能忍耐，就把自己的儿子献给了国家。现在全朝鲜参军者已有一百三十万人，就是说，已经出现了一百三十万这样的妻子和母亲。这位中年妇女最后说："朝鲜的年轻人，都和我儿子一样，他们都会去抵抗美国人。"真的，北朝鲜劳动党江原道道党部委员长（相当我们党的省委书记）林春秋同志告诉我，江原道共有一百二十万人，参军者已有十一万五千人，几占全人口十分之一。这种力量，会使美国人看了发抖，而最后会把他们打败。

我们特别跋涉一段山路，参观一个矿井。因为是在战时，我不能说出它的产品和它的名字。矿长说，他这个矿井快开不成了。工人都要到前线上去。"一千三百多工人，都走了，我到哪里找人去？"他说，"还好，我们动员了，劝阻了，才只走了三十多人。"在战前，这个矿的坑下工作时间是七小时，坑上工作时间是八小时。现在，工人自动把工作时间延长了一小时，每天三班，闲人不闲机器。我们看见一队队粗壮的工人，正进行军事训练。他们下了工，参加一阵军训才回家去。

这些勇敢的工人，引我看了他们那新修的能容一千二百人的大礼堂，那里每星期六都放映电影。他们说，他们的食物衣服都由国家配给（包括子女和六十岁以上的父母），每人每月可得一千三百元到两千元津贴（每元合人民币六十余元）。房子由国家租给，普通一所房子，每月只要五六十元租金。据说，他们主要的收入是增产奖励金，每月常常高出津贴好几倍。工人和他们的家属有病，都由国家免费治疗。工人每年有二十天休假期，但在这战争时期，他们已经自动把假期取消了。"我们有个好国家。我们的生活一年比一年好。美国人打进来了，我们要保卫我们的国家。"工人们几乎每句话都提到"国家"两个字。朝鲜民主主义人民共和国，真正是一个可爱的国家！

在一个山环水绕，林木森森的温泉附近，我们参观了一所陆军医院，医院院长朴柱少校是一个精明强干的中年人，他以前当过人民军的联队长，因为有肺病，调到医院当院长。他皱着眉头说："我们这里，经常发生逃亡现象。伤员还没有好，就要回前线去，你不允许，他就逃亡。"这个医院能容伤员六七百人，开战以来，已有许多伤愈的战士重上前线（包括院长所说的逃亡者）。在战争以前，这里是一所疗养院，专为军人设立的。这个温泉的水，含苏打甚多，含硫黄较少。人喝了，可治肠胃病。身体衰弱的人民军指战员，经过批准可来休养。一般是休养二十天。他们吃的是牛乳、牛肉、面包、大米和蔬菜，一切完全免费。据统计，休养者平均每十天可增加体重两公斤。院长说：炮声一响，休养者立刻都出去了。休养所改成了陆军医院。

"八一五"前，这地方是一个日本旅馆。只有日本人和朝鲜地主，才能够到这里避暑休养。像人民军的战士——这些工人和农民，是没有资格到这里住一住的。"八一五"后，日本旅馆被没收，又经过两年增修，改成疗养院。院长说："以前，这么好的地方，谁不想多住几天？现在，伤还没有好，他们就嚷着要出院。"

元山市是我们这次旅行的终点。它是江原道的首府，坐落在绿色的朝鲜东海岸上。美国飞机炸毁了这个城市的一半。许多外国记者已经充分地揭发了美国飞机轰炸和平人民的罪行。我们巡视了整个的城区。在废墟的底层，我发现了朝鲜人民坚强不屈的毅力。许多工人和市民填埋数不清的弹坑，他们一面工作，一面谈论《劳动新闻》（北朝鲜劳动党中央机关报）上登载的战争消息。工人们在美国飞机的扫射声中，不断抢救被炸起火的工厂，有些人全身被熏成一片焦黑。我曾经和市合作组合饭店中一位小女侍者谈话。她只有十几岁，但是，她说，她并不害怕这种残酷的轰炸。"这是为什么呢？"她说："我是在国家的饭店中，为了祖国，我得坚持工作。"在一座被弹坑环绕的办公室中，我们访问了江原道道党部委员长林春秋同志，他说："元山市民的毅力是惊人的。它（指美国）轰炸，我参军。在地面上结果它。元山市民参军者已有三千余人，这是对于残暴的杜鲁门、麦克阿瑟之流一个最好的回答。"　　二十二日

（原载《人民日报》1950 年 7 月 26 日，《在民主朝鲜的土地上》；

《朝鲜目击记》，1950 年 7 月 22 日）

"三八线"上

　　"三八线"已经成为历史的名词。美帝国主义者曾经利用这条线，长期分割全朝鲜。它的阴谋，现在已被朝鲜人民粉碎了。但是，"三八线"将永远留在朝鲜人民的记忆里，让朝鲜人民的后代儿孙，永远记住美国侵略朝鲜的罪行，以及他们祖先在解放战争中的丰功伟绩。

　　我们视察了"三八线"很短的一段，即，黄海道属碧城县这一段（碧城县在朝鲜西海岸上）。我们从海州出发。海州是黄海道的首府，有七万二千余人，它的南市区，距"三八线"仅二三百公尺。从六月二十五日开始，海州每天遭受美国飞机的轰炸。据北朝鲜劳动党黄海道道党部委员长桂东善同志说："几年以来，三八线上的人民，对于美国傀儡李承晚的不断袭击，已经非常习惯了。对于空袭，现在也已经习惯了。飞机临空，大家躲一躲。飞机走了，又照常工作。"真的，"三八线"以北的人民，遭受李承晚的袭击是太多了。从去年一月至今年四月，李承晚向线北发动了一千二百七十四次进攻。我们这次所亲眼看到的，只是李承晚几次进攻时留下的一点痕迹。

　　从海州市西行三十八公里，到翠野村，碧城县人民委员会设于此地。这两个地名，国内读者已经知道了（六月二十七日的《人民日报》上，在题为《朝鲜共和国军队转入反攻》的新闻中，曾经提到过它）。翠野村坐落在一个小小的谷地中，在"三八线"北约十里。周围群山环绕，一片翠绿。它的环境，正像它的名字。李承晚看中了这个可爱的村庄，在去年七月，曾经把它侵占了三天，后来被北朝鲜警备队收复了。在劳动党碧城县党部的办公楼上，我看见两个三尺见方的弹洞，这是李承晚进攻时用平射炮打的。在同一所楼上，我看到毛主席的五彩照片。这是去年十月一日，中华人民共和国成立时，毛主席在天安门上照的那一张。毛主席胸前挂着写有"主席"字样的红绸条子，笑容可掬。我仿佛看到，毛主席到了偏僻的朝鲜西海岸上的山村中，亲切而愉快地注视着朝鲜人民的胜利。

翠野村的房屋，被李承晚匪军破坏了许多。过去的日子已经一去不复返了，现在，农民们正在紧张地修建着。原来的草房，正在改建洋灰的根基。他们在炎热中这样努力，汗水完全浸透了白色的衣衫。朝鲜的农民很像我国的农民，勤劳、刻苦、富有生命力。

从翠野村东行五里，到五峰村。此村在"三八线"北七里处。据当地农民说，六月二十日晨九时，突从南方飞来三架美国飞机，盘旋侦察甚久。接着，李承晚匪军即开始炮击。一连打了好几天。我们看了农民吴世勋的被击毁的草房。在木质的朝鲜式房屋的地面上，有两个井口大的深洞。我真奇怪，李承晚为什么对于农民的草房使用了穿甲弹？

五峰村北五百米处的山坡上，有一所独立房屋。那是国民小学，李承晚匪军把它选为自己的射击目标。他们仅在六月二十四日一天中，就向这个学校射击了二十多发炮弹。房顶上、墙壁上，弹

新闻报道
朝鲜战争
"三八线"上
战斗在长津湖畔
被人民欢呼"万岁"的部队
战地日记
战地通讯忆汉城

痕累累，破烂不堪。

　　五峰村以西五里许，是龙井村。龙井村西的情况，最能说明是谁先打谁了。这里是一条东西方向的山沟，沟南的山坡上是李承晚匪军的阵地，沟北的山坡上驻着北朝鲜人民军的警备队。山沟就是"三八线"。在南山坡上，野草青青，完全没有被射击的痕迹。而北山坡上，却是一片枯黄，一片焦黑。李承晚匪军发射的炮弹，烧光了野草，打破了岩石。北山坡以北两千米处，有一座高山头名叫银坡山，去年六月，李承晚匪军曾进攻此山，被北朝鲜人民军警备队所击退。现在朝鲜流行着一出名为《银坡山》的歌剧，描写人民军警备队击退匪军进攻的情形。山上一片荒凉，蒿草比人还高。北朝鲜政府为了保护人民的生命安全，曾劝告线北两三公里以内的居民撤退，结果田地都荒芜了。现在，线北的荒地，有许多已经开垦出采，种上谷子，出苗已两三寸高。线南的荒地，由于匪军逃窜时埋了许多地雷，在没有完全掘出之前，还不能开垦。中午时分，我们在线北遇到一群从田野里回家的农妇，她们穿着白衣衫，头上顶着装有播种剩下的种子的布袋，背上负着婴儿，手中拿着一丛丛五颜六色的野花，说着笑着。勤苦的"三八线"上的农民，现在可以自由地、安静地耕作了。　　　　　　　　　　　二十六日

（原载《人民日报》1950 年 7 月 25 日；

《朝鲜目击记》，1950 年 7 月 26 日）

新闻报道
朝鲜战争
"三八线"上
战斗在长津湖畔
被人民欢呼"万岁"的部队
战地日记
战地通讯
忆汉城

罪　证

　　进入"三八线"以南地区，我越来越多地看到美帝国主义者和它的傀儡李承晚匪帮的罪恶痕迹。早在平壤，在劳动党中央宣传部朴昌玉部长的办公室中，我就看到过一本浸透着血腥气味的照片贴本。这是人民军从李承晚匪军方面缴获的战利品之一。照片的画面，显现了许多砍头，活埋、鞭打和放火烧毁房屋的情景。匪军在照片后面附注了许多说明，夸耀他们对于游击队和反叛者（指爱国者）作战的"胜利"。这些照片所记录的事实，在汉城一带充分被证实了。

　　从平壤到汉城途中，我们看到无数被美机和匪军所毁灭的村庄。朝鲜农村的木质草顶的房屋，都成为它们攻击的对象。美国飞机整日在天空盘旋，寻觅自己的猎物。七月二十二日，在"三八线"上，我们四个手无寸铁的外国记者，遭受了八架美国飞机的袭击。美国飞机的疯狂残忍已经达到极点。它们俯冲得竟是如此之低，以致其中一架撞到生在山谷中的树上，坠地焚毁了。在汉城龙山区，我们看到一片瓦砾。此地和平居民死千余人，其中有二十多个华侨。在汉城街上，我看到一个裸体的疯狂了的朝鲜老妇人，她在街上乱跑，几个人拖她不住。她的全家，都被美国炸弹炸死了。

　　我们参观汉城西大门监狱。这是汉城的四大监狱之一。李承晚

山河笔
——李庄朝鲜战地报道

曾把一万二千个爱国者，投入这个监狱中。日本人建立了这个巨大的杀人机器，李承晚把它完整地继承下来。几幢红色大楼，隐藏着五百八十七个囚室。每个囚室只有一丈五尺见方，却要塞进二十五个至三十六个"犯人"。有些囚室的门口贴着写有"手钉"字样的纸条，进入这种囚室的人，手被反缚，脚也被捆得紧紧的，他们只能用嘴吃饭，在裤子里便溺。这一万多"犯人"在汉城解放时，都被人民军释放了。

我们在监狱中看到成堆的手铐脚镣，看到特制的以竹条为心麻绳为皮的鞭子。这种鞭子打到人身上，能把皮肉扒下来。我们参观了监狱中的绞刑房，这是一个低矮的木制的房子，阴森而昏暗。房子中间放着两张木桌，行刑时，法官在这里宣读牺牲者的"诉状"。桌子正前方一丈远处，有一个木制的方阁子，阁子中央垂着一条粗绳，绳端系着一枚能够伸缩的铜结。铜结扣在牺牲者的脖颈上，一分半钟即可致死。绳子的下边是地下室，通到刑房以外，尸体坠下，马上可以运出去。那条白色麻绳的下半部，已经变得苍黑僵硬了。这里究竟绞死过多少革命者，现在还无人知道详细的数目。

这个监狱，现在改成了汉城人民政府的教化所，拘留着少量的反革命分子。绝大部分监房都是空的。教化所所长孔柱镐中校，是个有名的革命家，他曾在这个监狱中被囚十二年。他笑着说："有些过去关我的家伙，现在住到监房中去了。"孔所长向我们介绍日本人、美国人和李承晚对"犯人"施用的各种刑法，如：灌辣椒水，上夹板，用电刑，杆击，用竹签刺手指甲等，这都是蒋介石对中国革命者用过二十多年的。孔所长说，他还被施用过两种特殊的刑罚。一种是用绳子把手脚完全绑住，丢在地上，并被强迫用嘴在地上舔。一种是穿上一种用水湿透的特制的皮衣，人的体温把皮衣的水分烘干了，皮衣的毛即刺入人肉中，其痛苦是无法形容的。

我们参观了汉城西冰库杀人场。李承晚在逃离汉城前，即六月二十七日，在这里惨杀了五十一个爱国者。西冰库在汉江岸边。岸上有一排低矮黝黑的木房屋，透出阴森悲惨的气息。江岸为断岩，高两丈多，有一块巨大的岩石，从岸上突入江水中。岩石上沾满紫黑的血迹。据当地居民说，李承晚匪帮把爱国者绑到岩石上，从背后开枪射击。尸体纷纷落入江中。匪徒们离开刑场后，当地那些淳朴的朝鲜居民，曾经擦着眼泪，悄悄地跳入江中，捞出并掩埋爱国者的尸体。

（原载《人民日报》1950 年 8 月 2 日；

《朝鲜目击记》，1950 年 7 月 28 日）

"原子英雄"的幻灭

　　"原子英雄"——美国侵略军第二十四师团，在朝鲜完全覆灭了。一万八千个美国人，一部分幸运地作了朝鲜人民军的俘虏，大部分则以他们自己的污血，玷辱了朝鲜的土地。这些"原子英雄"于七月一日在釜山登陆，七月二十日在大田被歼，前后整整二十天。美国俘虏们非常颓丧地说："二十——这对于我们是个不祥的数字。"

　　美国人看不起李承晚傀儡军，他们说：水原、平泽、天安、鸟致院（均在汉城到大田铁路线上）几次战役所以失败，主要原因是傀儡军没有打好。于是，他们撵开残余的傀儡军，自己当了大田战役的主力。大田北临锦江，江面宽五百余米。江与城间是一带高地。美国人在高地上构筑了一百多座炮垒，在炮垒前面摆列着百辆以上的坦克。按照他们自己的看法，这是万无一失的。七月十五日，人民军白昼强渡锦江，用坦克车上的巨炮，摧毁了美国人的炮垒，三面包围了大田。七月二十日晨，人民军发动总攻，仅仅打了七小时，就把据守大田的"原子英雄"全部歼灭，干脆而且彻底。

　　侵入朝鲜的美国人，既残暴又怯懦。当他们手执武器的时候，就像一群豺狼。七月十五日，即人民军强渡锦江的那一天，美国人开始在大田成批杀人。他们用五十二部卡车，满载着手无寸铁的朝鲜居民，运到大田以南二十里的山中集体杀死。大田城内一切工厂，都被美国人烧毁了。人民军渡江成功后，美国人立即从大田城内逃到城周的高地上，而在十七、十八、十九三日，连续以大队飞机狂炸大田。大田解放后，美国飞机又继续轰炸了好几天。这个城市的绝大部分，就这样被美国人毁灭了。

但是，当"原子英雄"们被俘以后，立刻变成一群畏缩的羊。每一个俘虏都说："我们不愿意打仗。"对于大部分士兵来讲，这是真实的，他们并不晓得为什么到朝鲜打仗。第一批美国军队从日本上船时，将军们宣布是"乘船回国"，士兵都很高兴。后来，他们发现登陆地点是釜山，开始大吃一惊。将军们对第二批到朝鲜的美国士兵说："朝鲜内部发生冲突，美国人要去担负警察任务。"士兵们预感到事情不妙，但也只得硬着头皮前进了。他们侵入朝鲜的第四天，就向朝鲜人民军开了火。这一过程的时间很短，但其变化甚大。在朝鲜，美国兵感到莫大的苦恼。美国俘虏兵说："我们顶苦恼的一件事，是怕被打死。"这是真的。美国将军们时常对士兵宣传："朝鲜人只有来福枪，他们不会射击，胆小，不能打仗。"但是，水原一战，美国兵遇见的人民军火力很猛，攻击精神极旺。他们开始发现人民军是狮子不是绵羊。死亡的威胁，从此整日盘旋在美国人的头上。还有的美国俘虏兵说：朝鲜不是好地方，蚊子太多，咬得他们睡不好。地瘠民贫，没有好东西吃。有些俘虏甚至毫无人性地说："朝鲜姑娘不如日本姑娘漂亮。"有的则困惑地说："不知道为什么，朝鲜小孩子都讨厌美国人？"这些穿着衣裳的野兽是如此讲究卑污的享受。他们把自己的愉快建筑在别人的痛苦上。结果，引起了朝鲜人民（包括小孩子）不共戴天的愤怒和反抗。美国人没有在这种正义的反抗中领受必要的教训，他们反而兽性大发，拿着各种武器，在朝鲜疯狂地抢掠、破坏、杀人、放火。

进一步挖掘美国俘虏的思想，我发现他们之中的大部分，是这样愚昧、盲目和无知。他们的各种各样的罪恶思想和行动，大部是由美国精神的自大狂妄产生的。连着询问两个"为什么"，他们就要茫无所措了。但是，其中也有一些冒险家，竟是自觉地到朝鲜来犯罪的。例如，军曹第格曼（H. Diegmann）到朝鲜打仗，是为了得到一所房子。他说，美国房荒非常严重，假若作战胜利，升个一官半职，就可以在美国买一所房子。现在，第格曼有房可住了，住在朝鲜漂亮的俘虏营中。人民军是优待俘虏的。

人民军在战场上打掉了美国人的凶焰，又在俘虏营中予以必要的优待。这两种恰当的方法，使俘虏们的头脑慢慢清醒了。许多俘虏兵在和平宣言上签了名，并且表示，这次如能生还美国，今后永远不再打仗。在第二次世界大战末期，炮兵少尉霍特曼（L. Hawtman）曾在欧洲被德国人俘虏过，做苦工，吃不饱，不断遭受鞭打和污辱。万幸没有死掉。这一次，他又被人民军俘虏了，享受着和第一次完全两样的待遇。他似乎是真正感动了，喃喃地说："这回如果死不了，以后再也不打仗了！"现在可以肯定地告诉他，死是死不了的。至于替资本家打仗，以后应当觉醒了。　　八月四日

（原载《人民日报》1950 年 8 月 6 日，《"原子英雄"的毁灭》；
《朝鲜目击记》，1950 年 8 月 4 日）

新闻报道
朝鲜战争
"三八线"上
战斗在长津湖畔
被人民欢呼"万岁"的部队
战地日记
战地通讯
忆汉城

有文化的人民军

中国记者了解朝鲜人民军，是比较容易的。他们和我国的人民解放军战士们一样，有一种深沉、朴素的性格；他们年轻、健康、愉快、有信心。他们就像我国人民解放军一样的可爱。

在新义州，我们乘坐的汽车，由一位人民军的士兵驾驶着。他在工作的间隙中，常常依托着汽车的方向盘，静静地读《文学与艺术》——这是北朝鲜文学艺术总同盟的机关杂志，是朝鲜最有名的高级文艺杂志之一。当时，我想：人民军似乎都是有教养的人。这种印象，后来被无数的事实证明了。在汉城，我和六位人民军的士兵作了一小时的笔谈。当时没有翻译，我们不通语言，但是，一种国际主义的亲切、真诚的情感，用汉字联系起来了。他们都写得一笔流利的汉字。从笔谈中，可以看出他们清楚地懂得自己为什么作战，认识反侵略战争的正义性，具有坚定的胜利信心。这六个战士，有四个工人，两个农民。他们非常关心中国的情形，他们在纸上写道："问毛主席好！"于是，一种强烈的热力流贯我的全身。我连忙写："毛主席很好。谢谢！金日成将军好！"他们都笑了。在朝鲜，我不断听到问候毛主席的声音。在被敌机炸坏的汉江大铁桥上（在汉城市以南），人民军一位上尉，一位士兵，几乎同时用中国话对我说："同志，辛苦了。"我感到一种特别的亲切，连忙说："同志，你好!"当他们晓得了我是从北京来的,立刻就问:"毛主席好!""我们非常想他!"

在美国飞机的隆隆声中,我和人民军某联队三十六个战士谈了三小时。他们神色安然,谈笑自若。这个为数不大的部队,在前"三八线"上防守了三年。战士们说:"我们过去常常被攻击。每个人都被他们(指傀偏军)气坏了。"这三十六个战士中,有十一位是"银坡山的英雄"。银坡山在"三八线"北,曾经不断遭受傀偏军的攻击。朝鲜有一出流行的名叫为《银坡山》的歌剧,专门描写人民军保卫此山的光荣业绩。战士们特别介绍了去年十月间保卫银坡山战斗的情况,这是许多次保卫战中的一次。这次战斗从十月十四日开始,十月十六日结束。敌人是凶狠的李承晚傀偏军第一师团第十八联队——号称"白骨部队",共两千余人。三天战斗的结果,进犯军被全部歼灭了。在一个高地上,人民军六名战士遭受伪军一个中队的进攻,伪军冲锋三十七次,全被击退。六个人民军战士,在前两天战斗中牺牲了五个人,机枪射手李溶燮坚持到战斗的最后一天,歼灭了一个中队的进犯军,自己也光荣牺牲了。我们谈话时,每一个战士都对这位朝鲜英雄,表现了无限怀念的神情。这一联队人民军,因打退反动派的进犯有功,得国旗勋章者五名,得荣誉勋章者二名,得军功勋章者一百五十名。今年六月二十五日,敌人又攻入"三八线"北,人民军实在忍无可忍,开始迎击并且反攻。这三十六名战士,一直从"三八线"打到汉城。

这些战士都是有教养的、可爱的青年人,其中有四个工人,三十二个贫农。年龄十八岁者五人,二十岁者六人,二十一岁者七人,二十三岁者八人,二十五岁者九人,二十七岁者只有一人。他们都能看报。有五个人在入伍时不识字，但在部队中迅速学会了。人民军用最大的力量消灭文盲，编成三个人一组的互助小组，由识字的教不识字的。有些不识字的战士，学习三个月就能读报。在平时，战士们每天军事训练六小时，上政治课两小时，其余时间，进行文化娱乐和识字。避弹壕中，篝火堆边，都成为学习的场所。每年春夏秋冬四季，分别举行考试。这三十六名战士中，有十二名得过学习上的"胜利之旗"。据战士们说，每个小队（排）都有壁报；每个中队（连）都有随军图书馆，收藏几百本书。除了政治书籍以外，战士们最喜爱小说和诗歌。

这些战士都很健康。我看过他们的供给标准，每人每日可以得到下列物品：大米一千克，砂糖二十克，食油二十克，牛肉一百克，海鱼二百克，蔬菜六百克，酱油三克，食盐三十克，醋二十克，纸烟二十枝。战士们的思想比他们的身体还要健康，他们说："我们都是不想打仗的。"真的，获得劳动保护的工人和分得土地的农民，是需要从事和平劳动的。但是，他们说："美国人和李承晚进攻我们，我们只能把它打出去。不打走他们，我们又要过'八·一五'以前的生活了。那生活不是人过的。"

（原载《人民日报》1950 年 8 月 7 日，《有文化的朝鲜人民军》；

《朝鲜目击记》，1950 年 8 月 5 日）

朝鲜新解放区目击记

八月上旬，我在朝鲜共和国南半部新解放区，旅行了一千五百里。我亲眼看到美国侵略军和李承晚匪帮的血腥暴行，也亲眼看到朝鲜人民的英勇反抗。多少朝鲜的和平村庄，被美国飞机的烧夷弹毁灭了。多少朝鲜的和平居民，被敌人的机枪和刺刀杀死了。这种不共戴天的血海深仇，激起朝鲜人民普遍的激愤。他们英勇地反抗，神速地进军，他们已经获得光辉的胜利，我也同尝了胜利的欢欣。

夜渡汉江

夜间从汉城出发。原拟从汉江桥上渡汉江，因为敌机在桥上投下定时炸弹，还未完全爆炸，临时改乘渡船。这时月明如昼，晴空万里。朝鲜夏季的天空，和我国华北夏季的天空一样，清高而爽朗。汉江静静地流着，微风细浪，水色如银。河滩上聚集着等待渡河的人们，由于船少人多，许多人一时不能上船，只得睡在潮湿的砂地上。婴儿哭着，母亲们发出低微的诅咒的声音。

这时候，美国飞机又来轰炸了。先投下照明弹，接着投下炸弹和火箭炮弹。他们对准这些婴儿和妇女射击，先后达二十分钟。他们完全灭绝了人性，可恶的美国生番！

两个年轻的水手把我们渡过汉江。他们是朝鲜民主主义青年同盟的盟员（简称民青），在敌机轰炸下坚持工作，终夜不眠。过了汉江，是一片没有路的广阔的沙滩。一个民青坐上我们的车子，一直送了几公里。临别时紧紧地握了手，他的背影慢慢消失在苍茫的月色中。我想起在游击战争时期，经常为部队引路的太行山的农民。他们兴奋而来，单独回去，此情此景，使人长期不能忘记。

沿路有摩托化炮队和步兵开往前方。对面有无数吉普和卡车驶来。隆隆的马达和急促的脚步声，显示出战争的忙碌和紧张。对面驶来的汽车司机不断喊着："同志们，不要开灯。"前行的部队常常吹起哨子，叫我们停车，报告这时有空袭。一种战斗的友谊，把人们完全团结在一起。人们关心同志的安全，就和关心自己一样。

水原的爱国者

水原在汉城以南百余里，县城中有六万人。水原解放前，李承晚匪帮曾残杀爱国者千余人，水原解放后，美国飞机又连续进行兽性的轰炸。灰白的月光洒在被炸后的断瓦残垣上，分外凄惨。但是，水原人民绝未屈服，他们紧张地工作，不分昼夜支援前线。已经进行了乡村人民委员会的选举，参加选举者达到选民总数的百分之九十九点八。各种群众组织相继建立，民青已有三千余人，参加朝鲜女性同盟的进步妇女，已达七百多人。

我参观了县人民委员会的办公室。这是一个很大的房子，长宽各有五十余米。房内的工作人员很多，青年占绝大多数。写标语的，打电话的，开小会的，都有。嘈杂之中透着紧张。那种气氛，很像我国抗日战争开始时的救亡团体。工作人员兴奋热烈，废寝忘食。

据水原人民委员会委员长朴胜极说，人民委员会工作人员的百分之二十，是从监狱中出来的。这些同志看见爱国统一战争快要胜利了，他们的理想接近实现了，所以都在拼命地工作。其余百分之八十的工作人员，又可分为两种：一是革命同情者，他们在革命高潮中异常兴奋，工作也很起劲。一是曾在傀儡政权下作事，但是没有重大劣迹的分子，他们身受人民委员会宽大政策的感召，也表现了积极努力，以求为新国家立功。

朴胜极住过五年监狱。他出身于一个中农家庭，现年四十二岁。他长期在农村工作，对农民文学很有修养。在汉城以南，许多县、区负责同志都受过监禁，他们面色苍白，但有一种异乎寻常的热情和活力。今天，他们成了朝鲜共和国人民政权宝贵的骨干，他们都毫无例外地充满了胜利的信心。

在一所日本式的洋房中，几位从汉城西大门监狱中脱险的革命者，兴奋地谈论着他们被解放时的情景。据他们说，如果汉城晚解放一天，被困在监狱中的革命者，不知要多牺牲多少人。汉城共有西大门、麻浦、永登浦、陆军四大监狱，陆军监狱中囚禁的革命者，全部被美李匪帮杀害了。二十八日晨一时，陆军监狱寄押在西大门监狱中的一百六十三个爱国者，也被敌人运到汉城西水库枪杀了。二十八日晨四时，西大门监狱中的"囚犯"们听到刺耳的警笛声，这是匪帮逃跑的信号。六时，仍无看守叫"囚犯"起床（在往常，早晨六时，监狱的看守就要逼着"囚犯"起床了），"囚犯"们联想到日益逼近的炮声，知道大事变就要发生了。大家自动起床，披衣等待。七时，马达吼声如雷，人民军的重型坦克撞开监狱的大门，革命者群起捣碎囚房的小洞。巨大的监狱中，顿时响起冲天的"共和国万岁"的欢呼声。人民军的坦克手从炮塔中跳出来，和革命者拥抱、握手。这时候，人们都不晓得应该说些什么，只觉得热泪沿两颊簌簌而下。在胜利的无言的泪光中，朝鲜的革命者获得解放了。他们迅速地刮了胡子，换好衣裳，完全没有休息，许多人甚至来不及回家看看，就分别走上各种自由的战斗的岗位。在共和国南半部新解放区，到处都可以遇到这样的同志。

杀人场

从水原西南行，逐渐进入山地。天空浮着朵朵淡云，月色时明时晦。朝鲜的公路宽阔平坦，路旁种着整整齐齐的行道树。公路近旁的山上，草木茂盛，古松和胡桃树，发出一派清香。但在走进村庄的时候，总会嗅到窒息的腐尸臭味和焦木气息。沿途村庄竟没有一个未受美国飞机轰炸的。有些村庄已成一片瓦砾，需要完全从头建起。美国生番的残暴，将使朝鲜的后代儿孙，永生永世不能忘记。

黎明到忠州。忠州属忠清北道，为一交通要冲。李承晚匪帮逃窜前，曾在这里惨杀爱国者六百一十三人。被害者的家属到尸场寻尸时，又遭到匪帮机枪的射击。匪徒们为了不让被害者的家属找到亲人的尸体，竟在枪杀以后，再用刺刀把尸体的面部划得稀烂。忠州解放后，美国飞机又不断袭扰轰炸，一百五十个和平家庭，被炸弹完全毁灭了。匪帮逃窜时，大肆宣传人民军乱杀人，强迫居民全部出走。结果，南行者所带衣物全被匪军抢光，北行者全被匪军打死。匪徒们有一个固定不变的逻辑：你只要往北去，一定是去欢迎人民军，因此，他就有必要打死你。

为了防止敌机的袭击，忠州人民委员会疏散在许多小屋里办公。在白天，工作受到相当的影响，但在夜间，却加倍紧张地进行着。据人民委员会委员长金恒培说，群众抗美的情绪是很高的。七月二十日夜，县人民委员会召开庆祝解放大会，在黑暗中，到会者达万余人。附近 ×× 两桥被敌机炸毁，每夜都有几百人参加修复工作。虽然夜间敌机也来，但其威胁力量是小多了。金恒培被监禁过一年多，汉城解放时从西大门监狱出来，立即组成一个小游击队，到了忠州。

我们视察离忠州五公里的一个杀人场，由金赞钦当向导。金赞钦是当时的被难者之一，他被匪军从背后打了一枪。弹中左臂。他倒在同志们的血泊中，匪徒们以为他死了。过了半日，匪徒离开刑场以后，他苏醒过来，乘夜间逃走。现在，他的伤还没有好，已经参加了人民委员会的工作。

金赞钦是个二十六岁的青年，原在忠州东三十里的水原堡村教书，是教育者协会的会员。教育者协会是一个左翼教员的地下组织，在朝鲜南半部曾有广泛的活动。金说：从六月三十日起，李承晚匪帮开始大规模捕人。革命嫌疑者早已完全被捕，现在被捕的，只是可能的嫌疑者了。金在七月三日被捕，根本未经审问，第二天即被枪杀。他说，这六百一十三个爱国者，大部是知识分子，都是没有经过任何审问的。

我们视察的这个杀人场，是忠州三个杀人场之一，在此处被害的爱国者有一百三十人。一个四、五百公尺高的山坡上，长满碗口粗的松树。松树下是深及膝踝的蒿草。一堆一堆的新鲜砂土，埋着被害的志士。砂土上插着小小的木牌子。还有三十多具尸体没有掩埋，这是等着尸亲来认领的。这些尸体横躺竖卧，头颅均被击碎，两手还用粗铁丝绑着。其中有两个妇女。血把蒿草染成黑色，尸臭冲天。尸场上鞋子很少，许多被害者的鞋都被匪军扒去了。金说：匪徒们在七月四日上午十一时开始杀人。当时交通完全断绝。二十部大卡车，把爱国者拉到三个地方。匪徒们拿着美国的卡宾枪、步枪和手枪，站在爱国者背后十几米的地方，在统一的号令下，同时射击。一时枪声大作，被害者纷纷倒地。在"共和国万岁"的呼声之后，接着是一片呻吟的声音。革命者的悲壮，使残忍的匪徒为之变色。

在火线后方

庆尚北道的闻庆郡一带，在一周以前，曾经有过激烈的战斗。我们在闻庆以北翻过朝鲜有名的鸟岭。此岭既高且长，为朝鲜第一。公路凿山而成，路左为绝壁，路右为悬崖，许多被击毁的卡车、坦克和大炮，不规则地躺在路旁。美国飞机整日在天空肆虐，它们发现一个人、一匹马或一头牛，都会投下几颗炸弹。公路被炸成许多深坑。夜间，工兵英雄们紧张地进行复旧工程。

在火线的后方，我们看到与听到许多关于美军的事情。他们是怯懦而又残暴的。被人民军击毁的美国装甲汽车，都是炮口向北，车头向南。美国人把炮塔回转一百八十度，一面射击，一面逃跑。公路旁边，常常发现一些简单的工事，工事旁边凌乱地堆着小丘一样的榴弹炮弹壳。这是美国兵的炮兵阵地。他们把机械化炮队摆在公路旁边，也是为的逃跑方便。美国的坦克手弃车逃窜前，只要还有一点时间，一定把车门锁住。他们的目的是使人民军开车时延误时间，他们跑得能够从容一些。原子英雄的威风不过如此。但是，他们的残暴无耻却是无法比拟的。他们在撤退后的水井中放毒药，在人民军可能进驻的村庄埋地雷。金泉（在忠清北道）县秋风岭五百多名妇孺，躲在一个火车隧道中避难，被美国人发现了。美国人携走一百多青年妇女，然后堵住隧道两口，用机枪杀死剩下的人。这些毫无人性的衣冠禽兽，在朝鲜造下了滔天的罪行。他们再一次教训了全世界爱好和平的人民：帝国主义的战争阴谋如果不能制止，朝鲜的遭遇在许多地方都会出现的。

我们在万山丛中的幽谷村休息。二十多户人家的村庄，此时只剩下一个七十岁的名叫李贵恒的老农民。别人都去旁的地方逃难，只有他一人留在村里。他胡子雪白，穿着朝鲜农民的白色衣裳，盘膝而坐，两目无光地注视着远方。他有一个独生儿子，七年前被日寇征兵走了，迄今没有消息。剩下他孑然一人，完全失掉了生活的乐趣。他这一次又遭受了伪军的洗劫。这个村庄的情形，完全和日寇在我国农村中"扫荡"过后一样。家具锅碗被捣毁了，能穿的衣服被抢走了，地上堆着零乱的棉花套子，伪军把被子上的布面都撕走了。

在村南一里的高山上，曾经发生过异常激烈的战斗。老人告诉我一个传奇似的故事。他说：伪军在山上据守，人民军从山下仰攻。两方距离太近，说起话来。人民军战士对伪军说："你们有种，敢下来吗？"伪军不敢。伪军对人民军说："你们有种，敢上来吗？"一个人民军脱光衣服，拿着两个手榴弹，向山上大步走去。这种神勇的气概，把伪军吓呆了。人民军战士丢出手榴弹，伪军掉头就跑，人民军占领了这个前进阵地。老人坚持说这个故事是真的。我想：这不但表示了他对人民军的敬爱，同时，也说明他已经看到了朝鲜的希望，他又恢复了已经失去的生活的兴趣。

人民的力量

从前方绕东路回汉城，终夜遇到敌机。这一带的公路更美，路旁绿树成行。一段是雨伞一样的樱花，一段是蜡烛一样的白杨。只是行车不能开灯，减煞了景物的美丽。

在一个高山顶上，我们看到黑暗的海洋似的山谷中，闪烁着一片星星一样的红光。渐行渐近，原来是一群光着臂膀的士兵，手擎火把，抢修一座巨大的桥梁。此桥在白天被美国飞机炸毁，夜里，人民军赶来抢修。铁石撞击声，皮鞋跨在石头上发出的声音，以及气喘喘的呼喊声，蔚成一派紧张劳动的音乐。美国飞机的炸弹，是不能战胜朝鲜人民无敌的意志的。

在堤川附近，我们遇到几股没有尽头的人的洪流。朝鲜的农民们在向前方运送子弹。他们穿着白衣服，背上负着朝鲜农民背柴用的木架，每个木架上放着两箱子弹。在车灯照耀下，我看到他们辛苦地移动着，每个人的脸上都显出一种坚毅的表情。有些人长着胡子。没有一个押运的士兵。我想起四年以前，即一九四六年，我国人民解放战争开始时的一个故事。当时有一个外国记者，在邯郸看到一群没有士兵跟着的运送子弹的农民，立刻跑到邯郸一个报社去问："为什么这些运输子弹的农民，没有士兵监视呢?"他是才从国民党统治区到解放区来的，他在解放区看到一种和国民党统治区完全不同的情景，发出这种疑问，原是可以理解的。但是，我们不得不反问他："为什么农民给自己的军队送子弹，还要士兵押运呢？"过去在我国发生的事情，今天又在朝鲜看到了。无数的历史同时证明，人民的意志与力量，总是战无不胜，攻无不取的。

据堤川郡人民委员会副委员长金童洙说：人民支援前线的热情之高，实在令人感动。堤川是七月四日解放的，从五日起，每天都有七八百人至一千人参加运输和修路。有些县境的农民，走九十里路到县城，未及休息，就背着子弹出发。老汉们拒绝工作人员的劝阻，也跑了来，他们说："上了年纪的人，可以少背一点儿。"

堤川人民委员会的办公室，借用了一个小山旁边的学校的教室，里面放着三十多张桌子，坐满了人。工作人员绝大多数都是解放以前的地下工作者。办公桌上放着简单的文具、油印机和纸张，办公桌旁放着成捆的被子。人们紧张地工作着。

办公室外的操场上，坐着许多民工。十几个宣传队的队员，正给民工唱歌和解释时事。这个宣传队是由共和国北半部的大学生组成的，共二百五十人，已经在原三八线以南地区工作了一个月，现在要到前方去。一个女队员用洪亮的男人一样的声音向民工讲话，解说爱国统一战争必然胜利的道理。据宣传队长说：她名叫李顺实，是平壤金日成大学的学生，她的父亲是个工人。如果没有革命，她没有任何上大学的可能。因此，她在新解放区工作，表现了异乎寻常的积极。

太白山根据地

我们此次走过的地方，都是山地，是朝鲜有名的太白山区。太白山曾经是共和国南半部最大的抗美反李游击根据地，这个游击根据地，一直坚持到此次爱国统一战争时期。

在江原道的首府春川，我会见了道人民委员会委员长裴亨淳。裴委员长现年三十五岁，尚未结婚。在江原道解放前，他是太白山区游击军的副司令。江原道解放后，离开部队，当了道人民委员会的委员长。

江原道的游击战争，在解放前非常活跃。现在，游击队随着人民军前进，已经打到庆尚北道的敌人后方去了。美国人最怕游击队。他们只要听到屁股后面发生枪声，立刻不战自乱，掉头就跑。七月十七日，美国人和傀儡军一度在东海岸上的蔚珍县（属于江原道）登陆，企图向内地骚扰。当时人民军已经进至蔚珍以南，警备队还来不及赶到守备，蔚珍暂时成为空隙状态。当地少数游击队出头抵抗侵略者，和敌人纠缠了两天。这时，人民军兼程驰援，将登陆的敌人全部歼灭。

裴委员长说：游击队的成员都是工人、贫苦农民和革命学生，劳动党员占二分之一以上。游击队在太白山根据地建立了人民政权，实行了各种民主改革，获得广大群众的热心拥护。游击根据地不断侵蚀着伪政权。从一九四九年年底起，李承晚集中四个师团，以大田为中心，向太白山区进攻。极端残酷的斗争开始了。敌人在游击区实行杀光、烧光、抢光的"三光政策"，江原道平均每县被害者近千人。敌人偶然俘虏了个别游击队员，故意押到集市上，当众用洋狗咬死，企图造成一种使人民脱离游击战争的恐怖情绪。"但是，"裴亨淳说："我们绝没有屈服。在最困难的时期，我们五人一组，分散活动，照旧打击敌人。我们在战斗中坚持着学习生活，学习中国游击战争的战略战术。"他幽默地说："敌人也曾'勇敢'过一段时间。那是因为他们晓得我们的弹药缺乏了。不过，当他们晓得我们的刺刀非常锐利以后，马上又显出更进一步的无能和怯懦。"

裴亨淳说了两个"非常惬意"的故事。一次在一九四九年七月，一千五百个伪军包围了庆尚北道的清凉山。敌人由两个美国军官指挥着。清凉山有两百名游击队员，只有三十几支步枪。激烈的战斗进行了一整天，夜里，游击队分散突围，无一伤亡。敌人却运回去八十多具尸体。还有一次，是在一九四九年九月，游击队潜入闻庆县城，摸到伪警察所里，先用刺刀刺死伪警察所长，接着烧毁了警察所的房屋。敌人不知道来了多少游击队，仓皇之中胡乱射击。游击队已经从容撤退了，敌人还在瞎打。敌人的子弹打死了不少的敌人。

（原载《人民日报》1950 年 8 月 25、26 日；

《朝鲜目击记》，1950 年 8 月 12 日）

"三八线"上
战斗在长津湖畔
战地通讯忆汉城
新闻报道
朝鲜战争
战地日记
被人民欢呼"万岁"的部队

新解放区农民的欢欣

八月的朝鲜京畿道的农村中，充溢着一片欢乐的、新生的气象。美国人被打跑了，李承晚被打倒了，土地改革完成了，应时的夏雨又落透了。真是双喜临门，锦上添花。

欢乐和友谊

十五日下午，我们到了高阳县的葛岘村。此村山环水抱，林木繁茂，风景十分动人。村口高搭松枝牌坊，牌坊上挂着庆祝"八一五"，庆祝高阳解放与庆祝土地改革胜利完成的标语。

夕阳傍山的时候，我们遇到一队农民，打着锣鼓，吹着喇叭，在一个小坪上跳舞。长着胡子的老农也参加了跳舞的行列。他们摇晃着手中的手巾和草帽，有时单个人跳，有时三四个人抱在一起。他们汗流满面，不断喊着"交踏"（意即"真好"），手舞足蹈。

跳得累了，大家坐下来。村干部起来讲话。一个座谈会开始了。干部说到"八一五"以前农民们的生活状况，会场鸦雀无声。干部说到打败美国人、李承晚和土地改革的胜利，农民们用粗大的声音喊道："阿尔索"、"阿尔索"（意即不错，不错）。最后，干部谈到朝鲜的爱国统一战争将会得到完全的胜利，世界的民主国家和爱好和平的人民——特别是伟大的苏联和新兴的中国，是完全站在

山河筆
——李庄朝鲜战地报道

新闻报道
朝鲜战争
"三八线"上
战斗在长津湖畔
战地通讯忆汉城
被人民欢呼"万岁"的涨欧

朝鲜人民方面的——农民们立刻兴奋起来了。他们狂呼"交踏"，用力鼓掌。一个中年人突然起立，唱着笑着，跳起舞来。

我们告别农民，走向另一村庄。行约半里许，村人民委员长赶了来，坚持要我们回去喝酒。他说："中国朋友来了，不能白白地回去。过去，我们村里也来过外国人：日本人、美国人，他们是来欺侮我们的。现在来了好朋友，一定要喝一杯。"他再三追问我们是否同意，直到得着肯定的答复，方才放心。他这几句简单而意味深长的话语，电一样地流贯我的全身。国际主义的新时代，已经来到新解放的朝鲜农村了。这些可爱的农民，他们对于自己的敌人是如此憎恨，而对自己的朋友，是如此多情而且诚恳。作为一个光荣的中华人民共和国的公民，在我们友邦的朝鲜农村中，我体味到无上的友情和温暖。谢谢他们。

农民们端来自酿的黄酒和典型的朝鲜农村的酒菜：一盘干乌贼，一碗放了辣椒的咸黄瓜，一盘青辣椒，一碗辣椒酱，一盘蒜瓣。大家用大杯互相敬酒。借着翻译的帮助，大家兴奋地谈着。

吃酒中间，我和雇农全应天谈话。他是刚才跳舞的积极分子之一。他今年五十六岁，胡子已经花白了。他有一个儿子，两个儿媳（二儿子被日寇拉去当兵，八年没有音息。二儿媳还在忠心地等待着自己的丈夫），一个孙子。但是没有一分土地。他说："我们一家子都给人家做工，有就吃，没有就不吃。大米，人家田里种的很多，我们饭碗里没有见过。"他是一个典型的老实的农民，当我们问他"为什么现在有了土地"的时候，他沉吟半晌，笑着说："民主政策从北部发展过来了，我们拿着这个政策，打跑美国人、李承晚混蛋和地主阶级。这是金（日成）将军的好法子。"全应天家分了一千七百坪（每坪等于一海克脱的三千分之一）土地，其中有三分之一是菜园，三分之二是水田和旱地。临别时候，全应天和我们再三握手，诚挚地说："同志，你看今年的稻子有多好！秋天你再来，我们杀两只鸡请你。"

葛岘村窄狭的村路上，浮荡着一股酒香。"八一五"是朝鲜最大的节日，但在李承晚统治时代，人民却不能庆祝这个节日。李承晚考虑得太周到，他害怕人民庆祝"八一五"时，会联想到击败日本的苏联，因此，他禁止在这一天举行任何仪式。那时候人民只能闷在嘴上，记在心里。今天，农民们在一切方面都解放了，家家吃酒，共贺胜利。我们谈话时，美国飞机不断在天空盘旋，向和平农村肆虐。一个中年汉子幽默地说："你在天上轰炸扫射，我在地上敲锣打鼓。"在农民的伟大深厚的力量面前，美国飞机越发显得渺小无力了。

佛光村两农民

高阳县佛光村是个由二百六十七户农家组成的村庄。这个村庄没有一户普通的地主，因此，在土改中只没收了四万二千零三十四坪土地。其中从李承晚傀儡政府手中没收者为三万四千三百零八坪，从反动的公司会社手中没收者为四千八百二十六坪，从反动学校手中没收者为二千九百坪。日寇侵据朝鲜时，组成"东洋拓殖会社"，从朝鲜农民手中强夺了三十余万町步土地（三千坪为一町步，每町步等于一海克脱）。美国人和李承晚组成"新韩公司"，"接收"了这些土地，继续出租以剥削农民。这是朝鲜新解放区没收土地的主要对象。其次，美国人和李承晚匪帮的官僚、政客，组织了许多会社、公司，还开办了一些学校，利用商业和教育机关的名义，兼并土地，高价出租。在土地改革中，这些土地也无条件没收。佛光村的土地关系，代表着没有一般地主的朝鲜农村的典型。

在解放以前，朝鲜农民的生活是十分痛苦的。我和贫农赵钲龙作了三小时的谈话，问他在李承晚统治时期，有些什么负担。他说，他是一个血统贫农，过去租种"东洋拓殖会社"八百坪土地，两辈子少吃缺穿。"八一五"后，他还是种着这八百坪土地，只是地主换成美国人和李承晚罢了。这八百坪土地，去年收获七石稻谷，缴了三石地租。除此以外，他还出了三千元地税，九百元家屋税，四千五百元所得税，二千四百元警察支署后援费，二千四百元保卫团后援费，五千元学校后援费。他还出了三种稀奇的负担：一种是李承晚赴美国的旅费，他负担了七百元；一种是保卫团补贴费，伪政府让他参加反动的保卫团，他不愿参加，因此每月要出二百元补贴费，一年共二千四百元。还有一种是进城拉粪时，守门的警察强迫购买的公债券费，去年他拉粪十次，就买了十张公债券，共五千元。以上合计二万六千三百元；去年白米每斗一千二百无，这些杂税共合白米两石二斗，折稻谷三石七斗。这就是说，赵钲龙忙碌一年，除了交租纳税之外，只剩下三斗谷子。

在这次土地改革中，赵钲龙分到他租种了多少年的那八百坪土地。转眼之间，他由土地的奴隶变成了土地的主人。那种快乐的心情，凡是参加过我国土地改革的同志都会晓得的。他喋喋不休地说："中国同志，你看我有了土地了；我们现在是真好啊！"

中午十二时，我们和村农民同盟委员长（相当我国的村农会主席）金兴山谈话。他的工作太忙，这时候还没有吃早饭。他是一位血统贫农，全村闻名的老贫农。我们问他："为什么农民们选你当委员长呢?"他想了一想，说："我看有三条：第一，我种地勤劳；第二，思想好；第三，办事情负责任。"朝鲜农民都有一种爽朗的性格，他就这么率直而诚恳地说出了自己的优点。我们事后问了几个农民，大家都说："一点不错。"

金兴山说："我们的世道好转了。人民军来到高阳，立时下了一场透雨。接着就办土地改革。你看，我们以后有好日子过了。"谈起解放以前的生活，他也同样地算了一篇苦难账。赵钲龙所出的租税，他不只样样都有，还增添了一个新项目。警察支署腌咸菜，他被迫出了五捆白菜、五捆萝卜。最后，他作结论似地说："以前，生活困难，生不如死。以后，人们生活得就有意思了。"

朝鲜农民过去贫而嗜饮，显示出一种对生活绝望的情绪。金兴山说："这种情形就要改变了。因为，人们都分了土地，以后捐税又要减少，生活一天比一天好，谁还能自暴自弃呢?"他说，农民同盟目前的主要工作之一，是组织农民识字班，参加者十分踊跃。"这就是农民生活希望提高的一个例子。"

民主部落

力村坐落在群山之间的小盆地中。全村一百四十户，七百三十三人，由三个小庄组成。盆地中央是一片稻田，早稻硕穗低垂，看来是一个丰收年景。盆地南侧有一个巨大的莲池，荷花映日，分外鲜明。山坡上种着各种杂谷。我国华北习见的庄稼，这里应有尽有。只是成亩种植的辣椒，是在华北少见的。绿色的山野中，星星点点地散布着穿着白色服装的男女农民，正在紧张地刈草。美国侵略军的 B29 不断掠过晴空，搅乱了和平宁静的空气。时时传来罪恶的爆炸声。

力村是个有名的"民主部落"（意即革命工作素有基础的村庄）。村农会干部金幸星对我说："中国同志，你看美国飞机有多可恶！朝鲜的事情应由朝鲜人自己解决，干你美国人什么事？不过，美国军队既然打来了，我们就要打垮它。"这个一百四十户人家的村庄，解放以后，已有七十三个青壮农民参加了义勇军，平均两户一个人。真不愧为"民主部落"。

力村在一九四六年成立了劳动党支部。此后，一直对李承晚匪帮坚持着英勇的斗争。一九四七年三月十五日，反动派纠集了一批流氓，打着"大韩建国青年会"的旗帜，以棍棒木石袭击此村，全村男女老幼起而抵抗。伪警察赶来支援流氓，捕走五个农民。一九四八年，李承晚实行非法的单独选举，力村的农民们想尽各种方法逃避，并无一人参加。同年八月二十二日，朝鲜民主主义人民共和国举行最高议会选举，农民们秘密签名盖章，把选票送到平壤去。农民们曾经想出一种有效的破坏匪帮反革命秩序的办法，几个人分别爬到山头上，同时放起烟火，其他村庄不知道发生了什么事，也跟着放起火来。这叫"烽火"，是朝鲜农村中发生重大事变的警号。匪帮军警看见火起，一定全体出动，大忙特忙，一无所获。

农民们坚持着艰苦的斗争，直到这次最后解放。由于全村十分团结，敌人对它也无妙法。解放以后，人们的斗争锋芒转向支援前线，七十三个青壮年立刻参军了。现在，战线已经推向遥远的南方，土地改革已经圆满完成，在透雨之后，紧张的刈草季节来到了。农民总是忙碌的，力村街上没有闲人，人们都到田里去了。我在满水的稻田中去看男女农民，他（她）们挥着满头大汗，笑着问我："中国同志，你看我们好吧?"是的，他们是好的，他们和我们祖国的人民一样，他们已经胜利了。

（原载《人民日报》1950 年 8 月 29 日，《获得了解放的朝鲜农民》；

《朝鲜目击记》，1950 年 8 月 17 日）

新闻报道
朝鲜战争
"三八线"上
战斗在长津湖畔
被人民欢呼"万岁"的部队
战地通讯忆汉城

人民军四战士

在朝鲜人民军中，普遍地流行着这么一句话："美国人来了，吃掉他。"人民军看够了美国人的血腥暴行，只要遇到美国兵，眼珠子立刻就红了。他们十分懂得自己为什么打仗。

我曾和一个二十四岁的人民军战士谈话。他名叫金在沃，江原道安边县人，贫农出身，一九四八年十月入伍。在大田战斗中，他一次用冲锋枪打死了三个美国兵。

金在沃什么时候都是愉快的，在敌机的轰炸声中，他还是笑着。我曾经故意问他："现在想家吗？"他笑着说："老战士不想家。""父母呢？"他回答："在平时是想的，战时就谈不上了。"今年六月战争爆发后，金在沃的妻子从安边坐火车到平壤来看他，临走时嘱咐了三件事：一、应该认识自己是个人民军，好好打仗；二、爱国统一战争胜利后，回家看看；三、家事很好，不必挂念。妻子这种简单有力的嘱咐，益发增加了金在沃杀敌的决心和勇气。

我问过许多人民军的战士，他们的情形都和金在沃相类似。金的家庭共有五口人，父母之外，有金和他的妻女。"八一五"前，他家租到一千坪水田，二百坪旱地，经过日寇和地主的重重剥削，所余粮食远不够吃。前年北朝鲜实行土地改革，他家分到一千八百坪水田，三百坪旱地。去年收获七石白米，三石杂粮，自己种棉麻，织衣料，成了一个小康之家。他商得母亲和妻子的完全同意，毅然参加了人民军。

在前方偏僻的山村中，我遇见一个名叫李春凤的女看护。她只有十九岁，穿着整洁的制服，带着分队长（相当我国的班长）的证章。一九四九年七月，李承晚匪军曾越过三八线进攻松岳山，她以一个地方结核病院看护的资格，参加了前线的救护工作。和她一起参加这次战斗的，共有二十多名地方上来的女看护，其中十六名，和她一起参加了人民军。李春凤亲眼看到伪军的无理进攻，亲身受到侵略炮火的轰击，曾经几次请求参军，结果都被谢绝。部队说："现在不需要很多人，以后再说吧！"李春凤耐心地等待着，热心地学习着战地救护技术。直到后来战争继续发展，她才被允许穿上制服。

"当然，"她说，"部队的生活比我在医院的时候要苦些。在结核医院里，公家供给伙食服装，每月还有一千二百元津贴。现在，待遇比以前苦一些，不过，我从来没有想过它。为了祖国的独立和统一，再苦些又算什么呢？男人作战，我们至少可以当看护。"

李春凤谈起她在解放前的生活。她只有一个老母亲，租种地主几亩薄地，连马铃薯都吃不饱。"八一五"后，北朝鲜大力发展工业，她几个本家哥哥都到了工厂里，生活立刻改善了。现在一天三餐，净吃大米。她得到国家的帮助，在看护学校毕业，成为一个技术人员。她说："没有我们这个好祖国，我不能有今天。我有多大力量，都要贡献给她。"

这个雄赳赳的十九岁女青年，现在还没有订婚。她认为"那是战后的事情。而现在是战争时期。"她说："我们这时候在这里谈话，

山河笔
——李庄朝鲜战地报道

一会儿不知走到什么地方。水里火里都是要去的。"李春凤十分想念她的母亲。她再三表示，越是想母亲，越得努力工作，以便早日把战争打赢，回去看她。

我和许多人民军的战士谈过话，发现他们都有和这两位青年相似的思想和经历。朝鲜的爱国统一战争所以获得这样迅速的胜利，在这里得到了一个方面的解答。美国俘虏说：他们开始遇到人民军横冲直撞的坦克，以为坦克手一定是苏联人或中国人。他们被俘以后，看到炮塔中跳出健壮的朝鲜青年，大吃一惊，都后悔自己来得太"鲁莽"了。

朝鲜的前线和后方，都涌现了无数使人敬佩的英雄。二十六岁的分队长申永禄，在过去的抗日战争中，曾经立过七次大功，被称为战斗模范。六月二十九日，他奉命率领突击班，攻击桦川（属江原道）以南敌三三零高地。敌人以六个中队构成三道防线，在制高点上以各种火力向他们射击。申永禄带领突击班匍匐前进，接近高地后，立即以刺刀向敌人冲击。敌人的第一道防线被冲破了，申永禄臂部也负了伤。中队长劝他下火线，他说："我虽然负了伤，任务还没有完成呢。"他站在全队之前，继续向前进击，在他第二次负伤倒地之后，敌人的二、三防线被突破了。申永禄也是一个翻身农民，现在，他的弹伤已快痊愈了。

阴城、利州（均在忠清北道北部）解放特别迅速，主要原因之一，应该归功于工兵英雄孔性洙。孔性洙是一个二十六岁的农民出身的战士，很会游泳。当时骊州（在京畿道）刚刚解放；部队的任务是飞速进军，不让敌人喘息，追击部队遇到一个很大的困难，利川江的大桥被敌机炸毁了。工兵某中队接到命令，引导部队游泳渡河。孔性洙在敌机威胁下，不分昼夜地紧张工作，每小时引渡一百人。从七月三日到九日，他比普通的工兵多引渡了五千人，几乎相当半个师团的兵力。从外表看来，他也是一个非常普通的战士，诚实而且谦逊。但在作战的时候，他显出了惊人的精力。

朝鲜人民军中有千千万万这样的人，他们以自己的血，写成朝鲜革命史上空前伟大的胜利。幸福的朝鲜后世儿孙，将永远颂赞他们的祖先——这些人民英雄的不朽业绩。

（原载《人民日报》1950 年 9 月 1 日，《我见到的朝鲜人民军》；

《朝鲜目击记》，1950 年 8 月 16 日）

美国侵略军的兽性

在朝鲜，无论是城镇或乡村的墙壁上，人们常常可以看到一张凄惨的用血泪绘成的图画：一个朝鲜母亲倒卧地上，血肉模糊；她的幼小的孩子，正用一种迷惘的神态哭泣，噙着母亲的乳头。任何人看了这张图画，都会心酸泪落。这是一件真事，发生于朝鲜忠清北道的永同县，时间是八月四日。我怀着沉重哀悼的心情，看完八张纪录这次惨案的照片。八月三日，美国侵略军败退到永同县的朱共村、林界村一带，强迫当地村民在一天之内搬光，而且只能向南方走。朝鲜农民恨透了美国人，他们不愿南行，相率北去。北方是人民军的进军道路，农民们觉得在人民军那里，自己是安全的。美国陆军用机枪扫射逃难者的行列，同时用无线电和飞机联络，轰炸这一群手无寸铁的人。农民们为了躲避敌机，逃到黄涧村以东三公里的铁桥下。但是，又被美国陆军包围了。农民们受到美国机枪的集中射击，当场死二百余人，伤五百余人。救护队的人们流着热泪，用三天的时间，清理了这个杀人场。在这次屠杀中，死了上百的母亲，留下十几个可怜的噙着母亲乳头的婴儿。

在庆尚北道清松县，美国人捉住一千多无辜的农民，把他们分成三队——青年妇女为第一队，中年妇女为第二队，男人为第三队，用机枪逼迫着过洛东江桥。第一队已经过完，第二队正在桥上行进时，桥被美国人炸毁了。无数中年妇女坠入江中，四散逃走的男人遭到美国机枪的扫射，青年妇女全部成为美国人的"俘虏"。我在庆尚北道旅行时，很少看见青年妇女。美军所到之处，青年妇女都被他们带走了。

美国侵略军的兽性，是由中世纪暴君的野蛮、二十世纪法西斯的残忍和最新式的杀人技术与杀人武器所构成的。人民军缴获了美国人许多照片，其中竟有这样的镜头：在汉城以南的一个小村旁边，美国人和傀儡军把一群农民圈在电网中，然后在电网外面用机枪扫射。照片中有一个美国人，正用照相机纪录这个悲惨的场面。人民军缴获的照片是另一个美国人的作品，他把和他同时照相的美国人也摄入镜头了。在水原，美国人强迫被捕的父女在一起交媾，然后用机枪把他们一齐杀死。这种完全丧失了人性的罪恶行为，也被美国人摄入了镜头。美国人原拟把这种"战利品"寄给自己的亲友，作为"征伐"战争的纪念，只是寄得晚了一些，人被人民军所俘虏，照片也被人民军缴获了。

美国飞机用炸弹、烧夷弹与火箭炮炸毁了汉城的龙山区，他们在这里给朝鲜人留下了永远不能抹灭的仇恨的记忆。一年以前，龙山区发生了一件和轰炸性质相同但形式不一的惨剧，那次惨剧，和美国人在我国北京制造的"沈崇事件"是一样的。龙山区厚岩洞（街）住着一个李承晚傀儡政府的公务员，他有一位年轻貌美的妻子。一九四九年初的一个黄昏，美国第二十四师团的两个士兵，潜入公务员家中，强奸了他的妻子。行凶以后，美国人用绳子捆住这位被侮辱的女性，从容而逃。公务员公毕回家，看见妻子的泪痕和绳索，非常惊愕。几经追问，妻子羞涩地告诉了他。第二天，公务员和妻子一起到美国占领军总部报告事实真相，要求追查凶手。美国总部的官员问她："你怎么知道那个士兵是美国兵呢？"妻子说："他穿着美国军装，是美国人。"美军总部派了一个副官，领着公务员夫妇到总部指定的军营中寻找犯罪的士兵，当然没有找到。谁知事有凑巧者，第三天，公务员夫妇在街上和那两个罪汉碰上了，罪汉问明他（她）们的来意，竟非常轻松地说："这种事情，我们的上司是默认的。而且不是我一个！"凶手是找到了，但是怎么办呢？以后始终没有下文。

美国人对南朝鲜还在实行军事占领，李承晚还未粉墨登场的时候，南朝鲜发生过无数次类似龙山厚岩洞事件的罪案。一九四八年初，从木浦（全罗南道一军港）到汉城的一列火车，载着许多美国兵，停在裹里车站上（属全罗北道）。美国兵发现车站上有两个青年妇女，立即把她们拖入车中。三个美国军官当着众人面前，轮流强奸，二十几个美国兵驻足围观，拍手大叫。这件罪案迅速传遍南朝鲜，群情大哗，纷起抗议。南朝鲜妇女同盟的代表会见了美国霍奇中将，要求惩凶道歉，霍奇当时都答应了。但是，此后永无下文。妇女同盟的代表再去美军总部，始终没有负责人接见她们。一年以后，在光天化日之下发生的龙山厚岩洞事件，可说是裹里事件的结果。那个犯罪的美国兵说得好："这种事情，我们的上司是默认的。"

美国人霸占南朝鲜时，肆无忌惮地犯罪行凶。现在，他们眼看自己的侵略势力要被朝鲜人民赶出去了，立刻对朝鲜实行了疯狂的毁灭性的破坏。他们集中了B29、B25、B24和喷气飞机，对准每一个刚被解放的村庄轰炸扫射。许多村庄常常在解放后的两三小时之内，遭受到美国飞机的袭击。美国人的枪口显然是对准朝鲜和平人民的，否则，它为什么普遍使用燃烧弹和火箭炮袭击朝鲜农村中的草房呢？八月十三日下午，我在京畿道高阳县广场村，目睹一幕美国飞机虐杀朝鲜和平居民的惨剧。美国人的野蛮残酷，虽希特勒也不能比拟。广场村是个三十几户人家的小村庄，竟被七架美国飞机攻击了半小时。这七架飞机中，至少有两架 B29。美国飞机向广场村的中央投下三枚燃烧弹，十五户农家的草房立刻被烧毁了。十五户，几乎等于半个广场村。美国飞机低飞扫射惊慌逃避的农民。机枪的狂叫声中交杂着孩子的哭声和母亲的呼唤声。在这一场没有对手的战争中，美国人杀死了十六个农民，另有二十八个农民负重伤，七个农民负轻伤。"美国人长于和手无寸铁的朝鲜平民作战，"我初到朝鲜时，一位人民军的下级军官这样说。我亲眼看到的广场村惨案，又给这句话作了一次新的有力的证明。汉城解放迄今，已被美国飞机袭击八百余次。市民死亡二千五百余人，轻重伤五千余人。房屋被炸毁一千五百栋，学校和医院被炸毁七个。因敌机轰炸而无家可归者达二十二万人。二十二万人几乎等于卢森堡全国国民的数字。

这些事实，能够说明美国兵的顽强和英勇吗？恰恰相反，它只能表示美国人的无耻和怯懦。在大邱前线，美国人和傀儡捉住许多妇孺、学生，强迫他们站在阵地的最前沿，给自己作挡箭牌。美国人不断袭击已被解放的仁川、木浦两港，他们坐着军舰，在离海岸很远的地方抛锚，以大炮向港内居民轰击。在庆尚南道，美国人捉住许多年老的农民，让他们派代表告诉游击队说：如果游击队敢于继续袭击美国人，这些老农就要被作为人质处死。在庆尚北道，美国人坐着汽车逃跑以前，先派遣一些"勇敢的宪兵"，用机枪逼着傀儡军，在人民军的前进路上埋设地雷……

但是，不论如何，朝鲜人民在这次战争中已经获得深刻的教训。他们牢牢地记住了美国人欠下的血债，这种血债必须清算，清算日子已经不远了。

（原载《人民日报》1950 年 9 月 3 日；

《朝鲜目击记》，1950 年 8 月 25 日）

全朝鲜都和美国侵略者作战

在汉城市中心区钟路街的街头，贴着一张鲜红的十分醒目的标语，上面写道："全朝鲜都和美国侵略者作战！"据我一个多月的观察，这个口号完全合乎朝鲜实际的情况。每一个爱国的朝鲜人，都毫无例外地参加了这个反对美国侵略的战争。牺牲是重大的，为了战争的胜利，朝鲜人自觉地承受了这种不可避免的牺牲。

七月二日，汉城发生了一件永垂不朽的英勇故事。当时，汉江大桥被敌人炸毁了，临时架成的便桥，成为人民军南下作战的唯一孔道。便桥又窄又软，汽车必须徐行。但是，司机们都愿意迅速通过汉江，早些把弹药送给飞速进军的前方战士。一时桥上积聚了二十多辆载着弹药的卡车。突然，警报声音大作，美国飞机又来袭击汉江桥，对准便桥疯狂轰炸。一辆卡车被火箭炮击中，立刻燃烧起来。显然，负伤的卡车马上就会爆炸，如果没有有效的办法，便桥和卡车都会同归于尽了。情况万分危急。在这千钧一发的时候，青年司机尹明义悄悄地跳上着火的汽车，开足马力，驶入江中。英勇的尹明义牺牲了，他以自己的牺牲，拯救了便桥、弹药和几十个战友的生命。

朝鲜工人阶级以无比的顽强坚持着爱国战争。我亲眼看到汉城工人顽强地和 B29 作战的情景。汉城解放不过两月，美国飞机袭击汉江桥已达二千二百次（一机一次累积数），投弹五千四百六十枚，许多炸弹是一吨重的。汉江桥已被炸毁过五十回。汉城的工人协同人民军的工兵，随炸随修，始终保证了军需民运。七月十三日，五十四架B29狂炸汉江桥，工人死伤一百零二人。但是，工人阶级绝没有被敌机吓倒，他们默默无言地工作，很快把桥修好了。七月十五日，十九架B29又严重地炸毁了汉江桥，工人们又日以继夜地修好了。我曾和一个矮个子的非常茁壮的修桥工人长谈，他名叫金星善，噙着一个中国式的烟斗，很幽默地说："他们（指美国人——作者）专门吓唬神经衰弱的人，我们朝鲜人的神经都很健康，他们吓不倒我们。"后来，美国飞机采用了一种新战术，专门以战斗机打修桥工人。他们或许在想："朝鲜人如果不敢走到桥上去，汉江桥是永远修不好的。"汉江桥长一千二百米，在桥中央遇到飞机袭击，无论如何都躲避不及。工人们想出了一个更有效的办法，飞机来了，立刻分散伏在桥上，任你疯狂扫射，我总是置之不理。美国飞机的"新战术"又失败了。

美国飞机昼夜袭击汉城，曾经部分地影响了这个城市的工作，但是，绝对未能迫使它的活动停顿下来。水电是源源供应着的。在这种后方的战争中，汉城的电业工人表现了同样的顽强英勇的气概。汉江桥附近的线路一次被敌机炸毁一千八百九十处，那里的各种活动曾经一度停顿了。汉城电讯局动员五十个工人，用一天的紧张劳作，恢复了所有被毁的线路。汉城到永登浦的线路，也曾一次被敌机炸毁一千八百一十处。永登浦是汉城最重要的工业区，电力供应是不能中断的。汉城距永登浦约十公里，中间隔着汉江，修复工程相当艰巨。电讯局作了一个紧张的修复计划，动员六十八个工人，用一周时间把线路修好。工人阶级最懂得电力供应对于现代工业生产的意义，他们超速度地工作，结果只用四天，就完成了任务。据工人们说：在电线杆上遇到空袭，是件很麻烦的事。沉着与机警是十分必要的。敌机临空，悄悄地溜下来，机声渐远，再爬上去工作。有的工人曾在一个工作时间内，在一根电线杆上爬上爬下七八回。李承晚傀儡军逃窜时，曾在汉江中央电讯局动力室中埋下三十枚大型定时炸弹，阴谋使汉城成为黑暗世界。工人们在炸弹爆发以前二十五分钟，发现了敌人的阴谋，他们冒着生命的危险，把炸弹尽数取走。

我在汉城看到好几次工人参军的行列。前面的人抬着巨幅的共和国国旗、国徽和金日成将军、斯大林元帅的画像。儿童拿着鲜花。参军的工人走在中间，他们穿着油浸的工作服，头上裹着写有义勇军字样的红布。有些人笑着，大部分人的脸却像铁块一样冷静，没有任何表情。队伍的最后面是送行的妇女和敲锣打鼓的男人。朝鲜人的性格原很活泼，但在这残酷的战争年代里，大家很自然地严肃起来了。这是可以理解的。他们的国家正受着残暴的敌人野蛮的侵略，他们正在走向前线，走向战斗，这个任务是光荣而严重的。朝鲜工人参军极为踊跃，据朝鲜职业同盟中央副委员长玄勋说：仅汉城工人参军者，已有一万七千七百六十三人。有一次柴登堡纺织厂四百多个女工，自愿到前线参加救护工作，遇到许多次美国飞机的袭击。敌人的残酷增加了她们的敌忾，她们都不想再回后方，都要求参加义勇军，留在前线上。部队负责同志晓得她们许多人有孩子拖累，离家是困难的，于是派了许多干部，动员她们回去。结果，听从劝告回到后方的只有一百多人，其余四分之三，到

新闻报道
朝鲜战争
"三八线"上
战斗在长津湖畔
被人民欢呼"万岁"的部队
战地日记
战地通讯
忆汉城

底参加了义勇军。朝鲜的报纸上，经常登载着大学、中学全体学生要求集体参军的志愿书，青年学生在义勇军中占了很大的比重。当然，朝鲜已有的一百三十万新战士，其基本成员还是农民，我在高阳县看过的一个一百四十户人家的小村庄，就有七十多个农民参加了义勇军，平均两户出去一人。

阳历八月下旬，正是月明时节。在汉城街头的明朗月光中，不断走过人的洪流，其中有工人、学生和市民，有男人也有妇女，他们是去参加各种恢复工作的。在白天，美国飞机可以肆无忌惮地侵略朝鲜的领空。但是，便于工作的初秋的夜晚，却属于勤苦勇敢的朝鲜人民。汉城每天有几千人参加恢复工作，这是这个城市能够坚持工作的重要原因之一。艰苦的恢复工作，不仅在城市，而且在农村进行着。澹清江的农民留给我难忘的深刻的记忆。他们脱光衣服，跳入清冷的江水中，修复被敌机炸毁的桥梁。上百的人在一起打桩，发出协同的粗壮有力的呼声。白天，几架美国飞机在这里轰炸了几小时，桥被炸毁两孔，附近弹坑累累。我们路过此桥时，焦木气味依然飘浮在清新的空气中。夜间，农民们集合了几百人，填好弹坑，打起木桩，要求最短期间把桥修好。

我在朝鲜经过许许多多的村庄。村里的儿童听到汽车响，马上跑到街上来，向车上的人高呼"万岁！"。儿童们以为所有坐在汽车上的人都是人民军，因此向他们表示自己最大的敬意。我在朝鲜走过许多桥梁，桥梁如果是完好的，一定有两三个拿着梭镖的农民，在桥上巡逻放哨。他们的任务有两个，一是防止特务的破坏；一是随时告诉汽车司机，有空袭，或者有其他意外的事情。桥梁如果被炸毁了，那里一定会有许多冒着危险参加恢复工作的农民。他们的劳动完全是义务的,自愿的。

我在战争的前方吃过许多次"拳头饭",那是用蒸熟的大米做成的饭团子。有些"拳头饭"的心里包着砂糖或咸菜。妇女们自愿担任给军队做饭的工作,她们说:这是她们参加战争的最好方法之一。战地村庄中,很多家具都被美国人和傀儡军破坏了,找不到饭碗,吃饭是个大困难。于是发明了这种"拳头饭"。这种饭用纸包住,塞进战士们的口袋里,携带十分方便。

事实上,朝鲜共有两个战场,一在前线,一在后方。美国侵略军在前线上节节败退,他们在那里遭受了朝鲜人民军沉重的打击。但是,美国侵略者残酷万分,从战争开始之初,他们就对朝鲜后方和平居民,实行持续不断的轰炸。朝鲜人民一方面要支援前线上的生死斗争,一方面要对付来自天空的狠毒的袭击,这种负担是相当沉重的。

在后方,能直接打击敌机的只有防空部队。我怀着最大的敬意访问了两个防空军官。一个是高射炮炮长洪明国。他是个十九岁的精明漂亮的青年。自从战争开始以来,他这门炮打落了十三架美国飞机。有一次,他的高射炮转移到一个新阵地,掩体还未作好,空袭警报就来了。洪明国和战友们一面赶挖工事,一面准备射击。这次的对手是四架美国喷气式,它们从东、北两个方向,用火箭炮和机关枪向高射炮进攻。战斗开始不久,洪明国的战友们纷纷死伤,最后只剩下他一个人了。他说:"在这种紧急时候,最要紧的是沉着。战友们躺在高射炮的旁边,我必须给他们报仇。这时候我只有一个思想——计算敌机的速度、方向和位置。"他的炮是一门好炮,炮身打得热热的,没有发生丝毫故障。他把身上的衣服脱下来,裹住炮身，减少热力，继续射击。他一个人兼做弹药手、射击手和观测手，他在这次战斗中打下三架喷气式飞机。

洪明国是去年七月十五日入伍的。去年他在平壤公立中学毕业，第一天离开校门，第二天进了军营。他说："那时候我就知道，我的祖国是在危险中，美国人迟早要来打我们的。我选了高射炮这个兵种，日夜学习，准备打击侵略者。我已经打落了一些美国飞机，如果它不离开我国，我要继续打它。"另一位是高射炮中队指挥官崔尚武，他指挥四门炮，从战争开始到八月十日，他的炮击落了二十架美国飞机。"这种成绩是怎样得来的呢？"他眉头一皱，然后说："敌人太残暴了。我的战士们是这样仇恨敌人，火箭炮明明在他们身边炸开了，他们却和没有听见一样。战士们都知道为什么打仗，因此都不怕牺牲，这样的仗就容易打了。当然，我的战士们学习得很好，他们的技术也是不坏的。"

朝鲜人这种无畏的意志和决心，是从正义的爱国统一战争这个基本关节中产生出来的。全世界的正义人士自然都很懂得这是无穷无尽的力量泉源，就是被俘的美国人，也开始认识了这个道理。美国五十三航空中队少尉驾驶员汤姆逊（属美国第七舰队）说："在朝鲜民主统一的战争中，美国其实是不应该干涉的。据我现在的看法，干涉也白费气力。朝鲜人打仗那样勇敢。他们一定会胜利。"汤姆逊原来是一个具有浓厚的美国式的法西斯思想的人，例如，他说："我们来朝鲜作战，是奉了联合国的命令。我们美国人，有责任，也有力量，到朝鲜担负警察任务。"现在，他已在俘虏营中住了半个多月。他看了许多事情，听了一些真理，开始有某种程度的改变了。

"全朝鲜都和美国侵略者作战",这个口号已经产生了光辉的业绩。它在壮烈的解放战争中,将会逐渐发扬光大,最后把美帝国主义赶出朝鲜去。

(原载《人民日报》1950年9月6日;

《朝鲜目击记》,1950年8月27日)

访问金日成将军的故乡

从平壤西南行二十余里，就是金日成将军的故乡——万景台。它和朝鲜许多的农村一样，恬静而且美丽。但是，在这紧张的爱国统一战争时期，这个村庄也和其他村庄一样，充满了紧张的战斗的空气：热烈地支援前线，谨慎地对付敌机的袭击。

万景台是个九十二户人家的小村庄，疏疏落落地散布在一个小小的谷地中。村周群山环绕，山上长满各种各样的林木。山坡上有几片很大的苹果园，苹果已到成熟季节，绿叶红实，像晚霞一样绚丽。在村东最高的山头上，筑有一个石质的烽火台，农民们说：此台是李朝建造的。台下悬崖，为大同江与普通江合流处，水光山影，气象万千，万景台即因此得名。进村处，矗立着四幢大楼，两幢为革命干部学校，两幢为革命烈士遗族学院，都是"八一五"后的新建筑。村中央有两所瓦房，是村里的国民小学校，金日成将军少年时代，曾在这里读书。中午时分，小学生们脱掉衣服，在教师领导下，汗流满面地挖掘防空壕。在我们访问万景台的前一天，和万景台隔着一个山坡的另一小村，遭受了美国飞机的袭击。牺牲了两个农民，一个是在山坡上放牛的老汉，一个是在稻田中拔草的老妇人。小学生们一面咒骂美国人，一面紧张地工作。

金日成将军的家庭在村的深处。两所洋灰平房，外面围着用木板做成的院墙。院子里种着茄子、烟叶和葱，鸭子和鹅满地跑着。我们在这里会见了金日成将军八十岁的祖父、七十五岁的祖母，金将军的三叔三婶和侄儿侄女。

这是一个革命家庭，这个家庭代表着朝鲜民族半个世纪以来革命斗争的经历。金日成将军的父亲名叫金亨稷，是个乡村教师，著名的爱国者和革命家。他由于进行地下革命斗争，被日本警察逮捕，住了十二年监狱。出狱不久就逝世了。临终时，他把金日成将军和金的二叔亨全叫到跟前，对他们说："我现在是不能再做什么了。你们为了朝鲜的独立和自由，要继续革命，努力斗争。"他告诉弟弟和儿子说，地下埋着两支手枪，可以拿出来作武器。金亨全继续金亨稷的革命事业，他在咸兴打死了日本占领者的刑事部长，被日寇逮捕，在汉城牺牲了。金日成将军继续了父亲和二叔的遗志，并且更进一步，走上了共产主义者的革命道路。他跑到东北，领导当地的朝鲜移民，开展艰苦的抗日游击战争。奋斗二十年，终于配合苏联红军的力量，打倒了日本帝国主义对朝鲜的统治。

七十五岁的老祖母对我叙述她被迫到东北寻觅金日成的故事。十三年前，她和自己的第三个儿子亨录住在万景台，遭受着日寇严密的监视。有一天，来了两个民族叛徒，带着许多钱，强迫亨录到东北找他的侄子。亨录说："我找不到他，你们有本事自己去找吧！""在那种时候，我们强不过日本人，"老祖母说："我只得跟着他们去了。到了东北，日本人杀牛宰马，以为可以找到金日成了。到了金日成的游击区附近，他们叫一个十几岁的孩子同我一起去。我说，'他一个孩子懂得什么？你们有刀有枪，应当和我一起去。金日成如果不来，你们不是会打仗么?!'"老人家找了两次，第一次在抚松，第二次在安图，当然都没有找到。但是，九个月的长途跋涉，使她在路上受了风寒，现在时常腰痛，"不能好好地做事。"

老祖父很想念金将军，他说："自从打起仗来，金日成还没有回过家，他一定忙极了。等到把美国人赶跑了，他会来看我们的。"他说："美国人看不起我们。他们原来说：战争开始的第一天，在开城吃早饭，在平壤吃午饭，到元山吃晚饭。现在让他们看看吧！我们打败了日本人，美国人比日本人更可恶，我们一定要打败它。"

我们谈话中间，村人民委员长给老人家来送卖铜碗的钱。这时候，朝鲜政府正发动人民献纳铜器，由国家出钱收购。金将军的婶婶把出嫁时带来的铜碗献给国家，还献出一些其他的铜器。朝鲜风俗，妇女出嫁时都要陪送一个大铜碗，这批铜器在朝鲜全国说来，数量十分可观。第二次世界大战时，日寇曾勒令朝鲜农民缴出全部铜碗，但是，妇女们都悄悄地埋藏起来了。现在，她们自愿拿出铜碗，献给自己的国家。

金将军家里种着三千多坪土地。这些土地原是地主的，在土地改革时分给他们了。亨录是个有名的勤苦农民，"八一五"前，他除了租种这些土地以外，还不断给人家打短工。现在，亨录的大儿子在内务省工作，大女儿参加了人民军，在前方作战。剩下六口人，靠着这些土地，种粮食吃饭，种棉麻穿衣，养猪养鸭供给子女的学费，生活虽然清苦，但是不愁衣食。

八十岁的老祖父，身体非常健康。他辛勤一生，到老还是终日劳作。我在万景台访问一天，看见他早晨收拾院子，上午在烟田里锄草，下午到山上割牧草，傍晚，背回满满的一木架子。一九四八年，南北朝鲜各政党在平壤开联席会议，会议完了，金九曾经访问万景台。他看见金将军的祖父搓草绳，觉得非常奇怪，问道："你老人家有了个好孙子，为什么还自己干活呢？"老祖父说："孙子是个好孙子。他给国家办好事，并非叫我一人享福。我能劳动，我要自食其力。"

现在的万景台是个富裕的村庄。五年的工夫，这个村庄完全变了样子。"八一五"前，万景台只有四户中农，其余都是贫农和雇农。日本人和朝鲜地主掠夺了全村百分之七十的土地，他们住在平壤，到收获季节，派人来村里收取高额的地租。村长和村党部书记详细地算了一笔账："八一五"前，全村农民每年缴给地主的租粮约四千二百包（其中稻子占三分之二，杂粮占三分之一。每包四斗，每斗合我国二十四斤），被日寇以租税形式夺去三千多包，共计七千多包。"解放以前，每年能收多少粮食呢？"村长车桂焕说：去年，一九四九年，万景台收了九千三百八十六包粮食。而在"八一五"以前，是绝对收不到这个数目的。当时许多土地都荒了。他说：我们在过去是少种一些地，少挨一些打。你种得多，他要得更多，你出不起，他就打你。许多人丢了土地，到平壤卖苦力，到大同江打渔。另外几个农民说："我们种了多少稻子，我们的饭碗里没有一粒大米。全村一年剩不了两千包粮食，大家都换成豆饼吃了。"

土地改革以后，情形根本不同了。粗粮完全取消，捐税大为减少，人民生活日渐改善。去年全村收粮九千三百多包，向国家缴纳了一千六百包粮食的现物税，就再没有其他负担了。我访问四五户农家，发现他们的实际收入，都比"八一五"前增加了三倍左右。目前虽然已届秋收，家家户户还有去年的余粮。

农民的经济生活日有改善，文化生活也随之上涨。这个九十多户人家的小村庄，现有十二个收音机，四个留声机，三十二个缝纫机，都是农民自己购买的。"八一五"前，万景台没有一个中学生，现在有了三十多个。国民小学校中共有二百三十个学生，就是说，全村的学龄儿童都入学了。还有一件特别值得提出的事情，即：万景台全村六十岁以下的农民，现已没有一个文盲了。从一九四六年到一九四九年，每个农民都进过成人学校，都在成人学校毕业了。成人学校分两种，小学班只学文化课，中学班兼学文化和政治。成人学校利用冬闲时间举办，每天学习两三小时。

万景台的农民和朝鲜两千多万农民一样，坚决要求及早赶走美国侵略者。他们都晓得，"美国人和日本人一样，他们来了，我们的好生活就走了。"因此，他们不顾一切，尽全力支援前线。五百四十口人的小村庄，有六十多个青年参加了人民军；今年的负担比去年重一些，例如，除了缴纳现物税以外，农民们还买了许多公债，并捐款购买坦克和飞机。这些新的相当沉重的负担，农民们自愿地承受下来了。许多青年出征后，老年人的工作加重了。在天已完全昏黑的时候，我看到他们还在田里收割、刈草……今年万景台没有荒芜一坪土地，在这紧张的战争时期，农民们争取了一个十成的丰收。据农民们说，他们实在希望能换一换房子。这种希望，只是现在才能产生的。朝鲜农民原来住的都是木墙草顶的房屋，低矮而且简陋。这是长期被压迫被剥削的结果，短时期内当然不能普遍改变。万景台的农民用两种方法来解决这个问题，一是精耕细作，争取地里多打粮食；一是发展副业，用副业积累资本，慢慢盖新房子。现在，万景台平均三户有一头牛，每户有一口猪、五只鸡。而在"八一五"前，全村只有六头牛，没有一户能够养猪。有些特别勤劳的农民已经开始换房了，全村已经出现了四十八间瓦屋。农民们对我说："赶走美国人，不要多久，我们这些烂房子都要换成新的。"他们充满了胜利的信心，他们十分懂得应该怎样过生活，他们正为幸福生活而斗争，毫无疑问，在不久的将来，他们的希望一定会实现的。

（原载《人民日报》1950年9月18日；

《朝鲜目击记》，1950年9月6日）

新闻报道
朝鲜战争

"三八线"上
战斗在长津湖畔
被人民欢呼"万岁"的部队

战地日记

战地通讯忆汉城

忆汉城

朝鲜人民军带着悲愤、沉重的心情离开汉城。他们临走时向汉城宣誓:"我们还要重来,我们将有总反攻的一天!"

美国人把汉城烧成"火海"。据美英通讯社报道:"汉城最繁华的商业区已成一片瓦砾。"在这个巨大的瓦砾场上,美国人开始了惊人心魄的恐怖行动。一万个"据传曾与共产党合作"的"嫌疑分子"被美李匪帮逮捕,奸淫、抢掠公开进行。但是,据美国人自供:"汉城不断发生破坏行动。"这就是说,汉城沦陷以后,人民的反抗并没有停止,而是采取了一种新的更加巧妙的方式。

在汉城看到的一切,使我确信这个城市的沦陷只能是暂时的。三十多年以来,汉城就是一个不屈服的城市。在那疯狂轰炸的日子里,我看到汉城人民的工作和斗争,信心与勇气,这种基于热爱祖国、仇恨敌人而产生的无穷力量,永远是不可战胜的。暂时离开汉城的人民军向她作了庄严的宣誓,留在汉城的人民正在进行各种各样的斗争,全朝鲜都在等待着重新光复汉城的日子。

朝鲜人爱汉城。汉城是一座美丽的城市。林荫大道宽阔平坦。李朝故宫中各种各样的林木,散放着一种深远的清香。傍晚,在轰炸间歇以后,汉江显得格外宁静。晚霞照在无波的水面上,映出一片锦绣似的光辉。朝鲜人在汉城建设了几百年,他们亲昵地称它为

新闻报道
朝鲜战争
"三八线"上
战斗在长津湖畔
被人民欢呼"万岁"的河阪
战地通讯
忆汉城
战地日记

"梭尔"——首都。

汉城人常常说："过去不是我们的。"真的，汉城有朝鲜最高的洋楼，也有朝鲜最大的监狱。日本人侵占朝鲜后，立即在汉城建造了一座高大的白色的钢骨水泥的"总督府"，用高墙和电网围着，附近都被划为禁区。日本人投降以后，这座房子被美国人改成"军政府"，李承晚粉墨登场后，又在门口挂上"总统府"的牌子。各种杀人的法令从这里飞出来。汉城人经过这里，都对它怒目而视。八层楼的半岛酒店是汉城最高的建筑物，这里曾经住过李承晚的太上皇——美国驻李承晚傀儡政权的缪锡俄"大使"。缪锡俄从这座大楼中发纵指使，每年从南朝鲜抢夺几百万石大米。朝鲜人民用血汗造成这些富丽堂皇的为他们的敌人所盘踞的建筑物，他们自己却被投入另外一些大建筑物中，这就是能容两万"犯人"的西大门监狱，永登浦监狱，麻浦监狱和陆军监狱。这些监狱中的设备是应有尽有，从囚室到绞架，从公堂到储藏各种刑具的大房子。

多少年来，朝鲜的革命者以汉城为中心，对民族统治者展开生死的斗争。汉城人以虔敬、哀悼的语调，向我叙述金善隆和李舟河的光荣事迹。金善隆是南朝鲜劳动党政治局委员，李舟河是南朝鲜劳动党中央组织委员，他们在汉城坚持长期的地下斗争，后来被美李匪帮逮捕了。敌人施用各种刑罚，强迫他们说出组织秘密。没有丝毫效果。最后，敌人给他们注射一种特制的能麻痹神经的药水，想让他们在不知不觉中说出一些事情。也没有达到目的。六月二十七日，汉城解放前夕，美李匪帮秘密地处决了这两位忠贞不屈的革命战士。类似的事情在汉城是很多的。朝鲜人具有反抗外国统治者的光荣传统。四十年来，争取民族独立，始终是朝鲜人民梦寐求之的伟大目标。近几年来，无数英勇的事情曾经吓坏了侵入朝鲜的美国人。一九四六年，美国人在汉城发出逮捕南朝鲜劳动党领袖朴宪永的命令。朴宪永没有被捉住，三十万朝鲜工人却发动了一个大罢工，抗议美帝的罪行。这个罢工带有坚韧的持久性，以后发展为有名的"四月抗争"。"四月抗争"的中心内容是要求美国人立即退出朝鲜，参加这个运动的工人、农民、学生有两百万人。一九四七年，汉城人民举行盛大的"三一"纪念大会，反对美国人的侵略和压迫。三月一日是一九一九年全朝鲜人民举行反日起义的纪念日，"三一起义"曾经给予日本侵略者以沉重的打击。起义虽因日本人的残酷镇压而失败，但是，"三一起义"的历史光辉，却给朝鲜人留下永远不能磨灭的记忆。一九四七年三月一日，美国人在汉城向朝鲜人民开火，杀死五十多个爱国的朝鲜人。"三月一日"，又增添了反对帝国主义侵略的新的内容和意义。

这种斗争一直延续到今年六月，朝鲜人民军解放了汉城。为了保护这个可爱的城市，人民军受命在攻城时不得用大炮射击。我曾和一个身材不高、脸色苍白的青年军官谈话，他叫金衡玉，是艺术学校的学生。他说："我们爱汉城。我们小心谨慎地攻打汉城，汉城是完好的。当然，它也有一些损伤。你看，汉江大桥被敌人炸断了，西大门监狱的大门被我们的坦克撞坏了。"他摇摇头轻快地说："不过，这不算什么。我们很快会把桥修好的。"每一个朝鲜人对于汉城的迅速而完好的解放，都感到光荣和骄傲。但是，几天以后，大规模的破坏就开始了。

美国飞机疯狂地袭击汉城，龙山区几被夷为平地。有些日子，汉城整天都在警报中。我在防空洞中，听到婴儿的哭声和母亲们的咒骂；在马路旁边的屋檐下，看到挟着皮包等待解除警报的公务员的焦急的表情；在汉城东山上一个林木森森的兵营中，我参加了人民军战士们神态安详的讨论会，附近不断传来重磅炸弹的爆炸声；在富丽堂皇的朝鲜饭店的客厅中，汉城市政当局招待中国人民访问团举行宴会，中朝人民的代表情感交融，共同举杯庆祝朝鲜人民的胜利，这时候，美国的喷气式飞机不断掠空而过，机枪声响彻汉城清朗的天空。

我在无数事实中，发现美国人的暴行给予朝鲜人民的，不是恐怖，而是愤怒；不是畏缩，而是蔑视。在朝鲜饭店，我看到一个年轻的汽车司机，他一语不发地躺在一个大沙发里。他才从东大门回来。东大门有他一个三间房子、一个老婆和一个孩子的家庭。上午，这个家庭还是好好的，下午，这个家庭变成一个大坑。他在大坑附近，没有找到任何东西。人们没有适当的言语安慰这个青年人。两小时后，行车任务打破了这种可怕的沉默。青年人抓起帽子，用一种近乎狂怒的语调说："美国人，老子开上车子打你。"在汉江桥上，我参加过几个工人的一场笑谈。他们脱光衣服，一面工作，一面奚落美国人。工人朴昌举用氧气烘烧被敌机炸坏的钢梁，大声说道："同志们，糟糕。美国人把炸弹丢到江里，把咱们的水底电线搞乱了。"旁边的工人接着说："还是丢到桥上吧！水底电线炸不坏，咱们还可以休息一阵子。"朴昌举完全不同意这个意见，他说："美国人和咱们不对头，他可不愿意让你休息！"汉江桥是美国飞机的主要目标，但是，这些在目标下工作的朝鲜工人，丝毫没有被 B29 式或喷气式飞机所吓倒。

我在汉城看到无数参军的行列。汉城参军的工人、学生、市民有十几万人，几乎占了这个城市的十分之一。一个中午，一队新战士走在一幢四层楼的大厦附近，遇到美国飞机的袭击。新战士穿着白衣服，站在大厦北边的阴影里。一个带头的人民军中尉军官向新战士们解释，这是B29，这是P51……大家没有任何惊慌的样子。新战士中有一部分农民，从来没有打过仗，现在自动到前线去。这时候，汉城郊区的土地改革已经完成，农民们得到七百三十三万坪（三千坪相当一海克脱）土地。有一个名叫金昌义的农民，蹲在一边，向我叙述他半个月中两种不同的经历。他说，他三代务农，没有一坪土地。在土地改革中，他家得地三千多坪，四口人的家庭，一夜之间变成中农。但是，三天以前，他的老婆背着两岁多的孩子在田中刈草，母子两人同时被美国飞机打死了。金昌义收拾了妻儿的尸体，告别了年迈的母亲，他向人民委员会要求，马上到大邱前线去。

汉城有无数金昌义，全朝鲜有更多的金昌义。美联社记者说："情报地图上代表敌人（指朝鲜人民军）游击队的小红点，散布在整个南朝鲜。"这些都是金昌义。他们正在作着坚苦卓绝的斗争，他们都是确信"我们还要重来"的。

（原载《人民日报》1950 年 10 月 29 日）

"三八线"上
战斗在长津湖畔
战地通讯忆汉城
新闻报道
朝鲜战争
被人民欢呼"万岁"的源欲
战地通讯

东条的下场等待着杜鲁门

美帝国主义侵略朝鲜的目的是侵略我国，现在已经看得非常明显了。翻开世界地图，我们可以看到，在我国东部和南部边疆，有无数美帝国主义的军事基地，如日本、朝鲜、琉球、台湾、菲律宾、越南等等，像无数把尖刀，指向我国。其中和我国大陆距离最近而其战略地位又特别重要的，当推朝鲜、台湾和越南。美帝国主义企图依托这些基地，向我国大举进攻。这种进攻，现在已经逐步开始了。据电通社讯，曾经杜鲁门批准的美国"一旦要在中国采取军事行动"时采用的战略计划中透露："美国高级指挥部建议利用朝鲜领土和朝鲜军队在满洲和北方某些地区进行作战，作为战略计划的一部分。印度支那、缅甸和香港的领土以及军事基地，将被用作进攻华南的南方战线的基地。强大的伞兵部队将由台湾运往上海周围地区及华中华南的其他地区。"从这个战略计划中，我们就可以了解美帝国主义为什么要进攻朝鲜，为什么要在进攻朝鲜的同时，侵占我国的台湾，以及为什么要拼命支援法帝国主义，进攻越南人民共和国了。

美帝国主义为什么这样热衷于侵略我国呢？据英国保守党议员加门斯说："假如亚洲被共产主义所征服的话，我看不到欧洲和美国还能活下去。"美联社记者也说："这个巨大的武装力量的蓄水

山河筆
——李庄朝鲜战地报道

池（按指我国）与赤色的俄国合作，只要它存在一天，将继续是对于民主国家（按即帝国主义）的一个可怕的威胁。共产党中国是亚洲布尔什维主义运动的心脏。"这些话虽是颠倒黑白的胡说，但却从反面道出了今天亚洲的真实情况。如果把它翻译过来，就是"假若亚洲各被压迫民族的解放运动完全成功，美帝国主义和欧洲其他帝国主义国家，都将由于不能侵略而活不下去。"中国和苏联合作，其力量是不可战胜的。中国和苏联，决不允许帝国主义肆行侵略。中国革命成功了，这对于亚洲各殖民地国家的人民，是一个最有力的鼓舞，中国已成为亚洲民族解放运动的中心。显然，按照美帝国主义的逻辑，它要吞并亚洲，必须侵略我国。

一百年来，美帝国主义即处心积虑侵略我国。在第一次世界大战以前，美帝国主义的力量还不足独霸中国。所以它提出了并坚持着"门户开放"、"机会均等"的侵略政策，用一句通俗的话说，就是：侵略中国大家有份。第一次世界大战结束后，帝俄被打倒了，出现了社会主义的苏联，德国完全失败，英法的力量较战前削弱，日本的势力则较战前大为膨胀，成为美帝国主义争夺远东的最强的对手。从第一次世界大战到第二次世界大战的二十年中，美日为了侵略中国，时而勾结，时而冲突，目的都是争取对中国的独占。第二次世界大战结束后，日本无条件投降（并且实际上变成了美帝国主义的殖民地），英法降为二等国，过去的对手或死或伤，美帝国主义以为从此可以肆无忌惮地独霸亚洲了。但是，远在第一次世界大战以后，中国人民革命的力量就有了发展。到了抗日战争时期，中国共产党所领导的革命军队，已成为抗日的主要力量，在美帝国主义者的眼中，这是它独霸亚洲的主要障碍。

因此，抗日战争结束后，美帝国主义立即指挥其走狗蒋介石，向中国人民发动了史无前例的大进攻。美帝国主义在这次罪恶的赌博中，曾经投入六十亿美金的巨大资本。但是，事变的进程，完全出乎美帝国主义者的预料之外：蒋介石被打倒了，中华人民共和国建立了，美国侵略者完全被赶出中国大陆，从此，亚洲出现了一个全新的局面。一个拥有四万万七千五百万人口的新中国，作为亚洲政治生活的重心，其胜利影响，有力地鼓舞了东方殖民地人民的解放斗争。美国的目的是独霸世界，其矛头一是欧洲，一是亚洲，按照美帝国主义的想法，证诸世界形势的现实，美国欲独霸亚洲，势非侵占我国不可。

美帝国主义侵略我国的计划，完全是从日本帝国主义学来的。日本帝国主义的侵略计划，完整地表现在田中奏折中。田中写道："窃明治大帝之遗策，第一期征服台湾，第二期征服朝鲜，第三期灭亡满蒙，以及征服中国全土。"又说，"欲征服中国必先征服满蒙，欲征服世界必先征服中国。"田中奏折是一九二七年写的，当时中国轰轰烈烈的大革命正在胜利发展，苏联曾在大革命中，给予我国人民公正无私的援助。所以，田中奏折中又说："……此后必须以军事为目的的建设南满大循环（铁路）线，而可包围满蒙中心地，以制支那之军事政治经济等等发达，亦可防杜俄势之侵入，此乃我国之新大陆造成上最大必要的关键也。"日本帝国主义认为占领了满蒙，既可以征服中国，又可以防止苏联援助中国革命并进而进攻苏联。在它们看来，这种一箭双雕的办法，实为整个侵略政策中"最大必要的关键"。

日本帝国主义对于中国的侵略，完全是依照田中奏折中所举的步骤进行的。日本帝国主义者于一五九二年初犯朝鲜，打败了往援朝鲜的中国明朝的军队。其后，日本北进主义侵略政策的代表西乡隆盛、伊藤博文之流，既大肆鼓吹"征韩论"，企图吞并朝鲜。一八七四年，日本初犯台湾，强占了琉球群岛。一八九四年，由于日本侵略朝鲜，中国与日本发生了"甲午之战"，清朝政府于惨败之后，被迫和日本订立了《马关条约》。日本根据这一条约，吞并了台湾，控制了朝鲜。一九〇五年日俄战争后，日本根据《朴茨茅斯条约》，夺取了旅顺、大连和沙皇俄国原在南满的种种特权，日本的侵略势力，毫无阻拦地进入我国的东北。一九一〇年，日本正式并吞朝鲜，获得了进一步侵略我国东北和山东等地的基地。一九三一年"九一八"事变，日本以朝鲜为基地，并吞了我国整个东北。

一九三七年"七七"事变，日本又以东北为基地，发动了对于我国的全面进攻。在日本帝国主义统治集团内部，曾有所谓"大陆政策"与"海洋政策"或"南进"与"北进"之争，前者主张以朝鲜为基地，进攻东北、华北，进而攻占全中国，后者主张依托台湾，侵略我国东南沿海各省，进一步侵略南洋。争论结果，前一种主张逐渐占了上风，田中奏折就是"大陆政策"或"北进政策"的代表作。但是，日本在北进的过程中，并未放弃南进的阴谋，它积极经营台湾，并把福建一带据为自己的势力范围。一九四二年日本发动太平洋战争时，即以台湾作为最重要的前进基地。

美帝国主义走着日本侵略我国的老路，已是举世周知的事实。所不同者，是美帝国主义现在在海洋方面，并无有力的敌手，而当时日本如果南进，却可能与英美法等国发生冲突。因此，美帝国主义现在对亚洲采取了南北并进的方法，一方面支持法帝国主义进攻越南人民共和国，支持英帝国主义进攻马来亚的人民武装，支持其菲律宾的走狗进攻菲岛的人民武装，其目的无非是扫清这些地区的革命力量，巩固这些进攻我国的军事基地的后方。而在另一方面，也是主要的一方面，则是进攻朝鲜民主主义人民共和国，并实际上占领了我国的台湾，以之作为进攻我国大陆的前进基地。立在日本，手执朝鲜、台湾两把刀，插入我国的心脏，这就是美帝国主义在东方的战略目标。

为了实现这一罪恶的阴谋，美帝国主义除了在其本国积极备战外，同时还广泛地组织了各种反动力量。在南朝鲜，美帝国主义装备与训练了十万傀儡军，并掌握了这支傀儡军的系统的指挥权，以之作为侵略朝鲜的先锋队。在日本，美帝国主义积极扶植其军国主义侵略力量。日本的陆军已在警察名义伪装下重建起来，总数已达三千万人，一个扩充七十万人的计划正在进行中。截至本年七月，日本的海军武装人员已达一万名，各种舰船达三百余艘，美国还计划动员前日本海军军官五万名，由美国专家加以训练，组成一支新的日本武装部队。日本的空军正在"民用航空"的伪装下积极重建，美国占领当局大量招募日本飞行员，在日本及美国两地积极训练。日本原有的二百多个飞机场均已大加扩充，横滨等地且已新建了三十三个大飞机场。日本已成为美国的"亚洲兵工厂"，三百家飞机制造厂，一百七十八家兵工厂，正赶造大批杀人武器。美国侵略朝鲜战争发生后，日本"海上保安厅"的舰艇已公开侵入朝鲜海面，担任巡逻任务。据《新时代》杂志揭露，日本空军人员已与美国空军人员，共同进攻朝鲜。在朝鲜战争爆发后的两个月中，仅日本战争工业即接受了美国四千万美元的订货。在台湾，美帝国主义建立了庞大的军事基地，并积极扶植与装备蒋介石残余匪帮。从今年一月至五月，美国运到台湾的坦克，仅各通讯社披露的公开数字，即达七百多辆。几百架飞机已经交给蒋匪。美帝国主义的第七舰队侵入台湾后，立即展开广泛的"巡逻"活动，据纽约先驱论坛报记者报道，其巡逻范围南起广东汕头海面，北迄山东青岛海面，南北长达三千里。美帝国主义的第十三航空队已经成立了驻台前进指挥所，据蒋匪中央社报道，这个机构的任务是"就近处理中（蒋家匪帮）美空军之联络及有关联合作战事宜。"这种种准备工作是为了什么？在李承晚傀偏政府外务部顾问尹炳求致李承晚的信中，已经和盘说了出来。尹炳求写道："必须在最高统帅的领导下，以三方面配合行动。这三方面就是：日本人必须沿着东北部突出地带穿过海参崴前进；朝鲜和美国的军队在解放了我们的北部领土后，必须穿过辽东半岛进抵哈尔滨；中国国民党必须光复中国失去的领土（其中包括辽东省）。在战争结束后，朝鲜和美国军队必须占领满洲。"

美帝国主义这种狂妄的计划，能否达到目的呢？历史已经回答了这个问题。日本帝国主义侵略我国的下场，是"无条件投降"。在日本投降的时候，中华人民共和国还未成立，中国人民的力量，远没有现在这样强大。我国人民在四年的解放战争中，歼灭了由美帝国主义全力支持的蒋家匪军八百多万人，这个数字，等于美帝国主义现有武装力量的五倍多。面对着革命胜利了的四亿七千五百万人口的新中国，面对着远远超过帝国主义力量的世界

新闻报道
朝鲜战争

"三八线"上
战斗在长津湖畔
被人民欢呼"万岁"的部队
战地日记

战地通讯忆汉城

和平民主阵营的力量，美帝国主义将会得到一个什么下场，是很明白的。殷鉴非遥，请华盛顿看东京，东条的命运等待着杜鲁门、麦克阿瑟们。

（原载《人民日报》1950 年 11 月 18 日）

"三八线"上
战斗在长津湖畔
新闻报道
朝鲜战争
被人民欢呼"万岁"的部队
战地通讯忆汉城
战地日记

战斗在长津湖畔

　　长津湖是北朝鲜美丽的湖泊，今天，它的周围，已变成美国侵略军的坟场。

　　零下三十摄氏度的严寒，酷烈地侵袭北朝鲜的崇山峻岭。一切都冰冻了。大雪盖在严峻的岩石上。落叶树的枝杈在冷风中发抖。苍色的松树在寒风中发出沉重的吼声。只有长津湖和赴战湖还没有结冰，绿色的湖水中，冒出阵阵的白气。每天的拂晓，团团白雾从湖面上升起来。美国侵略军经常在早晨开始他们的侵略进攻。

　　长津湖北临鸭绿江，美国侵略军的一个矛头，从这里直指我们祖国的边防。中国人民绝对不能容忍侵略者在这里继续猖狂。因此，鸭绿江南岸，北朝鲜丛山中，中国人民志愿军一部，在这里进行着艰苦卓绝的英勇的抵抗。

　　美国侵略者的飞机白天成群结队地在天空中横行，重浊的马达声扰乱着朝鲜和平的天空。烧夷弹不断投向可爱的村庄，朝鲜人民的苦难，每时每刻都在增加着。旧恨添上新仇。

　　热爱自己祖国、深切同情朝鲜人民的我国人民志愿军钢铁战士们，在朝鲜的连绵无尽的山峦间进出。西伯利亚的沉重的寒流，冷却不了我们钢铁战士的心。在冰雪的战壕里，战士们坐卧在冰冻的土地上，有些人吃着带着冰碴的马铃薯和雪团，但是，他们没有怨言。他们知道，如果要保卫可爱的祖国，就不能不在这样困难条件下进行反侵略的进军。

一切仇恨都指向敌人。战士们在战壕中经常开漫谈会，研究抗美援朝的意义，分析美国这个"纸老虎"的现状和前途。大家都看不起美国侵略军，但是，大家又相诫不要轻敌。许多战士把决心书交给指导员，争取在火线上立功，希望能够因此被吸收加入共产党。

北朝鲜的前线，战斗是频繁的。

十一月二十八日，在长津湖东南的新兴里以南的一个小山上，进行着一个白天的战斗。二十七日夜里，志愿军某部曾经解放了这座小山，把敌人压到山下去了。敌人在第二天开始反攻。朝鲜的冬夜是漫长的，二十八日上午六时半，夜幕还未完全扯开，战士们正在山上和寒风搏斗，敌机的袭击就开始了。一来就是十六架，各种类型都有。战士们躺在避弹坑里，看到两个机身的"黑寡妇"型飞机，战士们就说："这是来吊孝的！"有些战士，在过去对"黑寡妇"有些经验。因为，"黑寡妇"来，就表示敌军快败了。美国的飞机狂炸一阵之后，就开始了步兵的冲击。我人民志愿军战士们沉着准备，等敌人接近时，投出一排手榴弹，就端起刺刀，和敌人进行白刃战。敌人平素仗恃的飞机和大炮，此时完全失掉作用了。于是，他们溃退了。

从上午六时半到十二时，敌人"反击"十几次。原来留在山上的两个班的战士大部分伤亡了，营部的书记、司号员、卫生员都投入战斗。参加这次战斗的战士李树弟和卫生员赵明毅对记者说："我们是抗美援朝的志愿军，绝不能叫敌人反击成功。他们是凭飞机打仗，但是，在第一线，在近战中，飞机根本没有什么用处。"
赵明毅在打击敌人的"反击"时，从牺牲的烈士身上，从负伤的同
志手中，拿过手榴弹，狂烈地向敌人投去。在飞机轰炸的间歇时，
他又跑来跑去地抢救伤员。十一点多钟，一架喷气式敌机向他俯冲
而来。他这时似乎被人推了一跤，左手发麻，神经激烈地震动了一
下。但是，当他清醒过来之后，他又把一个胸部中弹的战士背到救
护所。这时候，他才发现自己一个袖子冰凉僵硬，原来是左臂已经
负伤，血已经结冰了。

　　黑夜，繁星和弯月照亮积雪的山路，无数人流涌向敌人。很显
然，在朝鲜战场上，反攻的日子已经到了。白天，战士们坚决守住
已得的阵地。夜里，战士们向敌人进行新的、无情的攻击。在苍茫
的群山中，有敌人的地方也就有我们，到处都是枪炮与喊杀的声
音。敌人的飞机焦急地在天空盘旋，用战士们的话说，不过只是
"瞎哼哼"。敌人的大炮在夜间也嘶哑了——无法选择射击目标。战
士们携带着轻快的自动火器，全身火热地向敌人前进。

　　柳潭里就是一个夜战的例子。

　　柳潭里紧靠着长津湖。湖北群山，曾被美军践踏。从十一月
二十七日开始，我国人民志愿军逐山争夺，把敌人压缩到柳潭里。
这个十几户人家的小村庄，拥塞着千余敌人、百多辆汽车、二十几
辆坦克。怯懦的敌人把全部坦克开到村的周围，作成活动的机关枪
巢和地堡，他们决心固守柳潭里，等待突围的机会。

　　"突围的机会"果然到来了。美国兵发现西南方向出现了一个
"缺口"，立即抛弃全部辎重，向西南狂奔。这个"缺口"是我国人
民志愿军某指挥部布置的。公路上摆着各种障碍物，路陡而滑，车

"三八线"上
战斗在长津湖畔
被人民欢呼"万岁"的部队
战地通讯忆汉城
新闻报道
朝鲜战争
战地日记

行不便。从十二月一日上午十一时到二日晨二时，这些坐着汽车的美国侵略军，只走了十五里。十五里处是一个迂缓多树的山涧，志愿军某部早在那里给敌人掘好了坟墓。

某部战士在潘副营长率领下，在敌人逃出柳潭里三小时后，赶到这个破烂市一样的村庄。这股敌人逃得这样仓促，以致没有来得及烧掉房子。柳潭里街上堆满大炮、汽油、车辆和未及掩埋的敌兵尸体。纸烟、罐头到处皆是。战士们来不及打扫物资丰富的战场，一直向敌人猛追下去。

这些奋战多日的战士们是和敌人平行竞走。战士们常常要在没有路的岗峦和山涧中前进。丛林撕破衣服和手脸，鲜血冻在长期未能洗濯的皮肤上。每个人都不知道跌了多少跤，浑身滚成雪团。重机枪也有时从失掉知觉的手上滑到山涧中。

我们一个排的队伍赶到十五里处时，正切着敌人的汽车队一半。战斗开始了，战士们首先击毁敌人一辆担任掩护的坦克，死坦克阻绝了狭仄的朝鲜山间的公路。这时我们全部火力都向敌人集中射击，敌人的汽车燃起熊熊大火。自称建军一百六十年的所谓"天之骄子"的海军陆战队第一师的部队，立刻混乱了。敌人这时根本不敢下车，仅以超越我们战士很远的六〇炮和机枪盲目射击，同时惊慌失措地狂叫起来。

在弯月的清白的微光中，从南方飞来三、四架敌机。地面上的美国兵立刻射出一串信号弹，表示下面是"自己人"，敌机无可奈何地飞走了。战士们集中地向庞大的汽车队投弹、射击。半点钟以后，山涧表现了真正的静寂。这一个排英勇地击毁了敌人三十多辆汽车，四辆坦克；击毙二百七十多个美国兵，俘虏三十人。我国人

山河笔——李庄朝鲜战地报道

民志愿军只有一个重伤，三个轻伤。

现在，朝鲜战线逐步南移，如果美帝国主义的侵略军不撤出朝鲜，则比较暖和的南方，将更利于我抗美援朝志愿军的作战。

（原载《人民日报》1950 年 12 月 17 日）

新闻报道
朝鲜战争
"三八线"上
战斗在长津湖畔
被人民欢呼"万岁"的部队
战地通讯忆汉城

复仇的火焰

中国人民志愿军某部的步兵炮连的年轻小伙子们，克服着重重困难，在北朝鲜的丛山中继续前进。山高雪大，坡陡路滑，第四号骡子跌破屁股，有一挺机枪摔跛了脚，险路是这样多，重火器常常要从牲口身上移到人的肩上。

朝鲜的冬夜来得特别早，下午六时，天已大黑了。山头的积雪泛出一片灰白的寒光，渺茫的远山就和漫无边际的海洋一样。今天是十二月一日，在一百多里以外的南方，在那看不见的群山之中，同志们正和美国人浴血苦斗。步兵炮连要及早赶上去，支援我们那些手执轻武器和敌人拼命的战友。

昨天敌人从这一带撤退，一退百余里。照老战士们的战斗经验来说，现在算是旅次行军，指导员张忠和一个通讯员走在前面。张忠是个二十三岁的十分好动的青年，虽然朝鲜的山水和他故乡的山水十分相似，但他对于朝鲜的一草一木，仍有强烈的新奇之感。上级曾经屡次教导，"要爱护朝鲜的一山一水，一草一木"。那么，在他在朝鲜作战之前，先饱览一番朝鲜的景物，也就十分容易理解了。

下午七时，步兵炮连在彭湖里（村）大休息，人马都要吃些东西。部队按照预定的时刻，到达这个只有一座独立家屋的小山庄。家屋蹲在一个向阳的山坡上，背靠着一片黑松林。这里没有鸡鸣，

"三八线"上
战斗在长津湖畔
战地通讯忆汉城
新闻报道
朝鲜战争
被人民欢呼"万岁"的滋味
战地目说

没有犬吠，就好像世间并不存在这个村庄一样。

张忠带着通讯员走向独立的家屋。三间互相通贯的房子，门窗洞开，黑暗从屋里爬出来。张忠跨进堂屋，用手电筒向西套间的炕上一照，立刻毛发耸然，不由自主地向后退了一步。原来炕上躺着三具血淋淋的尸体！这时，他发现自己的右脚踩在一个软绵绵的东西上，低头一看，又是一具死尸！

"这里刚才打过仗么？"指导员凭着军人的直感的判断，下意识地拔出驳壳枪，通讯员也从肩上拿下卡宾枪。

西套间除了死尸以外，再没有其他东西。张忠转过身来，直奔东套间搜索。东套间炕上杂乱无章，只有墙角竖着的一个三四尺高的衣柜，大体上还算完好。衣柜已经老旧了，但它这时却微微颤动，木缝接合处嘶嘶地作响。

张忠肯定柜中有人，立刻端着驳壳枪，抢到炕上。揭开柜门一看，不由得又是一怔。原来柜里蹲着一个孩子。孩子穿着一身白色的污秽不堪的衣服，浑身发抖，两只血红的眼睛射出恐怖而又绝望的凶光。他那一副白中透青的面孔，显得十分可怕。

看见他是个没有武器的朝鲜孩子，张忠的神经顿时松弛下来，和蔼地对着孩子说："不要怕，我们是中国人民志愿军。"孩子继续愣了半晌，发现面前站着的是两个非常善良的中国人，蓦然哇的一声，扑到张忠怀里。孩子的软弱无力的哭泣，把一切都说明白了。

指导员点上一支洋烛。通讯员忙着堵塞窗户。连长、战士听到哭声，纷纷跑到家屋里来，不一会，把门口围得水泄不通。

孩子会说半通不通的中国话，写得一笔相当流利的汉字。指导员拿出铅笔和纸张，和孩子边写边谈，贫农出身的韩连长在堂屋里踱来踱去，指导员费了很大力气，使嘈杂的人们慢慢安静下来。

孩子用笔和嘴，开始叙述这个悲惨的故事。

这个孩子名叫章德客，生活在一个自给自足的家庭里。

昨天中午，美国人毁灭了这个家庭。美国人从村西十几里的大路上打到彭湖村以北五六十里的地方，而在中国人民志愿军开始反攻以后，立刻漫山遍野地向南跑。朝鲜人民纷纷躲入更加偏僻的深山中。章德客的父亲本想早日躲开，却又丢不下家里的马铃薯和谷子。今年北朝鲜的年景特别好，马铃薯有碗口大，谷子就像狗尾巴。实行土地改革以来，老人家从来没有看见到这么丰腴的粮食，而这些粮食都是他的。章德客的舅舅被请到彭湖村，帮助收拾一切。全家忙得一天没有吃饭。昨天中午，美国人突然来到彭湖村，章德客藏到马铃薯地窖里，战栗地听着嫂嫂、姐姐们呼救的喊声。

谈到此处，孩子站起身来，对指导员说："父亲——这里。"

指导员们被引到房子左前方的小坪上。借着手电筒的微光，人们看见章德客的父亲双手反缚，躺在被雪掩盖着的乱草堆中，头颅滚在尸身旁边。章德客的舅舅手脚朝天，浑身被扎得稀烂。章德客的弟弟还只有十二岁，小小的头颅被击碎了。

人们返回西套间，详细观察这个杀人场。炕上躺着章德客两个姐姐，一个嫂嫂。她们下部赤裸，血肉模糊，乳房上有刺刀戳的痕迹。堂屋内躺着章德客的母亲，浑身没有血迹，可能是被棍棒击毙的。根据各种情况判断，一定是美国人强奸这三个可怜的姑娘和少妇，老太太跑来救援，先被美国人击毙了。尔后，美国人又刺死了三个被侮辱者。

这真是家破人亡啊！志愿军的这些战士们本来是久经斗争锻炼

"三八线"上
战斗在长津湖畔
被人民欢呼"万岁"的部队
新闻报道
朝鲜战争
战地通讯
忆汉城
战地日记

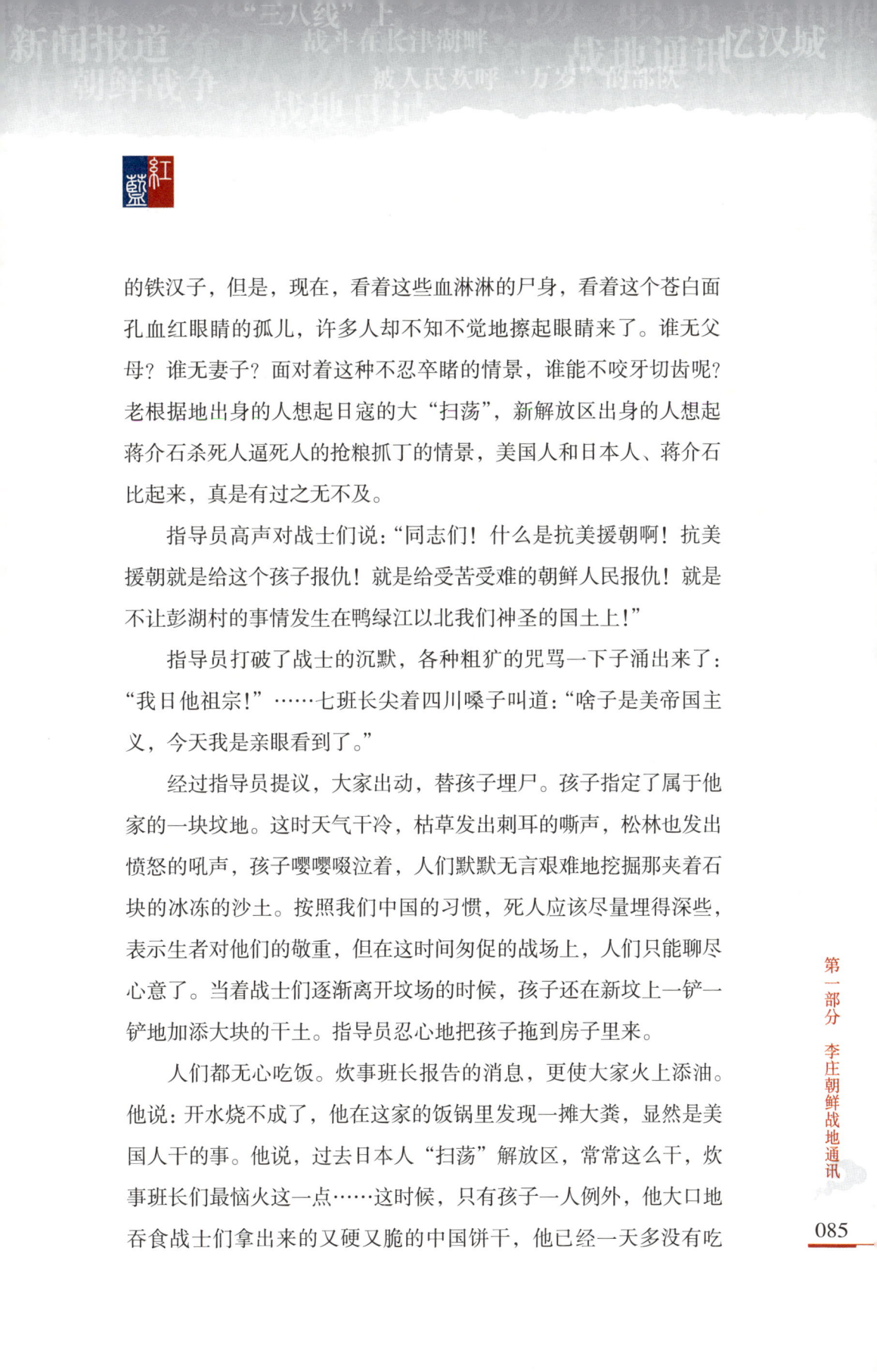

的铁汉子,但是,现在,看着这些血淋淋的尸身,看着这个苍白面孔血红眼睛的孤儿,许多人却不知不觉地擦起眼睛来了。谁无父母?谁无妻子?面对着这种不忍卒睹的情景,谁能不咬牙切齿呢?老根据地出身的人想起日寇的大"扫荡",新解放区出身的人想起蒋介石杀死人逼死人的抢粮抓丁的情景,美国人和日本人、蒋介石比起来,真是有过之无不及。

指导员高声对战士们说:"同志们!什么是抗美援朝啊!抗美援朝就是给这个孩子报仇!就是给受苦受难的朝鲜人民报仇!就是不让彭湖村的事情发生在鸭绿江以北我们神圣的国土上!"

指导员打破了战士的沉默,各种粗犷的咒骂一下子涌出来了:"我日他祖宗!"……七班长尖着四川嗓子叫道:"啥子是美帝国主义,今天我是亲眼看到了。"

经过指导员提议,大家出动,替孩子埋尸。孩子指定了属于他家的一块坟地。这时天气干冷,枯草发出刺耳的嘶声,松林也发出愤怒的吼声,孩子嘤嘤啜泣着,人们默默无言艰难地挖掘那夹着石块的冰冻的沙土。按照我们中国的习惯,死人应该尽量埋得深些,表示生者对他们的敬重,但在这时间匆促的战场上,人们只能聊尽心意了。当着战士们逐渐离开坟场的时候,孩子还在新坟上一铲一铲地加添大块的干土。指导员忍心地把孩子拖到房子里来。

人们都无心吃饭。炊事班长报告的消息,更使大家火上添油。他说:开水烧不成了,他在这家的饭锅里发现一摊大粪,显然是美国人干的事。他说,过去日本人"扫荡"解放区,常常这么干,炊事班长们最恼火这一点……这时候,只有孩子一人例外,他大口地吞食战士们拿出来的又硬又脆的中国饼干,他已经一天多没有吃饭了。

两小时后，队伍出发。孩子拉住指导员，用生硬的中国话一再地说："我——你们，打去！"显然，这是一件难事。孩子执意参军，于情于理都难劝阻。但是，步兵炮连属于特种兵，这么一个软弱无力的朝鲜孩子，怎么能在战场上参加特种兵呢？指导员沉吟一下，对孩子说："我们立刻就要打仗了。你在家里等着，我们捉几个美国人让你看看吧。"孩子似乎完全领悟了指导员的话，紧皱的眉头缓缓舒开，血红的眼角上露出一抹笑容，他立刻在指导员的本子上写道："你们不带我，我到人民军找哥哥，就去。"

原来章德客是个军属，是朝鲜人民军战士的弟弟。这种新的发现，更增加了战士们对于美国兵的憎恨，对于这个孩子的情谊。已归沉寂的队伍又沸腾起来。有人说："碰上美国人，要死的不要活的！"另外又有人纠正他说："我们要死的，也要活的！"现在，队伍再也不能停留了，人们怀着沉重的心情踏上征途。别了，可怜的孩子。

队伍继续走了三天。雪越下越大，路越来越难走了。指导员似乎觉得，现在的政治工作特别好做，个别好讲怪话的人沉默起来，人们再不认为步兵炮、火箭筒、反坦克枪是一种折磨了。新的决心书一个接一个地送到指导员手里。有七个战士写了血书："为朝鲜孩子报仇！"

四日夜里，步兵炮连在下碣隅里（长津湖以南）西南参加了战斗。牲口和背包完全放在火线的后方，战士们扛着全部武器插入敌后。炮位设在离敌人阵地附近的一个小山上，几门炮一齐指向敌人的迫击炮阵地。天空一片漆黑，雪片落在脸上，战士们忘记了寒冷和疲劳，睁圆眼睛向敌人凝视，胸中燃烧着浇不熄扑不灭的复仇烈火。突然，敌人的炮兵阵地上闪出几朵血红的火光，他们正向着我们的步兵——亲爱的战友们开火。这时，几门步兵炮同时轰鸣，山谷中荡漾着恍若春雷的回响。十五分钟以后，敌炮完全缄默；接着，漫天盖地地响起了我们的冲锋号的声音。

（原载《人民日报》1950 年 12 月 20 日）

在汉城

朝鲜人民军在去年九月撤离汉城时，曾经庄严地宣誓："我们还要回来。"今年一月四日，他们在中国人民志愿部队协同作战之下，果然胜利回来了。汉城再一次归于勇敢的朝鲜人民手中，汉城再一次表现了它是一个永不屈服的城市。

尽管美国人把汉城的房屋破坏了百分之八十。尽管这个原有一百八十万人口（一说一百五十万）的城市，现在暂时只有六万三千人。但是汉城胜利了。不顾敌人的疯狂破坏和每日空袭汉城二十四小时，但逃难者还是每日每时移回汉城。留居汉城的人民，已变得非常沉默、勇敢和坚毅。虽然夕阳斜照在汉江水面上的万种光辉暂时消退了，李朝故宫中的花木也暂时凋谢了，但与大雪掩映着的苍松，却显得加倍的深沉、坚挺、有力，市内诸峰，戴着洁白的雪帽子，傲然挺立在冰冷的晴空中，汉城是不可摧毁的。

美李匪帮在汉城曾经构筑了三道防线，以原"三八线"为 A 线，议政府至春川一线为 B 线，汉江为 C 线。幸喜英文字母甚多，否则防线将很难计算了。但我人民志愿军与朝鲜人民军协同于去年除夕，在五百里战线上发动全面进攻，数小时即突破 A 线。敌人一败再败，很快就退到水原（D 线）以南去了。汉城于一月四日解放，距离第一次撤守，恰恰是一百天。一百天的时间并不长，在汉城，

山河笔——李庄朝鲜战地报道

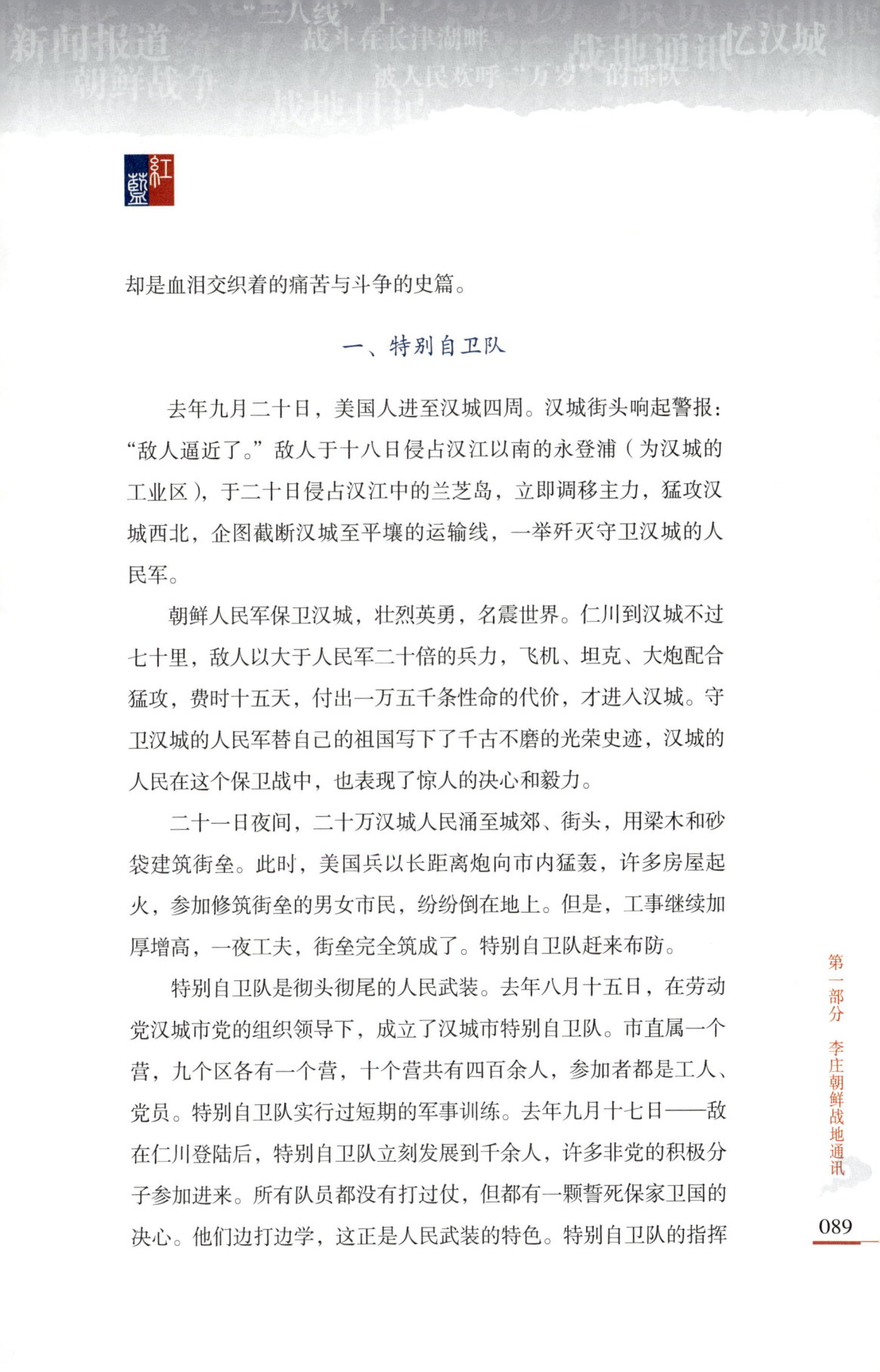

却是血泪交织着的痛苦与斗争的史篇。

一、特别自卫队

去年九月二十日，美国人进至汉城四周。汉城街头响起警报："敌人逼近了。"敌人于十八日侵占汉江以南的永登浦（为汉城的工业区），于二十日侵占汉江中的兰芝岛，立即调移主力，猛攻汉城西北，企图截断汉城至平壤的运输线，一举歼灭守卫汉城的人民军。

朝鲜人民军保卫汉城，壮烈英勇，名震世界。仁川到汉城不过七十里，敌人以大于人民军二十倍的兵力，飞机、坦克、大炮配合猛攻，费时十五天，付出一万五千条性命的代价，才进入汉城。守卫汉城的人民军替自己的祖国写下了千古不磨的光荣史迹，汉城的人民在这个保卫战中，也表现了惊人的决心和毅力。

二十一日夜间，二十万汉城人民涌至城郊、街头，用梁木和砂袋建筑街垒。此时，美国兵以长距离炮向市内猛轰，许多房屋起火，参加修筑街垒的男女市民，纷纷倒在地上。但是，工事继续加厚增高，一夜工夫，街垒完全筑成了。特别自卫队赶来布防。

特别自卫队是彻头彻尾的人民武装。去年八月十五日，在劳动党汉城市党的组织领导下，成立了汉城市特别自卫队。市直属一个营，九个区各有一个营，十个营共有四百余人，参加者都是工人、党员。特别自卫队实行过短期的军事训练。去年九月十七日——敌在仁川登陆后，特别自卫队立刻发展到千余人，许多非党的积极分子参加进来。所有队员都没有打过仗，但都有一颗誓死保家卫国的决心。他们边打边学，这正是人民武装的特色。特别自卫队的指挥

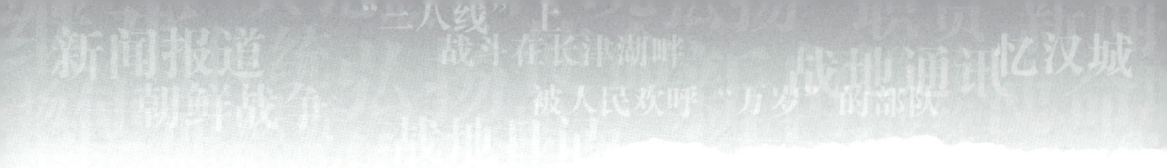

员都是打过游击的，如一营营长李斗焕，二营营长鱼斗源，市直属营参谋长柳达渊，都是太白山出色的游击战士。

开始，特别自卫队的武器只有两种：梭镖和用罐头筒做成的手榴弹。战斗到第三天，战士们都换成带快慢机的新式美国卡宾枪了。

弘济院在汉城西北郊，为汉城通平壤大路。在一个三十米宽的谷道上，修有一小片房屋。谷道左右有鞍山、仁旺山两高地拱卫着。街垒修在两个高地中间，由四十多个特别自卫队员守卫着。弘济院左边是新村街垒，由人民军守卫。

二十二日，敌机猛炸汉城。四五十架的 B29 大编队轮番肆虐，每小时换一次班。敌人的长距离炮配合轰击，把汉城烧成火海。入夜，照明弹飘在弘济院上空，战场明如白昼。烟火弥漫，炸弹与炮弹声震耳欲聋。美国人经过长期的火力准备，照明弹的强烈光芒掩护，以坦克为前导，向弘济院冲击。特别自卫队伏在街垒中，等敌人逼近了，先用手榴弹猛击坦克，接着以梭镖冲锋。敌人看到街垒中的保卫者没有全被打死，立刻狼狈退却，再开始火力准备。如此反复了好几次。

弘济院的阵地一直坚持到二十五日。守卫者越打越多，附近居民纷纷自动参加战斗。街垒随炸随修，始终屹立在敌人的前进路上。民青和女盟带领群众，运送与照顾伤员。主妇们作好大米饭，用罐子盛着，顶在头上往火线上送。罐子被炮弹破片打碎了，立刻跑回家来，再换一个新的。这时候，特别自卫队的装备已经完全改善了，变成清一色的卡宾枪。敌人白天进到街垒前面和自卫队对峙，夜间自卫队突击，赶跑敌人，收集武器。

二十五日夜间，敌人转移主力，渡过汉江，从南面进入市区。各个街垒的保卫者逐步向市区转移，和敌人混战。这是真正的混战，到处都有敌人，到处都有人民军和武装的人民，到处都是枪声，到处都是烟火。至二十七日，特别自卫队击毁敌人四辆坦克以后，被迫和人民军会合，乘夜绕道到汉城以北，进至距汉城十五里的北汉山，建立了一个小小的根据地。

这是奇迹，但是它已成为很平常的事实了。这种事实是在最勇敢的人民和最不勇敢的敌人之间发生的。一周激战中，敌人伤亡重大，特别自卫队也蒙受了壮烈的牺牲。劳动党市、区党组织的许多负责人，也在率众冲锋时牺牲了。保卫汉城的烈士们是永垂不朽的！

二、汉城陷于恐怖中

被敌人侵占时的汉城笼罩着恐怖。人们都知道美帝国主义是最残暴的，但是，谁能想到他们竟残暴到这种地步呢？

敌人进城的当天晚上，一方面把日伪时期屠杀人民的军警和反动分子组成了"治安队"来镇压人民；一方面开始搜捕六月二十八日——汉城第一次解放的日子——以后迁移住址的人和曾为人民军服务过的人，并且疯狂宣布：一切军警机关、特务组织和反动团体可以随时捕杀人民。剪光头的青年人被捕了，因为人民军的战士是剪光头的。拿包袱的妇女被捕了，因为她们可能是迁移住址。六百多个电车工人被捕了，因为他们曾经热烈地欢迎人民军。在开始的三天内，所有的牢狱、警察局、反动团体都装满了"犯人"，敌人不得不把学校、教堂、电影院变成了监狱。

我们和许多亲眼看见敌人暴行的人谈话。一位脸庞消瘦的姓赵的中年人告诉我们：敌人用各式各样最野蛮的方法来杀害被捕的人。三十一岁的电车工会委员长泽仁凤，四肢被钉在竖起的木板上，然后用刺刀刺死。三个被认为"赤匪"的青年，被敌人用绳子捆着绑在坦克后面，拖着游街，三小时而死。在东大门区的一条小巷里，一位叫做李基燮的市民告诉我们：十月八日，他亲眼看见抱川镇伪"治安队"在美军军官指挥下，把一个无辜的青年拴在木柱上，用农民把粪用的铁叉刺死，然后又把两只臂膀砍下来。站在旁边的美国鬼子则忙着照相，喝酒取乐。次日，这个"治安队"又把附近的十六个男女农民捉来，先挖眼，次割舌头，再割鼻子，妇女还要割奶子。十六颗半生半死的身躯还在草地上翻滚的时候，这群野兽就姗姗地走开了。

敌人的残暴与野蛮实是罄竹难书。在他们统治汉城的一百天内，有四万三千余人被杀。这还是一个极不完全的统计。日本帝国主义曾在麻浦监狱屠杀成千成万的爱国者；今天，我们又在那里找到了美帝国主义大批屠杀和平居民的血证。在阴森森的屋角里，堆积着上万件的血衣和鞋子。这些衣服有男人的，也有女人的；绝大部分是朝鲜平民的衣服，间或有些破旧的西服。由此我们知道：被害者绝大部分是工人、农民和城市贫民。一位还留在那里的狱卒告诉我们，被害者没吃没穿，受冻挨饿，还要受惨无人道的酷刑。监狱里惨叫声震天，每天被打死的不下七八十人。我们没有发现尸体。尸体已被匪徒们扔到汉江里去了。

美帝国主义想尽一切办法来制造饥饿和死亡。汉城第一次解放时，人民政府曾发行了一千元的货币。匪徒们进城后，搜买了所有的物资，接着宣布：谁有一千元的钞票就要杀头！人们把钞票烧掉了。匪徒又命令人民把剩下的钞票（连他们以前自己发行的伪钞在内）存入银行，以便用人民的血汗去做买卖。匪徒们唯恐人民饿不死，除了电车、铁路、被服等对他们有用的工厂以外，其余工厂都封闭了，机关封闭了，学校也封闭了。工人失了业，职员也失业了，学生失了学。成千成万被捕杀者的财产被没收了，妻儿被逐出自己的家庭，无依无靠，受冻挨饿。儿童变成了乞丐，妇女被迫去卖淫。李承晚不但出卖了南朝鲜的美好河山，而且出卖了朝鲜妇女的贞操，去讨好美国侵略军。在城北里，在恩镇里，他们一次就逮捕三百个妇女交给侵略军。

美帝国主义破坏文化，到了登峰造极的程度。一九三七年希特勒到慕尼黑参观"德国绘画展览会"时，亲手撕毁了他不喜欢的名画。他却赶不上美国侵略军。美国人毁坏了汉城的科学馆，把博物馆变成酒吧间和妓院。这真是对人类文化最大的污辱。

三、汉城是不屈服的

汉城是个不屈服的城市。美李匪帮虽然占领了她，但不能污辱她的灵魂。与美帝国主义的暴行同时存在的，是人民不屈的斗争。

在汉城北桂洞的一间屋子里，我们看到了两位穿着朝鲜民族服装的年轻姑娘。一个叫边宙铉，二十二岁；一个叫薛贞媛，二十岁。她们是千百个团结在劳动党周围和敌人艰苦斗争的战士之中的两个。她们都有自己的理想。宙铉在看护学校读了二年书，准备将来做一个人民的看护。贞媛正在念中学，计划将来入大学深造。可是，美帝国主义粉碎了她们的理想。学校被封闭了，家里穷得没有饭吃。她们在一家洗染场里找到了工作。在那里，她们参加了劳动党领导的地下斗争的组织。她们利用各种机会向人民宣传人民军必胜的形势，揭露敌人对人民军和中国人民志愿军的诬蔑宣传，动员人民帮助游击队。虽然有许多同志在工作中牺牲了，但她们并不畏惧，一直斗争到解放。

敌人的残暴激起了人民的义愤。敌人的报纸常常登载着这一类的新闻：一位青年被捕杀，因为他想狙击国会副议长藏泽乡；一个青年被枪决，因为他狙击国防次官；美下里警察所被袭击，××地方的电线被破坏，等等。敌人想用枪杀来吓唬人民，但为自由而斗争的人是不怕死的。当人民听到中国人民志愿军出现在朝鲜战场上，并把敌人打得节节溃退的消息，斗争意志和胜利信心更增加了。汉城市劳动党的赵南瑨同志告诉我们，汉城解放前的十余日，成群的妇女背着粮食、衣服、袜子，在夜里偷偷地爬过北岳山，送到游击队里去。许多人在途中被敌人的"山林监视队"打死，但人们仍冒着生命的危险继续前进。一直斗争到胜利。

四、今日汉城

朝鲜人民军第一次解放汉城时，曾奉命不得使用重炮，为的是保护这个可爱的城市。我国人民志愿军与朝鲜人民军这次解放汉城时，采取急打猛追的战法，也为的是不让敌人站稳脚跟，保护这个可爱的城市。但是，汉城已经残破了，美国人抢走汉城一切有用的东西，一个人民军军官对我们说："他们连尘土都给扫走了。"美国人同时强迫所有居民南退，声言"不走的都是赤匪，格杀勿论"。

汉城刚一解放，缺少有组织的人，缺少物资，恢复工作是极困难的。

但是，不管有什么困难，汉城仍然是不屈服的。

我们看见，妇女儿童在碎瓦颓垣中搜集残存的粮食和衣物，用木板在断墙边架起遮蔽风雪的小屋。我们看见，居民们把"朝鲜民主主义人民共和国万岁"、"中华人民共和国万岁"的标语，盖在敌人贴的"欢迎联合国军"的宣传品上。我们看见，成群的避难者赶回自己的首都，不顾敌机的扫射和轰炸。我们看见，对开的《解放日报》出版了，十个工人负责这张报纸的全部排印工作。我们看见，半饥饿状态的工人看守着幸存的机器，有些工厂只剩下一两个人，却要担任防奸、防火、防盗等繁重任务。

我们访问劳动党汉城市的某负责人，他说：恢复工作正在逐步进行中。区街政府和党的组织，大部分已经恢复起来。政府正全力解决部队、机关与居民的粮食问题，同时大力整理国家财产，保护私人财产。政府工作人员甚至替躲难未回者钉上门窗。汉城已经成立了三个孤儿院，收容、抚养遇难烈士的遗孤。他说：政府正在大力招集工人，筹备恢复电灯、自来水和电车。其他工业也将尽速恢复。

汉城的灾难还未完结，但已接近完结了。汉城有自己光荣的过去，也有光明的未来。汉城人充满信心地说："未来是属于我们的。"

一月二十日

（李庄、超琪，原载《人民日报》1951年2月2日）

"朝中亲善万岁!"

"朝中亲善万岁!"这幅遍布朝鲜通衢陌巷、城头僻壤的标语,是我第二次进入朝鲜后,首先感触到的一种新东西。它过去就有,现在更多,给人的印象十分强烈。这不是一张普通的标语,而是一种崇高的精神,纯正的希望,活生生的现实。中朝两国人民在朝鲜到处握手,到处谈笑,到处联欢。并肩一起打胜仗,这是大联欢。召开各种座谈会,谈经验、话家常,这是小联欢。中国人民以自己的正义的志愿行动,在朝鲜受到了崇高的敬重,作为中国人民的一分子,我也亲身体会到了这一种光荣。

一、愉快的元旦

我们在行军途中,在定州附近的新兴里,度过一九五一年的元旦。美国人一度侵入定州,后来,被我国人民志愿军打跑了。新兴里许多朝鲜村干部曾被俘,关到定州监狱里,在第二次战役期间,他们被我国人民志愿军所解放。因此,他们对志愿军的情谊是双重的。第一,中朝两国同受美国侵略,志愿军和人民军并肩作战,系打击共同的敌人,彼此是密切的战友。第二,志愿军拯救了他们,又多一层友情。

元旦天气晴明,温暖的阳光普照着解放后的朝鲜大地。我们——一群中国的文化工作者被邀请到里人民委员会的办公室中，迎接胜利的一九五一年元旦。宾主席地而坐。里人民委员长承龟汝穿着漂白的朝鲜服装，招待他的客人。桌子上摆着朝鲜农民自酿的黄酒和年糕。

主人致词，词简意深。"今天开会，庆祝我们的胜利，感谢志愿军的援助，"他谦逊地说："所以聊备薄酒，表示敬意。"宾主一再为"中朝人民的友谊与胜利干杯！"不断掠空而过的敌机，此时显得这样渺小，大家都没有去看他。

以后在汉城，一个人民军军官用铅笔对我们写道："言语不通，情感万千。"这是真的。我几次三番地体会到这句话的深意。座谈会结束之前，主人拿来四封慰问信，"献给中国人民志愿军同志们"。里人民委员会、劳动党里支部、农民同盟里支部、祖国抗敌后援会里分会各送一封。信纸中央写着"打败美帝"、"胜利必成"等毛笔大字，其形式很像我国的锦旗。

新兴里全体干部，代表全村人民，"祝志愿军同志们胜利和健康"。民主党、青友党里支部委员长也赶了来，代表该党全村党员，感谢志愿部队。他们请我们把这番心意告诉我国人民和志愿军，就说："在一九五一年元旦，朝鲜人民给中国人民贺岁。"我们愿意这样做，愿意把荣誉带给祖国的人民。

二、平壤一夕谈

十日夜间，在平壤人民政府宣传省的地下室中，举行了一个朝中在平（壤）文化工作者座谈会。宣传省金午星副相作主人。双方共有二十余人参加。桌子上点着蜡烛，屋子里飘着湿柴的烟气。美国人破坏了平壤，给平壤造成巨大的困难，但是，平壤继续进行着自己的工作。

一九五一年，朝鲜到处举行座谈会。朝鲜同志想了解中国，中国同志想了解朝鲜，座谈会是互相了解的好形式，这种了解的要求，就是友谊的表现。

金午星副相详细介绍了战争期间朝鲜文化艺术工作的状况。他说，和中国一样，他们的文化艺术工作也是为正义战争服务的。战争开始后，他们组织了一百二十多个演艺队（文工团）到前线和后方工作，动员了四十多名作家到前方，和战士一起生活、战斗，写了许多文章，以"战线文库"为题，发表在许多报纸、刊物上；电影界已经完成《控诉美帝暴行》《正义战争》《战报》等纪录影片。敌人在仁川登陆前，朝鲜共有三十种报纸，三十一种刊物。人民军实行战略撤退时，大部分报纸、杂志暂时停刊，现正陆续恢复。劳动党机关报《劳动新闻》，则是始终坚持出版的。

金副相感谢中国人民对于朝鲜人民的帮助，希望中国文化工作者对朝鲜的文化工作多多提供意见。

我们衷心赞佩朝鲜文化工作者在卫国战争中的伟大的战斗精神，我们要向他们学习。因此，我们也把我国文化界抗美援朝的情况介绍了一番，希望得到宝贵的批评和意见。朝鲜同志边听边说："梭斯米达，梭斯米达"（很好，很好）。

座谈会结束，大家珍重道别，互相约会："在釜山、济州岛见面"。

三、汉城交欢

二十一日夜间，劳动党汉城市党部举行招待会，欢迎到汉城的中国文化工作者。汉城市党部、人民委员会、民主妇女总同盟、民主青年同盟、汉城解放日报的负责人都来了。刚从遥远的洛东江打游击回来的汉城市党部副组织部长李泰炳，带着满面风尘，参加这一盛会。

会场设在一个美国飞机找不到的房子里。会场中挂着朝、中、苏国旗和金日成首相、毛泽东主席、斯大林大元帅的画像。电石灯的强光照在愉快的人们的脸上。

亲切的语言，让我们记不胜记。市人民委员会秘书长金东璇说："希望诸位把汉城对中国人民的感谢，传给中国人民。汉城胜利了。敌人把胜利的汉城变成荒凉的沙漠，我们非常痛心。但在苏联人民与中国人民帮助之下，我们有决心建设一个新汉城，更美丽，更宏大。"解放日报主笔李源朝说："中朝人民友谊甚长。但像今天这样亲密，却是过去所没有的。过去我们共同抗日，今天我们共同抗美，我们一定要胜利。全朝鲜人民一致感谢中国志愿军，希望诸位把这种声音传到中国去。"女盟委员长玄其武说："朝鲜妇女过去、现在和将来，都是尽自己一切力量，帮助中国志愿部队的，做饭、烧水、洗衣服……我们看到苦难的朝鲜妇女，就想起幸福的中国妇女，愿中朝妇女永远亲善，愿在不久的将来，朝鲜妇女和中国妇女一样的幸福。"民青副委员长高昆说："我和志愿军中的青年同志作过几次笔谈，我们坚信我们的斗争一定胜利。毛主席培养的中国青年和金日成首相培养的朝鲜青年，永远是不可被战胜的。"

朝鲜同志对我国抗美援朝运动的关心，简直无法形容。我们被邀请介绍我国人民抗美援朝的情况，即使挂一漏万，也引起朝鲜同志浓厚的兴趣。工人的、农民的、部队的、工商界的、文艺界的、新闻界的、电影界的活动，都谈到了一些。朝鲜同志一面听着，一面追问其中最有意义的细节。

四、友谊是从斗争中产生的

我们知道：取得胜利并不容易。因此，这种保证胜利的友谊就是最为珍贵的。我们知道：友谊不只建筑在座谈会上，更重要的是产生于并肩作战的战场上。在抗日战争的艰苦岁月里，多少朝鲜同志参加了八路军和新四军，在敌人深远的后方，一起吃糠咽菜、流鲜血，最后把我国的五星红旗，插到胜利的海南岛上。如果说我国的五星红旗是用烈士的鲜血染成的，那么，我们永远不会忘记其中有朝鲜同志的鲜血。在冰天雪地的"三八线"上，朝鲜农民曾向我们描述我国人民志愿部队强渡临津江的情景。美国人和伪军在临津江南设有坚固工事，临津江半冰半水，据战士们说：这是最难涉渡的。志愿军的战士在炮火掩护下，穿着棉衣，冒着敌火，跳入水深及腹的江中。十分钟打到江的对岸，棉裤已变成冰桶子。战士们继续冲锋。棉裤在膝盖部分折断了，下部完全裸露出来。战士们继续冲锋。志愿军在远非常人所能想象的困难条件下取得惊人的胜利，被上年纪的朝鲜农民誉为"神兵"。

我们看见，在汉城街头，几个朝鲜人民军战士把中国人民志愿军一个指导员举在空中。

谁要以为这种友谊是轻易得来的，那就错了。我们不只要战败

新闻报道
朝鲜战争
"三八线"上
战斗在长津湖畔
被人民欢呼"万岁"的部队
战地通讯 忆汉城
战地日记

敌人的摧毁和虐杀，还要打破敌人的挑拨和欺骗。十七岁就在我国东北参加抗日游击战争的李权武将军说："九一八"事变后，日本人在东北实行一种可恶的政策：挑拨朝鲜人杀中国人，又挑拨中国人杀朝鲜人。但是，在日本人统治下，中国人组织了抗日游击队，朝鲜人也组织了抗日游击队，大家都是亲密的战友。美国人比日本人更狠毒，他们破坏了朝鲜的河山，杀戮了朝鲜的人民，却厚颜无耻地宣传："中国军队十分野蛮，挖眼睛割奶子。"但是，志愿军在朝鲜的表现，朝鲜人是很清楚的。汉城西大门区天蓝洞（街）六十七号老工人金太炎说："枪声刚刚结束，我听到有人叫门，心里很慌张。进来两个志愿军。他们用手和姿势讲话，脸是微笑的。我们在一起抽烟，好像离家的侄子回来了。他们用笔问了问路，行了个礼，走了。就凭那么一笑，你就知道他们是有教养的人。"

我们的志愿军是有教养的人，是有军事的、政治的、文化的教养的人。因此，我们才能赢得胜利。才能在朝鲜建立光辉的业绩。

一月二十二日

（原载《人民日报》1951 年 2 月 12 日）

"皇家重坦克营"的覆灭

让那些英国议员们在议会中尽情地争吵吧！艾德礼送到朝鲜做美军的帮凶的"大英联邦二十九旅皇家重坦克营"，是被我国人民志愿军歼灭了，这是一切侵略者和帮凶者必然的下场。

      *   *   *

美军"三八防线"被我国志愿军和朝鲜人民军突破之后，汉城美军就狼狈南逃。美军为了自己逃命，命令英联邦二十九旅来复枪团和"皇家重坦克营"在议政府担任掩护。一月二日，中国人民志愿军某部接到了"向高阳攻击前进"的命令。高阳就在议政府到汉城的公路线上，距两地各六十里。志愿军占领高阳，既可拊汉城侧背，又可断议政府英军退路。

高阳以北二里处有一小村，名碧蹄里，由美军二十五师三十四团一个营据守。志愿军某部两个连猛攻碧蹄里，战二十分钟，俘美军二十八人，残敌丢下英军抱头窜回汉城。于是，被美军司令官派在议政府担任掩护撤退任务的英国帮凶军队就完全孤立，落入志愿军的天罗地网中了。

志愿军占领高阳后，随即向高阳东南仙游里高地进攻。仙游里高地在议政府至汉城公路以西，高二百米。英军一营掘壕据守此地，这是英国"皇家重坦克营"的唯一后援。三日拂晓，志愿军某部两个连猛攻这个高地，半小时完全占领。敌人跑得如此之快，以致联络飞机的信号板都未及搬走。

三日整整一天，爆炸声震撼仙游里高地。议政府英军千余人，配合从高地逃下去的英军，并用两百多门大炮配合，轮番向高地反扑。敌人为了抢夺联络飞机的信号板，发动了五次进攻，都被扼守高地的志愿军某连战士击退。这个连的军事干部最后只剩下一个副排长，仍然坚持到天黑，——坚持到胜利。

志愿军阵地前沿，躺满英军的尸体。战士们戴上英军的钢盔，掌握着联络飞机的信号板，指挥美国飞机，猛炸高地周围的英军。战士们说："眼看着敌人打敌人，真是顶高兴的事。"

志愿军知道，英国并没有好多重坦克营；英国兵更知道，他们并没有好多重坦克营。因此，争夺高地的战斗表现得空前激烈与凶猛。战斗的结果，我们胜利了。议政府周围的重要据点都已被我们占领："皇家重坦克营"的命运此时已被决定了。

　　　　　*　　　　　　*　　　　　　*

中国人民志愿军某部三个步兵连，歼灭了英国一个重坦克营，毙伤俘英军三百余人，缴获、击毁坦克三十一辆、装甲车一辆、牵引车及汽车二十四辆。步兵连用炸药、爆破筒、步枪、机枪和手榴弹打败装有一〇五榴弹炮的重坦克。

只第五连一个连，一个晚上就缴获、击毁了坦克十二辆、装甲车一辆；除了打死者外，生俘英军少校队长以下三十二人。

第五连的战士们，来自四川、云南、广东、广西、浙江、江西、湖北、山东、河北、辽东、河南，就是说，来自半个中国。这些战士过去都没有打过坦克。"这家伙，黑鸦鸦地，哇哇怪叫，又打炮，又喷火，开始心里都有些含糊。可是，"战士们说："想到我们是志愿军，是代表全中国人民的志愿来帮助朝鲜弟兄们打击侵略者的，气就壮了。凭着这股气，我们可以击毁任何坦克，打败任何侵略者！"这是中国人民的豪语。战士们坚强的信心和浩然的正气，是反侵略战争胜利的可靠的保证。

三日晚上，这三个连对坦克营发起了猛攻。夜十时，五连占领佛弥地阵地。佛弥地在议政府、汉城间的公路旁，在仙游里高地以南，西北距高阳七里，东南距汉城三十里。佛弥地附近是一个小小的谷地，议政府通汉城公路横贯其中，公路高出地面约一公尺，路侧壁直，坦克不能越路横行。公路东为大山、西为丘陵，东西有一河沟，公路架桥而过。现在桥已破坏了。佛弥地在桥的附近，是个小小的村庄。

五连把三个排沿公路布置成一百五十米宽正面的阵地，火力集中桥的附近。这一夜，佛弥地附近惊天动地。被击毁的坦克发出熊熊大火，敌机投下的照明弹悬在空中，把战场照得明如白昼。敌军坦克的放射器喷出血红的火焰，星光弹划着各色的长线。志愿军的炸药包和手榴弹迸出耀眼的火花，机枪的红色火线围着坦克乱转。在炸药和爆破筒阵阵响声中，在冲锋号、喊杀声和召唤敌人投降的英语口号声中，敌人纷纷投降。

当夜十时二十分，从北面开来一辆英军的装甲战防车。战士王新元把机枪架在桥的左侧、距公路五六米处，让过战防车的正面，以集中连发向车侧猛烈射击。战防车慌了，猛一掉头，蹿下公路，车上的炮身恰恰闯进路旁一个稻草堆中，一时进退不得。敌人以各种轻火器向志愿军射击，立刻被志愿军的机枪火力完全制伏。

新闻报道
朝鲜战争
"三八线"上
战斗在长津湖畔
被人民欢呼"万岁"的部队
战地日记
战地通讯忆汉城

步兵从四面八方向敌人急进。在繁星照耀之下，刺刀闪闪发光。战士李为经想："学过劝降的口号，不知道灵不灵，今天试试看。"他就大声向敌人叫起来："Ha, Hallo! don't act!（喂，不要动！）""Lift! hands!（举手！）"敌人非常听话，四个人几乎同一时间举起手来，其中有一个少校队长。

五分钟后，由北面开来了三辆坦克。坦克像蜗牛一样犹豫而缓慢地爬着。第一辆坦克上的星光弹打得满天通红，第二、三辆喷着血红的火焰，样子似乎很凶。但是，在这夜间的战场上，它什么威风也施展不开了。它不敢开灯，什么也看不见；它的驾驶员被马达吵得发蒙，什么也听不见。志愿军战士们说："它是又聋又瞎。"再遇到无畏的中国人民志愿军，立刻变成了"狗熊"。

战士刘凤岐第一个爬上去，把炸药包塞到第一辆坦克的履带内，炸药没有响。在刘凤岐右侧的杨厚昭第二个爬上去，把爆破筒放在坦克的履带上，也没有炸着。眼看敌人要跑了。机枪班副班长李广录放下机枪，拿起两个爆破筒，跑步赶上第三辆坦克，把爆破筒塞到履带中间，轰然一声，坦克跳了一下，再也不动了。周士杰、陈子连接连炸毁了其余的两辆，首战胜利结束，志愿军无一伤亡。

五分钟后，又来了三辆坦克。三排副陈春贵带着四颗手榴弹，绕到第一辆的左侧方，用手抓住履带上的铁栏杆，敏捷地跳到护板上。他摸到顶盖上有个二十公分左右的小孔，看见孔内漏出微光，听到敌人在里面哇啦哇啦地说话。陈春贵乐得出了一头汗，连忙塞进两个手榴弹，坦克从里面炸开，火焰腾起两丈多高。李广录顺利地炸毁第二辆。彭德玉的遭遇不够顺利，一个人和第三辆坦克打了好半天。

山河笔
——李庄朝鲜战地报道

　　这时候，几架敌机在战场上空低飞盘旋，炸弹、机枪打在战士们二百公尺以外，倒没有什么威胁，只是接二连三的照明弹，照得人实在讨厌。彭德玉不顾一切，冲到第三辆坦克跟前，用力向履带中间塞爆破筒。坦克正在行进，一时塞不进去。坦克上的敌人发现了彭德玉，突然从炮塔中冒出一人，用左轮枪向他射击。彭德玉发现自己的屁股冒火，脖子发麻，用手一摸，黏糊糊的，原来是挂花了。"我的任务还没有完成呢。"他想了一想，咬牙骂道："管他妈的，你死我活！"他鼓起精力追坦克，赶了十几公尺远，用尽平生气力，把爆破筒塞进履带中间。他的眼前升起一团烈火，只听一声巨大的爆炸声，坦克毁了。他最后狠狠地骂了一声，拖着受伤的身子，胜利地返回自己的阵地。

　　这时候的战场已经白热化了。到处是火焰，到处是射击、爆炸的声音。敌人发现这是志愿军的主阵地，大部分人坐到坦克外面，集中各种火器，向志愿军战士们射击。五连重新组织了火力，集中全部机枪，猛击坦克外面的敌人，先把他们扫光。掷弹手从容不迫地爬到坦克上，用手榴弹敲打坦克的炮塔，大声喊叫敌人投降。这批敌人非常听话，炮塔轻轻打开，先出来两只手，后出来一个头。战士们费尽气力，把这些英国兵拉出来。他们已经吓傻了，举起的手始终没有放下，你不拉他，他自己是钻不出来的。在第三辆坦克中，继英国兵之后，爬出一只洋狗，洋狗拖着尾巴，也显得有气无力。这只英国狗跑到朝鲜来干什么呢？英国兵似乎把打仗看作一种惬意的游戏，愉快的旅行，他们错了。一九五一年不是一八四〇年，帝国主义横行的时代早已过去了。

　　最后三辆坦克上的敌人，曾经企图进行绝望的挣扎。他们以全

新闻报道
"三八线"上
战斗在长津湖畔
战地通讯忆汉城
朝鲜战争
被人民欢呼"万岁"的部队
战地日记

部火力，向四周盲目射击。榴弹炮、重机枪、卡宾枪、手枪、火焰喷射器，在坦克周围筑成一道严密的火网。陈春贵爬到距第一辆坦克五六米处，投出一颗手榴弹，护板上的敌人立刻七歪八倒地滚到地上。陈春贵立即跳上坦克，用手榴弹敲打炮塔。一分钟内，敌人毫无动静，这就是说，他们还不想投降。陈春贵非常熟练地摸到了顶盖上的小孔，塞进两颗手榴弹。坦克被炸得跳起半尺高，几乎把他摔下来。李为经爬到另一辆坦克旁边，先用手榴弹扫清护板上的敌人，接着就要往上爬。突然，一个敌人从炮塔中探出身来，用卡宾枪向他射击。李为经抓住枪身，用力拖。敌人突然松了手，坦克乘机开动了，可是，这辆坦克也没有能逃脱，它跑了不到一百米，就被友军炸毁了。

*　　　　　*　　　　　*

佛弥地战斗胜利结束了。我们的战士们"摸住底了"。李广录说："我们用佛弥地战斗告诉帝国主义者们，中国人民不是好惹的！"真的，这些英国坦克的下场，也将是美国战争贩子们的下场。佛弥地战斗也告诉了还在朝鲜战场上的侵略军士兵们：应该学习第八、第九、第十辆坦克上的英国兵，举手投降，才是生路。不要学习其余的坦克上的傻子，盲目抵抗，一定死亡。　　一月二十九日

（李庄、超祺，原载《人民日报》1951 年 2 月 26 日）

第一部分　李庄朝鲜战地通讯

107

新闻报道
朝鲜战争
"三八线"上
战斗在长津湖畔
被人民欢呼"万岁"的部队
基地用河
战地通讯忆汉城

被人们欢呼"万岁"的部队

在朝鲜作战的中国人民志愿军中，出现了一支被人们欢呼"万岁"的部队。这支部队守得硬，打得猛，几个月来，替中朝人民树立了不朽的战功，获得全军的赞誉。

应该说，中国人民志愿军的每个部队，都是应该被人们欢呼"万岁"的。我们几乎完全以轻武器和武装到牙齿的敌人作战。我们必须克服各种各样远非平常人所能忍受的困难。我们日夜生活在白雪皑皑的深山中，饿了，有时候只能紧紧腰带；渴了，吃几把积雪；冷了，如果环境许叮，抱着石头跑步。我们是在各种艰苦环境中得到惊人的胜利，我们打败了世界人民的最凶狠的敌人。

这里所写的，只是许多优秀的志愿部队中间的一个。

志愿军的战士们来自祖国的各个地区。他们之中的很多人，去年春天，还在广阔的祖国原野上垦荒，汗水流进了黑色的沃土。夏天，在微温的水田中插上稻秧。秋天，收获的日子近了，美国人忽然打到鸭绿江边。他们辞别亲手培植的庄稼，参加了人民志愿部队，他们每个人都知道自己为什么到朝鲜来作战。我在汉江前线某地，曾和志愿军某部一个班闲谈。战士们海阔天空，纵情谈笑。最后，话题十分自然地集中到一点：夸耀我们伟大祖国的美丽河山。一个四川战士希望战争结束以后，大家都到他的故乡看看。"我们

山河笔
——李庄朝鲜战地报道

四川，"他说："啥子都有。人称天府之国，真是个顶好的地方。"一个云南战士说："我们云南和这个（指冬天）朝鲜不一样，一年四季都是春天。做什么都便易。"东北一个战士说："冷算个什么！我们那里煤炭用不完。山上到处是木头。保险冻不着你。"太行山的战士怀念自己的柿子，山东的战士夸奖"二十个茧缫一两丝"的山蚕……想想自己伟大的祖国，看看朝鲜被美军蹂躏的土地，每一个人都从心里歌颂自己光荣神圣的任务："抗美援朝，保家卫国。"

每一个人都知道华沙的市场上看着我们，美国的母亲们看着我们，越南、马来亚的革命者看着我们，全世界都看着我们。每一个人都知道自己为世界和平而战的神圣光荣任务。

这样的战斗

去年十一月下旬，这支被人们欢呼"万岁"的部队，派遣了一支精干的小部队，插入敌人的纵深，堵击从新兴洞后退的敌人。那正是第二次歼灭战的开始。

部队在没有人迹的高山峻岭中，雪夜急行军。鞋子破了，用一块毯子包着脚走。毯子破了，赤着脚走。中国人民志愿军脚上的鲜血，点点滴滴地洒在朝鲜洁白的雪地上。美军第二师、二十四师、二十五师的部队，从新兴洞出发，坐着汽车向南跑。我们这支志愿军部队跟着从新兴洞出发，徒步爬山向南追。追到书堂站（军隅里西南）附近，早已绕到敌人前面，布置了一个天罗地网。

该部三连在公路旁一个半石半土的山岗上占领了阵地。敌人的汽车纵队像一条巨蟒，匆匆而来。他们绝不会想到，在他们自己的战线后面，竟然埋伏了一支劲敌。汽车进到三连阵地前沿几十米处，机枪手杨文明对准第一辆猛烈射击。五六班迅速冲入敌阵，向成群的汽车猛掷手榴弹。几十辆汽车同时喷出黑中透红的浓烟，车上的敌人四散滚逃，汽车队瘫痪在窄狭的公路上。

一阵混乱之后，敌人开始明白他们的退路已被切断，不冲过这一关，就有全军覆没的危险。敌人于是拼死反抗。三连就展开了一场壮烈的阻击战。

敌人第一次反扑是在飞机和迫击炮掩护下进行的，很快就被三连打退了。

这时，空中来了八架蚊式机，地上开来七八辆坦克，榴弹炮摆开几十门。炸弹和炮弹一齐倾泻到三连的阵地上。战士们不声不响地守在工事里，用毯子盖住机枪，用身子掩住步枪，抵御纷纷乱飞的烟幕一样的尘土。弹片打在七班长潘治中的额头上，鲜血沿着脸颊流下来，流着流着冻成了冰。潘治中谢绝了战友们的劝告，简单地说了一句"共产党员，不能下去"，继续射击。

三连的伤亡不断增加。指导员杨绍成，副连长杨万海看准火候，及时跑到每一个最危急的地方去，指示，鼓动，要大家坚持，再坚持。战士们总是从容不迫地说："首长放心，有我，就有阵地。"

炮声过后，三百多敌人从三面围攻上来。战士们忍受了长时期的集中轰击，都在咬牙切齿。现在，他们看见敌人的步兵了。战士们等敌人进到阵地前沿三四十米，集中一切火力，实行突然射击，手榴弹的硝烟腾起一片黑色的云雾，机枪弹密如连珠。大部敌人开始溃逃了，有几个冒死闯入二班的阵地。副班长隋金声端着刺刀迎上去，敌人抱头就跑。第四次反扑又被粉碎。三连的阵地前沿，堆起三百多个美军死尸。三连的连长、副连长、指导员都在这次战斗中光荣牺牲，全连还剩下二十多个同志。

第五次反扑是最凶恶的。已经打了四小时，敌人很懂得时间对于他们的意义。现在，他们集中了三十二架飞机，十八辆坦克，几十门榴弹炮，同时向这个不大的山岗轰击。二十分钟以内，阵地上落了三四百发炮弹。敌机投下大量"纳巴姆"（汽油弹），长着苔藓的岩石都被烧焦，阵地变成真正的火海。战士们牢牢记着在指导员牺牲以前大家对他说的豪语——"有我，就有阵地！"而继续坚守着。三排阵地上只剩下负了伤的七班长潘治中和战士张学荣，两个人一面射击，一面互相鼓励："为了保卫祖国，决不后退一步"。"纳巴姆"落在一排阵地的重机枪上，射手李春发的衣服全被烧坏，脸上起了水泡，眼都睁不开了，仍然坚持射击。

炮击过后，一营敌人从三面平拥冲锋。二排只剩了六个人，手榴弹早已打光，子弹只剩了一点点，而敌人上来了。熊光全打完最后一梭子机枪子弹，李玉安打完最后一排冲锋枪子弹，两个人端起没有子弹的枪支，冲入敌人群中。六个同志和敌人一起摔跤、扭打，杀伤几十个敌人，最后全部光荣牺牲。

整个阵地上充满使敌人破胆的杀声，展开一场混乱的生死搏斗。敌人不断增援，企图淹没三连的阵地。战士们用枪托打，用石头砸，用脚踢，用嘴咬，用尽一切方法，坚守自己的阵地。

从上午六时打到中午十二时，三连剩下六个没有负伤的人，敌人死亡六百余，敌我损失约为六与一之比。三连胜利地完成了光荣的任务。这时候，友军已从四面八方合拢，把敌人圈到了死亡的口袋中。

这样的战士

在这支被人们欢呼"万岁"的部队中，有一个青年战士，名郭庆云，绰号二虎。只在点名的时候，排长才喊"郭庆云"，平常人们总叫"二虎，二虎"，十分亲热。

郭庆云今年二十二岁，东北新民县的翻身农民。大眼睛，红脸蛋，成天永不闲着，浑身充满精力。乍一看他是个虎里虎气的青年人，打起仗来却是粗中有细。他喜欢说："我们是突击组。""过了清川江就是突击组，一连三回突击组。"最好的突击员往往是优秀的投弹手，优秀的投弹手必须有无畏的精神和超人的毅力。郭庆云具备着这些志愿军战士的美德，他在朝鲜战场上立了大功，实在不是偶然的。

抢渡清川江时，郭庆云的连队领受了穿插敌人的任务。这时候，"敌人已经被我们打得乱七八糟，到处都有敌人，到处都有我们。真是比什么都热闹。"郭庆云说："我们脱下棉裤过清川江。水冰凉凉的。敌人打枪，我们不管。过了江，我拿着手榴弹，一下子冲到敌人队伍里。我还没有穿棉裤，——这时候谁顾得上穿棉裤呢？我们的手榴弹净找人多的地方甩。敌人被我们吓蒙了。足足打了一点钟，战斗结束，把俘虏归成一堆，我们才穿棉裤。我们这个连，一共抓住一百三十五个俘虏。"

在三所里，郭庆云连奉命去摸敌人的大炮。他提着一支自动步枪，挎着四颗手榴弹，和副班长走在前面。天墨黑墨黑，两个人顺着一条长满灌木的小沟，钻到德川到价川的公路上。到处都有敌人，遇到这种紧急的情况，郭庆云自己安慰自己："我们是在敌人

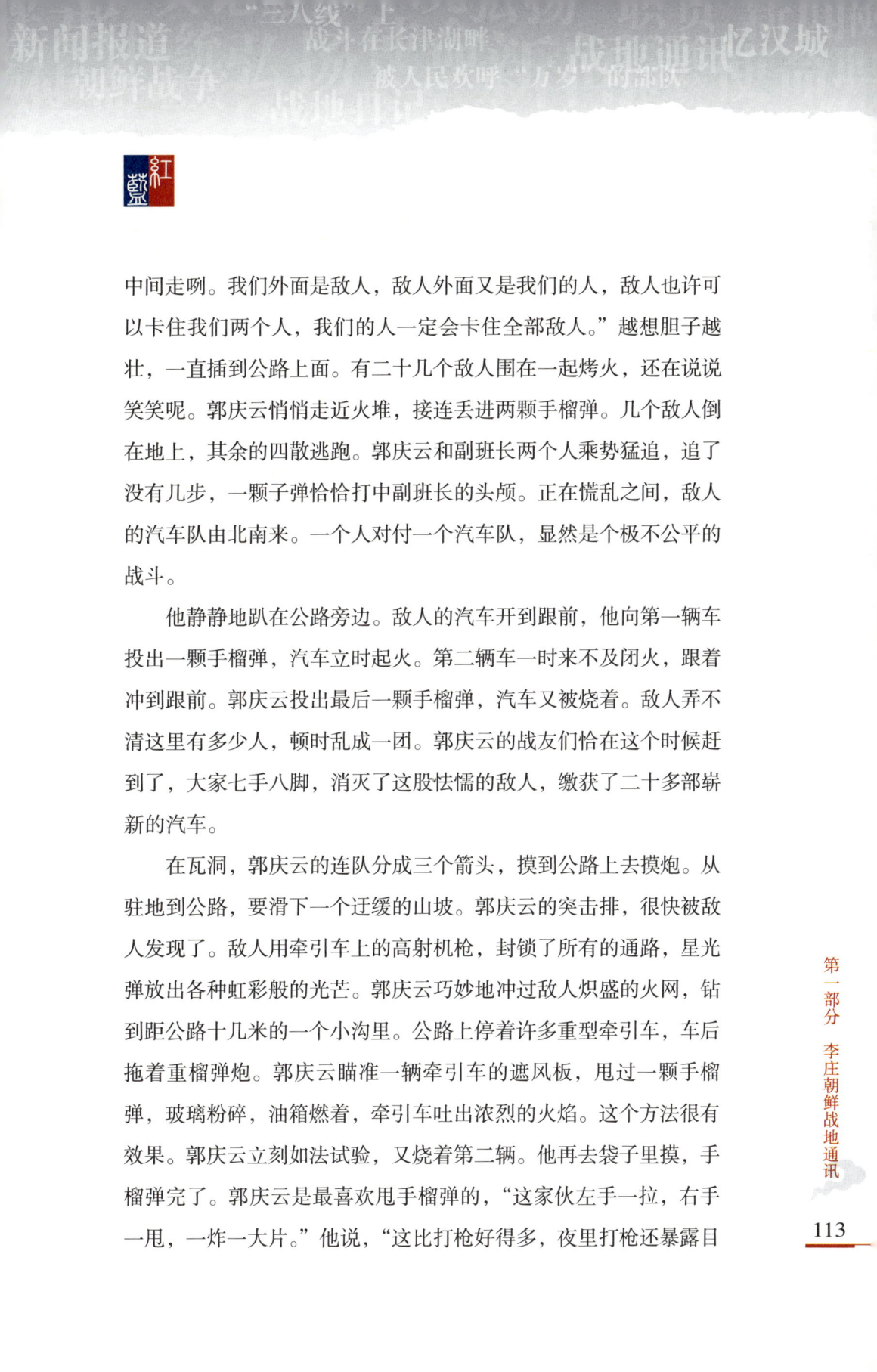

中间走咧。我们外面是敌人，敌人外面又是我们的人，敌人也许可以卡住我们两个人，我们的人一定会卡住全部敌人。"越想胆子越壮，一直插到公路上面。有二十几个敌人围在一起烤火，还在说说笑笑呢。郭庆云悄悄走近火堆，接连丢进两颗手榴弹。几个敌人倒在地上，其余的四散逃跑。郭庆云和副班长两个人乘势猛追，追了没有几步，一颗子弹恰恰打中副班长的头颅。正在慌乱之间，敌人的汽车队由北南来。一个人对付一个汽车队，显然是个极不公平的战斗。

他静静地趴在公路旁边。敌人的汽车开到跟前，他向第一辆车投出一颗手榴弹，汽车立时起火。第二辆车一时来不及闭火，跟着冲到跟前。郭庆云投出最后一颗手榴弹，汽车又被烧着。敌人弄不清这里有多少人，顿时乱成一团。郭庆云的战友们恰在这个时候赶到了，大家七手八脚，消灭了这股怯懦的敌人，缴获了二十多部崭新的汽车。

在瓦洞，郭庆云的连队分成三个箭头，摸到公路上去摸炮。从驻地到公路，要滑下一个迂缓的山坡。郭庆云的突击排，很快被敌人发现了。敌人用牵引车上的高射机枪，封锁了所有的通路，星光弹放出各种虹彩般的光芒。郭庆云巧妙地冲过敌人炽盛的火网，钻到距公路十几米的一个小沟里。公路上停着许多重型牵引车，车后拖着重榴弹炮。郭庆云瞄准一辆牵引车的遮风板，甩过一颗手榴弹，玻璃粉碎，油箱燃着，牵引车吐出浓烈的火焰。这个方法很有效果。郭庆云立刻如法试验，又烧着第二辆。他再去袋子里摸，手榴弹完了。郭庆云是最喜欢甩手榴弹的，"这家伙左手一拉，右手一甩，一炸一大片。"他说，"这比打枪好得多，夜里打枪还暴露目标呢!"现在，他却不得不用枪了。他从肩上摘下美国自动步枪，用星光弹向第三辆牵引车射击。八发子弹，把牵引车打得烧起熊熊大火。过清川江时，他对于这种新玩意还很生疏。为时不久，他已经熟练地掌握了它，能得心应手地"用美国枪打美国人"。

郭庆云自己打了不大一会儿，战友们已从四面赶来，消灭了这批美国人，缴获了十五门重榴弹炮。

郭庆云——这个愉快的、不怕困难而又无忧无虑的青年人，正在汉江前线上英勇地战斗着。他不以一次大功为满足。当他参加人民志愿军，进入朝鲜时，就决心多立几次功。郭庆云一面在朝鲜作战，一面念念不忘亲爱的祖国。他对记者说："同志，你看，朝鲜战争如果打到中国去，一定先从东北开始，那个罪就遭大了。"因此，郭庆云是不允许美国人侵略我国的。他说："我们会努力作战，我们一定能打败美国人。我们中国，我们东北，我的新民县，一定要是安全的。"

*　　　　*　　　　*

这支被人们欢呼"万岁"的志愿部队，一直从鸭绿江打到汉江，从来没有休息。现在，这支英雄部队正在汉江南岸顽强奋战。他们保卫着汉江，但是眼看着锦江和洛东江。他们将要继续前进，最后的胜利召唤着他们。　　　　　二月三日于汉江前线

（原载《人民日报》1951年3月12日）

锦江南岸的战歌

不屈服的人们

去年十月，一股恶风从西海岸吹来。朝鲜的老年人、小孩和妇女，含着眼泪，站在茅屋门前，依依不舍地送别暂时北撤的人民军。这时候，人们匆忙而紧张地走着，都急于及早赶到自己要去的地方。一个原来在金川某机关工作的女青年，背着一个小小的行李包，急促地沿三八线往东走。她要赶到五台山，参加游击队。

这个女青年名叫黄庆顺，二十二岁，家住黄海道金川郡食浦里。这是一个小小的山村，在三八线北五里。她是个独生女儿，很受祖母钟爱。父亲黄寅秀，是个有名的抗日战士，"八一五"以后，仍在南朝鲜继续作地下革命工作。因此，她和祖母移居到三八线南的开城，在一个中学里念书。后来，李承晚匪帮在其美国主子指使下，在三八线上制造了二十里的无人区，人民被逐出自己的家，到处流浪。学生不能安心读书了，黄庆顺被迫随着祖母回到自己家里。前年春天，李承晚匪帮用大炮轰击北朝鲜，把她的家毁平了。黄庆顺不得不辞别祖母和母亲，到海州人民小学当教员。以后，又转到开城附近的金川作女性同盟和民主青年同盟的工作。去年九月末，美国兵占领汉城，人民军暂时北撤。黄庆顺和所有的朝鲜人一样，知道决斗的时候来到了，于是在九月末的一个晚上，第二次告别了祖母和母亲，和四个同伴出发，向五台山前进。

她们一路常遇着敌人，但是继续绕路前进。十月末，她们终于找到了游击队。

这支游击队共有数千人。它的前身是进行汉城保卫战时转移出来的汉城特别自卫队。最初不过二百余人，全是优秀的工人、学生和干部。特别自卫队和敌人打了一个月，越打越壮大，京畿道和江原道的翻身农民，成十成百地参加进来。他们都和黄庆顺一样，长期地遭受各种各样的压迫，他们都是不屈服的人。

游击队的领导干部都是久经战斗的革命者。支队长是汉城保卫战的指挥者，二十一年前，他就在汉城开始了革命工作。他曾几次被捕，最后一次是在日本投降后才出狱的。各营营长都是太白山、智异山、日月山、普仙山的游击英雄。这样的队伍和这样的领导，保证了它永远不可被战胜。

战斗的十一月

朝鲜冬天很冷，山头积雪如银。人民游击队时常利用敌人特别头痛的雪夜，到处袭击敌人。

这支游击队里有个叫做"防山洞游击队"的连队，七十多个队员，都是防山洞人。"防山洞游击队"住在离孟山十里的一个小村里，四面高山环抱，有一道峡谷通到孟山。十一月二十一日夜晚，驻在孟山的美国兵，乘着朦胧月色，偷袭这个小村，事先被"防山洞游击队"知道了。游击队埋伏在峡谷的两旁。午夜时分，四十多个美国兵，带着笨重的自动火器，慢吞吞地走来。等他们走到峡谷最狭处，游击队就从两旁掷出了手榴弹。不过五分钟，这批强盗全部被歼灭了。

游击队每次的胜利是不大的，但次数是多的，可以说，那是胜利接着胜利。十一月二十三日夜晚，一百五十个游击队员袭击加平郡北面七十里的喜雪里。这里岗峦起伏，地形复杂，山头上疏疏落落地长着一些树林，是游击队的好战场。喜雪里住着一营美国兵。游击队摸进村庄，美国兵还不知道，经过短暂的战斗，美国兵有的被俘，有的伤亡，有的丢掉武器逃跑了。十二月底，正当我国人民志愿军和朝鲜人民军把敌人打得节节败退的时候，住在喜雪里的游击队乘机袭击加平郡的敌人。在这次战斗中，击毙伪军三百余人，俘三十人。敌人急了，立即调动远远超过游击队的兵力疯狂反扑，以平射炮、迫击炮、轻、重机枪向游击队猛烈射击。游击队以冲锋枪、步枪和红缨枪击退敌人三次大规模的冲锋，在喜雪里坚持了三天。我国人民志愿军在游击队十分危急的时候，适时赶到喜雪里，歼灭了敌人，和游击队胜利会师。

战斗在锦江南岸

随着战争的胜利发展，这支游击队又推进到敌人的心脏里去了。我们在汉城的时候，经常听到前方传来的捷报：游击队破坏敌人的交通；袭击敌人的运输车；到处威胁着敌人。这些游击队，现在已经不是零星的小部队，而是有组织的战斗集团了。游击队正像光芒四射的北斗星，照耀着敌占区饱受苦难的人民。这种苦难已近完结了，游击队在锦江南岸的山林里，纵情地唱出人民的胜利的声音：

"在深夜里暴风雨吹打的山岗上,

我们等待黎明时上升的太阳。

在烽火中胜利的旗帜飘荡,

我们歌唱我们的胜利辉煌。

在血腥的斗争里虽然疲劳,

我们胸中的火焰却更加燃烧。

高举刀枪,响应领袖的号召,

英勇斗争,为祖国不屈不挠。

用一切力量打垮美帝,

用一切力量争取独立。

在烽火中胜利的旗帜飘荡,

我们歌唱我们的胜利辉煌。"

一月二十九日,于朝鲜

(李庄、超琪,原载《人民日报》1951 年 3 月 17 日)

光辉的阻击战 *

——汉江南岸战斗纪实之一

本报记者　　李庄

　　从一月二十五日至二月十一日，中国人民志愿军和朝鲜人民军在汉江南岸进行了一场历时十八昼夜的阻击战。在这一战线上歼灭美国侵略军一万多人。志愿军和人民军系以少数兵力，抗击人员、装备占绝对优势的敌军。敌军以重大伤亡，每天前进平均不及一公里半。这次阻击战，为中国人民志愿军和朝鲜人民军二月十一日东线出击，歼敌一万二千余人，解放横城之战造成了重要条件。

　　敌人这次进犯汉江的企图是很狂妄的。麦克阿瑟这次企图一举强渡汉江，重占汉城，再把侵略战火烧向"三八"线以北，借以挽回日益破产的麦克阿瑟的威信，并增加正在互相咒骂的侵略集团内部的信心。在一月初解放汉城之战中，中国人民志愿军和朝鲜人民军在五百里宽正面上对敌发起进攻，数小时后，突破了敌人筑有永久工事的"三八线"，击溃了大量敌军，一举解放汉城。敌人从"三八线"到水原以南，一泄数百里，从A线逃到了D线。（当时敌军筑有数道防线，以原"三八线"为A线，议政府至泰川一线为B线，汉江为C线，水原以南为D线）当时，帝国主义侵略集团内

---

* 《汉江南岸战斗纪实》，是由人民日报记者、特约记者等多名记者参与采写、刊登于《人民日报》的系列报道。

部群情大哗，伦敦、巴黎、安哥拉……纷纷咒骂华盛顿，麦克阿瑟被称为"傻瓜"和"疯子"。因此，麦克阿瑟在喘息未定的时候，又发起了这次新的进攻。

麦克阿瑟在这次冒险进攻中，使用了他在朝鲜百分之九十以上的兵力，共约二十三万人。麦克阿瑟在朝鲜的主力，计有美军七个师，除了所谓"王牌军"陆战一师，因在长津湖一带损失过重战力未复，尚未继续作战外，其余的美军六个师，即骑兵第一师、第二师、第三师、第七师、二十四师、二十五师，都在这一攻势中进到了第一线。此外，麦克阿瑟还使用了两个英军旅、十个李承晚师、一个被打得残缺不全的土耳其旅及荷兰、法国、菲律宾、希腊等国的侵略部队。这次打头阵的，不是伪军而是美军。

连吃了三次败仗的麦克阿瑟，在这次进攻中，采取了稳扎稳打、齐头并进的战术。他把进攻重点放在西线，即水原至骊州间——八十公里的正面上。在这一线上，他的主要进攻矛头有两个，一从水原出发，沿铁路攻汉城，一从利川与骊州出发，沿着两条公路，攻汉江以南的京安里。在这两路，他使用了四个美军师、两个英军旅、两个李伪军师、一个土耳其旅及希腊、菲律宾等帮凶部队。在骊州以东的原州地区，麦克阿瑟使用了六个多师；在东海岸，麦克阿瑟使用了约四个师，和西线之敌遥相呼应。

为了"迅速渡过汉江"，麦克阿瑟在汉江南岸投入大量的钢铁和装备。志愿军的战士们说："除了原子弹，他把什么都使出来了。可就是原子弹，又有什么用处呢？"真的，敌人是把各种"新武器"都使出来了。它对着志愿军的土木野战工事，投掷一吨重的炸弹，对着包括两三个战士的志愿军战斗小组，投掷用降落伞拴系的集团

新闻报道
朝鲜战争
"三八线"上
战斗在长津湖畔
被人民欢呼"万岁"的部队
战地通讯忆汉城
战地日记

炸弹，它用纳巴姆（凝固汽油弹）烧焦山上的草木和长满苔藓的岩石，它的大炮把志愿军据守的山峦阵地打成了蜂窝。但是，帝国主义的钢铁可以击碎山上的岩石，却不能挫折志愿军和人民军战士无敌的意志。十八昼夜的阻击战，中国人民志愿军和朝鲜人民军完全以轻武器与敌奋战，并有效地打败了麦克阿瑟的战争机器。

汉江南岸的地形，并不是利于防御的。志愿军和人民军是背水作战，扼守着一个纵深不过六七十里的桥头阵地。那时候，冰冻的汉江已经开始融化，在五百多米宽的江面上，两岸还结着坚冰，江心浮着流动的冰块。汉江上的两座大桥早已被美军炸毁，我军在冰上架的临时浮桥，已经为春水所浸没。从汉城至水原，南部是迂回起伏的丘陵，北部是汉江平川，非常有利于敌人坦克的活动。从利川、骊州至京安里一线，山沟多是从南往北，也便利于敌人坦克、重炮的进出。这里的汉江南岸，峭壁矗立，也增加了我军运输供应的困难。汉江在京安里以东，分成南北两源，南汉江自东南来，北汉江自东北来。南北汉江之间的横城，此时已为敌军占领，因此，汉江以南的中国人民志愿军与朝鲜人民军，是深入敌人的侧后方作战。

汉江南岸志愿军和人民军少数部队的任务是艰巨的。但是他们光辉地完成了艰巨的任务。

日日夜夜，汉江南岸的战斗惊天动地地进行着。汉江两岸的原野和山峦，昼夜为钢铁的爆炸声所震动，白天，敌军成群结队地轰炸扫射，排炮就和猛烈速射的机枪一样，入夜，照明弹把天空打得通红，巨炮发出耀眼的火光和震聋耳鼓的轰声，俨如仲夏时分狂暴的雷鸣和电闪。

在这个力量极不公平的战斗中，敌人用榴弹炮打我们，我们用手榴弹打敌人。但是，我们的战士是乐观而又充满信心地防御着。在战斗十分激烈时期，战士们在工事中互相传语："沉住气。反正上级有名堂，看样子又是个二次战役。"二次战役是什么意思呢？二次战役表示敌人在去年十一月底至十二月初的大失败，三四万人的大损失。在各级指挥所，人们听到一种共同的声音："莺子深阵地决不能让。""五八四高地必须守住。"某连在京安里东北的三〇三高地附近，只有五六个人，二排长走来问连长："这阵地还守不守呢？"连长对他说："我们不是要守，而是要攻！"夜里，这个连的五六个战士，自动要求参加友军的战斗行列，对敌人展开了一个出其不意的攻击，夺回了白天失去的阵地。

在这十八昼夜的激战中，无数决心书送到各级指挥所里。决心书上无一例外地写着这种光辉的字句："我是中国人民志愿军，我保证守住我的阵地。""我是朝鲜人民军，我守的阵地是不会丢的。"中国人民志愿军、朝鲜人民军，这是两个光荣的名字，这两个光荣的名字表示：我们进可以攻，攻则必克；退可以守，守则必成。这种气壮山河的伟大气概，早已把渺小的敌人压碎了。这里，我愿意提出何德元、钱树俊这两个无畏战士的名字。何德元是个四十六岁的老战士，曾经走遍半个中国，亲自参加了打败了日本帝国主义和国民党反动派的光辉的战争。解放战争胜利之后，何德元奉命退伍，回到生活日趋富裕的故乡。美国侵略军打到鸭绿江边以后，何德元第二次扛起机枪，参加了中国人民志愿部队。汉江南岸守备战开始以前，何德元奉命到江南侦察，在涉水过江时，被流冰撞倒，机枪压在左臂上，轧断了他那坚强的手腕。汉江南岸守备战开始了，指导员问何德元，还能不能到阵地上去，何德元说："指导员放心。我是共产党员，参军以后，没有脱离过一次战斗，不要说手腕子受了点伤，就是胳膊断了，我也要去打仗。"钱树俊是个优秀的机枪射手，在水原以北修理山前沿阵地阻击战中，一个人击毙一百多敌人。敌人向他这挺机枪冲锋十二次，每次都被打垮了。敌人五次冲锋不逞，即以会说中国话的家伙向他喊话："中国人投降吧！你那轻武器是不行的。"钱树俊蹲在工事中骂道："中国人没有投降的。小子们来吧！要人没有，要子弹头有的是。"敌人欺骗不成，再以排炮轰击。钱树俊几次被埋到土中，但他毫不慌张，一面射击，一面修理工事。敌人十二次冲锋全被打退，钱树俊既未负伤，更未丢失阵地。这一天，钱树俊打了一千三百多发子弹，平均十发子弹打死一个敌人。

在中国人民志愿军和朝鲜人民军这种高昂无畏的士气之前，许多困难正被逐渐克服着。粮食有时困难，战士们白天勒勒腰带，等夜里由英勇的民工送来给养。这些民工是从黑龙江北岸走到了汉江南岸的。喝水困难，战士们抓两把积雪放在嘴里。有时积雪被炮火硝烟薰坏了，战士们捡两颗光滑的石子，引出口水，湿润枯喉。弹药困难，战士们自动规定："不够四个敌人不打机关枪，不够三个敌人不打手榴弹。"敌人炮火较强，战士们精心构筑自己的工事，许多工事备有温暖的稻草垫褥，能挡几十发笔直命中的炮弹。

就是这些为数不多但是英勇无敌的战士，和世界上最卑鄙蛮横的敌人鏖战了十八天。在阻击战中，志愿军和人民军往往在白天主动让出一些阵地，到夜间又把它拿回来。白天让出这些阵地，是为了避免应该避免的损失。晚上发起反击，是为了在这对我最为有利的时机，歼灭敌人的有生力量。我们是完全主动的。敌人呢，他已被中国人民志愿军和朝鲜人民军打得丧魂落魄了。在京安里一线，先是美国人全力进攻，久攻不下。以后换了李承晚的伪军，照样是攻不下。以后又换了英国二十九旅，还是攻不下。在志愿军和人民军主动撤出某些阵地后，敌人则常常几天不敢占领。汉江至水原一线，志愿军与人民军主力于二月九日撤到汉江以北，只留下不及敌方十分之一的兵力与敌周旋，敌人在十天之内未敢冒进到汉江。

我们的战士嘲笑敌人说："我们的上级有名堂，叫敌人怎么办，他就怎么办，敌人是真正听话的。"

二月十六日汉江前线

（原载《人民日报》1951 年 3 月 23 日）

汉江南岸的日日夜夜

——汉江南岸战斗纪实之二

本报特约记者　魏巍

　　在祖国已经是春天了；可在这儿一切还留着冬季的容貌。宽阔的弯曲的汉江，还铺着银色的冰雪，江两岸，还是银色的山岭，低沉的流荡的云气，也是白蒙蒙的，只有松林在山腰里、峡谷里抹着一片片乌黑。——这就是汉江前线的自然风色。

　　敌人离汉城最近处不过十五公里，离汉江还要近些。美国侵略军的指挥官们早可以从望远镜里看见汉城了，如果开动吉普车，可以用不到二十分钟。可是他们不是用了二十分钟，他们是用了九个多师的兵力，用了二十天的时间，用了一万一千多暴徒的血，把这些银色山岭上的冰雪涂成了红的，可是他们从望远镜里所看到的汉城，并不比二十天以前近多少。

　　为什么呢？为什么这个大名鼎鼎的帝国主义，二十多万军队二十多天连十多公里都走不了呢？

　　是他们的炮火不行吗？不是。他们的炮火确实凶恶得很。他们能够把一个山头打得白雪变黑雪，旧土变新土，松树林变成高粱楂子，松树的枝干倒满一地。假若他们能够把全世界上的钢铁，在一小时倾泻到一个阵地上的话，也是不会吝惜的。

　　可是，他们还是不能前进。

　　是因为他们的飞机不多吗？不行吗？或者是它们和地面的配合

不好吗？也不是。他们的飞机独霸天空，和地面的配合也并不坏。他们可以任意把我们的前沿阵地和前线附近的村庄，投上重磅炸弹和燃烧弹，使每一块阵地都升起火苗，可以把长着茂草的山峰，烧成乌黑。

那么，是因为他们攻得不积极吗？更不是。一般说，当他们的第一次冲锋被击溃之后，第二次冲锋组织得并不算太迟慢。开始他们每天攻两三次，以后增加到五六次，七八次，甚至十几次。不管我们阵地前，积起的美国人的死尸，已经阻塞了他们自己进攻的道路，但他们还是用火的海，肉的海，向我们的滩头阵地冲激。最后，他们的攻击，已经不分次数，在我弹药缺乏的某些阵地上，他们逼着李伪军和我胶着起来，被我打退后，就停留在距我五十米外修建工事，跟我们扭击。他们的飞机、炮火，可以不分日夜，不分阴晴，尽量地轰射。夜间，他们在天空拉起照明弹、探照灯的网。最后，他们又施放了毒气。你们看，除了原子弹，他们所有的都拿出来了，他们所能够做的，都毫无遗漏地做了。他们的攻击可以说是不疯狂的吗？

可是，他们前进了没有呢？没有。

那么，到底是因为什么呢？原因很简单：这就是在敌人的面前，在汉江南岸的狭小的滩头阵地上，隐伏着世界上第一流勇敢的军队，隐伏着具有优越战术素养的英雄的人！

当然，战斗是激烈而艰苦的。——这并不像某些人所想的，我们的胜利像在花园里、野原上随手撷取一束花草那么容易。这儿的每一寸土地，都在反复地争夺。这儿的战士，嘴唇焦干了，耳朵震聋了，眼睛熬红了，然而，他们用干焦的嘴唇吞一口干炒面，咽一口雪，耳朵听不见，就用结满红丝的眼睛，在腾腾的烟雾里，不瞬地向前凝视。必要时，他们必须用炮火损坏的枪把、刺刀、石头，把敌人拼下去，这儿团师的指挥员们，有时不得不在烧着大火的房子里，卷起地图转到另一间房子里去。这儿的电话员，每天几十次地去接被炮火击断的电话线。这儿每一个指挥员的时间，不是一分钟一分钟地过，而是一秒钟，一秒钟地度过！

某日夜晚，我到达某团指挥所的一间小房。一张朝鲜的小圆炕桌上铺着地图，点着一支洋蜡烛，飞机还在外面不绝地嗡嗡着。副师长正和团长、政治委员在看地图。他们研究妥当以后，副师长——一个略显苍老的中年军人，打开他那银色的烟盒，给了我们每人一支香烟。我们正在洋蜡上对火，突然随着"嗵嗵"两声巨响，洋蜡忽地跳到地上熄灭了。蒙着窗子的雨布也震落下来。照明弹的亮光像一轮满月一样照在窗上。

但谁也没有动。团长把洋蜡从炕上拾起，又点着了。政治委员拂去地图上震落的泥土。警卫员把雨布又蒙在窗上。我们又点起了香烟。

团长像征求别人同意似地笑着，瞅着副师长，说："副师长！你看我们的战斗有点像'日日夜夜'吧？"

副师长沉吟了一下，声音并不高地说："是的，我们正经历着没有经历过的一个战争。我们，不——"他纠正自己，指了指桌上画着一条粗犷红线的地图，"这儿的每一个人都在经历着'日日夜夜'式的考验。"他停了一下，忽然，又弹掉烟灰，微笑着："不过，我们的沙勃洛夫是不少的！"

在战斗最紧张的一天，在师指挥所，我听到师政治委员——他长久没有刮胡子，眼睛熬得红红的，在他每次打电话给他下级的时候，总要提到这几句："同志们！你们辛苦了吧？"他似乎并不要下级回答，紧接着说："我知道你们是辛苦的。"然后，他的声音又严肃又沉重："应该清楚地告诉同志们坚守的意义，我们的坚守，是为了钳制敌人，使东面的部队歼灭敌人；没有意义的坚守和消耗，我们是不会进行的。你们知道的，我们一定要守到那一天。"停了一停，又说："还要告诉同志们，有飞机大炮才能打胜敌人算什么本事呢？从革命的历史来看，反革命的武器总是比我们好得多，然而失败的总是他们，而不是我们。不要说在这方面超过他们，假若一旦平衡，或者接近平衡，他们就会不存在了！今天，我们的武器不如敌人，就正是在这样条件下，我们还要战胜他。我们的本事就在这里！"他把耳机移开，似乎要放下的样子，但又迅速拿回来，补充了一句："我们的祖国会知道我们是怎样战胜敌人的！"

在阵地上，战士们就是以政治委员的同一英雄意志，进行着战斗。

这里，我要记下一段两个人坚守阵地的故事。其中一个名叫辛九思，我亲自访问了他。我很快发现他是一个别人说半句话，他就懂得全句意思的聪明青年，今年才二十岁，黑龙江人，是一个刚刚入党两年的共产党员，现在是副班长。在出国以后的苦战中，他像许多的战士一样，裤子的膝盖、裤裆都飞了花，但他补得很干净。站在那儿，是那样英俊而可爱。某天傍晚，当他到前哨阵地反击敌人回来以后，见自己排的阵地上，许多战友都坐在自己的工事里，还保持着投弹射击的姿势而牺牲了。只剩下了战士王志成一个人，可是他还在工事里蹲着，眼往下瞅着，神色仍然很宁静，半天才打一枪。敌人不知道这儿有多少人，也不敢上来。辛九思爬到王志成的身边悄悄地问："你还有弹药吗？"王志成悄悄地、幽默地答："只有他兄弟两个啦，你呢？"辛九思用大拇指和食指比了一个圆圈。这时，天已经黑了。敌人的哨音满山乱响，敌人的炮已经进行延伸射击，后面的连阵地上，也哇啦哇啦地说着外国话。——显然，连的阵地已经后撤了。王志成说："副班长，连的主力已经撤了，怎么没有送信来呢？"辛九思说："是呀，怎么没送信呢，可是没命令，我们就不能撤。我们不是给班长表示过，只要有一个人就要守住阵地。有两个人还能丢掉阵地吗？"王志成点点头说："那当然。我的决心早下了。人家很好的同志都为祖国牺牲了，我们死了，有什么关系！"辛九思马上纠正他说："哪能死呢？天塌大家死，过河有槎子，敌人上来咱们砸他一阵石头，往坡下一滚，那些胆小鬼不会找着咱们的。我刚才就是这样滚下来的。"说到这里，王志成像忽然想起了一件事情，说："副班长，咱们两还是快蹲到两个工事里吧，炮弹打住一个，还有一个守阵地的！"说着，两个人就蹲在两个工事里了。辛九思又探过头去鼓励地说："王志成！好好坚守，回去给你立功呵！"王志成在星光下笑了一笑，点了点头。他们是这么沉着，一点也不慌乱，一会看看前头，一会听听后面。这时，敌人的炮，已经向阵地的后方，打得更远更远了。四外的阵地上，敌人乱吵吵的。这里已经像一座海水中的孤岛。但敌人仍旧不敢上到这个给他打击最严重的阵地。几个钟头过去了，夜深风冷，他们的身上，枪上，结满了霜花，冻得在战壕里跺着脚。王志成又招呼辛九思："副班长！咱们这儿怪冷清的，咱们吃炒面吧，别叫饿着。""好吧。"辛九思答应着，两个人就把炒面袋子解开，风呜呜吹着，吞

129

一口炒面，就要把口儿连忙捂住。直等通讯员踏过膝盖深的白雪来叫他们的时候，他们才按着北斗星的指示绕过敌人走回来。

当这个战士叙述完他的故事之后，他用他年轻人特有的明闪闪的眼睛看着我，又补充说："出国以来，人家非党群众还那样坚决，都提出立功入党呢，我是个党员，又有什么可怕的呢？假若战争打到东北，打到咱们的祖国。"说到这里，他的眼睛像生起一片阴云似的暗了一下，随手一指面前一个背着小孩还希图在烧焦房子里找出什么东西的朝鲜老妇人说，"我们的父母还不跟她一样的吗？……你不知道，我是个最不爱流泪的人。我认为男子流泪，是羞耻的。在旧社会的时候，我母亲把我卖给别人，我母亲哭得像泪人一样，但我没有掉一滴眼泪。可是这一次到朝鲜，我看见朝鲜老百姓被美国鬼子害得那么苦，我哭了。现在，已经春天了，老百姓的地还没有种上，他们将来吃什么呢？……假若美国鬼子打到我们的祖国，像这样的炸，像这样的烧，咱们国又不比朝鲜，人是那样的多，村庄又是那样的稠密呵！……"

战士们，他们就是这样的战斗着，就是怀着这样伟大的不可战胜的心灵坚守着。

因此，你可以明白：敌人在我们这样的战士面前，虽然拥有火力优势与空军的助战，是必然不能取得胜利的。而且，特别应该指出：在敌人这样的炮火下，敌人的死伤，是远远地超过了我们。

这里我要举一个并不出色的连队来做例子。这个连队正因为不出色，以致常遭其他连某些年轻战士的嘲笑，甚至给他们加上一些诨号。这次抗击，人们又以为这个"连"打得不好，据团首长亲自到该连的阵地上检查，该连某个排的阵地前就有五十一具美国鬼子的尸体。这个排虽然最后只剩了六个人，其中还有两个负伤的，但正是这六个人还使冲到面前的十六个美国兵，做了俘虏。

在汉江南岸的日日夜夜里，我们英雄的部队，他们并不止是用坚强的防守，使敌人在我们的阵地前尸堆成山，血流成河；重要的，他们还不断用强烈的反击，夺回阵地，造成敌人更严重的伤亡。我不断听指挥员告诉他们的队部："不能在敌人面前表现老实，你们不应该挨打，应该反击，坚决地反击！"

某次，敌人进攻部队的一个营，已经进到我某师指挥所的附近不足一千米。当天晚上，我们某部就进行了一个强大的反击。他们插断了这个美国营的归路，几乎将这个美国营全部歼灭，活捉了八十多个俘虏，仅有少数敌人逃窜。据这个部队的政治委员告诉我："当我们的部队一听说去反击敌人的时候，你不知道从哪里来的那股劲儿。就好像春天头一回放青的马子一样，连缰绳你都拉不住了。那天晚上，很远、很远我就听到炮兵排长喊'预备——放！''预备——放！'营长骂他们：'你们声音这么高干什么用呢？'他们还是：'预备——放！''预备——放！'他们真是兴奋得连别人的话都听不见了。有一个失联络的尖兵班，别人都不知道他们到哪里去了，结果是因为他们走得太快，一直钻到敌人的心脏里消灭了敌人一个班，还带回来五个俘虏，大家才找着了他们，你看莽撞不莽撞？最有趣的，是我们的一个排长张利春同志，他是立过五个大功的战斗英雄。这次，当他扑到敌人阵地上的时候，他看到有四个美国兵都把下半截身子装在睡袋里，他急了眼，来不及等后面的同志，先打死了一个，接着就扑上去，用脚踏住一个，两只手抓住另外两个家伙的头发，捺了个嘴啃泥，一边狠狠地说：'中国人过去总是在你们的脚底下，今天，你们该低低头了！'两个家伙又不懂他的话，只是翻着白眼……你看看咱们的哪个同志不像个小老虎呢。"

在激烈而艰苦的日日夜夜，无论将军和战士都像盼和最亲爱的人会面一样的，焦盼着这一天的到来，即二月十二日，这一天是我汉江东段部队出击的日子。果然，这一天，一秒钟，一秒钟，接近了，来到了。马上，不出三天，就传来横城歼敌两个师的消息。这两个胜利汇在一起，就是我们祖国人民所看到的——汉江前线歼敌两万三千余人——那个凝结着许多日日夜夜无数英雄故事的数目字，这以后，前线的战士们，拍拍那日日夜夜的尘土，就跨过将要解冻的银色的宽阔的汉江，井然有序地回到汉江北岸休息了。可是胆怯的敌人，在我们撤退的后两天，还不敢踏上那闪射着英雄光辉的银色的山岭。

（原载《人民日报》1951 年 3 月 24 日）

钢铁第三连

——汉江南岸战斗纪实之三

本报记者　超祺

　　一月下旬，在水原至横城东西二百余里的正面上，麦克阿瑟以二十三万人的兵力，向我汉江南岸的滩头阵地发起拼死的进攻。那时候，汉江南岸的战斗是空前的激烈。读过西蒙诺夫的小说《日日夜夜》的人，都曾惊叹斯大林格勒保卫战的伟大。中国人民志愿军的战士们，很喜欢把汉江南岸的阻击战与斯大林格勒保卫战相比拟。这不是妄自夸大，因为我们是以步枪、手榴弹和机关枪抗击世界人民最凶恶的敌人，他们在人数上数倍于我们，而且是各种兵种联合作战。我国人民志愿军在每一寸阵地上，用英勇而机智的战斗，为人类的和平与幸福写下了可歌可泣的篇章。这是人们永远不能忘记的英雄业绩！

　　　　　　＊　　　　　　　＊　　　　　　　＊

　　二月十二日，是敌人发动攻势的第十九天。在这十九天里，我国人民志愿军曾打退了敌人无数次的攻击。某部一营的第三连接受防守京安里附近雪月里南三五三高地的任务前，敌人已以惨重的代价占领了东南面的二七六点八高地。三五三高地是一座马蹄形的阵地，像铁拳一样突出在敌人的面前。在这个时候，守备这个阵地的任务是特别艰巨的。营指挥员曹玉海早就预言，敌人不甘失败，二月十二日必有一场空前的激战。营指挥员的判断没有错。这一天，美军骑一师的五团和七团，还有二十四师的一部，在五十二辆坦克、二十四架飞机、四十余门榴弹炮和无座力炮的配合下，对这个阵地进行了八次猛烈的冲锋。敌人坦克上的机枪密集到这样的程度：从上午九时到下午三时的六小时内，机枪中断射击的时间，最长的仅八分钟。

连长赵连山满怀着信心接受了这个艰巨而光荣的任务。"我只有四十五个人，一门炮，"他想道，"要是出击敌人的话，人再少一点也没啥问题，但现在是防守。"防守没有出击灵活。他的连队最善于出击。前几天的一个夜晚，他曾两次亲率一班人摸入敌后破坏桥梁，毙俘敌人三个，缴获自动步枪和卡宾枪各一支，毁坏吉普车一辆。由于这一功绩，他曾获得高级司令部的明令表扬。防守比出击艰苦，敌人的排炮像机关枪一样，常常毁坏整个山头；汽油弹、燃烧弹把草木烧光，把泥土烧焦。要是不好好的布置兵力，有再多的兵员也会很快地被大炮和飞机消灭的。赵连山是个好指挥员，一个好指挥员不仅需要勇敢顽强，而且还需要聪明机智。从鸭绿江打到汉江，他知道美军的士气消沉，冲锋劲最差，只要能防御住敌人的飞机和大炮，敌人的步兵再多些也有法子治他们。因此，他和营指挥员研究后，领导战士作了非常巧妙的工事。

连长从营指挥所报告兵力布置情况回来时，太阳已爬上山岗，敌人第一次排炮已停止，汽油弹、烧夷弹引起的火焰还在燃烧。五十二辆坦克，每三辆构成一个地堡，沿着东、西、南三面山脚摆开了。通京安里的公路上，敌汽车在奔驰，扬起一股股黄色的尘土。胆怯的敌人，这时正在三五成群地喝着威士忌酒来麻痹自己的神经，以减少对死亡的恐怖。

这是反击前特殊的宁静。战士们紧握着枪，静静地倾听着连长讲述出国作战以来的光辉战绩："我们的连队在第二次战役中，追歼了土耳其旅；在突破三八线的那个晚上，连长负伤了，李树林班长领导六个人，仍能攻占有一连敌人防守的一座高山。我们的炊事员也是勇敢的，他们曾经活捉过二十多个美国兵。我们的部队曾经被人们欢呼'万岁'。这些都是同志们用鲜血和生命创造出来的荣誉。今天——一九五一年二月十二日，我们绝不能在雪月里玷污我们过去的荣誉。我们要创造新的荣誉……"战士们就是荣誉的创造者，他们知道获得荣誉的代价，他们珍惜荣誉甚于自己的生命。连长的话像一团烈火，把战士们杀敌的热血烧得浑身沸腾。

连长的话没有说完，监视敌人的唐富文走进来报告：敌人开始冲锋了。战士们高呼"为中朝人民立功的新机会又来了！"的口号，像一群出山的猛虎，一股儿冲到阵地上，准备反击敌人。这一次冲上来的敌人只有十几个。对付这么点敌人用不着步枪和手榴弹，更用不着机关枪。在战场上，多节省一个人和一粒子弹是十分可贵的。连长让所有的人统统回到地堡里去，然后叫八班副傅国良打炮。傅国良是一个好炮手，他在杨站追歼土耳其旅时，冒着敌人最猛烈的火力，在棱线上观察弹着点，测量距离，然后十拿九稳地发炮。第一发，摧毁敌人一挺重机枪，击毙五个敌人；第二发，摧毁一门无座力炮和一挺轻机枪，使我进攻部队顺利地攻占阵地。现在，又是傅国良大显身手的时候了。他连发五炮，就把敌人打掉了。

约十来分钟后，敌人发射排炮。这是第二次冲锋的序幕。四十余门无座力炮和榴弹炮，同时由京安里、屯里和双岭里射来。炮弹像骤雨一样落下来，黄橙橙的烟尘笼罩着阵地，三步之外便看不见

新闻报道
朝鲜战争
"三八线"上
战斗在长津湖畔
被人民欢呼"万岁"的部队
战地日记
战地通讯
忆汉城

人。排炮之后，将近三十个敌人呱哩呱啦地冲了上来。像第一次那样，敌人是多么胆怯，仅仅傅国良的炮又把他们打下去了。

敌人被迷惑住了。两次冲锋，都被一门炮打回去。他们以为阵地上除了一个炮手外，再没有别的人了。于是，没有发排炮，就发动第三次冲锋。这一次，敌人似乎聪明了一些，分三路并进，人数比上一次多一倍。三连把一排的两个班布置在阵地上反击。一个班负责打一路，傅国良用炮打一路。当敌人冲到半山时，炮和手榴弹一齐发，轰隆隆一连十几响，三十几个敌人同声栽倒，剩下来的，抱着头，像木桩一样，迅速地滚下去了。

敌人又发动第四次冲锋。敌人想以人数来取得胜利，冲锋的人数一次比一次增加。这一次，他们仍分三路冲上来，人数多得不可数。一班班副刘占清，从制高点的哨岗俯视，黑压压的像狼群一样。情势是严重的。对付这么多敌人，连长想："单从正面反击是不成的。"他和指导员研究后，决定分两路反击。指导员带领作为预备队的第二排从左侧迂回反击；连长带着一、三两排从正面反击。敌人已喝醉了酒，醉醺醺地猛冲上来。这时，三连的战士们特别沉着，每一颗手榴弹甩出去后，只见在尘土飞溅的地方，敌人群里便缺一个口。敌人遭到致命的反击后，才如大梦初醒一般，纷纷溃败下去。

战斗转入最壮烈的阶段。敌人四次冲锋都惨败后，发疯了。他们不仅想占领这个阵地，而且想在占领前毁灭它。

敌人开始第三次排炮。这一次排炮是空前的毒辣。除了四十余门榴弹炮和无座力炮以外，五十二辆坦克上的平射炮，还有无数的迫击炮都一齐轰击。飞机像一群疯狗，从四面八方俯冲下来，丢汽

新闻报道
朝鲜战争
"三八线"上
战斗在长津湖畔
被人民欢呼"万岁"的部队
战地通讯忆汉城

油弹、烧夷弹，打火箭炮、机关炮，扫射。总之，所有一切毁灭性的武器全都用上了。整整一个钟头，山崩地裂，阵地变成一片火海，没有一根草木是完整的，像煤油箱大的石头也被打得粉碎。黄土交织着火焰，虽然在白天，也难瞧见人面。

阵地正在燃烧着。敌人在数十挺机枪的掩护下，又开始了接二连三地疯狂地冲锋。这时，阵地上已经分不出哪里是正面，哪里是侧面了。敌人从四面八方爬上来。我们的战士们在火海里和十数倍于自己的敌人周旋着。敌人先从哪里上来，就在哪里反击。赵连长谈起当时战斗的情形时说道："向东面来的敌人甩了手雷（手榴弹）后，马上掉过头来用自动步枪射击西面来的敌人。"

那些喝醉了酒、麻痹了神经才敢冲上来的敌人，不论多到什么程度，士气总是不高的。而我们的士气却是越打越高涨。这一天，没有一个指战员轻伤下火线。八班班长、共产党员申德恩，第一次反击时左眼负了伤，连长叫他下去，他说："不要紧，还有右眼可以瞄准，只要手不断，我就坚持到底。"直到右臂和腿负伤后，他才回后方去。一班班长涂金，也是一个共产党员。在杨站战役时，曾因为独自冲上敌人阵地占领山头，立了一大功。在这一天战斗中，他的左耳负了伤，血流满脸，像一个血人，连长劝他下去，他拒绝了，而且越打越勇敢，最后甚至站了起来打，直到一颗子弹打过他的前额，光荣殉国为止。他是永垂不朽的。还有十九岁的王启春，在战斗最剧烈时要求在火线上入党。像申德恩、涂金和王启春这样的英雄，在中国人民志愿军里是数不清的。特别是三连，我们可以说，参加这一次战斗的四十五个人全是英雄，英雄终于战胜了敌人第七次冲锋。

太阳西斜，将近三点钟的时分了。飞机远离了，炮声断断续续。这是一场拼杀以后，也是另一场拼杀以前的片刻沉静。三连阵地上现在还有五个人，手榴弹没有了，每人还有几粒子弹。战士们一面说着谈着，一面互相扑灭棉衣上的火。然后，用美国飞机掉下来的宣传纸来卷烟吸。战士们狠狠地吸了一口，慢慢地喷出来，白色的烟飘忽在晴空里。这时，山底下，美国人在喝酒。一个自称为"北京人"的女人，在坦克里用中国话作无耻而徒然的广播。她叫道："中国人投降吧！"战士们气愤极了，狠狠地骂道："不知耻的婆娘，投你妈的屁！"在公路上，十几辆汽车满载着活的"炮灰"从京安里开来，又满载着被打伤了的"炮灰"回去。

连长估计这一天还会有一次战斗，叫同志们准备反击。果然，第八次反击真的来了。敌人和前几次一样，在猛烈的火力掩护下，从四面八方冲上来。这是一场生死的决斗，虽然，很快地把敌人的凶焰压下去了，但在搏斗还延续着的时候，阵地上只剩下连长和刘占清两个人了。刘占清还有三粒子弹，连长只是盒子枪里还有四粒子弹。这时，连长的心情比较复杂了。他所考虑的不是生死问题，他不怕死，早已下定"与阵地共存亡"的决心。他所考虑的，是营教导员方忻同志。方忻同志今年才二十七岁，是模范教导员。自从这个营担负守备任务以后，他和营指挥员一样，已经五天五夜没睡觉了。自从营长上午牺牲以后，他一直在营指挥所里指挥战斗。一种对同志的爱，对革命事业的责任感驱策着赵连长，使他不得不在最后决斗前劝教导员离开指挥所。

"教导员同志！你快一点离开吧！我们就进行最后的决斗了！"赵连长以虔诚的声音想说服教导员。但教导员也早下定"与阵地共存亡"的决心。他在昨天晚上已经烧掉了所有的文件！现在，他静静地坐在掩蔽部电话机的旁边。赵连长带着深厚友情的劝告使他难过。他知道，在这个时刻，把自己的决心说出来，会使赵连长难过的。他索性没有答应，像没有听到一样。一直到最后，他带着营指挥所的两个通讯员和一个电话员向敌人反击，在反击中光荣殉国了。

赵连长正在呼唤教导员的时候，四个敌人冲上来。这四个敌人没有打枪，看样子，他们是想抓活的，他们真是白天做梦。赵连长把最珍贵的四粒盒子枪子弹拿出来了。一连打出去，三个敌人应声栽倒，剩下的那个敌人，拿起卡宾枪就射击。那家伙倒霉，卡宾枪打不响。那家伙又跳过来用枪托用力地向赵连长脖子打过来，把他打倒了。一股生死搏斗的勇气支撑着赵连长，使他迅速地站起来，并用尽毕生的气力，用盒子枪的枪托向那家伙的头打过去，把他打得发出一声哀叫，抱住头滚下山去了。赵连长自己也昏倒在阵地上。

刘占清看见连长昏倒后，跑过来把他拖下山。

他们来到绷带所。那里还有五个重伤号，另外还有营通讯员王青山，他是和教导员向敌人作最后的反击时剩下来的。赵连长从昏迷中醒过来，王青山告诉他教导员牺牲的经过，他心里很难过。在战场上不准想到的而在这短促的片刻中，二十五年来使他难忘的事都涌上来了，他想着自己的过去。九岁上就帮地主扛活，挨骂受打，直到日本投降后，才参加八路军。现在，家里已分了土地，有吃有穿的，自己还娶了媳妇。在美国人打到鸭绿江边的时候，赵连长参加了中国人民志愿军。出国之前，他的爱人到开原车站来送行。临行前，两人还订有立功竞赛的规约：她在家里争取做生产模范，争取入党；他答应在抗美援朝中，争取做英雄。"今天守阵地的结果，还算什么英雄？"他自己问道。他想到自己的连队，想到牺牲了的涂金，想到负伤了的指导员，想到傅国良，王启春……，最后想到教导员与营长，特别是营长。他还清清楚楚地记得，今天早上在营指挥所里和营长最后的一次谈话。那时，营长把守备三五三高地任务交给他以后，对他说："赵连长，曹操兵倒退八十里，希望你不要带曹操兵。"他也以坚决的口吻向营长保证："请你放心，我绝对不带曹操兵，人在阵地在。"现在呢，两位首长的尸首还没有抬下来……。所想到的一切，仿佛都在召唤他战斗。他难过极了，拔起腿来就要往山上跑。重伤员问他上哪儿，他说："上去干吗！我还要和敌人拼！"刘占清和重伤员，抱住他的腿不让走，重伤员梁忠信哭着说："连长，弹药没有了，你上去不是给抓俘虏吗？你要是上去，我们大家都上去。为了打垮美帝国主义，我们生同生，死同死！"大家都被感动得流泪了。这种泪并不是懦怯的表示，而是充满了报仇杀敌的光辉。现在，我在前线又看到赵连长重新组织力量，继续抗击敌人了。

二月十九日于汉江前线

（原载《人民日报》1951 年 3 月 29 日）

"我们打出去！"

——汉江南岸战斗纪实之四

本报记者　李庄

在汉江南岸十八昼夜的阻击战中，中国人民志愿军不只进行顽强的防御作战，而且不断地用胜利出击来进行防御。当敌人似乎还是气焰万丈的时候，志愿军的战士们非常坚决地说："我们打出去！"在人员、装备均占绝对优势的敌人面前"打出去"，必须有超人的勇敢，高度的机智。中国人民志愿军，正是这种世界上最光辉的战士。

二月四日，中国人民志愿军某部以一支精干的小部队，向窜入汉江南岸京安里以北一三三高地之敌主动出击，击溃美国侵略军二十四师一个联队，歼敌五百余人，创造了在防御中进攻的辉煌战例。

汉江南岸的血战，已经持续了十天。美国侵略军日夜猛攻志愿军在京安里一带的山峦阵地。京安里阵地像一把尖刀，楔入敌阵数十里，把汉江东西两岸的敌人劈开（汉江至此作南北行）。美国人为了把自己的阵线拉直，拼命向这里攻击。

开始，美国人摆的是正规作战的架子。先用几十架飞机狂炸，再用几十门大炮猛轰，然后用坦克掩护步兵冲锋。无数吨钢铁倾泻到志愿军的阵地上。草木被烧焦了，岩石被打碎了，积雪被烤化了，但是，敌人还是只能用望远镜看看志愿军的阵地。敌人久攻不

新闻报道
朝鲜战争
"三八线"上
战斗在长津湖畔
被人民欢呼"万岁"的部队
战地通讯忆汉城

下，被迫实行他们最最蹩脚的孤军偷袭。

二月三日，美国二十四师团十九联队，全部轻装，从梨浦（骊州西北）出动，沿汉江向西北迂回，企图控制制高点，压垮志愿军这一片良好的阵地。下午，敌人占领了一三三、一四一、三九五、六三六等高地，距离驻在圣德里（京安里东北）的志愿军某部指挥所已经不远了。

志愿军某部团指挥所中，这时进行着一件繁重的工作。团长、政治委员们正在"批功"。这个部队已经和敌人打了好几天，一个胜利接着一个胜利。战士们在紧张的战斗间隙评了功，这时送到团部请求批准。

团长、政治委员、政治主任聚精会神地谈着想着。"批准哪一个更合适呢?"按照下面送来的材料，应该立功的，几占总人数的三分之一。平心而论，三分之一的数字并不算多，如果按照一般的标准衡量，显然大家都可以算英雄。但是，在朝鲜战地评功批功，是要在英雄之中选英雄，所以，团长们必须格外的慎重。

听到电话员关于敌情的报告，团长们这才站起身来。

"这个工作暂时可以结束了。"团长说。

"可以暂时结束了，"政治委员呼了一口长气，慢慢地说:"不过，打完这一仗，这个工作将是更加繁重的。多少英雄，又要立多少功啊!"

战士们听说出击，长期积累的疲劳立刻烟消云散。谁都知道，当着我们出击的时候，敌人的飞机大炮将要失掉作用，敌人在进攻中的主动将要变成被动，我们要打哪里就打哪里，我们将以最小的代价，换取敌人重大的损失。

二连奉命攻击一三三高地。这个连要钻入敌人群中，乘敌人不备，打它个措手不及。

二连协同兄弟部队出发时，天已经黑了。群山之中，夜幕特别浓密，伸手不见五指。经过三十里的山间急行军，战士们的汗水浸透棉衣，凝成一层白花花的霜雪。参加出击的病号一手拄着棍子，一手拿着出弦的手榴弹。谁都想在即将到来的战斗中，争取新的、更大的荣誉。

天将拂晓，二连到达一三三高地。高地附近一片死寂，敌人还在梦中。

一三三高地是一片多石少树的光山。高地上有五个小山头，敌人都做了野战工事。五个山头相距不远，火力可以互相支援。

二连七班充任尖刀班。八个战士分成三路，在长满小灌木和多刺荆棘的陡坡上慢慢爬行。在这夜间的接敌近战中，战士们都是独立作战，隐蔽运动到敌人的阵地前沿，向敌人投掷手榴弹。敌人被打得哇哇怪叫，完全被我们搅乱了。二连连续攻占了三个山头。

这就是志愿军进行的夜间战斗。队伍出发时，上级动员说："抓住敌人就是胜利。"战士们深深懂得，只要我们出现在敌人的面前，冲到手榴弹的威力圈内，敌人不是被歼（指被打死），就是就俘。"这时候"，战士们说："我们的手榴弹，就能完全压倒敌人的榴弹炮。"

打到第四个山头，敌人的抵抗逐渐加强。这时天已渐明，敌人得到炮兵的有力援助。经过一点多钟的前哨战，敌人的纵深兵力已经集结。三个山头的丧失，已使敌人慢慢清醒过来，如果继续退却，昨天的"突击"就要"前功尽弃"了。

第一部分 李庄朝鲜战地通讯

新闻报道
朝鲜战争

"三八线"上

战斗在长津湖畔
被人民欢呼"万岁"的部队

战地通讯 忆汉城

七班打下三个山头，自己也有了相当的伤亡。八班奉命增援七班。敌人欺负我们人少，连续发起反冲锋。志愿军坚决前进。打到第五个山头时，八班长冲在最前面。跑到山半腰，突然从石缝中钻出两个美国兵，气势汹汹地向他扑过来。八班长端起卡宾枪向敌人射击，枪口没有任何声息。子弹早已打光了，而敌人冲到面前了。八班长举起卡宾枪，向前头一个敌人打去。枪身打在钢盔上，火星四溅，敌人应声而倒。第二个美国兵紧接着冲到跟前，就要举枪射击。八班长对准敌人的肚子猛踢一脚，敌人怪叫两声，一溜烟滚下山去。八班长用力过猛，自己也跌了一跤。

像这样的生死博斗，一直继续了好久。天大明时，二连占领了一三三高地上的五个小山头。

从四日拂晓开始，一三三高地附近的群山之中，到处是枪声和杀声。二连的兄弟部队，正在分别消灭敌人。太阳出山的时候，六架美国侦察机沿着山头低飞，侦察哪里是他们的人，哪里是我们的人。经过一场混战，敌人完全被我们打乱了。

四日整整一天，敌人集中全部力量，向一三三高地疯狂反扑。窜到一三三高地以北的敌人，也慢慢向后收缩。二连的环境越来越险恶。

这时开始了一种新形式的战斗，敌人把它全部的本事都使出来了。飞机对着每一个山头轰炸扫射，谁也数不清敌机共有多少架。排炮集中轰击，方圆十几步就有一颗炮弹爆炸，山被打成麻子，雪地变成黑地，随手一摸，就能拾起几块弹片。现在可说是一种意志的比赛，敌人窜到我们阵地以内，我们钻入敌人群中，谁能坚持到底，胜利将是谁的。比赛的结果完全和过去一样，敌人仍然失败了。

在这里，多少战士立下了不朽的功绩。团政治委员十分了解他的战士，他在批功暂告结束时说的话是完全对的。像机枪射手于同来，一挺枪打死二十二个敌人，在战斗最最激烈的时候，他拿着机枪当步枪射击。敌人冲到百米以内，他开始实行单发点射。敌人溃退了，又瞄准敌人的屁股连发。有好几次，敌人藏在岩石的死角下面，他跳出工事，端着枪打。有好几次，敌人的炮弹把他的工事掀翻，他转移到工事旁边的炸弹坑中，继续向敌人射击。敌人至少有三挺机枪对付他，但未损害他一根头发。

机枪射手马占奎的遭遇，似乎比于同来坏一些。但他杀伤的敌人，却比于同来多些。敌人的第四次冲锋，由密集的炮火掩护着。一发炮弹落在马占奎的工事近旁，两个战士倒在地上，战友的热血溅了他一脸。马占奎咬紧牙关继续射击，打倒一片又一片的敌人以后，弹药手负伤了，一挺枪剩下一个人。以后弹药打光了，马占奎剩下一挺空枪，仍然咬紧牙关，继续坚持。以后，在一些稀有的战斗间隙中，马占奎爬到阵地前沿，捡到两箱敌人丢下的子弹，继续射击。以后，马占奎负了重伤，但他继续在阵地上坚持。他知道，在这种生死决斗关头，自己如果走下火线，必然拖住一两个正在射击敌人的战友。以后，直到把敌人打退了，马占奎才被战友们背下山来。

在夜间出击时，胡学蛮始终冲在前面。在白天防御时，胡学蛮始终守在前面。这个英勇无双的投弹手喜欢对同志们说："咱们沉住气，有我胡学蛮，阵地是丢不了的。"过去人们谈到英勇的防御，常常说"与阵地共存亡"，现在，志愿军战士的说法已经改变了，

新闻报道
朝鲜战争
"三八线"上
战斗在长津湖畔
被人民欢呼"万岁"的部队
战地日记
战地通讯忆汉城

这是新英雄主义的发展，这是中国人民不可战胜的意志。

胡学蛮是个贫农出身的山东人，战士们对他的评语是智勇兼备。拂晓攻击的时候，天空还是黑的，谁也不知道敌人到底在哪里。"敌人怕死"，胡学蛮想道："一定在棱线后头。"他爬到一个石崖上面，听到下面有人哇啦哇啦地说话，至少有两个美国兵。胡学蛮悄悄地丢下一个手榴弹，两个敌人都完了。打到第二个山头，敌人从山顶工事中疯狂射击。胡学蛮爬到敌人工事侧面十几米处，又是一颗手榴弹。这时敌人的火力是这样猛，胡学蛮事后对记者说："你抬起胳膊甩手榴弹后，如果不赶紧放下来，不知道一下子要打上几粒子弹。"打到第三个山头，星光弹围着胡学蛮的身子乱飞，"吃吃"直叫。打过仗的人都知道，子弹"吃吃"地叫，就是快擦到耳朵上了。胡学蛮时爬时跑，始终没有被打着。突然，一颗炮弹飞过来，胡学蛮听着声音不对，赶紧栽到地上。弹片掀走胡学蛮的帽子，胡学蛮用手摸摸脑袋，没有什么事。突然，又有一颗燃烧弹在眼前炸开，油液四溅，胡学蛮的脸上烧起怕人的蓝光，麻木、酸痛、眼中冒火。胡学蛮抓起两把积雪，在脸上擦了几把，转身再战。"我们拿下的阵地，决不能再让敌人夺回去！"胡学蛮和他的战友像无数坚硬不拔的岩石，粉碎了敌人无数次的反击。

打到下午四时，敌人实在攻不动了。夜战的阴影逐渐笼罩了他们。敌人开始总溃退，志愿军于是跟着它的屁股追击。出击、防御、再一个追击，志愿军稳住了自己的阵地。敌人的企图全被粉碎，在一三三高地附近，遗下五百多蠢笨的尸体。

打了胜仗，战士们大高兴。不过，团政治委员说："我们的工作还在开始。批功，什么时候能够批完呢？"当然，团政治委员知道，功还是可以批完的。当美国侵略军彻底被驱出朝鲜的时候，志愿军全体都记一功，这个工作不是就可以暂时结束了么？

（原载《人民日报》1951 年 3 月 30 日）

白云山十一昼夜

——汉江南岸战斗纪实之五

本报记者　林韦

　　这里记载的是汉江南岸白云山地区十一昼夜阻击战中的若干英雄战斗事迹。这些战斗响亮地告诉全世界人民：胜利地打击了美国侵略者的中朝人民部队，正不断给予美国侵略者以更沉重的打击。我们是从胜利走向胜利。敌人的垂死挣扎——冒险反扑，决不能挽救他们最后的惨败。

　　白云山地区南北长十公里，东西宽十五公里。东西两面紧靠水原通汉城的公路和铁路。另一公路，由水原直通白云山主峰山下。各高地间大路纵横，宽沟相通，地势极便于敌人的车辆运动。山后不远，就是汉江平川。从军事上看，这个地区并不利于防守。但因地势较高（主峰海拔达五百四十公尺），对控制左右公路铁路有重要价值，所以成为汉江南岸阻击战的一个最主要阵地。

　　一月二十五日以后，以美军为首的二十多万侵略军冒险向汉江南岸反扑，声言要在七天内夺取汉江南岸中朝人民部队的全部阵地。他们用在白云山地区正面的兵力，每天平均不下三个师，约五六万人。他们以大量的飞机、大炮、坦克为步兵开路，每个士兵都带着自动火器。白云山地区的守卫者，则仅仅是人民志愿军某部只有轻武器装备的一个团，人数不及敌人二十分之一。这个团的原定任务是阻敌七天，但是，激战进行了十一昼夜，这个团仍然屹立

山河笔
——李庄朝鲜战地报道

新闻报道
朝鲜战争
战地通讯
"三八线"上
战斗在长津湖畔
被人民欢呼"万岁"的部队
战地通讯忆汉城

未动。直到二月五日夜上级下令主动转移,他们才撤出来。在这里,美军二千四百多人葬送了他们的生命。

一、振奋全团的战斗序幕

守卫白云山的英雄战斗,从主动猛袭进攻的敌人开始。第八连十八勇士袭入水原,把城南城北的敌人戳得稀烂。这是振奋全团的战斗序幕。对于本来就不高的美军士气,则是一个沉重的锤击。他们在精神上被勇士们根本压倒了。

美军重新进入水原这个真空城市,是在一月二十五日夜,水原城内外驻扎了美军二十五师一个整营,约五百人。英雄第八连接受上级任务:由三营副营长戴汝吉率领,侦察敌情并实行袭击,打乱敌人的计划和部署。

夜漆黑。城北大道两旁高地都有敌人。勇士们无畏地沿着大道,笔直地插向城关。美军第一道岗喝问口令,勇士们不理。二道岗继续问口令,勇士们仍不理。卡宾枪迎面打过来,勇士们腰也不弯,照常行进。左前方两挺机枪撕破夜空惊叫起来,三个同志负伤了,这一下激怒了勇士们。为首的两位猛扑上去,轰轰两声手榴弹就把两挺机枪打跑了。大家继续前进。

在城门附近,戴汝吉随身常带的一支小小的牛角号吹起雄壮的冲锋号。敌人的自动火器和英雄们震撼大地的"冲""杀"声一齐吼叫起来。为首的十八位勇士(几个班排干部和十来个战士),在城上城下连成一片的火光弹雨中穿进了水原城。他们和后续部队失了联系,但他们头也不回,像利刀一样在强盗们的巢穴里纵横进击。他们插到城西,又插到城南,到处寻觅敌人。

在一个十字街上，一辆坦克正在轰隆轰隆地发动。冲在最前头的戴汝吉副营长扑上车去就打。坦克猛一开动把他摔在地上，他爬起来追上去用手榴弹猛打。坦克逃跑了，他又去追打汽车。汽车逃跑了，他们冲到一所亮着灯的大洋房院里。那里停着七辆吉普，装满枪支弹药和军用物资。判明确系美军之后，他们便用冲锋枪、手榴弹朝屋里猛打。敌人一阵阵怪叫，乱哄哄地往外跑，但却三五成堆地被冲锋枪打死在院里。三排副排长吴亮带着战士冲进屋内，寻找活的，被暗藏在屋角的敌人打伤了。副营长问他："还行吗，吴亮？"吴亮回答："行！"包扎一下伤口，马上又冲了进去。吓昏了的和躺着装死的六七个美国兵，全部被勇士们活捉住了。

同一时间，各处敌人从睡梦中惊醒，乱糟糟地东奔西窜，空手逃命。跑到这所大洋房附近来的，被我们封锁路口的机枪扫死在路上。

勇士们从下午九点一直闹到午夜以后，月亮升起来了。屋内敌人一个宪兵排被全部歼灭，院里七辆吉普车被全部烧毁。时间所限，勇士们一个人背着好几支卡宾枪，押着俘虏，穿出东门，胜利而回。此时，南城美军正在向北城美军轰击，打得北城美军一阵阵尖声嚎叫。勇士们一面走，一面连声喝彩"打得好！"

东城外沿路高地也驻有美军，但他们只敢远远放枪，炮击，没有一个人敢来追打。沿路敌人的军用电线，也被勇士们割断了。

爬过第三个山头，忽然发现对面山上有敌人的炮兵阵地。黑压压一堆人，向这边开了火。勇士们冲下山坡，在开阔地上拖着俘虏，匍匐前进。敌人的手榴弹打到三排长陈友智身边，他敏捷地抓起来回敬了敌人。

戴汝吉二次吹起牛角号，勇士们齐声喊杀，一涌而上。敌人从山背后一溜烟跑了。山顶扔弃着八二炮、六〇炮和成堆的炮弹。未挖好的工事旁边躺着洋镐洋锹。

当美国飞机打下一串串照明弹寻找夜袭者的时候，勇士们正在自己阵地前面一个小山上吸着美国香烟，吃着美国罐头，谈论美国兵装死和逃命时的怪样子。他们发出一阵阵不能抑止的笑声。

二、东远里七勇士

去冬连续三次战役，把侵略军打得一泻数百里、溃不成军的时候，一个在睡袋里被俘的美军少尉不服气地对我说："如果摆开阵线，正规地打，美军不一定会输。"他觉得美军所以败北，仅仅是由于我军使用夜战、近战和迂回包围战术，使他们的优越武器不能发挥威力。但是，东远里小树林的战斗，却使这种说法不攻自破了。

东远里在白云山东面公路上，沿大路向西北可以直抄白云山侧背。正西经过丘陵地带，可以侧击白云山重要前卫阵地兄弟峰，并可与西面公路上光教里的敌人共同构成对白云山的包围形势。能攻能守的英雄第七连守卫在这里。东远里前面有片小树林，比平地稍高一点，是这块前哨阵地的一个小哨岗。守卫者是七连一排长韩家桢和二班班长，五个战士，共七人。

沿公路北犯的敌人，用一个整连的兵力专门攻击这片小树林。攻击者充分地发挥了近代武器的威力。从清早开始，他们便用八架飞机和十二门大炮对小树林集中轰击了整整两小时。地面打得像开水锅一样，沸腾起蔽空的烟云。树枝树干飞起又落下，地面变成了大蜂巢。可是，敌人终于不能"打到士兵可以背着枪、吸着烟去占领阵地"（美军吹牛语）的程度。在他们的步兵接近到离勇士们五十公尺的近处时，有十八个人被一阵机步枪打倒了。其余敌人连尸首也不拖，掉头就跑。

飞机大炮夹着坦克炮，又猛轰了半个钟头，敌人发起第二次攻击。这次他们分成正面、左面两股，由四辆坦克导引，汹涌而来。这时候，七勇士已有二人负伤。但其余五人却更沉着了。他们一直等敌人接近到三十公尺，才扔出准备好的手榴弹。轰轰几声，敌人倒下十四名，又跑了。

这一来，敌人指挥官气疯了。六架轰炸机一齐飞来，投了大量的汽油弹和毁灭钢骨水泥建筑用的一千公斤重磅弹。阵地上一片山崩地裂的轰鸣，遍地起火，黄土变成了黑土。然后，四辆坦克单独先上，钻地一公尺的坦克炮弹一堆一堆往下打。它们爬上阵地，把残破的工事反复压过好几遍。

这样，敌人以为这块阵地上绝对不会再有活人存在了，步兵大摇大摆往上走。但出乎意外，一阵机枪手榴弹不知从哪儿打来，又把敌人揍倒八个。步兵惊得乱逃，坦克也跟着跑了。

这时候，勇士们是在右侧较高处一个不易被发现的弹坑里隐蔽着。他们的机步枪手榴弹专门从侧面瞄准坦克后面的步兵打。他们只剩了三个人：排长韩家桢、班长崔洪成和战士高喜有。

打退敌人第三次冲锋后，他们一面监视敌人，一面胜利地说笑着："我们自己不退，敌人永远没有办法！""我们不怕敌人，敌人就怕我们！"排长总结说："美国兵的特点，第一是只要阵地上还有一声枪，他就不敢来；第二是打倒一个，别人全跑。"高喜有补充说："瞄得准准地，一梭子就管事！"崔洪成坦述自己的心事："我入党以后还没立过功呢，这回一定要多把敌人打死几个！"

太阳快下山了，排长和班长站起来观察敌情。不幸被炮弹击中，重伤倒地。排长在断气时命令高喜有："剩你一个人也要坚守，不准让敌人占这块阵地！敌人退了才回去报告！"

一阵炮轰过去，敌人第四次冲来了。这次是坦克步兵一齐上。高喜有从弹坑里转到一个土棱背后，沉着地打出最后的几发子弹。敌人倒下两名，又逃走了。高喜有开始利用空隙，将身边的铁锹在石头上磨得快快的，准备敌人再来时劈他几个。可是，卑怯的敌人吓破了胆，再也没敢来冲锋。这一天敌人在这片小树林里被杀伤的总数是四十二名。这就是"摆开阵线正规打"的结果。

三、争夺兄弟峰

白云山正面前卫阵地兄弟峰的几块不大的高地，经常的守备部队不过百余人或数十人。敌人每天在狂炸狂轰之外，经常用四五百以至一千人的兵力实行猛攻。可是，从二十六日一直打到三十一日夜，敌人始终不能达到目的。二十八日以后的四天中，敌人曾以绝对优势的兵力每天夺去一两个山头，但每次夺去的都是相同的山头。这是因为英勇的守卫者们每天夜里（有时是白天）实行猛烈反击，将敌逐回原处。敌人只好第二天从头再攻。二营副营长李盖文和六连连长郭家兴领导的一次反击，曾一直从兄弟峰插到公路上的敌人据点杜陵，歼灭美军一个营部，烧毁汽车五辆，打死敌人数十名。在杜陵背后的山头上，郭家兴带着一个通信员独自冲到六十多个敌人跟前。起初用手榴弹打，接着用驳壳枪打，以后用通信员背的步枪打。一切都打光了，他用没刺刀的枪击倒一个敌人。后来，他不幸负伤，壮烈牺牲。他一个人在这个山头上打死敌人二十多名。守卫兄弟峰的英雄们，自始至终充溢着这种无畏的进攻精神。

兄弟峰争夺战的最后一天，一月三十一日，敌人的轰炸炮击从清早七点钟开始。密集的炮弹炸弹，把几个山头打成了一片火海。十倍于守军的美国步兵，以二十辆坦克和十多挺重机枪掩护，向兄弟峰前面的山头包围上来。敌人的冲锋，现在已经不能以次数计算。这边把敌人逼退几十公尺，敌指挥官马上逼着士兵从别处往上爬。在形势已经十分危急的时候，二营副营长李盖文在电话里回答营长："你放心！有我李盖文在，兄弟峰丢不了！"

守卫兄弟峰的第六连五十多位英雄，这时大部失掉了工事的依托，弹药也渐渐少了。为节省弹药，现在射击敌人的距离不是五十、四十公尺，而是三十、二十甚至五公尺了。

中午以前，营指挥所的电话联络也断了。李盖文下令叫大家三个五个分散开，各自寻找有利的地形地物，到处打冷枪，消耗敌人，疲劳敌人，以待晚间反击。这以后，勇士们一直在石旁、树后、弹坑里和炮弹死角上顽强地坚持着。下午，敌人又增兵三百多，下决心夺取这块阵地。但一直打到天黑，还是敌人被打退了。

六连指导员熊家兴和三个战士自然形成的一个战斗小组，坚持在山后较高处的小树下，大石背后。一个人监视着一个方向。敌人三十个、五十个，后来是一百多个从这里漫山往上爬，每一次都被四位英雄揍了下去，倒下一片。最后一次，指导员只剩几个手榴弹和驳壳枪了。他右手打手榴弹，左手装驳壳枪，然后右手打驳壳枪，左手又揭开手榴弹。终于将敌击退。直到下午三时，敌仍无可奈何。这时，英雄们所有的弹药完全打光了，便利用打退敌人的空隙在地面上寻找。正着急时，营部通讯员忽然不知从哪儿钻上山来，带来八十枚手榴弹。他们用二十多枚把敌人两次新的冲锋打退以后，敌人疲惫不堪，坐在半山打起盹来。指导员此时有恃无恐，便恶作剧地拣个子弹朝敌人放一枪，骂着："狗 × 的攻不动了，偏要你们攻。"敌人像疯狗一样扑上来，又被打倒一片。

五十多个同志，就这样在近千敌人的猛攻下一直坚持到天黑，杀伤敌人三百多。阵地屹立未动。敌人退走以后，李盖文开始在各处布置哨岗，向团里请示夜里和明天的方针和任务。

四、白云寺的英雄们

日日夜夜战斗在悬殊的兵力和装备下，英雄们的心境多么清明，多么爽朗啊！在白云山西端侧翼阵地白云寺战斗中负伤的三营副营长戴汝吉，曾经从医院写给团首长一信，其中写道：

"……在水原，在东远里，在白云山西端，同志们在历次战斗中表现着勇猛顽强的硬骨头劲。记着你们的号召，记着党给咱们的任务，心里亮堂堂。"

"党给咱们的教育，千万烈士给咱们精神的感召，永远不会忘记。在战斗最惨烈的时候，我们想起董存瑞（这是一九四八年承德外围隆化战斗中的爆破英雄。他左手托炸药包，右手拉导火线，轰毁高处碉堡，自己也壮烈牺牲——记者）想起入朝以来所见的惨景。我们红了眼，劲头不知哪儿来的会这么大。（以下均写白云寺战斗情景——记者）陈维德（七连新任的二排长——记者）提着冲锋枪喊叫着，'狗 × 的你敢来！'一梭子打出去，美国少爷兵滚下去一大堆。一梭子，一梭子，少爷兵上不来。只好用炮轰，烧。陈排长，勇敢的人呀！微笑着牺牲在岗位上。陈国栋（七连三排副排长——记者）负伤不退，子弹打光打手榴弹，来回鼓励着同志们。许端平（通信班长——记者）在弹雨里火堆里来回传达上级命令，鼓励同志们发扬二班的光荣（指东远里七英雄——记者），负重伤没有叫苦。身旁手榴弹打完了，万不得已，把才发下来的反坦克炸药狠心投出去。轰声震天，雪也着火，石头也着火，少爷兵不知是什么宝贝，再也不敢接近。"

"宋指导员，无产阶级的硬骨头，伟大的共产党员。腰里横插着四个手榴弹。卡宾枪被炮打坏了，换了支冲锋枪。什么火烧不烧，子弹不子弹，跳到东又跑到西：'同志们，同鬼子拼了吧！'喊声振奋着各岗位同志们的心。敌人不分路数地向我平推，宋指导员跳过来对我喊：'首长，拼了吧！'我说：'对！就剩咱俩也要拼！注意公路！'他咬着牙，提着手榴弹走了。阵地上一阵炮轰，冒着红红的火苗，浓烟布满山头，从此再没有听到宋指导员'同鬼子拼了吧！'的响亮的声音。宋指导员可能牺牲了，宋指导员的声音和名字永远在我们的心头。"（团政治机关注："宋确实牺牲了，光荣地牺牲了！优秀的连队政治工作者，永垂不朽！"）

"首长：我们知道任务的重要。在战斗最紧张时，使出主力向九连增援。虽然子弹打光了，阵地被炸、轰、烧，剩不几个人，同样顽强地守着岗位。不论战斗中缺点漏洞如何多，七连没有打熊（未当"狗熊"之意——记者），只有更多的经验。"

"……我的左手食指与拇指可能失去作用，现伤口正化脓。不要紧：右手还能写字，还能打手榴弹，打枪。我知道我的手是谁打

新闻报道
朝鲜战争
"三八线"上
战斗在长津湖畔
被人民欢呼"万岁"的部队
战地通讯 忆汉城
战地日记

的，死不了还要干，还要干得更凶。……我要争取很快回部队。"

二月一日上午，守卫白云寺的八连几个重要干部负伤了，整个阵地的形势突趋紧张。戴汝吉扔下饭碗，左手抓了一把干米片，右手抓了一把酸菜辣椒，喊过来两挺机枪，边吃边跑，一阵风到了白云寺。他的牛角号一吹，机枪一叫，整个阵地马上稳定下来，继续顽强作战。他指挥着十几个战士，一直和数百敌军对抗到下午三时。子弹快光了，敌人攻得更急，机枪连指导员劝他离开危险地段。他说："我不退！我得打到底！我牺牲了，只要求党追认我是共产党员就够啦！"他用最后三粒子弹打倒两个敌人，余一粒准备必要时打自己。恰巧第七连赶到，立刻反击，把他们救了出来。此后他一直战斗在最前线。直到左手重伤。

七连指导员宋时运，三十一日指挥第七连在东远里激战一天，晚间接到紧急命令，叫七连到白云寺增援。没吃饭便行动起来。跌跌撞撞摸了整一夜，天亮时却错走到团部了。屁股没沾地，又往白云寺赶。下午三时赶到，八连正在危急之中。宋指导员马上率领队伍举行反击，以神速的动作一口气冲下五个山头，将敌逐退到公路上去。两天一夜没吃饭，没休息，战斗又这么紧张，他终于在第五个山头上晕倒了。抬下来没有休息，第二天这个钢铁的勇士又上了火线。

三日，敌人的进攻达到最高潮。在数百敌人不分路数平推上来时，他抓到冲锋枪用冲锋枪打，抓到手榴弹用手榴弹打。和戴副营长商定"拼到底"的方针以后，他穿过浓密的炮火，奔到阵地前沿，公路附近，最接近敌人的地方。拣起阵亡同志的一挺轻机枪，哪边危急就跑到哪边打。把敌人成堆成堆地打死在山坡上。侧后敌人围上来时，他的头部已经负伤。鲜血满脸，衣服也染红了。他抱着机枪回过头，咬紧牙关猛烈射击。最后腹部胸部同时中弹，这位二十一岁优秀的连队政治工作者光荣地牺牲在自己的岗位上。他的双手一直抱着机枪，枪口笔直地指向野蛮残暴的敌人。这时，一连的英雄们赶来了，随即以勇猛的反击将数百敌人重新逐回原地，又一连两次击溃敌人的反冲锋。

五、"美国人在和我们的工事作战呢！"

敌人对白云山地区的进攻，开始是集中兵力攻一点，攻不动；后来改为全面猛攻，仍无效；以后又专攻一点；又全面猛攻；攻法一变再变，最后均归失败。二月初，敌人采取迂回战术，猛攻白云山背后的古分岘一带，付出数百人的代价，结果毫无进展。在白云山主峰，今天猛攻不下，明天竟日轰烧，以后又是正面攻，侧面攻，同时攻。到二月五号，白云山顶的树根轰出了土，及膝深的雪轰得没了踪影，整个地形都变了样。在一个工事正顶，能落上九发、十二发甚至二十发炮弹。但是，敌人的步兵仍然只能一堆一堆被打死在山坡上，不能到达山顶。一切办法使尽了，敌人异想天开，用飞机载了女人进行无耻的广播，散发传单，并进行地面火线喊话，说"联军"那边"好吃好穿好女人"，什么什么地方已被"联军"占领……白云山英雄们起初气得直骂，瞄准喊话者猛打。后来看惯了，便幽默地说："你们的飞机大炮都不管用，这套鬼把戏还能成吗？"

二月五日夜，英雄们奉命转移到新的阵地去了。次日，指挥员和观察员们站在新阵地高头欣赏着。堂·吉诃德式的攻击：飞机恶狗一样哼哼着向白云山俯冲下去，又洋洋得意地浮上高空。好多飞机转圈打，机枪炸弹声一阵阵传过来。英雄们看戏似地说笑着："你瞧你瞧，美国人在和我们的工事作战呢！"英雄们十一昼夜的战斗，把外强中干的美国侵略军吓昏了。战斗中被俘的美军官兵丧气地说："我们的进攻没有希望。白天攻不动，晚上也不敢睡觉。爬山爬得脚上尽起血水泡，许多人都不想干了。大家都说进攻不如退却好：退却时能够坐着汽车飞快地跑呢！"

（原载《人民日报》1951 年 3 月 31 日）

坚守文衡山

——汉江南岸战斗纪实之六

高　巢

一、雪坡上的支部会议

海拔四九六公尺的文衡山，是在汉江南岸广州郡东南群山中的一座高峰。它是从龙仁通往汉城公路西侧的主要屏障，与西边从水原到汉城公路两侧的白云山、帽落山、修理山遥相呼应。敌人纠合了约一个团的兵力，向这座山猛犯。

二月七日我志愿军某部第二连，经过十多天的连续苦战之后，又光荣地接受了坚守文衡山前沿阵地的任务。寒风吹向山顶，勇士们在熟练而迅速地建筑工事。

九点钟的时候，支部书记在雪坡上召开了党的支部委员扩大会议。指导员刘甚友同志向大家说："咱们接连着跟鬼子打了十几天，个个都是好样的。这次咱们一定要保证完成坚守的任务，保护主力的安全出击，大量歼灭敌人。"

青年团员马家顺首先向党表示说："我们都看见了朝鲜老百姓所受的苦；我记住了这笔血债。我向大家挑战，坚决在这次任务中替朝鲜老百姓报仇，争取立功入党。"紧接着，大家都纷纷下了决心，当场宣誓，要坚决守住阵地。

"三八线"上
战斗在长津湖畔
被人民欢呼"万岁"的部队
新闻报道
朝鲜战争
战地用讯
战地通讯忆汉城

二、三天两夜的战斗

天刚黎明，敌人十几辆坦克和十余门重炮，从山脚下猛烈地向二排阵地轰来。勇士们忍着饥饿，瞪大因没有睡觉而充血的红眼睛，监视着敌人。待敌人接近，步枪手榴弹就一齐开火。二排排副郗传贵，四枪四中，接着投出了两个手榴弹，又炸死三个。这天敌人又继续进行了第二、第三次进攻，兵力由一个排增加到一个连，也没有冲上来。

第二天下午，指导员和副连长爬上了高峰，在石头后面瞭望，看见从山根下的公路上，远远开来二十多辆满载着敌军的汽车，另外还有十几辆坦克。指导员说："敌人增加了兵力，明天又有一场激烈的战斗。"

"来吧！你再添几个营，老子也不怕；子弹完了有手榴弹，手榴弹完了还有刺刀和石头；怕了你，就不算中国人民志愿军。"副连长刘品海接着说。

夜里敌人一个侦察班偷偷地摸上山来，哨兵同志发觉了，打了两个手榴弹，炸倒了头前的三个，其余的都慌慌张张地退回去了。

指导员走进了各个工事，亲热地问道："冷吗？同志！只要我们守住明天，我们的主力就会插到敌人后面了。大家要坚持到最后，这是考验我们每一个同志的时候。"两天两夜没有合眼的指导员，眉毛上挂满了冰霜，但这个像钢铁一样的人仍然在这寒冷的冬夜里忙碌地到处走动。

早上五点多钟，敌人开始用增援的火力向三排阵地猛攻。七点多钟，天已经大亮了，这时清清楚楚地看见敌人已经占领了下面的小山包，距离三排阵地只有一百米远了。指导员夺过一个同志的步枪来，打了十多发子弹，四个敌人便送了性命。他看到敌人还在往上冲，就喊："一！二！"大家喊了一声"杀！"都端着刺刀，跳出工事，冲了下去。共产党员曹仲银，第一个冲到敌人面前，吓得发抖的一个美国兵，没有来得及还手就被刺死了。匪徒们看见我军这样勇猛，扭转屁股就滚下山去了。

半点钟后，敌人又往上冲。三排排长田家友受了重伤，指导员要他下去，他喊着说："我是轻伤呀！我不能下去。"他躺在地上，依然指挥着射击。同志们在他的鼓舞下，更加精神百倍地打退了敌人的冲锋。

三、特等射手

山脚下有一个手持红旗、像是军官的家伙，在指手画脚强迫着鬼子们往上冲。指导员端起枪，定好标尺，探身起来，只一枪，拿红旗的家伙便倒栽葱似地倒下去了。敌人的队伍大乱起来。

几分钟后，又一个军官似的家伙走来，依然拿起红旗，在强迫鬼子们冲锋。指导员笑了笑，问他身边一个战士说："留着他呢？还是送他回老家去？"

"送他回去吧！留着这种野兽干么？"

"砰"！一声枪响，那第二次拿红旗的家伙又作了指导员的枪下鬼。这是指导员刘甚友同志在文衡山上射击命中的第二十七个敌人了。

"好呀！同志们！向指导员学习，争取做特等射手，作功臣班呀！"马家顺高喊起来。

四、炸不断的铁筋！

匪徒们用重机枪封锁了正面，全部由侧面向上攻。重炮像机枪似地向工事里打，情势愈来愈紧张了，指导员在三排的阵地上高声喊道：

"同志们！你们看过被炸毁了的洋灰桥吗？我们就好比是那洋灰桥上的铁筋，总不会断的呀！我们现在虽然只还有八个人，却打退了敌人四个连的好几次冲锋。你们说光荣不光荣？"

"光荣！"其余七个人高声喊起来。马家顺挥舞着拿着手榴弹的双手，嘶哑地用力喊着："对呀！我们是炸不断的铁筋呀！光荣！光荣！光荣呀！……"一阵手榴弹和步枪，在烟幕重重中，敌人又被打回去了。

匪徒们遭到了几次痛击之后，无法可施了，它们休息在公路上。半个钟头过去后，它们又纠合了增援来的兵力继续向上扑。又经过八九次反复冲杀之后，阵地上仅剩下满身尘土的三个同志了。受了伤的刘广德，仍然不下火线。指导员以坚决而又带着安慰的口吻说：

"下去！我命令你，我给你的任务已经完成了，你放心吧！有我和马家顺在，阵地一定丢不了。"

"任务还没有完成。我决不下去。"刘广德觉得受了委屈似地反抗说。

马家顺推着受伤的刘广德往山后走去。随着，阵地上一阵炮弹飞来，人民英雄、优秀的指挥员刘甚友被震昏在工事里，手中的步枪被炮弹的破片炸飞了。

五、青年团员马家顺

大约一分钟以后，在距离工事五十多米远躺着的指导员清醒过来了。他向跪在身旁扶着他的同志问道：

"你是谁？"

"我是马家顺！"

但是被炮弹连耳朵也震聋了的指导员，什么也听不见，他只觉得颈项与胳膊疼痛得厉害。马家顺满身冒着汗，急促地喘着气，几天的饥饿与疲劳使他感到眼睛一阵一阵地发黑。他看到指导员听不见他说话，心里很着急，他一只手扶着指导员，另一只手在雪里写道：

"马家顺在，阵地在！"写完，他回头望了望阵地，又摇着指导员，大声地喊着：

"指导员！指导员！你放心吧！我走了，我牺牲之后，只希望能批准我当一个光荣的共产党员。"

他迅速地掏出指导员仅剩下的两个手榴弹，拾起一支步枪，大踏步地走向火海般的阵地。

二十分钟后，三排的阵地上，还响着一阵阵的步枪声，当最后一个手榴弹打响时，我们的青年团员马家顺随着手榴弹的爆炸声牺牲在阵地上。下午两点多钟，敌人才蹑手蹑足地爬上前沿阵地。我文衡山的主阵地仍屹然未动。

在这次战役过后，师党委决定追认马家顺同志为中共正式党员。

（原载《人民日报》1951 年 4 月 3 日）

红蓼

第二部分

战斗十日

"三八线"上
新闻报道
朝鲜战争
战斗在长津湖畔
被人民欢呼"万岁"的部队
战地通讯忆汉城
战地日记

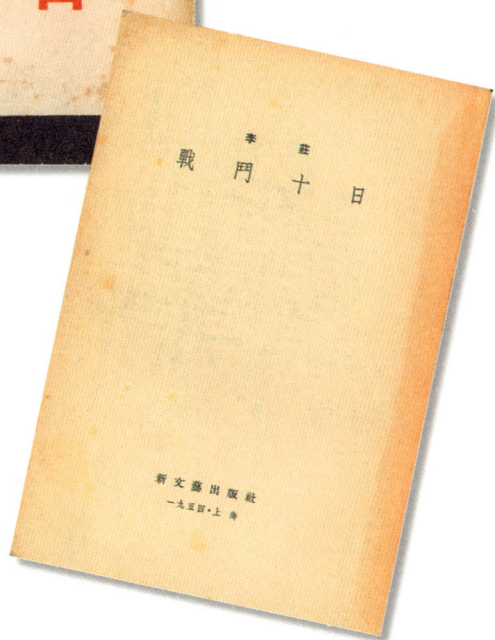

"三八线"上
新闻报道
朝鲜战争
战斗在长津湖畔
被人民欢呼"万岁"的部队
战地通讯忆汉城
战地日说

《战斗十日》内容提要

本书是写中国人民志愿军一个营对敌作战的故事。时间在一九五一年春节前后，地点在朝鲜的汉江南岸。

这时候，志愿军和朝鲜人民军一起，已把美国侵略军从鸭绿江边赶到汉江以南。一九五一年一月，美国侵略军纠集了在朝鲜的全部人马，向朝鲜人民军和中国人民志愿军阵地展开全线进攻。中线志愿军某部奉命扼守汉江南岸阵地，尽量杀伤和阻遏敌人，掩护东线友军从容集结，歼灭窜入横城地区之敌，书中记述的这个营，正是这部分志愿军的先头部队。他们在极端艰苦的条件下，英勇抗击在人力、装备上数倍于自己的敌军，圆满地完成了上级给予的任务。

本书所记述的内容都是真实的。书中的人名，因每个人的事迹有所取舍增减，都换过了。就全书言，与其说这是一篇小说，似不如说这是一篇报告，因为它在极广泛的范围内，都是写的真人实事。

三 日

一九五一年一月，一个新的战役开始了。敌人集中了它在朝鲜

山河笔
——李庄朝鲜战地报道

的全部兵力，向汉江南岸我军阵地展开全面的进攻。当时我军没有飞机，缺少大炮，粮弹供应远很困难。但就在这种困难的情况下，在零下二三十度的丛山密林中，我军又看准敌人，张开无数巨网，准备一面零敲碎打，一面集中歼灭。

志愿军某营完全准备停当。现在，几个营干部聚在一起，又读起《夏伯阳》来了。这本书从鸭绿江北到汉江南岸，已经磨皱得不成样子，但营长王继光还是不肯把它丢开。他没有一般指挥员所有的那种在空闲时玩扑克的习惯，他偶尔找到一点儿时间，譬如说，在战斗结束以后，或者一切都已准备就绪但还没有打响以前，总喜欢翻翻这本书。说是学习也行，说是休息也好，总之是一件十分惬意的事情就是了。最近他们连着忙了几天，早已精疲力竭。从已有的准备工作看来，完成坚守十天的任务是有把握的。为了把大战之前的过度紧张的空气缓和一下，他们几个人凑到一块儿，又来阅读这本书。

张文奎念完夏伯阳遭受袭击的一段，忽然停止不念了。他的眼光从书上移向掩蔽部以南那没有尽头的灰色的山峦上，似乎想到了什么。

"教导员，累了么？往下念吧！"营长催促他。

教导员扭头望他一眼，却反问道：

"营长，你看我们这回的工事修得怎么样？完成任务没问题吧？"

营长没想到教导员提出这个问题。他按照自己的老习惯，前前后后想了几遭，然后从稻草地铺上坐起来，郑重其事地说：

"按说，这回工事修的不能算坏，比前几个战役的好多了。不过，防守十天，这任务也相当重呢。四连还没有归还建制，五、六连除了担负全营的任务，还要配合友军出击……我看，今晚上有必要再把工事普遍检查一遍。"

教导员那由于失血过多而经常显得苍白的脸，现在泛出了一片红光，显然是被这个问题所激动了。他挥着手，但是慢慢地说：

"我们部队这个老问题，现在还没有彻底解决，真是怪事。前沿的部队没有话说，总要把工事修得像个样子。二梯队就不行了；蹲在那里，净等出击，还说，我们不能等着挨打，我们是拳头，打人的……"

教导员万没有想到他这番话会引起营长一阵爽朗的使人困惑的笑声。好工事能增加战士的胆量，减少不必要的伤亡，并可在很大的程度上改变我们装备上的劣势，这是人人都知道的道理，有什么可笑呢？

"怎么，老王？"教导员漫不经心地、但非常好奇地问。

"我是说：修工事是等着挨打，不修工事倒能打人——我们这些同志的'理论'，不是很奇怪的么？"

"当然，"教导员慢慢接下去，"对于这种思想情况，我们要负主要的责任。战士们接受新事物比较快，班排干部就差一点儿；他们一听说坚守十天，估计以后必有大行动，早就不耐烦了。我们一定要告诉他们：只会进攻的部队，绝不能算是我们的好部队……"

清冷而宁静的空中传来一片使人心烦的噪音，谈话被空袭打断了。六架野马式敌机笔直地飞过来，集中轰炸六连的阵地。营长跑到掩蔽部门口，冷冷地注视着空袭的情况。他那两道浓黑的眉毛立时连到一起了。这是什么问候！为什么敌机没有侦察，就来袭击我们的前沿阵地？敌人为什么看得这样准？是不是已经发现目标了呢?

"副营长,"营长叫道,"打电话给刘昆,叫他们注意隐蔽。让他告诉全连,违犯防空纪律的要受处分。"

重磅炸弹震得指挥所顶上的泥土不断落下来。六连阵地上空,顿时升起一层黄橙橙的烟雾,太阳都变了颜色。一种莫名的气氛束紧了指挥所的人们。六连正在接受烈火的考验,他们当然是经得住的。可是,这种集中轰炸到底是什么意思呢?进攻?不会来得这么快。扰乱?目标不会这么集中,时间也不会这么久啊!

就在这焦急等待的时候,指挥所的电话铃急促地响起来。营长赶过去抓起听筒,里面是刘昆的声音:

"敌人四辆坦克,两辆吉普,向主阵地攻击前进——离前沿还有一千公尺左右。……请示首长,打不打呢?"

营长皱着眉头,用询问的眼光向指挥所的人们一扫,然后斩钉截铁地说:"这是威力侦察,不要开枪。注意隐蔽,严密监视敌人,随时报告情况。"

营长蛮有把握地放下听筒,卷起一支纸烟,慢慢地吸起来。一支烟没有吸完,六连阵地上传来了急促清脆的坦克炮声,像锤头打着铁板,在凝滞的空气中来回撞击。敌人开始攻击,指挥所真正紧张起来了。

"敌人继续前进,离前沿四五百公尺,已进入轻机枪射程以内。全连进入射击位置,请示首长,什么时候开始还击。"刘昆一口气说完情况,轻轻地喘着气,等待着指示。

营长仍肯定敌人是威力侦察,不是进攻。他命令刘昆好好地控制部队:"没有营的命令,任何人不能还击!"他相信上级的指挥,相信刘昆的能力，相信自己的判断，更相信全营的士气，因此，他决心坚持隐蔽，和敌人来个意志的竞赛。

但是，就在这个紧急时候，刘昆又来了电话，说，敌人继续前进，坦克快要爬到工事中来了，再不还击，不但会影响士气，而且会造成不必要的损失……

刘昆似乎非常着急，他那沉重、坚硬的山东腔调中，甚至掺杂着一些埋怨的口气——这一点，除了深切地了解他的营长以外，旁人是不可能分辨出来的。既然刘昆都产生了这种情绪，情况一定是十分严重的了。但是，这究竟是怎么回事呢？情况突然变化？没有这种征候。敌人摸清了我们的意图？不会这么快的……营长沉吟片刻，对刘昆说："上级命令我们隐蔽待机，我们不能过早地暴露目标。我们在阵地中等它，越迟对我们越有利……好吧，你严格控制部队，任何人不许射击，我马上到你那里去……"

话还没有讲完，轰炸又开始了。六连那几座小小的山头，完全被卷进硝烟烈火中。重磅炸弹的爆炸声夹着密密的坦克炮声，使远山近谷到处轰鸣。营长捞起自己的望远镜，正准备到六连去，刘昆突然又来电话，说，他能够控制部队，既保证守住阵地，又保证不会暴露目标，他说，现在空袭正紧急，营长暂时不必到那儿去。

营长心中一动，连忙问道："说说你的办法！"

"四辆坦克，两辆吉普，没有后续部队，不像进攻的架子。它再前进，我顺着交通沟撤退，把前沿阵地让给他。晚上反击，搞好了，还能抓几个活的。"

"好，好！"营长想不到刘昆竟有这个好主意，立刻提高嗓门说："就按照你的计划行动。把后卫部队组织好，避免无谓的伤亡；这样的敌前撤退，更要注意隐蔽……"

营长坐在电话机旁，再卷起一支纸烟，埋头思索放弃前沿阵地的后果和下一步的行动计划。晚间反击，夺回前沿阵地，当然没有问题。但是，今天晚间打起来，明天全营就会进入战斗，他那尽量隐蔽的计划，不是就要被破坏了……"就是这样！"他把拳头一挥，对电话员说：

"告诉五连，准备今天夜里参加反击——等一等，告诉他们，这个命令暂不下达，只让连干部作准备。"

半小时后，六连阵地上竟出人意外地平静下米。刘昆报告：敌人一直进到我们前沿阵地百多公尺的地方，一面侦察，一面打炮，再没有前进。敌人似乎并没有发现目标，那炮是漫山打的。现在，敌人的坦克和飞机都已撤退。我们硬是没打一枪。

营长长长地松了一口气。还是原来的估计对！看样子，敌人现在还蒙在鼓里呢！但是不管怎么样，明后两天，这里一定要打起来了。想到这里，就对张文奎说：

"教导员，你们在这里招呼着，我到六连看看去；这么激烈的轰炸，可能有损失。"

太阳傍山了，积雪的山头上浮起一团团淡紫色的雾，凉气袭人，营长那滚热的头脑立刻清醒了许多。沿着一条羊肠小路向前走去，在那苍松之下，灌木丛中，到处有我们的战士在活动。这里早已平静了，平静得就像刚才根本没有发生过什么事情一样。

在一个高耸的棱坎下，八班的战士们在吃晚饭。冰冷的饭团带着冰渣子的泡菜，还有几桶罐头。他们吃得是那样香甜，使人想到在祖国过年过节时候的会餐。

第二部分 战斗十日

"营长,吃罐头!胜利牌,祖国人民特为我们做的。"有人看见营长来了,高声嚷着说。

"吃过了,大家继续吃吧。"营长点点头,然后问道,"两个人一桶罐头,几天还没吃完呀!这回发的罐头怎么样?"

"好罐头!谁都舍不得吃,就存下来了。缴获的美国罐头倒不少,又淡又腥气,没一点味道,比祖国的差远了。"班长张奎说。

"祖国的罐头,不光好吃,还真解饿呢。在飞虎山,那么激烈的战斗,五天吃了两顿半饭,硬顶下来了,都是那桶罐头的功劳。祖国的罐头,吃上一口,三天不饿……"一个战士半开玩笑半认真地说。大家没有等他说完,就哄然大笑起来了。

听着战士们清亮的笑声,营长简直不想走了,没等大家让,就在一块大青石上坐了下来。他只要有点儿工夫,就想和战士们谈谈家常,说说笑笑,这样滋味简直和看《夏伯阳》差不多。

"现在伙食怎么样?"

"伙食不赖!一天两顿饭,管饱,还有泡菜。"

"大家准备得怎么样啦?"

"出击吗?早准备好啦!"八班长指指自己的脚说:"就凭这双棉鞋,说到哪里就到哪里;我这两个'轮子',保险赛过它四个轮子。"

真的,战士们除了武器以外,最关心的莫过于鞋子。这皮棉鞋,暖和、结实、好看,最得劲儿不过了。从鸭绿江到汉江,爬过多少山,跑过多少路,不仅要赶上敌人的汽车,而且要绕到敌人前面去打伏击,没有好鞋怎么办呢?祖国人民想得真周到,知道新的战斗要开始,就把这么好的鞋子送来了。

"说得对!这皮棉鞋是祖国人民送来的好礼物,大家要爱惜它,穿着它打好仗，不然，对不起祖国人民啊！"营长伸手抹抹自己的鞋子，赞叹着说。

"营长，这皮棉鞋没说的，是祖国人民送给我们的好礼物。不过，更好的还在后边呢。有一天，我们打完了仗，离开朝鲜，坐火车到藩阳，挺着胸脯，迈着正步，走到月台上。少先队围上来，送给每人一把鲜花——那才是祖国人民最好的礼物呀！咱们举着它，伸出大拇指，说：中国人民志愿军，打败了帝国主义的头子，捎带十几个帮凶国家……"

八班长这几句话说得大家哈哈大笑。指挥员、战斗员在这爽朗无间的笑声中，完全融合在一起了。这时营长心中蓦然涌起一股温暖的潮流——此情此景，不是很像天津郊外的战斗动员，海南岛上的军民联欢么？凭着这些可爱的英雄战士，什么敌人打不倒呢？从今天想到昨天，又从昨天想到明天，他低头看看自己的表，再问问八班修筑工事的情况，然后怀着一种十分满意的心情，跟战士们点点头，继续向前面走去。在这里，他的战士们纵情地说着笑着，信心十足地等待着将要到来的战斗。在不远的南方，那暮色苍茫的群山中，友军正在冒看浓密的炮火，和敌人争夺五八九高地；他这久经战斗、三个月来始终没有休息的两个连，明天也有打响的可能！紧张呵，战斗的现实使他迅速抛掉过去的一切，加速向六连连部走去。

但是，为了看看最前沿的情形，他悄悄地往前边绕个弯子。

小路左侧有个山包，六连在山上修了个班的前进阵地；一个战士正在那里东张西望，看见营长上来，连忙蹲到工事里。但他的工事修得太浅，蹲着还露出半个身子。

"薛家礼，这是你修的工事？敌人摔个炮弹怎么办？"

薛家礼瞪着稚气的大眼睛，两只手在步枪上局促不安地摩弄着，嘴巴动了几动，实在没有什么可说。

看见薛家礼这种样子，营长又不想再说什么了。这个青年人，从营的通讯员到战斗班，一直是火里来、水里去，不管多么艰巨的任务，没有完不成的；可就是有些孩子气，对于修工事这样的事情，直到现在还是马马虎虎的，这怎么行呢？

"敌人摔过一颗炮弹怎么办？"营长重复着说。

"炮弹打不着我。明天打响了，来个全线出击，这工事就用不着了。"薛家礼熟悉营长的脾气，看见营长的气头儿过去了，就坦直地说了几句真心话，然后等待着什么似的，怔怔地看着营长。

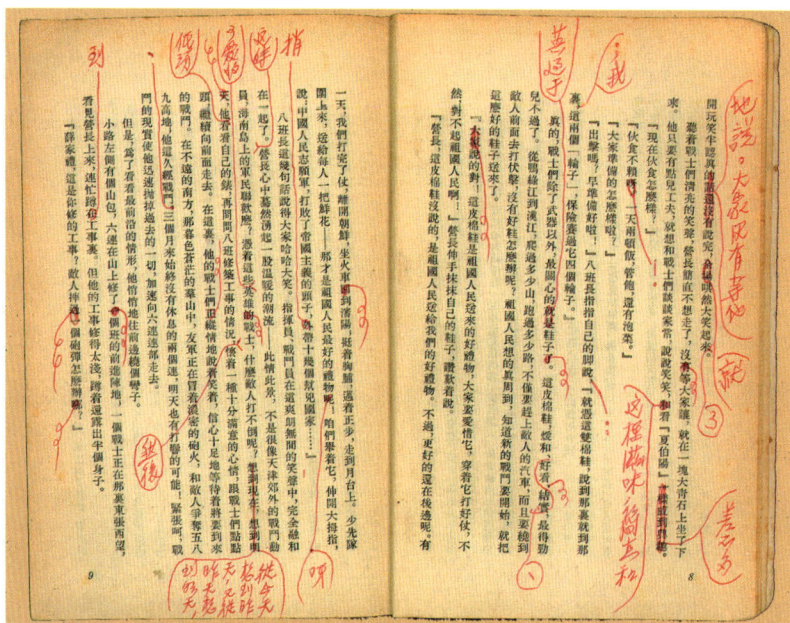

在已出版的书籍页面上，李庄仍在认真修改。

山河笔
——李庄朝鲜战地报道

新闻报道
朝鲜战争
"三八线"上
战斗在长津湖畔
被人民欢呼"万岁"的部队
战地日记
战地通讯忆汉城

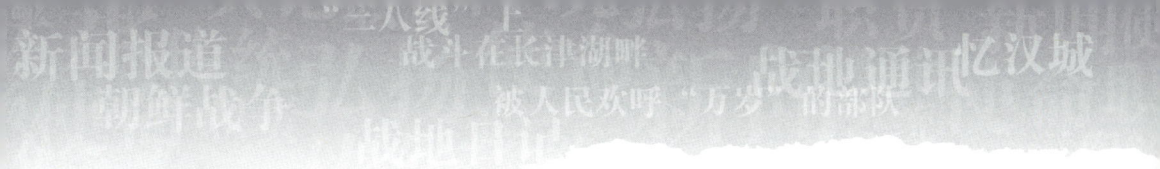

营长又生气,又好笑。他用力看了薛家礼一眼,命令他立刻加修工事,并且叫他告诉班长,好好地把全班的工事检查一遍。

"等一等,"营长看着薛家礼像完了事了,又严峻地说:"记住,再这样是不行的。你现在是在战斗班,要像个战斗兵的样子。这是朝鲜战争,不是野外演习,今天多流一把汗,明天少流一滴血——把这话告诉全班的同志们,就说是我说的。"

离开薛家礼,营长又闷闷地想起不久以前教导员说的话:"改变一种思想习惯,真不容易,……"但是,又想:"如果不是这样,要你这营长、教导员干什么呢?战士们思想不通,要先从干部整顿起……"

于是他决心把刘昆批评一顿。他准备说:你这连长是怎么当的?上级号召做好工事,你们就做成这个样子?刚进入朝鲜的时候,还可以说是没有经验,现在呢,已经和美国兵打了三个月,还这么吊儿郎当的!可是,当他真正看到这个矮个子、黑脸膛的青年人,看到他那股精力充沛、活蹦乱跳的欢劲儿,一腔怒气立刻跑到脑后去了。当然,这并不是因为刘昆是他的老部下,才这样迁就他。虽然他们曾经一起从山东老家逃荒到东北,曾经一起在金矿里做过苦工,后来又一起参加了人民的军队,他当连长的时候,刘昆当他的排长,他升了营长,刘昆也升了连长。不,正因为他是刘昆的老上司,他了解刘昆那种撮盐入火的脾气,敌人越凶他就越狠的性子,所以当他想起刚才发生的那一幕惊心动魄的事情之后,心头就浮起了一种温暖、舒适的感情,真比他自己得到上级的亲口表扬还痛快得多!刘昆更加成熟了,他处理这样紧张的局面,竟这么机警而又沉着。过去他曾和教导员说过,刘昆能够不知畏惧地闯进面前的刀山，但不会从旁边悄悄地绕过去；现在看来，这个青年人懂得的事情已经慢慢地多起来，不仅能够猛打猛冲，而且学会运用战术了。

营长握住刘昆伸过来的手，撇掉刚才的一切，问道：

"刘昆，刚才有伤亡吗？"

"两个轻伤，都是飞机打的。那几辆熊坦克，我们一枪不打，它都不敢瞄准……看看我的掩蔽部吧，没有营指挥所的宽敞，可比营指挥所的结实。"

两个人还没有坐稳，刘昆就叫起来了：

"司号员，把我的烟拿过来，全都拿了来！"

刘昆虽然十分好客，但纸烟只有十支装的一小包。

"哪来的纸烟？"

"突破临津江时捡的，舍不得抽，留着在必要的时候救急。"

"刚才没有抽吗？"

"它再不走，我就要抽了。回头营长拿一半，给我留一半。"

两个人点起纸烟，狠狠地吸起来。掩蔽部里飘起一圈圈灰蓝色的微光，散发出一阵轻薄的暖意。

"刚才干的不坏……"营长看着刘昆的脸，非常冷漠地说。在他看来，这样一句已经很够了。

刘昆懂得营长的意思，他的眉毛微微一扬，嘴角上掠过一丝笑意。他不想掩饰自己的心情，他知道，即使自己不讲，营长也是看得到的，于是就坦率地说：

"嗬，硬捺住战士，硬捺住自己，真够受的。眼巴巴地看着它走了。好目标啊！"

"这就是战争。要想捉大鱼，就得撒长网，撒长网总要费点劲儿，有点儿耐心才行啊！"

刘昆显然听出道理来了，觑着眼睛，悄悄地问：

"营长，知道是要捉大鱼。不过，我们到底要守多少天呢？"

"这个，"营长略略沉吟一下，"我们得到的命令是守十天。这时间不算短，你们要好好作准备；刚才我从前沿绕过来，看了你们的工事，有些修得很不好，还得狠狠加一把力！"

刘昆听说营长从前沿来，好像吃了一惊，忙问：

"我们的工事？防守十天，大概……"

营长冷然截断他的话，一字一句地说：

"大概什么？这是战争，要的是把握，为什么还是'大概'、'也许'的！记住，没有我们的防守，就没有兄弟部队的进攻；必须从最坏的地方着想，用进攻的精神来防御……"

刘昆连忙站起来，用军人接受命令的习惯说：

"是，懂得首长的意思，我们马上加修工事。"

四　日

夜里两点多钟，五班长董秋田提着几瓶酒，兴冲冲地回到前沿上来。月黑夜走山路，他是早已习惯了的。但部队里发酒，这还是第一次。道地的山西汾酒，本乡本土的东西，祖国人民还给它起了个好名字："卫国牌"，当然是专门慰劳志愿军的。祖国人民想得真周到，我们十冬腊月在朝鲜打仗，他们就把烧酒给我们送来了！看见这酒，真如回到家乡一样；他实在想打开一瓶，闻闻味道也好啊！

走着，想着，心里热乎乎的，身上也有了暖意；他解开棉衣的扣子，爬上一个险峻的山头，再往前就是他的阵地了。按照军人的习惯，他在这个制高点上停了下来。远远近近的山头上，这时有无数道熊熊的火蛇，在漆黑的夜空中蜿蜒、跳动，撕着人们的心，激起人们奋不顾身的战斗热情。荒山都成了美国飞机轰炸的目标，朝鲜人民的苦难好大呀！

看见这漫天的大火，十几年前抗日战争的情景，一下在眼前浮现出来。当时董秋田只有二十多岁，为着保卫祖国、保卫家乡，他参加了民兵，在这同样的火海中钻来钻去，配合八路军打败了不共戴天的敌人，争得了一个和平的丰衣足食的日子。可是，和平没有持续多久，突然传来了美帝国主义打到鸭绿江边的消息。他一下被这消息弄蒙了，一个人不声不响地想了好几天。"不管怎么样，再不能让那苦日子糟害人啦！"就这样，他把手一甩，离开土生土长的家乡，参加中国人民志愿军，来到陌生的朝鲜。眼前，冲天大火正在烧着。这火如果不挡住，不是要烧到祖国，烧到山西，烧到太行山去么？……不，我一定挡住它，不能让它烧过去呀！想到这里，他感到自己的责任是这样重大，浑身的力量是这样刚强，轻轻地吁了一口气，大步向自己的阵地走去。

"同志们，祖国人民慰劳的酒，三个人一瓶。我们在前沿，特别优待，八个人四瓶。"他这样喊着。

真是新鲜事情，在朝鲜汉江南岸的荒山上，喝到了祖国的烧酒！战士们飞一样地围拢来，他立刻点点人数，整整七个，都叫了。

"真快！"董秋田看到大家这股兴奋劲儿，心里更加高兴，一时不知说什么好，就随便向大家问道："还没有睡呀？"

"睡什么！盖着天，铺着地，又这么冷，打个盹就行喽。没有仗打，谁睡得着……"

不用看，谁都知道说这话的是薛家礼。这孩子的话，每天每夜都说不完的。董秋田是一个沉默寡言的中年人，加上口齿不大伶俐，平常该说三句的，顶多只说一两句，因此，他对那些成天唠唠叨叨的人，照例是非常厌烦的；但对薛家礼却不一样。他实在喜欢这个青年人，每当听到薛家礼那洪亮的、稚气的声音，他心中就要掠过一种父性的情感。自从薛家礼从营的通讯班调到他的第五班，两个月来一直没有生过这孩子一次气。现在旁人还没有来得及说什么，薛家礼的话匣子又打开了，董秋田连忙截住说：

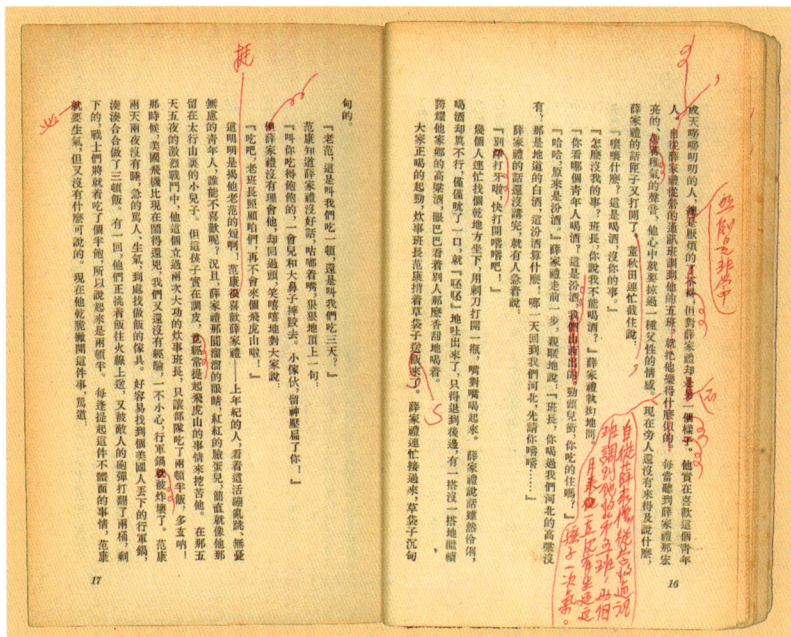

新闻报道
朝鲜战争

"三八线"上
战斗在长津湖畔
被人民欢呼"万岁"的深队

战地通讯 忆汉城

"嚷嚷什么？这是喝酒，没你的事。"

"怎么没我的事？班长，你说我不能喝酒？"薛家礼执拗地问。

"你看哪个青年人喝酒？这是汾酒，劲头儿冲，你吃得住吗？"

"哈哈，原来是汾酒。"薛家礼走前一步，亲昵地说："班长，你喝过我们河北的高粱没有？那是地道的白酒，这汾酒算什么！哪一天回到我们河北，先请你尝尝……"

薛家礼的话还没讲完，就有人急着说：

"别打牙啦，快打开尝尝吧！"

几个人连忙找个干地方坐下，用刺刀打开一瓶，嘴对嘴喝起来。薛家礼说话虽然伶俐，喝酒却真不行，仅仅吮了一口，就"呸呸"地吐出来了，只得退到后边，有一搭没一搭地继续夸耀他家乡的高粱酒，眼巴巴看着别人那么香甜地喝着。

大家正喝得起劲，炊事班长范康背着草袋子送了饭来。薛家礼连忙接过来，草袋子沉甸甸的。

"老范，这是叫我们吃一顿，还是叫我们吃三天？"

范康知道薛家礼没好话，咕嘟着嘴，狠狠地顶上一句：

"叫你吃得饱饱的，一会儿和大鼻子摔跤去。小家伙，留神压扁了你！"

薛家礼没有理会他，却回过头，笑嘻嘻地对大家说：

"吃吧，老班长照顾咱们，再不会来个飞虎山啦！"

这明明是揭他老范的短啊！范康挺喜欢薛家礼——上年纪的人，看着这活蹦乱跳、无忧无虑的青年人，谁能不喜欢呢？况且，薛家礼那圆溜溜的眼睛，红红的脸蛋儿，简直就像他那留在太行山里的小儿子。但这孩子实在调皮，经常提起飞虎山的事情来挖苦他。在那五天五夜的激烈战斗中，他这个立过两次大功的炊事班长，只让部队吃了两顿半饭，多玄呐！那时候，美国飞机比现在闹得还凶，我们又还没有经验，一不小心，行军锅被炸坏了。范康两天两夜没有睡，急得骂人、生气，到处找做饭的家具。好容易找到个美国人丢下的行军锅，凑凑合合做了三顿饭。有一回，他们正挑着饭往火线上送，又被敌人的炮弹打翻了两桶，剩下的，战士们将就着吃了个半饱，所以说起来是两顿半。每逢提起这件不体面的事情，范康必要生气，但又没有什么可说的。现在他干脆撇开这件事，骂道：

"小薛，你别这么高兴，早晚把我惹急了，给你一巴掌，打得你嘴斜眼歪，看你再胡说八道……"

董秋田知道人们都爱和老班长开玩笑，尤其是薛家礼，只要起个头，就没有完了。于是先对薛家礼说：

"就是你话多！还不到一边歇歇去！"转过头，又对范康说：

"老范，喝了没有？山西汾酒，来，喝两口。"

范康就是喜欢酒，现在老乡又这么殷殷勤勤地邀他，便兴致勃勃地说：

"老家的酒，两三年没见面，在朝鲜喝上啦，我们也领了几瓶，刚才忙着做饭，顾不上，来——"

薛家礼看着范康坐下来，忙说：

"喝吧，我那一份让给你啦！"

范康狠狠地白了他一眼：

"嘘，少啰嗦，睡你的去吧！"

天刚刚发亮，敌人的排炮就打起来了。人们冻僵了的四肢一下子伸展开来，浑身充满战斗的力量。起初，炮弹是由前到后规规矩矩地落着，后来就变成一片钢铁的冰雹；一阵阵灼热的气浪扑到人们的脸上；天昏地暗，朝夕无光。五班的战士们一声不响，静静地隐蔽在自己的工事中，只有董秋田贴着地面在各工事间爬来爬去，看看这里，瞧瞧那里……

王正发的工事在全班的最前沿。工事前面是一片峥嵘的岩石，岩石下是一块不大的开旷地——敌人正面进攻，必然经过这里。

爬到王正发的工事附近，董秋田一下子愣住了。到处是巨大的弹坑，工事的顶盖不见了；王正发脸上流着血，直挺挺地站在灰色的硝烟中；他的步枪折成两截，手里提着两颗手榴弹。

董秋田皱皱眉头，问：

"王正发，怎么样？顶得住吧！"

"擦了点儿皮，跳弹打的。他们怎么样？"

"都好，有些工事垮了。你歇歇，我这儿有黄烟。"

王正发摇摇头：

"把手榴弹给我留下，看看他们去吧！这儿是正面，敌人永远突不破的。"

敌人开始了延伸射击。重炮弹在头上怪声怪气地叫着。我们主阵地上烟雾弥天，前沿落的炮弹却慢慢少了。董秋田知道敌人要冲锋，第三次爬到薛家礼旁边，不断地告诫他：

"注意隐蔽！探身子干什么？"

"探身子干什么，"薛家礼心里说，"敌人冲上来啦！"真的，敌人漫山遍坡，从三个方面向我们逼上来。那个乱劲儿，活像大雨以前的蚂蚁搬家。董秋田伏在地上，一手按着薛家礼，两眼直勾勾的，自言自语地说：

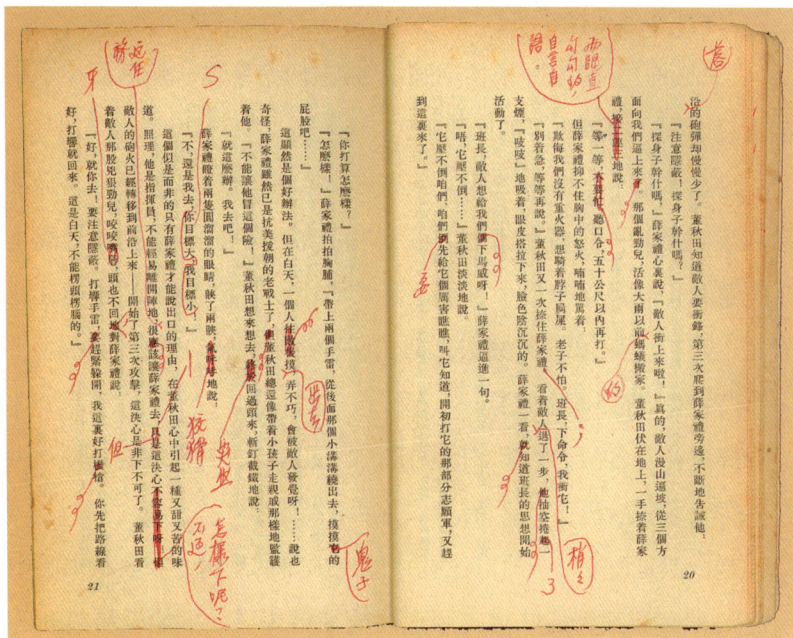

"等一等，听口令，五十公尺以内再打。"

但薛家礼抑不住胸中的怒火，嘀嘀地骂着：

"欺侮我们没有重火器，想骑着脖子屙屎。老子不怕。班长，下命令，我冲它！"

"别着急，等等再说。"董秋田又一次按住薛家礼；看着敌人稍稍退了一步，抽空卷了一支烟，"吱吱"地吸着，眼皮耷拉下来，脸色阴沉沉的。薛家礼一看，知道班长的思想开始活动了。

"班长，敌人想给我们下马威呀！"薛家礼逼进一句。

"唔，它压不倒……"董秋田淡淡地说。

"它压不倒咱们，咱们先给它个厉害瞧瞧，叫它知道，开初打它的那部分志愿军，又赶到这里来了。"

新闻报道
朝鲜战争
"三八线"上
战斗在长津湖畔
被人民欢呼"万岁"的部队
战地通讯忆汉城

"你打算怎么样？"

"怎么样！"薛家礼拍拍胸脯，"带上两个手雷，从后面那个小沟沟绕出去，摸摸鬼子的屁股吧……"

这显然是个好办法。但在白天，一个人摸出去，弄不巧，会被敌人发觉呀！……说也奇怪，薛家礼虽然已是抗美援朝的老战士了，董秋田总还像带着小孩子走亲戚那样地监护着他？"不能让他冒这个险！"董秋田想来想去，突然回过头来，斩钉截铁地说：

"就这么办。我去吧！"

薛家礼瞪着两只圆溜溜的眼睛，眨了两眨，狡猾地说：

"不，还是我去，我目标小，你目标大！"

这个似是而非的只有薛家礼才能说出口的理由，在董秋田心中引起一种又甜又苦的味道。照理，他是指挥员，不能轻易离开阵地，这任务很该让薛家礼去，但这决心怎样下呢？不过，敌人的炮火已经转移到前沿上来——开始了第三次攻击，这决心是非下不可了。董秋田看着敌人那股凶狠劲儿，咬咬牙，头也不回，对薛家礼说：

"好，就你去！要注意隐蔽。打响手雷，赶紧躲开，我这里好打枪。你先把路线看好，打响就回来。这是白天，不能愣头愣脑的。"

薛家礼带着两个手雷，像一只轻快的海燕，钻进硝烟烈火中。他卧倒了，正是时候！他起来了，真妙……"好动作！"董秋田瞪着眼睛，不住地称赞着；直到完全看不见了，这才抹抹脸上的汗，连跑带窜地来到轻机枪掩体中，对射手和弹药手说：

"薛家礼迂回到敌人后方去了。把机枪搞好，准备弹药。不许

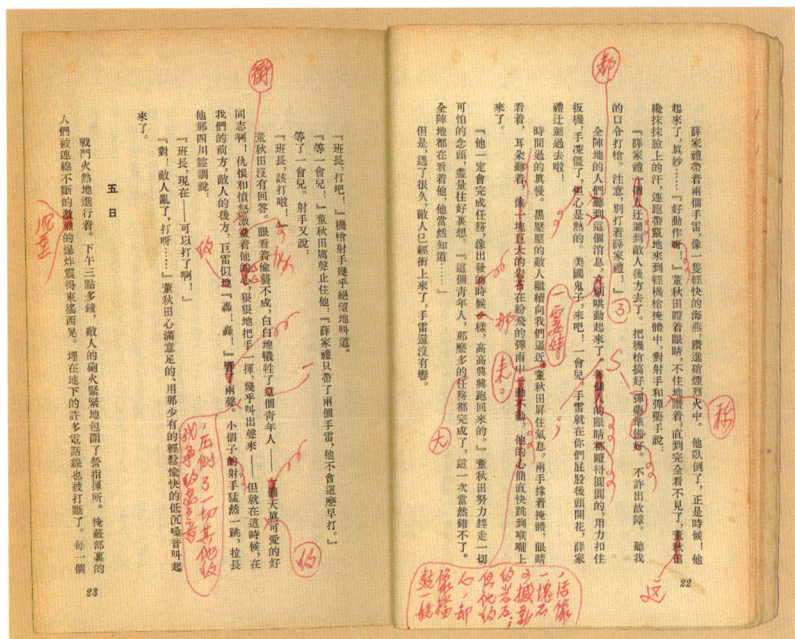

出故障。听我的口令打枪。注意，别打着薛家礼！"

全阵地的人们都听到了这个消息，一霎时轰动起来了；眼睛瞪得圆圆的，用力扣住扳机，手冻僵了，心是热的。美国鬼子，来吧！一会儿手雷就在你们屁股后头开花，薛家礼迂回过去啦！

时间过得真慢。黑压压的敌人继续向我们逼近来。董秋田屏住气息，两手撑着掩体，眼睛看着，耳朵听着，在纷飞的弹雨中，活像一块不可撼动的岩石；但他的心，却像敲鼓一般简直快跳到喉咙上来了。

"他一定会完成任务，像出发时候那样，高高兴兴跑回来的。"董秋田努力赶走一切可怕的念头，尽量往好里想，"这个青年人，那么多的大任务都完成了，这一次当然错不了。全阵地都在看着他，他当然知道……"

　　但是，过了很久，敌人已经冲上来了，手雷还没有响。

　　"班长，打吧！"机枪射手几乎绝望地叫道。

　　"等一会儿！"董秋田厉声止住他，"薛家礼只带了两个手雷，他不会这么早打。"

　　等了一会儿。射手又说：

　　"班长，该打啦！"

　　董秋田没有回答。眼看着偷袭不成，白白地牺牲了一个青年人——天真的可爱的好同志啊！仇恨和愤怒冲激着他的心，狠狠地把手一挥，几乎叫出声来——但就在这时候，在我们的前方，敌人的后方，巨雷似的"轰！轰！"两声，压倒了一切其他的战争的声音。小个子射手猛然一跳，拉长他那四川腔调说：

　　"班长，现在——可以打了啊！""对！敌人乱了，打呀……"董秋田心满意足的、用那少有的轻松愉快的低沉嗓音叫起来了。

五　日

　　战斗火热地进行着。下午三点多钟，敌人的炮火紧紧地包围了营指挥听。掩蔽部里的人们被连绵不断的沉重的爆炸震得东摇西晃。埋在地下的许多电话线也被打断了。每一个有经验的老战士都知道，指挥所既然遭受了这样集中的炮火轰击，前沿承受的压力当然更加沉重。

　　营长坐在电话机旁边，静静地吸着他的木制的、装满桑叶和榆叶的烟斗。在这惊涛骇浪、瞬息万变的时刻，他那因为思虑过度而变得毫无表情的脸，就如冰冷的岩石上的浮雕一般。他周密地思考了一切，现在正揣摸那个时机，时机……敌人决心突破，我们必须守住——究竟要不要把五连拉上去？如果应该动用五连，在什么时机最合适呢？

营长抓起电话听筒，找刘昆讲话。这起码是第十次了。前几次，刘昆谈完情况，总要说："首长放心，没有问题。"在平常情况下，营长实在爱听这句话，但今天，他却从刘昆这习惯的用语中嗅出了一种绝不相同的味道。按照刘昆的性情，就是把六连打剩下一个班，他也不会请求增援；把任务交给他，原是十分牢靠的。营长担心的是刘昆那股牛劲儿被敌人逗上来，一个人在前边不声不响地闷头撑着，这就可能使他错过最有利的增援的时机。所以，他决心再打电话问一问：

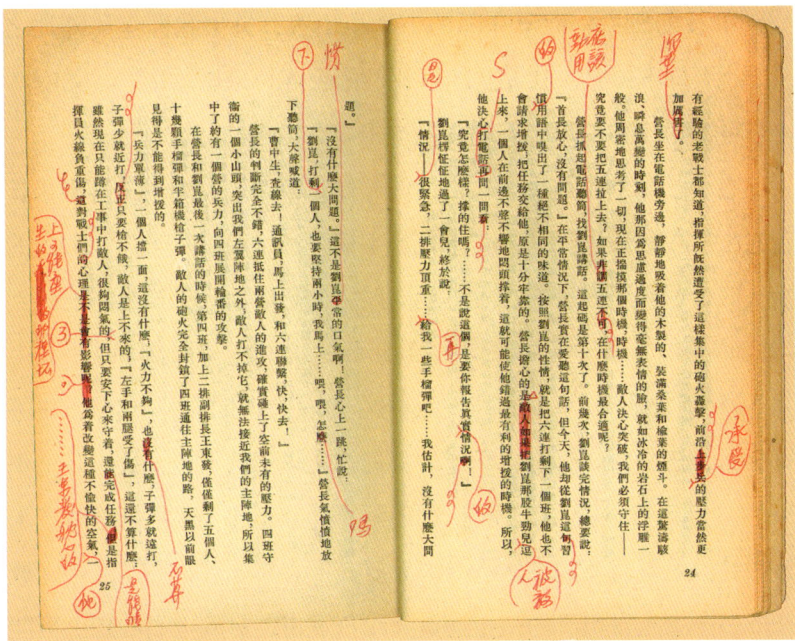

新闻报道
朝鲜战争
战地日记
战斗在长津湖畔
被人民欢呼"万岁"的部队
战地通讯
忆汉城

"究竟怎么样？撑得住吗？……不是说这个，是要你报告真实的情况！"

刘昆愣怔怔地过了一会儿，终于说：

"情况——是很紧急，二排压力顶重……再给我一些手榴弹吧……我估计，没有什么大问题。"

"没有什么大问题。"这不是刘昆惯常的口气啊！营长心上一跳，忙说：

"刘昆，打剩下一个人，也要坚持两小时，我马上……喂，喂，怎么……"营长气愤愤地放下听筒，大声喊道：

"曹中生，查线去！通讯员，马上出发，和六连联系，快，快去！"

营长的判断完全没错，六连抵住两营敌人的进攻，确实碰上了空前未有的压力。四班守卫的一个小山头，突出我们左翼阵地之外；敌人打不掉它，就无法接近我们的主阵地，所以集中了约有一个营的兵力，向四班展开轮番的攻击。

在营长和刘昆最后一次讲话的时候，第四班，加上二排副排长王东发，仅仅剩了五个人、十几颗手榴弹和半箱机枪子弹。敌人的炮火完全封锁了四班通往主阵地的路，天黑以前眼见得是不能得到增援的。

"兵力单薄"，一个人挡一面，这没有什么，"火力不够"，也不算什么，子弹多就远打，子弹少就近打，只要枪不饿，敌人是上不来的；"左手和两腿受了伤"，这还不算什么：虽然现在只能蹲在工事中打敌人，很够闷气的了，但只要安下心来守着，还是能够完成任务……王东发担心的是指挥员火线负重伤，对战士们心理上可能产生的那种坏影响。为着改变这种不愉快的空气，他一个人想了好一会儿，然后，对孙坤说：

"把机枪架到谢文治的工事里，我就上去！"

孙坤是个弹药手，二十一岁的小伙子。机枪射手牺牲后，他一直跟着副排长打机枪；现在副排长要把机枪架到前边去，对他孙坤说，这当然没什么，但副排长已经受了重伤，怎么到前边去呢！

"副排长，这儿地形很好，和前边一样！"

"去，快去，轻机枪不上去，叫谁上去？"王东发执拗地叫着。

轻机枪架到步枪前边，没有听说过这个道理。但孙坤了解副排长的脾气，在这种时候，你就是磨破嘴也没有任何用处，所以就老老实实地把机枪架上去了。王东发爬到机枪附近，招招手，把几个战士叫到跟前：

"今天的形势，大家都看得很清楚，用不着多说。我们一定要守到天黑，等主力上来。情况是很紧急，不过，越紧急，我们越要拿出志愿军的样子！"

"副排长，没说的，钢铁六连，从没让过阵地。"

"让阵地？从鸭绿江到汉江，道儿不算近，哪一步不是前进的！副排长，你下个命令，看我冲它。"

"副排长，别的好办，弹药不多啦！"聂鸿文听大家讲完了，吞吞吐吐地跟上一句：

"就是你知道，"孙坤狠狠地瞅了聂鸿文一眼："没有弹药也要打仗；咱们每人捡一堆石头，用石头砸它，你看它怕不怕……"

"对，没有弹药也要打仗。孙坤说得很对。"王东发抓紧这个机会，赶紧接上去："人在阵地在，人不在，阵地也在，志愿军的阵地，它看得见，上不来……"

王东发的话还没说完，无数子弹，像一阵狂风，从几个人头上呼啸而过。敌人的几挺重机枪又打过来了。"表尺太高……"王东发抬头看看，嘟囔了一句，转脸对大家说：

"记住我们刚才说的话，把武器、石头预备好。各就位，散开！"

尽管敌人两三挺重机枪集中压制王东发的轻机枪，但王东发根本不搭理它，仍然专心致意地对付右翼那条光秃秃的小山梁。他的掩体非常好，上面有顶盖，前面有胸墙，敌人除非瞄准射击孔，简直就别想打着他。昨天晚间，营长带着五连的班以上干部来检查工事，当面表扬了这个掩体和修掩体的谢文治。现在谢文治光荣牺牲了，他，王东发，共产党员，谢文治的战友和上司，必须在这里寸步不退，坚决守住烈士交下来的阵地。想到这些，王东发心中燃起一团怒火，紧紧扣住扳机，冷眼看着敌人的子弹在头上"吃、吃"叫着。

"打吧，老子低低脑袋，算不上志愿军，对不住烈士们。"

王东发本不是那种愣头愣脑、笨手笨脚的人，但现在却完全失去了常态。敌人逼近了，四五十个敌人，像一窝蜂，推推拥拥地进到他早已定好表尺的山梁下面那个灌木丛附近，离这儿不过两百多公尺。前面一个大个子，摇着指挥旗，继续向前爬过来。

"干脆点儿，孙坤，子弹轧好啊！"看着敌人蹭到一百公尺左右，王东发先打了两个三发点射，撂倒敌人的指挥官，然后扣牢扳机，紧紧咬住敌人不放。

好机枪，就像泼水一般，没有一点儿故障。孙坤把帽子一掀，

新闻报道
朝鲜战争
战地日记
"三八线"上
战斗在长津湖畔
被人民欢呼"万岁"的部队
战地通讯·忆汉城

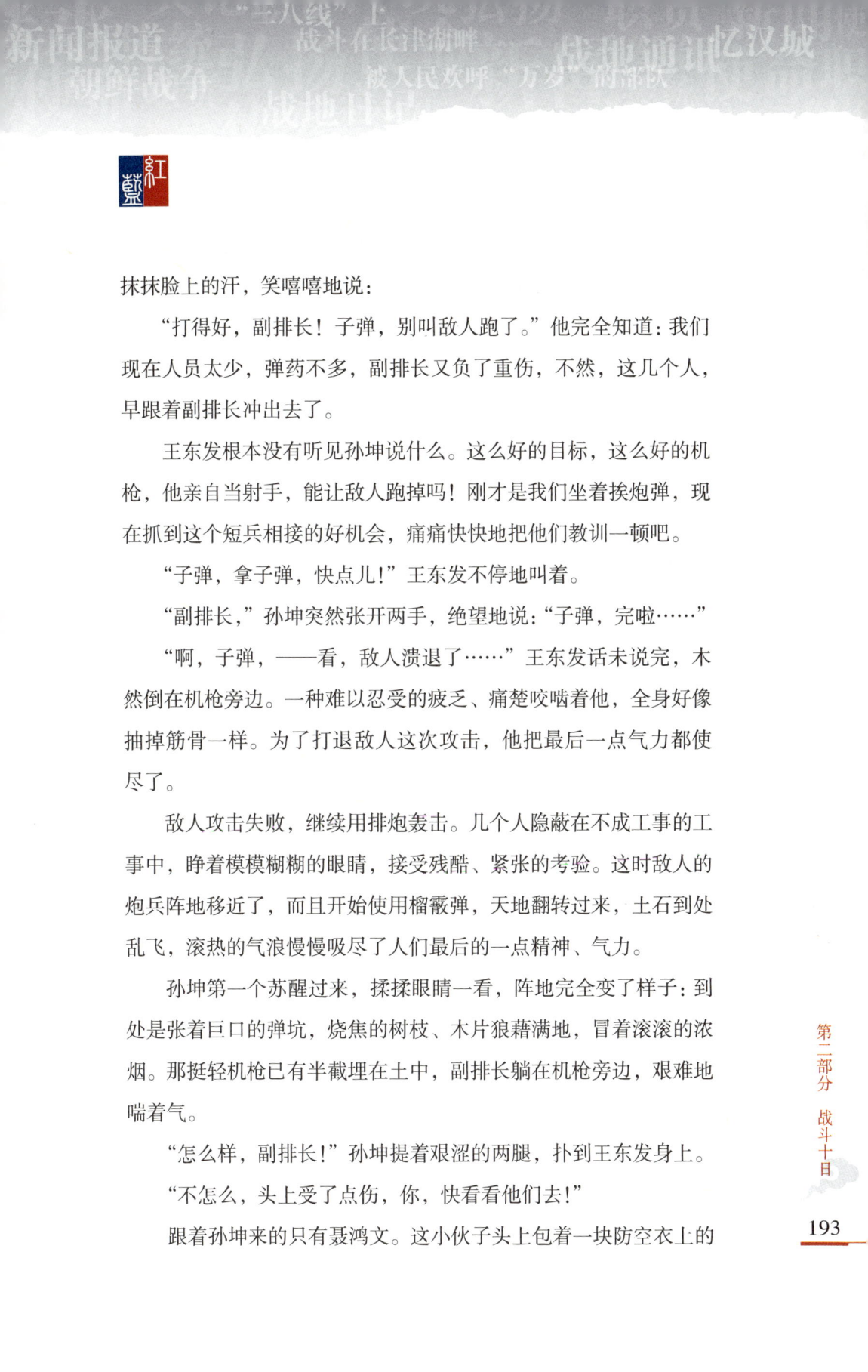

抹抹脸上的汗，笑嘻嘻地说：

"打得好，副排长！子弹，别叫敌人跑了。"他完全知道：我们现在人员太少，弹药不多，副排长又负了重伤，不然，这几个人，早跟着副排长冲出去了。

王东发根本没有听见孙坤说什么。这么好的目标，这么好的机枪，他亲自当射手，能让敌人跑掉吗！刚才是我们坐着挨炮弹，现在抓到这个短兵相接的好机会，痛痛快快地把他们教训一顿吧。

"子弹，拿子弹，快点儿！"王东发不停地叫着。

"副排长，"孙坤突然张开两手，绝望地说："子弹，完啦⋯⋯"

"啊，子弹，——看，敌人溃退了⋯⋯"王东发话未说完，木然倒在机枪旁边。一种难以忍受的疲乏、痛楚咬啮着他，全身好像抽掉筋骨一样。为了打退敌人这次攻击，他把最后一点气力都使尽了。

敌人攻击失败，继续用排炮轰击。几个人隐蔽在不成工事的工事中，睁着模模糊糊的眼睛，接受残酷、紧张的考验。这时敌人的炮兵阵地移近了，而且开始使用榴霰弹，天地翻转过来，土石到处乱飞，滚热的气浪慢慢吸尽了人们最后的一点精神、气力。

孙坤第一个苏醒过来，揉揉眼睛一看，阵地完全变了样子：到处是张着巨口的弹坑，烧焦的树枝、木片狼藉满地，冒着滚滚的浓烟。那挺轻机枪已有半截埋在土中，副排长躺在机枪旁边，艰难地喘着气。

"怎么样，副排长！"孙坤提着艰涩的两腿，扑到王东发身上。

"不怎么，头上受了点伤，你，快看看他们去！"

跟着孙坤来的只有聂鸿文。这小伙子头上包着一块防空衣上的碎布，左手提着颗手榴弹，右手拿着块碗口大的石蛋，站在王东发跟前，一言不发，直淌眼泪。

三个伤员，两颗手榴弹，这就是全部的兵力和火力，这阵地怎么守呢？"三个人留在这里，和一个人一模一样，让他们先下去，参加晚上的反击。"王东发下了决心，对孙坤说：

"把手榴弹给我留下，你们俩下去！"

下去？怎么能下去！两个人几乎同时喊道：

"没完成任务，副排长又挂了花，我们到哪儿去！"

"到连上去。告诉连长，我的手榴弹响了，你们就准备在晚上反击。"

"嗯，人在阵地在，这可是副排长说的；情况这么紧，谁能下去？聂鸿文，你把副排长背下去，我给你们掩护着，我要留在这里。"

王东发知道这两个人都不愿意走，只得耐心地和他们讲道理：

"一发子弹都没了，你们留在这儿干吗？走，把机关枪扛下去。人在阵地在，人不在，阵地也在！你们晚上反击，夺回这个阵地，我的任务——你们也算替我完成了。……"

看看两个人还没有回心转意，王东发沉下脸来，愤愤地叫道：

"要执行命令！想让敌人把机枪扛走吗？快下去，我掩护你们；往那个棱坎右边运动，注意敌人的炮火！"

两个人和副排长紧紧地握了手，放下手榴弹，满腹委屈地离开自己用血汗浇注过的阵地。阵地没有守住，扛着挺空机枪回来了，别人要问："前沿怎么样啦？"你怎么回答？不走吧，违抗命令，志愿军战士能违抗命令吗？

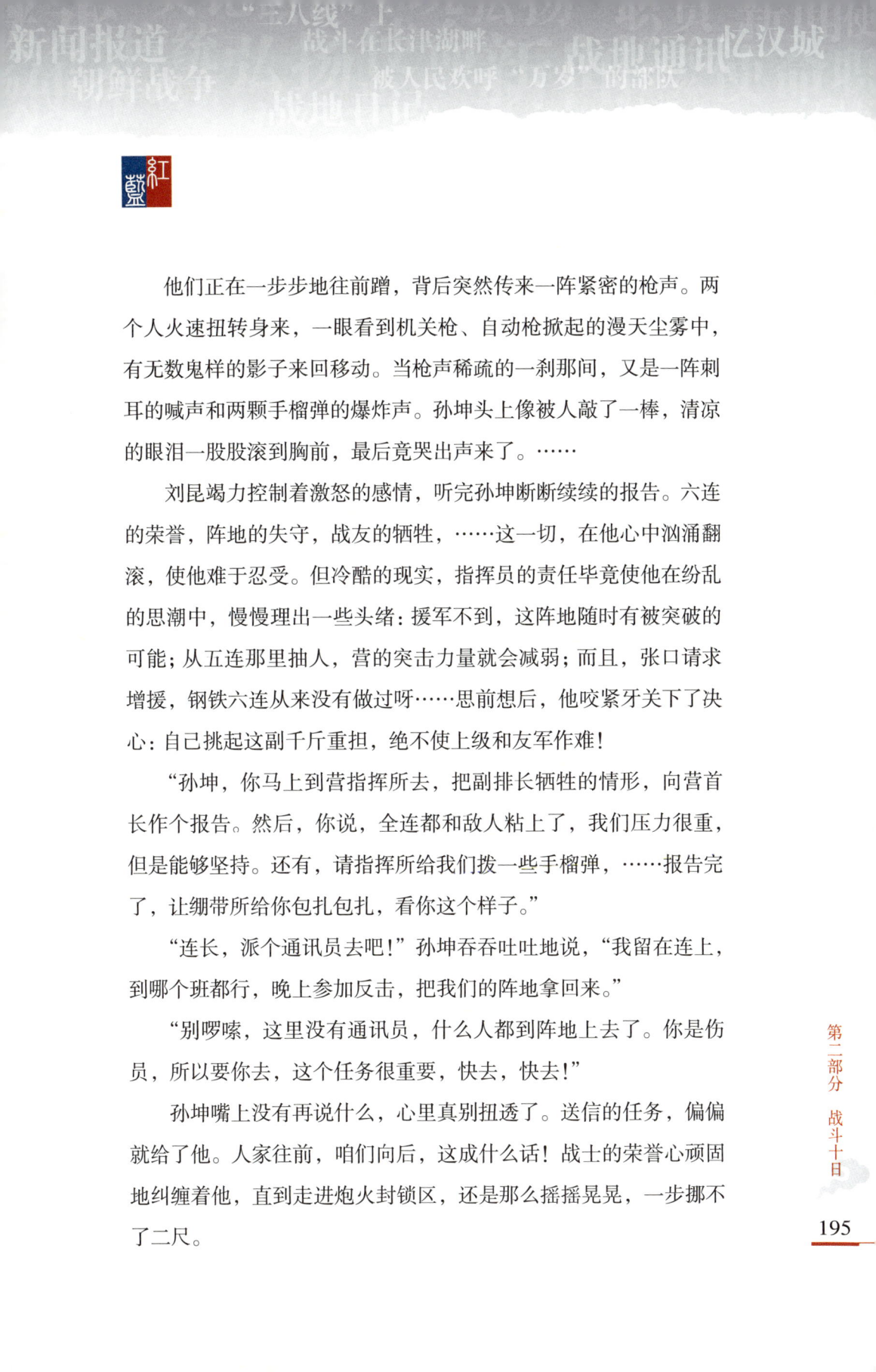

他们正在一步步地往前蹭，背后突然传来一阵紧密的枪声。两个人火速扭转身来，一眼看到机关枪、自动枪掀起的漫天尘雾中，有无数鬼样的影子来回移动。当枪声稀疏的一刹那间，又是一阵刺耳的喊声和两颗手榴弹的爆炸声。孙坤头上像被人敲了一棒，清凉的眼泪一股股滚到胸前，最后竟哭出声来了。……

刘昆竭力控制着激怒的感情，听完孙坤断断续续的报告。六连的荣誉，阵地的失守，战友的牺牲，……这一切，在他心中汹涌翻滚，使他难于忍受。但冷酷的现实，指挥员的责任毕竟使他在纷乱的思潮中，慢慢理出一些头绪：援军不到，这阵地随时有被突破的可能；从五连那里抽人，营的突击力量就会减弱；而且，张口请求增援，钢铁六连从来没有做过呀……思前想后，他咬紧牙关下了决心：自己挑起这副千斤重担，绝不使上级和友军作难！

"孙坤，你马上到营指挥所去，把副排长牺牲的情形，向营首长作个报告。然后，你说，全连都和敌人粘上了，我们压力很重，但是能够坚持。还有，请指挥所给我们拨一些手榴弹，……报告完了，让绷带所给你包扎包扎，看你这个样子。"

"连长，派个通讯员去吧！"孙坤吞吞吐吐地说，"我留在连上，到哪个班都行，晚上参加反击，把我们的阵地拿回来。"

"别啰嗦，这里没有通讯员，什么人都到阵地上去了。你是伤员，所以要你去，这个任务很重要，快去，快去！"

孙坤嘴上没有再说什么，心里真别扭透了。送信的任务，偏偏就给了他。人家往前，咱们向后，这成什么话！战士的荣誉心顽固地纠缠着他，直到走进炮火封锁区，还是那么摇摇晃晃，一步挪不了二尺。

"是谁？哪一个？"有人轻声叫着。

孙坤抬头一看，说话的是个重伤员。他没有带武器，手里抱着一盘被覆线，浑身上下被炸得稀烂，直挺挺地躺在那里。孙坤走到伤员跟前，左顾右盼，到处搜寻了半天，一点儿办法想不出来。电话员看出了他的心思，艰难地喊住他，断断续续地说：

"请你报告营首长，曹中生……没完成任务，请首长……再派个人来，不用带线，到这儿拿……行了，把防空衣给我盖好吧。"

孙坤带着一肚子的不高兴进了营指挥所，把连长和电话员要他说的都说了，把营长问的事情都回答了，然后慢慢退出掩蔽部，向绷带所走去。这时候他才觉得自己是这么口干、头眩、四肢无力、两眼发涩，真想倒在地上睡一会儿，就是五分钟都好啊！

派出一个电话员，营长就来和教导员研究下一步的行动计划。情况紧急，谁都看得很清楚，但五连从今天开始警戒侧翼，怎么好就从它那里抽人呢？

营长看着教导员的脸，等待着，似乎在说："你看，怎么——"

教导员明白营长的意思，下一步棋，营长一定有他的路数，不过因为事关重大，不肯轻易决定而已。为了迅速解决问题，就径直地说：

"力量就是这么多，防御战，慢慢打，早拿当然不如晚拿……老王，对吧！"

"那么六连呢？"

"六连么——"教导员知道营长没有下最后决心的就是这个问题，但这决心是非下不可的。他站起身，紧接上去说："我想刘昆能够坚持，我们要他坚持下去！你在这儿看家，我看看刘昆去。"

战场上情况变化实在快，营长正给五连布置任务，话还没有讲完，就被一个通讯员打断了：

"报告首长，左前方发现敌人，向指挥所攻击前进。"

"在什么地方？"

"从六连三排那边插过来的，人数不多，有几十个。"

"告诉机枪班，马上集合！"

营长继续和五连讲完话，然后走出掩蔽部。机枪班的人站在烟雾腾腾的山坡上，不仅没有带被包，而且没有穿大衣。孙坤也找人要了两颗手榴弹，唯恐被营长看见，悄悄地杂在人群中间。

"同志们，你们看。"营长指着东南方说。"敌人插进来了，你们要把它顶回去。你们没有轻火器，不要紧，上去捡烈士们留下的，上去夺敌人的武器。这就是报效祖国的时候，记住，你们都是老同志。"

"首长放心，"副排长陈震东走前一步，举着两颗手榴弹，"我们有武器，敌人就怕这个东西。我们向党保证，马上把敌人打回去！"

"好同志，出发，全营看着你们，我在这里等你！"

英雄们立刻冲进沸腾着的烈火中。后边的人催着："前边的快走，赶紧把敌人卡住！"前边的人喊道："后面的跟上，上去就是胜利！"……

营长心满意足地回到指挥所中，把司号员、通讯员、卫生员……统统组织起来，准备增援机枪班。他决心这样坚持到底，巩固住六连的后方，保存下五连的力量，仅仅凭着指挥所的兵力，把窜进来的一小撮敌人赶回去。现在，他带着临时组成的小队伍，爬

第二部分　战斗十日

197

上指挥所前面的一个山头；再往南，就是敌我短兵相接的阵地了。那里的密如骤雨的机枪声，时紧时松的手榴弹声，惊人心魄的战士们的呼喊声，使每一个临阵的人精神振奋、热血沸腾。但是，过了没有多久，这声音慢慢远了、小了，紧接着，指挥所附近的炮火渐渐稀疏，而前沿的炮火越来越密了。营长深深地呼出一口气，对旁边一个通讯员说：

"打电话告诉五连，渗进的敌人被打跑了，叫他们严密警戒，防备敌人偷袭。"

全营的战斗在黄昏时候松下来了。刘昆报告说，他们乘着窜进来的敌人仓皇溃退的机会，临时组成一个班，夺回了四班的阵地，现在敌人正打炮，估计今天不会继续攻击。营长放下听筒，慢慢装上一斗烟，走出掩蔽部，站在凛冽的北风中，看着指挥所的人们架设电线，搬运弹药，挖掘新的掩体……不久以前，这里还是硝烟漫天，炮火灼人，大家简直喘不过气来；而现在，看着这空旷的弹痕累累的山坡，呼吸着清新、冰冷的空气，心头不禁生出一种安适、悠闲的感觉。胜利的休息得之不易，它是更加值得珍贵的呀！

"你们看哪，这是什么？"正在挖掘新掩蔽部的人们喊着。

大家立刻围拢过来——真新鲜，在朝鲜的冰天雪地的山坡上，他们竟挖出一股小小的清泉，碧水晶莹，冒着热气。通讯员舀上一碗，先送给营长。营长一口气喝下去：好水呀，清凉，浓郁，甜丝丝的。

六　日

敌人存心扰乱我们，不进攻，光打炮，"轰隆，轰隆"，闹了整

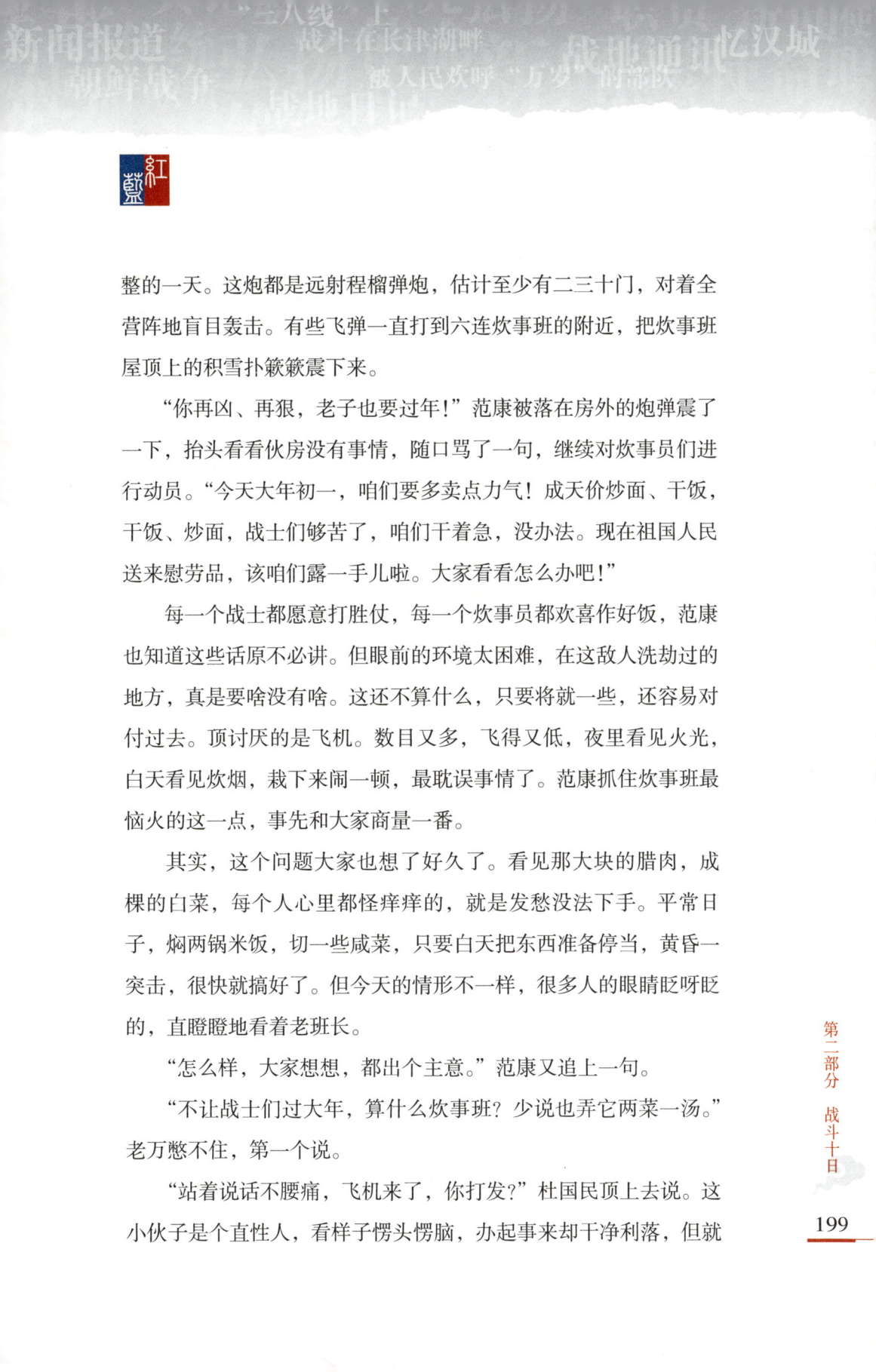

整的一天。这炮都是远射程榴弹炮，估计至少有二三十门，对着全营阵地盲目轰击。有些飞弹一直打到六连炊事班的附近，把炊事班屋顶上的积雪扑簌簌震下来。

"你再凶、再狠，老子也要过年！"范康被落在房外的炮弹震了一下，抬头看看伙房没有事情，随口骂了一句，继续对炊事员们进行动员。"今天大年初一，咱们要多卖点力气！成天价炒面、干饭，干饭、炒面，战士们够苦了，咱们干着急，没办法。现在祖国人民送来慰劳品，该咱们露一手儿啦。大家看看怎么办吧！"

每一个战士都愿意打胜仗，每一个炊事员都欢喜作好饭，范康也知道这些话原不必讲。但眼前的环境太困难，在这敌人洗劫过的地方，真是要啥没有啥。这还不算什么，只要将就一些，还容易对付过去。顶讨厌的是飞机。数目又多，飞得又低，夜里看见火光，白天看见炊烟，栽下来闹一顿，最耽误事情了。范康抓住炊事班最恼火的这一点，事先和大家商量一番。

其实，这个问题大家也想了好久了。看见那大块的腊肉，成棵的白菜，每个人心里都怪痒痒的，就是发愁没法下手。平常日子，焖两锅米饭，切一些咸菜，只要白天把东西准备停当，黄昏一突击，很快就搞好了。但今天的情形不一样，很多人的眼睛眨呀眨的，直瞪瞪地看着老班长。

"怎么样，大家想想，都出个主意。"范康又追上一句。

"不让战士们过大年，算什么炊事班？少说也弄它两菜一汤。"老万憋不住，第一个说。

"站着说话不腰痛，飞机来了，你打发？"杜国民顶上去说。这小伙子是个直性人，看样子愣头愣脑，办起事来却干净利落，但就是有个毛病，喜欢说点儿反话。特别是和老万，顶起来就没完。老万说什么他就顶什么。不管有事没事，一天总要吵上七八次。其实，他们两个人却是最要好的。

老万看杜国民又逼上来了，就狠狠地白了他一眼，反问道：

"我打发？要你们青年人干什么？过年净说丧气话，什么时候说到老哇！"范康看着杜国民又想张嘴，忙说：

"算啦，算啦，咱们先说正经话。老万，你这两菜一汤怎么做法？"

"不管两个菜、三个菜，不让灶火冒烟就行啦！随它有派一千架飞机，给它个看不见，它有屁办法！"

范康听着这话在理，就说："老万，这管火的任务最大啦，你办吧。扇也行，吹也行，反正交给你啦。咱们今天就炖腊肉、炒白菜，……战士们喝不上水，千万少搁点儿盐呀！"

杜国民分到炒菜的任务，事情虽不算重，却真正难住了他。白菜没说的，保险是他河北省的出产，一棵十几斤，又白又嫩，实在爱人，但就是冻得太厉害。用刀劈，劈不开；用开水泡，准要泡烂；用冷水融，又没那个工夫。杜国民想来想去，只得找老万求办法。

"这好办，"老万吹着火，头也不抬地说，"你用嘴呵它，到不了天黑都呵化啦！"

"我没那股劲儿，不像你能吹。唉！说真的，老万，把你的招儿使出来吧！"这回杜国民向老万低头了。

"怎么，你的法儿也绝啦？把我这红炭拿几块去，找点儿冷水，泡上白菜，慢慢烤它……"

"行，行，猪油炒白菜，老万第一功……"杜国民高兴得跳起来，马上弄走一些木炭，又找到两个美国钢盔，一个钢盔盛一棵白菜，用炭火慢慢烤起来。

白菜一时烤不好，杜国民没事干，又来看老万。老万两手拄着地，伸长脖子，一口一口地吹火。他的头上布满黄豆大的汗珠子，两眼被烟熏得通红，泪水冲开脸上的柴灰，一直拖到嘴角上。杜国民看着很不痛快，忙把老万一推，说：

"你歇歇，我来！"

"得啦，得啦，干你的去吧，你帮不了这个忙。"

"我偏要帮，我就不信吹不了个火。"杜国民不由分说，推开老万，趴在地上就吹。但他使的劲头太大，灶下咕嘟嘟冒出一股浓烟，呛得他鼻酸气咽，干咳了几声，咧着嘴狠狠地骂了两句，然后继续吹着。

"你不行，这不是打冲锋，得剋着劲儿。吹轻了不顶事，吹重了就灭啦。还是我来吧……"

范康敞开小褂儿，帮帮你，教教他，忙得满头大汗，但心里非常舒坦。过去条件太困难，连他范康都没有想出好办法。现在祖国人民送来好东西，大年下，总算没让战士受屈呀，现在看着菜饭做得差不多了，范康心满意足地走出门外，想风凉风凉。嗬，原来是个好天气。落日的余晖把西半天照得通红，一阵阵紫色的薄雾从山谷中冉冉升起，罩住山头，又轻又亮。柿子、胡桃的干枯的枝丫在尖利的北风中"嘘嘘"叫着，静极了。这景致，这声音，多么像他太行山的家乡！今年家乡雨水调匀，山货一定丰收。这时候，孩子们该砸胡桃、吃柿饼啦……

"班长，该走啦，今天前沿上闹得够呛，早点儿给他们送去吧！"杜国民穿着个小衬衫，笑嘻嘻地走到范康旁边，提醒他说。

"小心感冒，为什么只穿这么一点点？"

"哈哈，班长还说我，你比我穿的一点不多呀！"

范康低头看看自己，立刻打了一个寒噤，向杜国民噗哧一笑，连忙拉着他跑到小屋中，分配送饭的任务。他坚持要带杜国民到五班去。每逢给阵地送饭，他总要到最前沿。旁人常常和他开玩笑，说他是想到前边"看热闹"；他自己总要拍拍胸脯，说班长必须到前边，因为他有"老经验"。但今天他要到五班，还有一个特别的原因：实在想看看老朋友董秋田。也许董秋田那里还有些酒，过大年，两个人一起喝上两口，多舒坦！

走下一个斜坡，顶头碰见教导员。教导员带着两三个人，缓缓地走着，看样子很疲倦。今天战士们虽然没有打响，但营连干部却比任何一天都要紧张。敌人非常狡猾，团指挥所昨天就指示说，必须严密戒备，提防敌人在春节时候进行突袭。教导员拂晓前就到了六连，和刘昆在一起守了一天。现在眼看事情完了，这才回指挥所来。

"教导员，过年好哇！"范康歇下担子，赶上去打招呼。

"很好啊！大家都好吧！"教导员笑一笑。接着问道："范康，又给六连做了什么好吃的啦？"

范康最喜欢听这句话，不过，在首长面前，他还是竭力抑制着自己的兴奋，谦逊地说：

"搞了两个菜，变不出花样来。连里人多，没有营部伙食好。咳——"他又转了口气说：

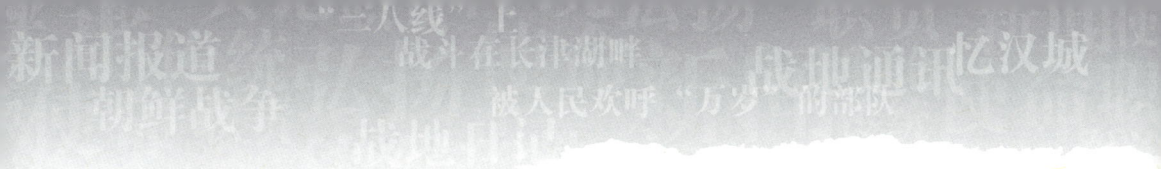

"在朝鲜能过这样的年，谁也不能说赖了。就是敌人太混账，硬和我们闹了一整天，教导员，前边怎么样啦？"

"前沿上没什么，敌人步兵没有进攻，乱打炮，只是扰乱扰乱罢了……"

"它扰乱不了，"范康一面撩起担子，一面对教导员说，"咱们这个年总是要过。有胆子别打炮，派步兵来呀——打怕啦！"

教导员拉开嗓子，哈哈一笑——这样热情，这样清朗，范康过去简直很少听到教导员这样地笑过。

"是啊，"教导员说，"能过年当然要过。志愿军到处为家，这点苦不算什么。你们快去吧，回头菜都冷啦。注意敌人打冷炮，做这点儿饭不容易。唔，再见吧！"

*

这一天虽然没有接上火，但大家觉着比经过最紧张的战斗还要疲乏。白天，在敌人炮火轰击之下，蹲在工事中，憋着一股劲儿，还不感觉怎么冷。可是现在，汗湿的衣服贴在脊梁上，又冷又粘，心都冻得直哆嗦。有人在工事中直起身子，慢慢在原地踏步。有人卷上根黄烟卷儿，用手捂住悄悄地抽。薛家礼忍不住，早就跳出工事，抱着块十来斤重的大石头，哼呀咳地跑起来了。这原是战士们在抗美援朝初期创造的御寒的办法，薛家礼使着很得劲儿——他这个人，照例是永远闲不住的，除了打仗、睡觉以外，手中总要有件事情才过得去。唱个什么歌吧，不是那种时候；和谁说说笑话，别人又不搭理他，睡觉睡不着，坐着非常冷，一个人实在无聊，就抱着石头跑起来了。

"薛家礼，歇会儿吧，有个完没有啊！"董秋田聚精会神地看着前方，头也不回地对薛家礼说。他担心敌人乘着春节来个突然袭击，因此爬到最前沿来放警戒。虽然按照敌人的活动规律，黄昏进攻的可能性是不大的，但他还是一直对战士们说："敌人盼着我们马虎，我们千万不能大意……"

"薛家礼，歇歇吧！养足精神，准备打仗。"董秋田再一次说。

"打仗？"薛家礼仰起头，半开玩笑半认真地说，"咱们过年，它敢来吗？它不来，你有啥办法！"

董秋田还没有搭腔，从后面的黑暗中传来一阵粗壮的沙音：

"它不来，我来啦！"

薛家礼听出是范康，赶紧迎上去：

"老班长，鬼子给我拜了年，你们呢？"

"拜过啦，榴弹炮摔了几十发，一根毫毛也没碰着。你们这里怎么样？"

"热闹极啦，咚喤咚喤，比'二踢角'（一种双响的爆竹）都响亮。老班长，你们山西过年放'二踢角'吗？"

"放，放，孩子大人都放。"范康开始有些不耐烦了。

但薛家礼不会看眼色，他不管范康烦不烦，进一步热心地问：

"你们那儿的'二踢角'是快火，是慢火啊？"

"去，去，没工夫搭理你。董班长，秋田，开饭啦！"

看见大家要喝酒，薛家礼觉着没趣味，就说：

"班长，你们先吃，我放警戒。保险啦——敌人来俩我打仨。"

"把麦瞎子（战士们对麦克阿瑟的"尊称"）也搭上啊！"有人听他吹得不像了，开始奚落起来。

薛家礼却满不在乎，把子弹推上膛，笑着说：

新闻报道 朝鲜战争
战地日记
"三八线"上
战斗在长津湖畔
被人民欢呼"万岁"的部队
战地通讯忆汉城

"麦瞎子够不上。前面的敌人给一枪，后面的敌人给两枪，这不是三枪吗？"

人们坐下来，借着星星的微光，打开剩下的汾酒。酒是好酒，香香的，暖暖的。菜是好菜，就是凉的扎牙，加上几天捞不着水喝，肚子里一团火，没有菜想吃菜，但有了菜又吃不动了。范康看着大家吃的没有平常那股狼吞虎咽的劲儿，就抱歉似地说：

"今年这个年，和往年差多啦，这地方，什么都没有国内方便呐！"

提起往年过年，人们话就多了。七嘴八舌，说什么的都有。谁都想把家乡过年的情形夸耀一番，谁都想说说他在国内经历过的幸福的时刻。……董秋田在一旁静静听着，碰到一个节骨眼上，就插嘴说：

"这就很不坏了。有汾酒，有腊肉，火线上还要什么？抗日战争的时候，这些呀，想都想不到哩。"

"班长，你把抗日战争的情形说说吧！"几个战士同时提出要求。

但董秋田摇摇头，谦逊地、很不自然地搓着手说：

"那么多事情，一下子谁能说完啊！"

提起抗日战争，范康的话一下涌到嘴边上来。那时候他就在游击队里当炊事员，成天跟着队伍在乡家附近转，做饭、打仗，打仗、做饭，挖野菜、砍茅柴，在他手下，不管环境多么困难，从没让战士饿过肚子。后来革命发展了，队伍升了级，他带着一把菜刀，跟着队伍走遍大江南北，又学得一手好把式。这时他上了几岁年纪，性子虽然还是很倔，但对这些青年战士，却看得像自己的子弟一样。因此，战士们都尊他为"老班长"。现在这些青年们想听听抗日战争的情形，老头子兴兴头头的，摸摸没有胡子的下巴，对董秋田说：

"秋田，喝一口。你不说，我说说……"

一阵马达声从空中隆隆滚过，紧接着，一溜照明弹从头上撒了下来。阵地上猛地一亮，扎得人眼都睁不开了。董秋田跳起身，指挥大家赶快隐蔽；大家还没有来得及动作，就看到阵地后方，晃过来一列人影子。他急忙迎上几步，朝前看看最前面走的是连长刘昆。

"连长，有情况？"

"没有，"刘昆笑着说，"长畔里的老乡来慰劳你们，拦也拦不住，一定要到前沿上来。我问你，前边警戒怎么样？"

"薛家礼值班，没问题。"

"好，再加一个哨兵，叫他们特别注意。有隐蔽的地方吗？"

董秋田集合了全班战士，找到一个临风避弹的地方，排好队伍，欢迎朝鲜老乡的慰劳队。慰劳队有七八个人，其中有老头，有妇女，还有七八岁的孩子，穿着一色雪白的衣裳，在凛冽的北风中傲然前进。

"军官同谋（同志）何？"最前面的一个花白胡须、头戴"卡梯"的朝鲜老人问。联络员马上翻译说："这个老大爷说，哪一位是指挥员同志？"

董秋田走前一步，恭恭敬敬行了军礼。老大爷深深地鞠了一躬，回过头来，招招手：慰劳队里立时走出个十一二岁的孩子，静静地把一朵红花送到董秋田手里。老大爷接着讲话，联络员当翻译。他说，这孩子是老大爷的孙子，孩子的父亲在朝鲜战争爆发前

"三八线"上
新闻报道
朝鲜战争
战斗在长津湖畔
被人民欢呼"万岁"的部队
战地通讯忆汉城
战地日说

就被李承晚拉了壮丁，至今没有消息；母亲和妹妹在美国兵退却的时候，又被美国飞机炸死了；现在老大爷带着他给人家编草席过日子。今天朝鲜人和中国人都过春节，虽然天寒路远，但他一定要跟着慰劳队到火线上来……

人们默默地看着孩子。孩子倔强地站着，来回环顾众人，没有说一句话。苦难的孩子啊！谁无父母，谁无妻子，看着这个朝鲜的孤儿，谁不怒火满胸，咬牙切齿呢？董秋田伸手抱起孩子，轻轻抚着他的头发。孩子转过头，急促地对大爷说了一些什么。人们不懂朝鲜话，但从他那急促、坚决、有力的声调中，谁都会想到将有什么不平常的事情要发生了。

"啊，啊，"老大爷点着头。听孩子说完，就请联络员转告连长："孩子想留下，当一个小兵，请连长答应！"

事情难办呐！把孩子留下？显然不可能。可是用什么话来安慰这个孩子和老人呢？刘昆一时没有主意，只得请联络员对老大爷说：

"好呵，慢慢地商量。大家先坐下，坐下谈谈吧！"

老大爷点点头，领头铺开一条毯子，把带来的红枣、柿饼、胡桃摆得整整齐齐，中间放上两个篮子，里面盛着辣椒、黄烟和黄米年糕。刘昆看着人们坐定了，首先向朝鲜老乡讲话，感谢他们的厚意，感谢他们的支持，最后，他握着拳头说：

"……我们正在打仗，我们一定要打好，不然，对不起朝鲜的父老兄弟，对不起长畔里的老乡们。我向诸位保证，这孩子的仇，我们会给他报的。"

朝鲜老大爷等刘昆说完了，马上扶着联络员站起来，请联络员当翻译：

"村里人托我们带了这点儿东西，实在不成敬意。村子被美国飞机炸完了，过春节，连点酒都弄不到。不过，我们亲手做了些年糕，你们多吃一些，就算领了我们的心意了。"

朝鲜人也过春节，也吃年糕，……和我们国内的情形一模一样啊。大家看着这些老人、妇女和孩子，真像回到了自己的家乡一样。

"董班长，你们还有酒没有？全拿来！"好客的刘昆听老大爷说过年都没有喝到酒，赶紧问董秋田。范康没有等董秋田答言，连忙递过酒瓶子：

"有，有，这就是。"

看看只有半瓶，刘昆嫌少，又对董秋田说：

"这够谁喝！还有吗？"

董秋田正和孩子玩着，听连长又问，忙说：

"我们的就是这些了，昨天机枪班补来四个同志，听说也带了些……"

他的话还没有说完，早有两个战士递过两个瓶子，说：

"剩的不多了，拿不出手去。"

三个酒瓶子，倒出五六碗酒。刘昆知道朝鲜风俗，有老年人在场，青年人不能随意抽烟喝酒，就先端起一碗，送到老大爷面前：

"老大爷，阵地上没有什么好东西，请你尝尝中国酒。这酒是我们祖国人民送给战士们过春节的，它代表着我国人民的敬意。"

老人接过酒碗，向四周看了一遭，"咕嘟咕嘟"喝下肚去；那纵横交流的老泪，一滴滴落到酒碗里。

孩子看着大家不理会他的事情，激动地，指指划划对联络员讲了一番，联络员对刘昆说：

"这孩子问，他留在这里，行不行，请连长答应。"

董秋田未等刘昆答言，先抱着孩子站起来，对老大爷说：

"这孩子还小，将来报仇的时候尽多呢。我向你们保证：长畛里虽然离我这前沿仅有二十多里，敌人虽然正在进攻，但你们放心，它绝不能前进一步。我们一定给孩子报仇，把美国人打回他们老家去！"

七 日

战斗像上升的海潮，一会儿比一会儿更加高涨，一会儿比一会儿更加紧张。六连用刺刀、枪托、石头打垮了敌人几次冲锋，到下午三点钟左右，全连都和敌人粘住了。双方抵得是这样紧：我们只要加一把劲儿，就能把敌人逐退；而敌人要是增加一些压力，也就可能突破我们的阵地。

这种情况，对于防守的一方，不仅是非常的麻烦，而且是很危险的。

战士们愤愤不平地对指挥员说：

"敌人欺侮我们没有重火器，给个出击的命令，到窝子里掏它。"

排长们纷纷向刘昆建议：

"黄昏前一定要发动一次反击，绝不能让敌人紧紧粘住，这样磨下去，战士们夜里不能休息……"

就这样，刘昆耳朵里充满了要求出击的声音。大炮的轰击，炸弹的爆炸，机关枪的噪音，和战士们的豪语比起来，都显得低沉、微弱了。他心中火辣辣的，愤怒地、忍心地承受着战士们的不平和抱怨。他了解战士，战士们也了解他，他因此咬紧了牙关，压住迸到唇边的那句话。

"战士们的情绪怎么样？"营长听完刘昆的报告，忙在电话中问。

"情绪很高，要求出击，痛痛快快地干一下子。"

"干部呢？"

"干部也有这种要求，黄昏前不把敌人摔开，晚上就不能休息。"

"那么，你也赞成出击？"营长严厉地问道："你应该想想，六连凭什么出击？你要告诉干部，在这种时候，冲动、不冷静，一定要吃亏的。先把情况搞得更清楚，想法抓个俘虏来，……记住，随便行动就是违犯战场纪律！"

"我们一定遵守首长的指示。"

刘昆刚要放下听筒，营长又问：

"这时候抓俘虏，估计做到做不到？"

"做得到！首长给的任务，没有完不成的。"

"好啊！"营长意味深长地说，"你打算让谁完成这个任务？"

"五班长，这个人勇敢、细心，很保险的。"

"董秋田——"营长沉吟了一下，"我知道这个人，就让他去吧！"

*

董秋田接受了抓俘虏的任务，回到自己的工事中，细细忖量完成任务的办法。实在难哪：我们是防御，在自己的阵地上和敌人争夺一尺一寸的土地，要死的容易，这活的却从哪里弄去？不过，别人办不到的事情，如果我们也办不到，这算什么志愿军呢？这时候，多少个亲身经过的战例一下浮现到他的眼前，一种看不见的力量鼓舞着他，匆匆爬到轻机枪掩体中，把几个战士召集拢来。

"指挥所命令我们抓个俘虏，大家看怎么样！做得到吧？"他看着机枪射手说。

"这个，"机枪射手眨眨眼，但下边的话咽回去了。"办不到"，六连的人从没有说过这句话；"办得到"，一时真没有好办法。

人们沉默了一刹那，薛家礼忍不住，气呼呼地说：

"下命令，出击；不出击哪来的俘虏呀！"

"还是这句话，"董秋田瞅了他一眼，但是对着大家说，"上级暂时不叫我们出击，可是要抓俘虏，这你就没有办法啦？"

"怎么没办法，"薛家礼继续满不在乎地说，"等敌人下次攻击，咱们先不打枪，我上去抱住一个，然后你们再打。"

"行，就这么办，"董秋田马上接受了薛家礼的意见，总结起来说，"敌人下次进攻，五十米以外不要打；五十米以内，用机关枪扫它；薛家礼准备好，我跟你把受伤的拉回一两个。……"

"行是行啊，不过……"机枪射手说。

"当然，如果挡不住，敌人就渗进来了。沉住气，我组织全班的火力支援你。"

董秋田把全班的火力布置成一个倒马蹄形：机枪在正面堵击，步枪从两边侧射——把敌人诱到袋子里。人们火急地做好准备，七八只手扣住扳机，机枪射手检查了每个零件，弹药手把全部子弹都擦得亮锃锃的。

果然不出所料，敌人硬朝着我们布置好的袋子钻过来了。但是，爬到一百公尺以外的地方，好像发现了什么特别的征候，有的停下来四处张望，有的开始向后缩了。

"糟糕，"董秋田心里说，"这么远，打倒了也拖不回来呀！"他留心观察敌人那种欲进不进的样子，忽然急中生智，悄悄对薛家礼说：

"打两枪，瞄准打。我告诉他们，只许你打，别人都不许打。"

谁料想薛家礼忽然谨慎、小心起来了，竟向董秋田建议说："班长不能打，一打它就不来啦！"

"嗯，"董秋田摇摇头，"你想得不对。敌人这是心里有鬼，越不打，它越不来，打两枪，保险就来啦！"

"砰、砰"两枪，前边的敌人应声倒下两个，剩下的乱了一阵子，但很快就冲上来了。

"来得好，"董秋田向机枪手招招手，"听口令，急发！"

我们的火力并不强，但在这样近的距离内，机枪、步枪集中射击，确实也够厉害了。虽然大家都没用手榴弹，敌人死的还是比伤的多。董秋田和薛家礼找来找去，选了两个轻伤员，一人一个，兴冲冲地背到营指挥所来。

营长喜洋洋的，听完董秋田抓俘虏的经过报告，就来审问俘虏。

据俘虏说，他们属于李承晚的伪六师，在昨天晚间接替美军第七师。美军在这里伤亡很大，撤退的时候，担架、救护车把路塞得满满的。伪六师整整走了一夜，等一会儿，跑一会儿，挤一会儿，刚刚进入阵地，还没有休息，司令部就下令攻击……

营长和教导员回到掩蔽部里，商量了好几分钟，然后把董秋田

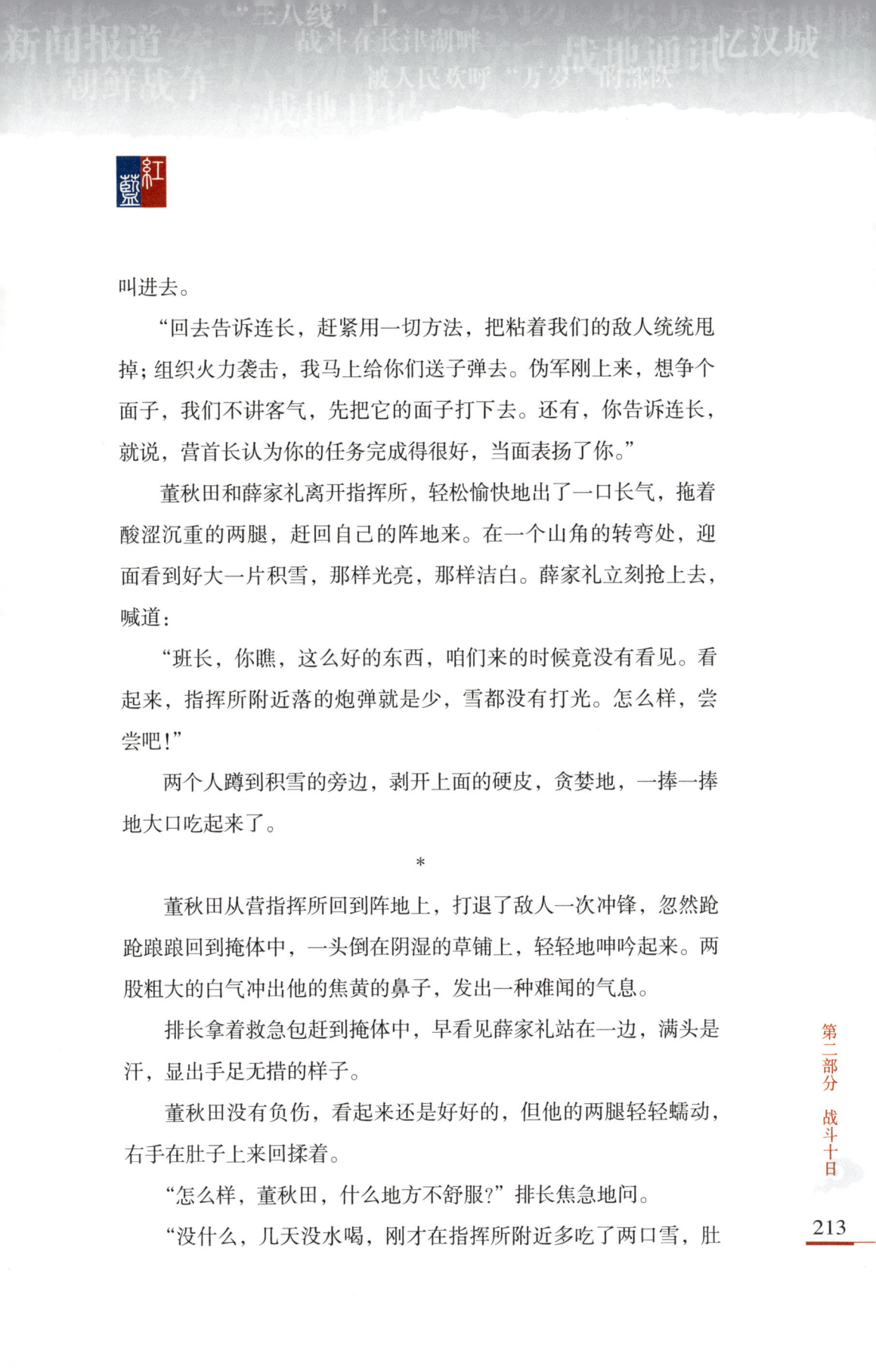

新闻报道 朝鲜战争
"三八线"上
战斗在长津湖畔
被人民欢呼"万岁"的部队
战地通讯忆汉城
战地日记

叫进去。

"回去告诉连长，赶紧用一切方法，把粘着我们的敌人统统甩掉；组织火力袭击，我马上给你们送子弹去。伪军刚上来，想争个面子，我们不讲客气，先把它的面子打下去。还有，你告诉连长，就说，营首长认为你的任务完成得很好，当面表扬了你。"

董秋田和薛家礼离开指挥所，轻松愉快地出了一口长气，拖着酸涩沉重的两腿，赶回自己的阵地来。在一个山角的转弯处，迎面看到好大一片积雪，那样光亮，那样洁白。薛家礼立刻抢上去，喊道：

"班长，你瞧，这么好的东西，咱们来的时候竟没有看见。看起来，指挥所附近落的炮弹就是少，雪都没有打光。怎么样，尝尝吧！"

两个人蹲到积雪的旁边，剥开上面的硬皮，贪婪地，一捧一捧地大口吃起来了。

*

董秋田从营指挥所回到阵地上，打退了敌人一次冲锋，忽然踉踉跄跄回到掩体中，一头倒在阴湿的草铺上，轻轻地呻吟起来。两股粗大的白气冲出他的焦黄的鼻子，发出一种难闻的气息。

排长拿着救急包赶到掩体中，早看见薛家礼站在一边，满头是汗，显出手足无措的样子。

董秋田没有负伤，看起来还是好好的，但他的两腿轻轻蠕动，右手在肚子上来回揉着。

"怎么样，董秋田，什么地方不舒服？"排长焦急地问。

"没什么，几天没水喝，刚才在指挥所附近多吃了两口雪，肚子痛。"董秋田轻轻说。

排长伸手摸摸他的肚子，肚子胀得板硬；而且，好像有个什么东西，还在里边慢慢蠕动，便对他说：

"董秋田，你这病不轻，阵地上，恐怕，没有办法……"

董秋田没等他说完，便抬起头来，急急地说：

"排长，想让我下去吗？咱们没有那么娇嫩，这也不是那种时候……你去布置兵力吧，我在这儿歇一会儿，回头枪一响，肚子就会好的。"

排长知道这个人的脾气，不愿意再和他缠下去，扭头对薛家礼说：

"你留在这儿，找点儿干净雪，给班长烧碗水喝。没有特别的事情，别让他出去。"

薛家礼找到一块破雨布，盖在工事上面。垒起几块石头，架上搪瓷饭碗，然后烧起火来。薛家礼不会侍弄火，湿的松枝"唧唧"叫着，冒出一股股又香又辣的浓烟呛得人实在不好受，但工事中却暖和起来了。董秋田放平身体，不再呻吟，不再喘气，竟睡着了。薛家礼很高兴，赶紧脱下自己的棉衣，轻轻地给他盖在身上。

好像过了很久，这碗水还没有烧滚，敌人的大炮又轰击开了。几发炮弹掉在工事附近，"咕咚咚"，把火一下震灭。工事中一片漆黑，对面看不见人。薛家礼轻轻喊了几声，但董秋田没有吭声，而情况已经很紧急了。怎么办呢？他想来想去，最后狠狠心，提起自己的枪，一溜烟冲出工事。

敌人的炮火越来越急，董秋田也被震醒了，一骨碌爬起来，两手捂住肚子，竖起耳朵听着。突然前沿上传来一阵暴雷似的喊声，

我们的各种火器一齐发作，战斗逼到了他的面前。

"薛家礼，随我来，敌人冲上来了！"

没有人应声。

"啊，真好，他倒先去了。"董秋田最后清醒过来，忍着肚子的剧痛，摸到自己的手榴弹，一溜歪斜地冲出工事，投到火热的战斗中。

＊

敌人的夜航机在我们的阵地上盘旋了几圈，撒下一溜照明弹。人们互相看清面孔，哈哈大笑起来——都变成土人了。在阵地上，人们常常是看见什么说什么，从身上的泥土谈到敌人的炮火，从敌人的炮火谈到我们舍生忘死的战斗……话匣子像黄河的大水，容易打开，但不容易收回来。

"别打牙啦，"什么人喊道，"明天还有事儿干，借着敌人飞机的光，整治整治工事吧！"

一句话提醒了大家，铁锹、洋镐、棍子……一齐动作起来了。

董秋田的左手受了伤，没法和大家一起修整工事，这时候怔怔地站在一边，兴奋、热烈地想着指导员刚才说的话。指导员告诉他，一会就要举行盛大的入党仪式，他马上就要成为光荣的共产党员了。长时间的想望现在就要实现，又是教导员亲自主持大会，光荣。他急切地盼望着这个时刻的到来，越快越好啊！但指导员还要他说几句话；他从来怕在大庭广众之间讲话，尤其怕在众人面前说到关于自己的话，而今天是非说不行了啊。想到这些，心里又是七上八下，不知如何是好。

想呀想的，教导员已经带着指导员来到了。

教导员宣布了吸收董秋田入党的事情，众人哄然一声，不由分说，把兴奋的但又有些局促不安的董秋田拥到最前边。

教导员和董秋田握了手，爬到一块岩石上面，严肃地、一字一句地说：

"我代表营党委，接受董秋田同志为中国共产党党员。我们过鸭绿江的时候，董秋田同志就向党提出申请：英勇作战，克服一切困难，争取火线入党。现在他实践了他的诺言。希望董秋田同志再接再厉，给祖国立更多的功劳……"

这时大家的眼光都转向董秋田。他原来尽量藏在人丛中，现在被一股看不见的力量推动着，挺起胸脯，走上几步，鼓起勇气，对教导员，也是对大家说：

"教导员，我感谢党的教育，我用共产党员的名义向您保证：我决不会给我们的党丢人，我要更加顽强作战，响应党的一切号召，打到抗美援朝的最后胜利……"

董秋田说话的声音虽然不高，大家却都听清了。这时阵地上静悄悄的，没有人说话，没有人走动，在这样清寒刺骨的山头上迎风立着，甚至没有一个人咳嗽一声。但你远远看去，照明弹闪闪烁烁的强光照着人们火红的脸，却好像有千军万马，在山头上来回移动。文化教员张英麟站在人丛中，突然憋足全身气力，纵声喊道："向董秋田同志学习！""共产党万岁！""毛主席万岁！"一呼百应的雄伟的口号，震动着"三八线"以南的山谷，在茫茫夜空中慢慢散开，引起连绵不断的回声。人们身上热乎乎的，血在沸腾，心在跳动，每个人都在静静地想：我以前做得怎么样？我以后应该做些什么？董秋田的光荣，我难道不能享受吗？……

山河笔
——李庄朝鲜战地报道

教导员挥挥手，看着大家静下来，继续说：

"我们的会不能开很久，敌人还在我们前边。大家要好好检查自己的工事，该修理的修理，该加固的加固，然后争取时间尽量休息。我们还要在这里坚持下去，坚持到应该坚持的时候……"

说到这里，他把话头顿住了，稍一沉吟，立刻接上说：

"同志们，我可以告诉你们，我们在这里顶着敌人，是为了揪住敌人的脑袋，让兄弟部队打它的屁股。我们揪得越紧，兄弟部队打得越痛，这就是我们在这里坚守的意义。懂了吗？"

"懂啦！"战士们齐声喊着。

照明弹熄灭了，入党大会结束了。战场上继续飞起嘈杂、热烈的金石的声音，铁锹、洋镐落得更快更重了。

张英麟的心，在会议之中，就像海涛似的汹涌翻滚；散会以后，焦急、沉重，更加不能忍受了，于是一个人离开阵地，向连的掩蔽部跑过来，刚要跨进掩蔽部的土坎，又不自觉地止住脚，重新陷入深远的回忆中。

参加部队以来，他从没有这样激动过。参军时的远大理想，过江时的豪迈心情……闪电般在他心中划过，一时简直找不出个头绪来。他吃得苦，争过强，作为一个连的文化教员，他似乎做了自己应该做的一切。前几次战役，他跟着部队前进、攻击，攻击、前进，始终是生气勃勃，不知疲倦地工作着。但这次防御战开始以后，他心中却慢慢堆起了一种沉重而又说不出口的感觉。残酷呵！这些天来战友们惊天动魄的生死搏斗，逐渐使他领悟了一个真理：在英雄和懦夫之间，原来隔着一条深广的但并非不可逾越的鸿沟……他在六连的时间比董秋田长，送入党申请书也比董秋田早，现在却落到董秋田后面了。

"到战斗班！"他反复考虑着，下决心去找教导员。教导员关心和了解每一个同志，张英麟素来是知道的，因此，他经常争取每一个和教导员谈话的机会，想从那里多学一些东西，可是现在，他自己都想不通，为什么竟是这样的犹豫、畏惧。

"教导员，我想到战斗班去……"他到底摆脱了一切干扰，提出这个英雄的要求，教导员正和连长、指导员坐在地铺上，轻轻说着什么，看见张英麟这么紧张、严肃地冲进来，赶紧让出一个地方，用手拍拍地铺：

"坐下，坐下，一块谈谈吧！"

"你们很忙，我只有一个要求，请上级允许我到战斗班去。"

"为什么一定要到战斗班？"看着张英麟坐下了，教导员自问自答地说，"战场鼓动，后勤支援，都是很重要的工作，我们抗美援朝，不管什么岗位，都能发挥自己的力量啊……"

"这当然对，不过，"张英麟决心不顾一切地说，"我作战场鼓动工作的时候，常常想，总应该首先把自己鼓动起来，给战士们摆出样子，只说话是不行的，……所以，我想得到一个考验自己的机会。"

教导员对张英麟的表示十分满意，但同时也看出了他的真正的来意，转过头来，对刘昆和指导员说：

"你们的意见怎么样啊？"

刘昆和教导员一样，也早已看出了张英麟的来意，便搭讪着说：

"文化教员到战斗班，非常欢迎，我们的班排干部也真该补充

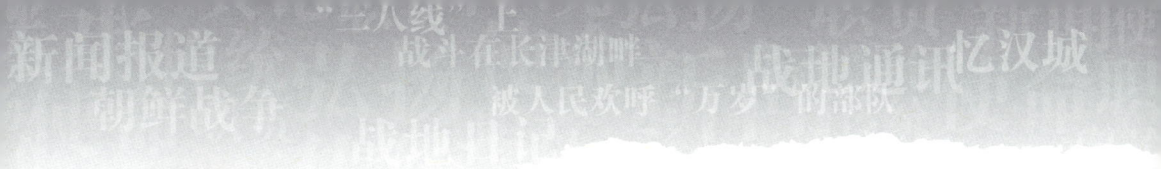

补充了。"

"嗬，嗬，嗬，原来你想的是干部问题……"教导员突然纵声大笑起来，张英麟没有听到过的这种爽朗、真诚的笑声，一下把掩体中的沉重空气冲淡了。教导员止住笑，上前握住张英麟的手，看着他的眼睛说：

"好吧，我们就同意你到战斗班去。具体工作，连长回头会告诉你。党希望每个同志都成为英雄，我相信，只要你有决心，你会干得很好的。"

八　日

在炮火十分浓密的时候，张英麟被召到连的掩蔽部。

刘昆左手夹着一支纸烟，烟已经快要烧光了；右手握着电话听筒，听筒激烈地左右抖动。他好像说了过多的话，显得十分疲劳，但仍竭力压过炮火的噪音，继续大声说着，有时简直是喊着。张英麟平素对什么事情都很好奇，现在却无心听连长说些什么——他被这次突然的召唤搅得焦躁不安，很想赶紧弄清楚是不是真正临到了他所殷切期待着的那个时刻。

"营长同意你代理一排长，你可以马上到阵地上去。"刘昆舒了口气，紧接着说："我想你会干得很好的，这种时候，党需要千千万万的新指挥员，希望他们把战士们很快地带起来。"

"连长，请你指示：到阵地上应该注意些什么？"

"没什么说的了。这些天，你看的已经很多了。"刘昆想了想，然后，扭转头，紧紧地盯住张英麟："不过，有两点你要记住：必须节省弹药，抓紧一切机会抢修工事；作为一个排长，在任何时候，都要让战士看得见你。"

张英麟就要走出掩蔽部，刘昆又叫住了他：

"营长方才指示我们，要我们发挥单兵作战的传统，尽量用少数兵力坚守阵地。敌人的炮火太集中，单兵作战对我们最有利……不过，作为一个指挥员，他必须不顾一切，把敌人顶住，懂了吗？"

"懂啦，作为一个指挥员，他必须不顾一切，把敌人顶住……"

张英麟带着给部队上第一次文化课时候那种复杂、紧张的心情，跑进一排的阵地。黑黝黝的弹坑，被炮弹掀起来的波浪般的泥土，碎裂的五颜六色的岩石，这一切，乱纷纷的，发散着一种冷酷的、焦臭的气息。今天敌人对六连下了毒手，开始用破坏弹轰击我们临时抢修起来的单薄的野战工事。阵地被打成一个巨大的大蜂窝。有人开玩笑说："能在这阵地上蹲半天的都是英雄。"这话一点不错。五六天来，多少战士高呼着"决不退让一步"的口号，在这里显示了他们的勇敢、决心和智慧。现在，他张英麟列为无数英雄中的一员，就要和大家一起，日日夜夜，在这打不烂、轰不垮的小山上战斗了。想到这些，看看阵地上的一土一石、一坑一谷，都感到特别亲切、熟悉，好像他原本就在这里似的。

这是一个战斗的间隙，战士们正在修理工事，搜集弹药，一个个都是汗流满面，像才从土里钻出来一样。张英麟立时把大家召集到一个弹坑中，一反过去的老习惯，直截了当地说：

"上级派我代理排长，大家听我指挥。这时候没有什么可说的，该怎么打，就怎么打。营、连首长指示我们，要节省弹药，注意疏散，发扬单兵作战的光荣传统，大家好好记住，各就岗位！"

"文化教员代理排长！"战士们你看看我，我看看你，都在心里悄悄地说:"张教员热情、刻苦、耐心,没有什么说的,是个好教员。不过,这是战场,不是课堂——这里不是动嘴,而是动手的地方,他……"

张英麟很快嗅到大家这种心情,脸变得雪白,心也隐隐地痛起来了——就怕这一点。不过,眼前的冷冰冰的现实,很快地唤醒了他的理智:这是生死搏斗的时候,谁领导大家守住阵地,谁就自然而然会成为大家的核心,这里不凭口说,而要事实,在战斗没有到来之前,说话是没有用处的。想到这些,心情就渐渐平静了,淡淡地笑笑说:

"别发愣啦,快去修理工事吧。"

第三次攻击开始了。敌人成群结队,大喊大叫着冲上来。和敌人面对面地站在一个山头上,张英麟还是第一次,但他被一种看不见的力量鼓舞着,终于迎着敌人爬上去了。"战士们一定都向这里看着呢,连长说道:在任何时候,都要让战士看得见你……"

"李彬,不要打!"张英麟看见李彬直起身子,正要丢手榴弹,连忙喊住他,然后跳到他的工事里,继续说:"隐蔽,隐蔽,还有一百多米,早得很呢!先把弦都拉开!"据张英麟看,李彬的心眼好像不大够用:上课好打瞌睡,记住下半句,忘了上半句,说起话来,前言不搭后语,是张英麟不大喜欢的学生之一。但他心里总有个老主意,他看准了的事情,不管你说什么,他都会不吭不响,闷头做去。但这一点张英麟过去却没有看出来。现在他的工事在最前沿,怕他胡乱动手,影响全局,所以就跑到他的工事中,这也是直接帮助的意思。

战士们看见文化教员跑到最前沿的散兵坑中,就都自动向前移动，不大的兵力完全集中了。

敌人发现我们阵地上没有动静，像每次进攻一样，又犹豫起来了：前面的趴在地上，后面的拥到他们身上。张英麟看准这个机会，大声喊道：

"准备手榴弹，照准人堆，摔！"

冰雹般的手榴弹摔出去，一阵阵的黑烟，一团团的烈火，敌人滚着，跑着，有的尖声叫喊，有的呻吟着……

"文化教员，敌人动摇啦，冲吧！"几个战士同时喊叫起来。

怎么办呢？出击，没有力量，也没有命令；不出击，他们会不会说：蹲在工事里还行，冲锋，敢吗？张英麟立刻想到这种思想不对头，瞪着眼，在众人身上扫了一遭，厉声喊道：

"谁说要冲？还不是时候，马上到工事里分散隐蔽，我们的任务是守住阵地，不是和敌人拼命！"

这一次又证明文化教员的估计是对的。大家刚刚隐蔽好，敌人的排炮就轰过来了。但张英麟继续留在最前沿，并尽量让大家看到自己。他知道，更残酷的战斗还在前面，他必须带领大家坚持下来，迎接第四次、第五次的攻击。

"咚，咚，咚"敌人的炮兵打了十几发白磷弹。阵地上飞起一缕缕乳白色的烟，往来飘游，经久不散。张英麟赶紧告诉大家：

"注意防空，隐蔽好。"

他的话音还没有落下去，四架轰炸机笔直地飞到阵地上空，炸弹、汽油弹、火箭弹成团成堆倾泻下来把阵地烧成一座火山。

张英麟和李彬蹲在一块儿，监视着前方的敌人。正面空荡荡的，除了敌人的尸体，连个人影子都没有。但天空的敌人非常狷狂，它们一个接一个的，擦着山头来回盘旋，几乎要把人的帽子卷走了。

"这股邪劲！有一挺高射机枪就好了。"李彬摸摸溅在脸上的土，破例地自言自语地说。

"是啊，有一挺高射机枪就好了！"张英麟有意随和着说，"不过，飞机不能解决战斗，有劲要使在地面上……"

"我不是怕它，是看不惯它这股邪劲。唔，教员，你看，那是什么呀？"

敌人阵地上空飞起三颗灰色的信号弹，在空中画着长长的弧形，落在我们阵地的前面。敌机平排着打了一顿机枪，翘起尾巴，哼呀哼地跑掉了。

"李彬，你在这里监视敌人，我去看看他们，敌人又要攻击了！"

张英麟跳出工事，迎面一团大火，几乎把他烘倒。他摇摇晃晃后退几步，伸手摘掉帽子，手也烧起来了，抓把土撒在身上，土上都冒起火苗……这里没有水，没有雪，没有任何能够救火的东西。慢慢地，他浑身热燥，两眼昏黑，一阵辛辣焦臭的气味堵住嗓子，一头栽到地上，再没有气力挣扎起来了。

李彬眼看着文化教员两手在地上乱摸乱抓，两条腿蜷回去又伸开，想站起来但起不来。这情形，比刀子扎在他心上还难受啊！"坏啦，坏啦！"李彬大叫两声，鼓起全身气力，扑到张英麟身上，连打带滚地帮他救火。张英麟憋住的火气被打散了，睁眼一看，是李彬抱着自己在滚，两眼一酸，掉下泪来，大声呼喊："李彬，撒开，立刻撒开！"

李彬没有搭理他，两手却抱得更紧，在地上滚得更快了。

这时候，乱喊乱叫的敌人已经冲到附近，我们的机枪也打起来了。张英麟蓦然想起自己的事情，便咬着牙，憋足全身的力量，掀开李彬的手，一溜烟滚回工事里。但李彬还在原来的地方直挺挺地躺着，浑身上下冒着青蓝色的火光。李彬哪，他舍生忘死，帮人家扑灭了火，自己却烧起来了，烧得不能动弹了……张英麟想冲上去救回李彬，敌人已经逼到了眼前，想摔手榴弹先把敌人打退，又怕炸着李彬，想上去和敌人拼命，任务还没完成，又不能那样干……张英麟正在手足无措的时候，李彬突然站起来了。但他没有跑回自己的阵地，竟空着手向敌人堆里冲过去了。他飞快地跑着，就像一团被狂风卷带着的烈火。敌人立时乱了营，向四面八方慌乱逃跑。张英麟含着泪、忍着心，向敌人密集的地方，一口气投光他的手榴弹。

敌人第四次进攻又被打退了。

*

刘昆检查了二排和三排的阵地，然后转到一排来。他特别关心一排，这并不仅仅因为一排是今天敌人进攻的重点；更重要的，还是担心张英麟到底能不能够顶住敌人。这个人聪明、热情，从昨天要求任务和今天接受任务的情况来看，也很有决心；但究竟是个新手，缺乏实际作战的经验。因此，他想先到二、三排看一看，然后到一排，和张英麟一起，顶到天黑。

这一带的东、西、南三面都是敌人，交叉的炮火，不断打到这几个残破的山头上。刘昆走一会儿，跑一会儿，一直赶到三排和一排接合部的"屏风"前，才长长地舒了一口气。这儿地形好极了：坐北向南，一堵十几丈高的岩石，挺立在土石参半的山头上，岩石的前面像墙壁一样平整，左右的石脚缓缓地包拢来，又能遮风，又能避弹。岩石半腰的石缝中长着几丛马尾松，大概是因为向阳的缘故，虽在严寒的冬天，还是这样苍翠新鲜，不像一般松树那样黑褚褚的惹人讨厌。刘昆爱这几棵小松树，它们那样倔强，充满活力，在这被炮弹犁过几遍的阵地上，仍然顽强地活着。刘昆更爱这里的地形，如果七班的阵地吃紧了，在这儿放上一挺机枪，堵住七班右翼的沟口，敌人再多，也摸不到七班的后方；因此，就给它起了这个好名字："屏风"。

现在刘昆想观察一下四周的情况，便紧了紧皮带，摘下帽子，一口气爬到岩顶上来。

前面战火冲天，滚滚硝烟卷地而起，把天空熏得昏暗暗的，和灰色的没有尽头的山峦连成一片。炮弹在四周掀起一个个巨大的烟柱，碎石、木片……在空中乱飞。但我们的阵地却在熊熊烈火中傲然屹立着。"你凶，志愿军更凶！"刘昆叉开两腿，背着手、点着头，自言自语地说。他显然对这几天的坚守十分满意，这么少的兵力，抗击这么多的敌人，始终没有退让一步，钢铁六连到底是好样的。

"咚，咚咚"，敌人接连打了三炮，一颗炮弹打在左前方几十公尺的地方，弹片乱纷纷地飞到岩石顶上来。"观察所很顶事，炮手也不错。就是，差这么一点点。"刘昆探身下去，折了几节松枝，一口气跑到一排阵地上来。

他费了很大的劲儿找到张英麟，张英麟的黑脸上划着一条条的血斑，两只白眼珠射出一股凶猛的光，棉衣上黑一块、黄一块……他简直都不认识了。

"文化教员，怎么搞的?"刘昆一面问，一面上去握他的手。张英麟的手刚伸出来，马上又缩回去了。

"许多燎泡，脏得很，"他突然发现说这种话既不是时候，又不是地方，很快改过口来："不怎么样，汽油弹烧了一家伙。连长，还有烟没有？"

刘昆给他卷了支烟，张英麟狠命吸了几口，然后向刘昆报告：

"敌人炮火很猛，全排伤亡七八个……把二、三班合并起来了，萧强国代理了副班长；哪个都打得不错，萧强国，更是好样呀……"

"机枪怎么样？"

"好，没出一点故障。不过，这种战斗，机枪还不如手榴弹得手，连里送来的两麻袋手榴弹，几下子就叫我们砸光了。"

"战士们呢？"

"很好，一个赛着一个的。"张英麟忽然笑起来，看着刘昆的脸说，"起初，他们可不大看得起我这个新排长呢！"

"现在好一些了吧？"刘昆也笑起来了。

"这个，总可以说好一些啦！"

"那么，你该下去包扎包扎了，我在这儿替你看着。"

"李彬牺牲了，好壮烈……"张英麟话不对题地说。

"李彬！"刘昆仰起头，想了想，"老老实实的一个同志啊！"

"一个好同志，是替我牺牲的。"张英麟带着几分感伤的味道，详详细细地向刘昆报告了李彬牺牲的经过。

刘昆皱着眉、闭着嘴，静静地听着，后来好像有些忍不住了，断然说：

"回头把他牺牲的情形写下来，现在你先下去包扎包扎。"

但张英麟继续说下去：

"……以前，我会把李彬看成个没有出息的人，谁想到他是这么好的一个同志，我真对不起他……"

"是啊，我们许多同志就是这样，平常老老实实，打起仗来，你想不到的，他都能办得到……好吧，你现在可以下去啦！"

"第一天，我就上了这么一课——沉重的一课，所以我不能下去。连长，"他恳求着说："你看，我能下去吗？"

张英麟住了口，刘昆也不再说什么，两个人一时沉默起来，炮弹的爆炸声显得更加猛烈了。

"这也好，把手榴弹准备准备，敌人又要冲锋了。"刘昆站起身，摘下腰里的驳壳枪。

张英麟一面向敌人丢手榴弹，一面偷眼观察连长的动作：沉着、熟练、从容不迫，右手撑着手榴弹，左手拉掉弹弦，过一会儿丢出去。手榴弹炸在敌人头顶上，敌人一倒一大片……和连长在一起，他觉得自己增加了无限的力量；但是，和连长相比，又发现自己多少还有点儿慌张，虽然他会竭力控制着，想要显示出一个久经战阵的老战士的样子。不过，他同时知道，这一点，对他张英麟来说，原不是一两天所能做到的。

九　日

刘昆跟着营部的通讯员，迎着噎人的西北风，急急忙忙向营指挥所走来。从连部到营部，只有三里来路，在平常不过是一刻钟的距离，但现在竟像没有尽头似的。他想走快些，又想多问几句话，弄得通讯员快也不是，慢也不好。

"我问你，团长的身体到底怎么样？"刘昆紧走两步，不惮厌烦地问。

"连长，我说了几遍了。他身体很好；只是比以前瘦了些，眼睛红得像桃儿一样。"

"团长一个人来的吗？"

"还有一个警卫员。没有骑牲口，炮火封锁太厉害，骑牲口还不如走着好！"

"首长们都累坏了，"刘昆自言自语地说。又问："今晚上除了找我，还找谁？"

"这——"通讯员想了想，"这就不知道了。看样子是光找连长，六连又要受表扬了！"

"嗯，"刘昆想说些什么，但马上机警地摇摇头，把挤到嘴边的话咽了下去。平心而论，六连打得不能算坏，但在下级面前流露这种兴奋的情绪，无论如何是不适当的。想到这里，他立刻主动地转换了一个话题："今天下午，营长急坏了吧？"

"啊，够呛，敌人的六〇炮都打到指挥所门口啦。营长把指挥所的人都组织起来，我拿了三个手雷，正想上去，敌人已经垮了。六连真棒啊！"

谈到白天的战斗，刘昆的心不知不觉地又跳起来了。当时那个情况，敌人如果再加把劲儿，说不定真要搞成一个混战的局面。但事情也怪，就在这个紧急时候，敌人自己退回去了。……

"谁？"山坡上晃出一个黑影子，厉声地问。

"王树森，接六连长的。"

刘昆从沉思中醒转来，抬头一看，天际的微光早已消失，那一

弯淡淡的新月，不知什么时候沉到山后去了。

走进营部，营长正和团长低低地谈论什么。掩蔽部中明晃晃点着两支洋蜡，地铺上摊着一张样子特别的地图，子弹箱拼成的"桌子"上放着祖国的纸烟、匈牙利砂糖和一些不常见的东西。刘昆顾不得细看这些，抢上一步问：

"首长好！"

"很好。你们都好！刘昆，你这胳膊是什么时候负伤的？"

"今天下午，炮弹片擦了一层皮，没什么。"

"那很好。你先休息休息，抽抽烟。好久不抽纸烟了吧？看，'大生产'的。"

刘昆点着一支烟，刚吸了两口，就急不可待地试探着问：

"首长，有事情，把我们叫去好了，干吗自己跑了来？"

"你们打得很紧张，我早就想到前边看看。"

刘昆看看团长，他那红肿的眼睛还和平常一样灼灼发光，但眼圈乌黑，脸颊灰白，嘴唇显得很厚……营长呢，也和团长差不多。一种莫名其妙的滋味袭上心来，他讷讷地说：

"我们没什么，首长们辛苦了。"

"你们打得不错。今天师首长告诉我，你们坚守的情形已经报到军里去了，上级会嘉奖你们的。"

刘昆听到上级面对面的表扬，一时不知说什么好。营长在旁边插嘴说：

"这是上级指挥得好，我们不过执行上级的命令，坚持下来罢了。"

"这就好啊！"团长显然很高兴。"上级指挥正确也罢，你们战斗顽强也罢，能够坚持下来，就该受表扬。刘昆，战士们的情绪怎么样？"

"大家的情绪都很高。所有的战士，包括许多干部，都要求赶快出击。已经守了六、七天，总想痛痛快快干它一下子。"

"出击……经过这么激烈的防御战，自然会要求出击。不过，你们看，"团长从口袋中摸出一支红铅笔，指着面前的形势图，"这是我团的阵地。东边、南边、西边，都是敌人。我们这个大钉子，楔入敌人阵地有八公里。敌人集中了两个多师的兵力，想把它的战线拉平。我们呢，硬是蹲在这里不动。这就是我们坚守的意义。"接着，团长从他的皮囊中取出另一张形势图，这张图包括的范围更广，一直从西线的汉城拉到东线的横城。团长指着图上的一条蓝带子："这是汉江，在我们后边。现在敌人占领了南北汉江之间的横城，威胁着我们的侧后方。不过，我们只要守住这块阵地，也就在敌人侧后方安了一个大钉子，一个致命的钉子。看见这些箭头了吧！兄弟部队正向横城运动，因此，我们要把当面的敌人拖得死死的。"

刘昆看着地图上那些从四面八方指向横城的红色箭头，眼睛都花了。几天以来，凭着过去的经验和对上级的指挥意图的理解，他知道这个方面的坚持固守，一定酝酿着其他方面的大战斗，但却没有料到兄弟部队的行动竟这样的快，而他的部队从战斗开始就被上级部署在如此重要的位置……

"我知道，你们打得是很苦的，今天下午，这里的压力很重吧？"团长一面收起地图，一面问。

"当时的情况确实紧张。不过，到现在我还弄不清楚，为什么

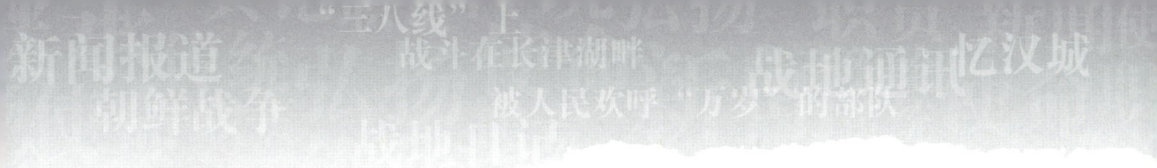

敌人正要得手的时候，忽然退回去了？"

"当然，敌人不会自己退走的。我让一营集中两个排，从光阳里后山捶了一下子，敌人怕我们真正出击，对这里的压力就放松了。"

"唔，"刘昆不由自主地叫了一声，连忙改过口来，"是啊，看敌人当时那股劲，靠我们这点儿力量，真不容易把它顶回去。"

"你们的力量并不小，加上陆陆续续补充的，还有三十多个人吧！王继光，在你们二营的范围以内，还有没有可以调剂的力量？"

营长拿出他的作战日记，很快翻了几页，说：

"营部能够抽的人，都补给刘昆了。教导员到五连，就是为这件事……"

"五连的兵力不要动。刘昆，你自己还有办法吗？"

"连里所有的人力都用上了，文化教员都当了排长，还打得不错，"忽然，他好像发现了久被遗忘的事情，忙说："炊事班还没动啊！至少可以调出几个人。"

"这就对了。在这种时候，要一个一个地计算兵力，多两三个人，都是很大的力量。你们不是要求出击吗？"

"首长，我们可以参加以后的大出击吗？"刘昆兴奋地问。

"不是以后，是明天。你们可以派出个把小组，隐蔽在敌人的进攻路上，死死地缠住它，减轻正面的压力，当然，白天活动很困难，因此，派的人要特别精干。"团长转过眼，看着营长说："你们能够保存下五连的兵力，好得很；四连很快就要归还建制，你们的主力可说还没大动呢。现在你们要继续防御几天，不过，我们可以开始考虑出击的事情了。"

"首长，我可以走了吗？"刘昆站起来问。

"不要太紧张，时间还很早，再抽支烟，一起谈谈！"

*

刘昆回到连部，按照营长的指示，把一排和二排编成一个临时排，撤出一排据守的山头，把兵力集中到五班守的主阵地上。委派张英麟为排长，董秋田为副排长。五班阵地上一下添了十几个人，顿时热闹起来了。

张英麟的左腿今天又被弹片擦伤了一大块，行动很不方便，把队伍布置好了，就回到自己的"司令部"来。这个掩体是战士们利用一个大弹坑修成的：把坑底切出棱角，在顶上搭了几层碗口粗的树干，还在坑口挂上用防空衣改成的布帘。战士们对自己的创造很满意，就把它叫作"司令部"。"司令部"中有一盏大灯，那是一个美国钢盔，盛着半盔汽油弹的油液，中间点了个很粗的棉花芯子，把"司令部"照得雪亮。

"好灯！简直可以开晚会。"张英麟走了进去说，"董班长，啊，副排长，要吃炒面吗？我这里有盐花，盐拌炒面，又香又咸。"

"吃不下，我抽烟。"董秋田卷了支烟，嗞呀嗞地抽起来。

"真不懂，为什么要撤出一排的阵地，"张英麟直着脖子，艰难地吞下一口炒面，"我们并不是找不住……多少战士在那里流了血呀！"

"唔。"董秋田继续抽他的烟。这些话，他早已听够了。

"让我们撤下来！想起李彬就难过，简直对不住他。"

"我们连的阵地并没有动。排长，看见战士们的情绪了吗？"

"看见啦！顽强勇敢，寸土必争。只要下一个出击的命令，一下就能把敌人压垮。"

232

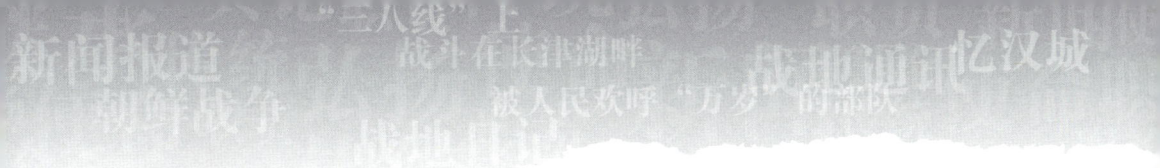

"一下把敌人压垮？办不到吧！"

"为什么办不到？"张英麟开始不耐烦了。

董秋田在上级面前，从不轻易表示自己的意见。固然他现在和张英麟是同级，但因时间太短，一时还没有把副排长的职位和自己联系起来，因此，虽然很不同意张英麟的意见，也只淡淡地说：

"上级不会下这个命令！上级现在让我们坚持，一定有必须坚持的理由啊！"

张英麟两眼直勾勾的，半响没有再说话。董秋田看着话不投机，就站起来，亲切地说："排长，休息休息吧。我看看他们去。"

这时候战士们已经修完了工事，有的在打盹，有的揳着火光吸烟，有一群人围住薛家礼听故事。薛家礼假装没有看见董秋田，继续说：

"……敌人就是从这儿上来的，对，就是我说话的这地方。前面有个大个子，一定是个军官，低着脑袋，撅着屁股，你看那股松劲！我举起手榴弹，喊一声：'哒！'他扭头就跑，这次进攻，就这样打垮了！"

"你没有和他通通名姓吗？"有人笑着问。

"他早知道，"薛家礼一本正经地说，"不然，怎么就跑了！"

"薛家礼呀，听说你腿上被什么东西啃了一口，流血啦，到底怎么搞的呀？"

人们听了这种俏皮话，哄然大笑起来。但这也没有难住薛家礼。他满不在乎，拍着大腿说：

"谁说流血啦？没有伤筋动骨，算负伤吗？谁都有个疏忽大意，就算让野狗咬了一口吧。"

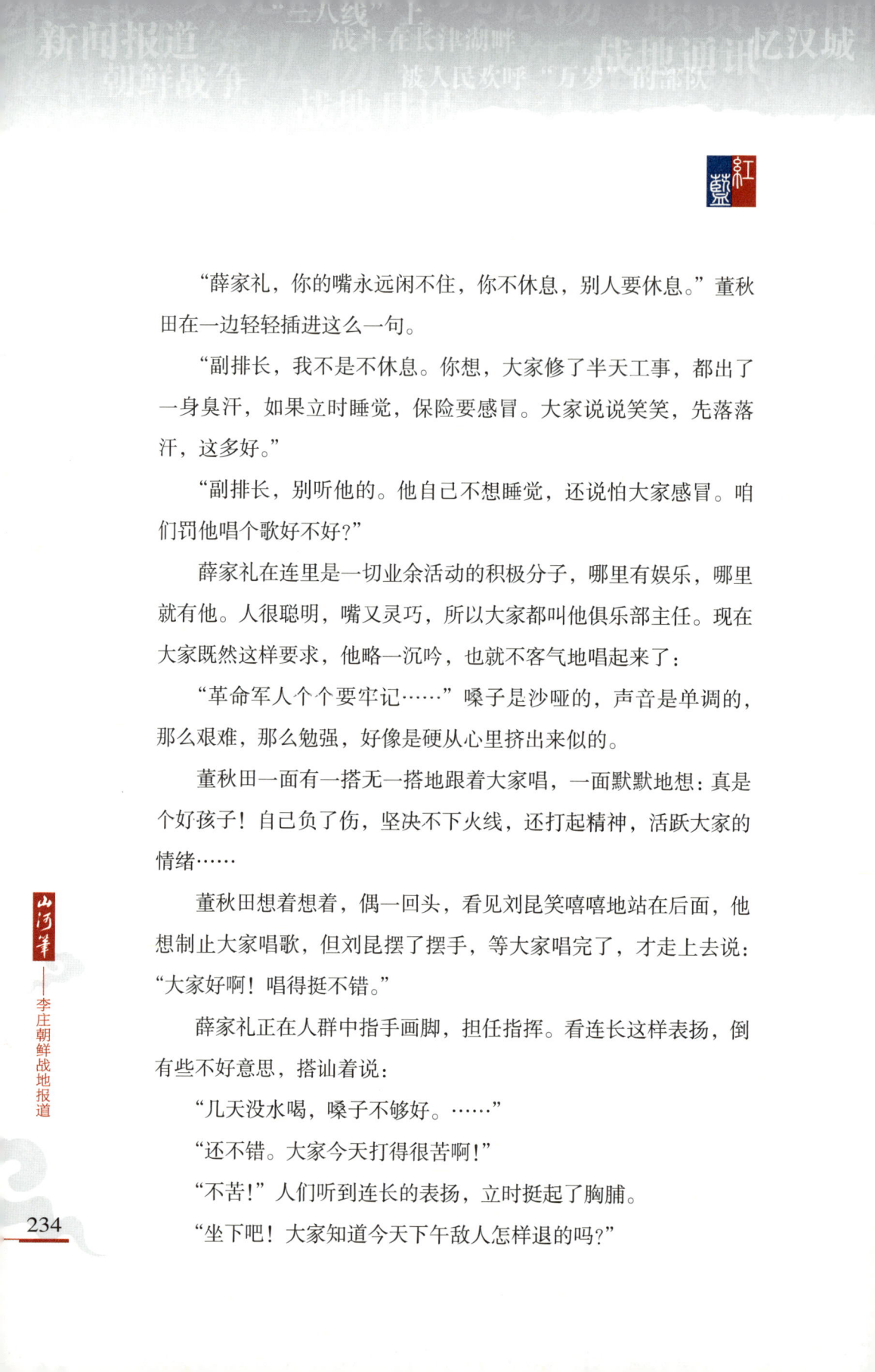

"薛家礼，你的嘴永远闲不住，你不休息，别人要休息。"董秋田在一边轻轻插进这么一句。

"副排长，我不是不休息。你想，大家修了半天工事，都出了一身臭汗，如果立时睡觉，保险要感冒。大家说说笑笑，先落落汗，这多好。"

"副排长，别听他的。他自己不想睡觉，还说怕大家感冒。咱们罚他唱个歌好不好？"

薛家礼在连里是一切业余活动的积极分子，哪里有娱乐，哪里就有他。人很聪明，嘴又灵巧，所以大家都叫他俱乐部主任。现在大家既然这样要求，他略一沉吟，也就不客气地唱起来了：

"革命军人个个要牢记……"嗓子是沙哑的，声音是单调的，那么艰难，那么勉强，好像是硬从心里挤出来似的。

董秋田一面有一搭无一搭地跟着大家唱，一面默默地想：真是个好孩子！自己负了伤，坚决不下火线，还打起精神，活跃大家的情绪……

董秋田想着想着，偶一回头，看见刘昆笑嘻嘻地站在后面，他想制止大家唱歌，但刘昆摆了摆手，等大家唱完了，才走上去说："大家好啊！唱得挺不错。"

薛家礼正在人群中指手画脚，担任指挥。看连长这样表扬，倒有些不好意思，搭讪着说：

"几天没水喝，嗓子不够好。……"

"还不错。大家今天打得很苦啊！"

"不苦！"人们听到连长的表扬，立时挺起了胸脯。

"坐下吧！大家知道今天下午敌人怎样退的吗？"

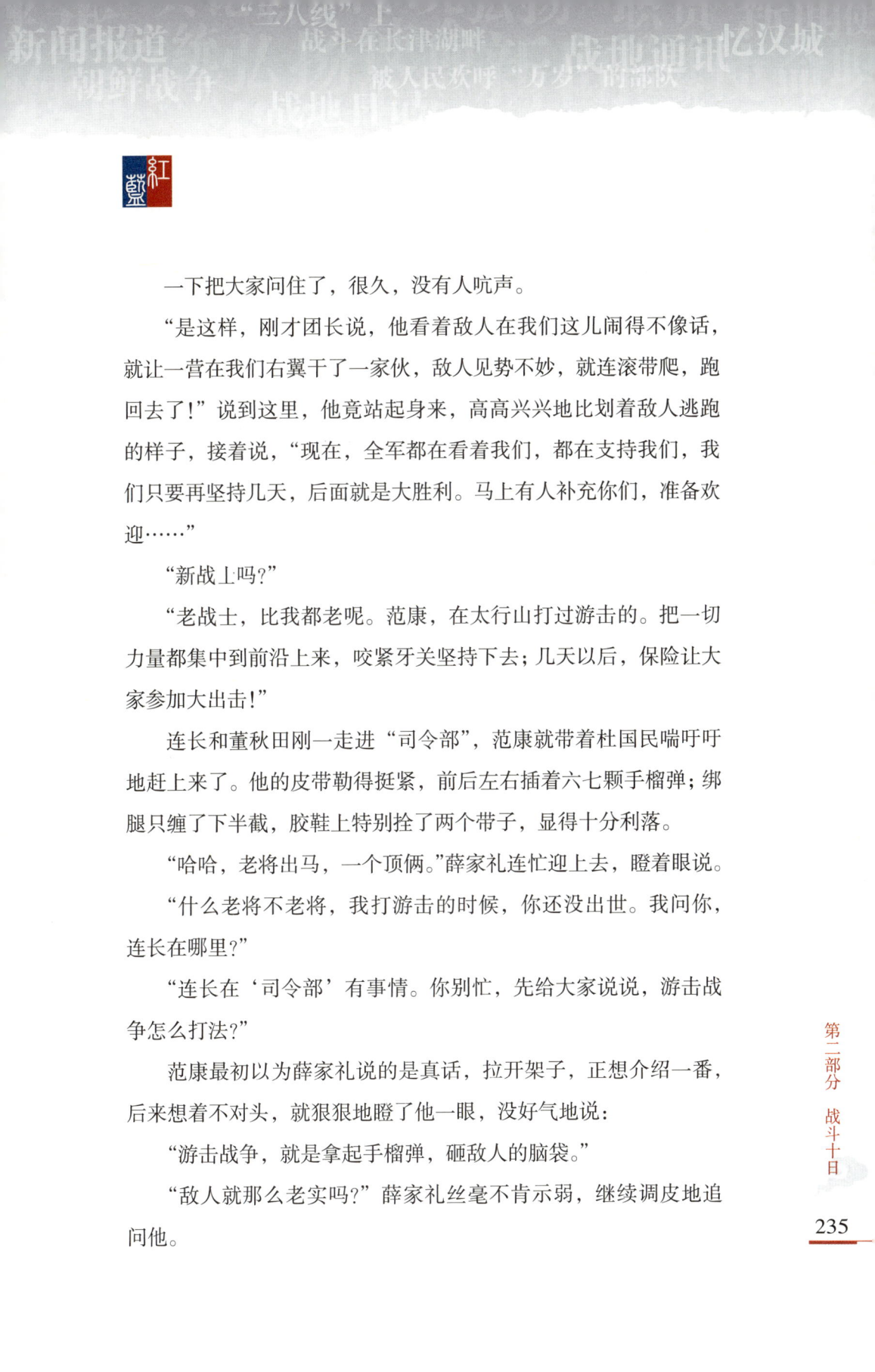

一下把大家问住了，很久，没有人吭声。

"是这样，刚才团长说，他看着敌人在我们这儿闹得不像话，就让一营在我们右翼干了一家伙，敌人见势不妙，就连滚带爬，跑回去了！"说到这里，他竟站起身来，高高兴兴地比划着敌人逃跑的样子，接着说，"现在，全军都在看着我们，都在支持我们，我们只要再坚持几天，后面就是大胜利。马上有人补充你们，准备欢迎……"

"新战上吗？"

"老战士，比我都老呢。范康，在太行山打过游击的。把一切力量都集中到前沿上来，咬紧牙关坚持下去；几天以后，保险让大家参加大出击！"

连长和董秋田刚一走进"司令部"，范康就带着杜国民喘吁吁地赶上来了。他的皮带勒得挺紧，前后左右插着六七颗手榴弹；绑腿只缠了下半截，胶鞋上特别拴了两个带子，显得十分利落。

"哈哈，老将出马，一个顶俩。"薛家礼连忙迎上去，瞪着眼说。

"什么老将不老将，我打游击的时候，你还没出世。我问你，连长在哪里？"

"连长在'司令部'有事情。你别忙，先给大家说说，游击战争怎么打法？"

范康最初以为薛家礼说的是真话，拉开架子，正想介绍一番，后来想着不对头，就狠狠地瞪了他一眼，没好气地说：

"游击战争，就是拿起手榴弹，砸敌人的脑袋。"

"敌人就那么老实吗？"薛家礼丝毫不肯示弱，继续调皮地追问他。

"这就看你的把式啦！那时候，讲究眼看得准，手打得狠，脚站得稳。像你，成天说贫嘴，行吗?"范康说完这话，没等薛家礼还口，挺起胸脯，大踏步向"司令部"走过去。

在"司令部"里，刘昆正和张英麟、董秋田研究出击的事情。他们已经确定了出击的时间、地点和路线，现在正商量人。张英麟第一个要求出击，他说，战士们早等得不耐烦了，既然有了这个机会，作为排长，他应该领着去。

"你的意见呢?"刘昆问董秋田。

"排长负过两次伤了。"董秋田低低地但是非常热诚地说。

"是啊，你已经负过两次伤了。领着大家守住连的主阵地，比出击还重要。况且这个出击不过是袭扰的性质，不必你亲自去，就让副排长去吧!"

刘昆看着张英麟还想纠缠这个问题，忙接着手说：

"现在我们研究该带哪些战士。"

"让薛家礼去吧!"董秋田首先提出建议。

"他不是也负伤了吗?"刘昆和张英麟几乎同时说。

"这么激烈的战斗，他那伤，简直不能算是伤。这孩子勇敢、机警、办法也多，很合适。"董秋田坚持着。

正在这时候，范康一脚闯进来，行个军礼，特别郑重地报告道：

"炊事班参加战斗班的战士向首长报到。"

"老班长，来得很不慢，坐下吧!"刘昆对范康向来很随便，连忙给他腾出一个地方。范康报告完了，一屁股坐下来，马上问：

"连长，我们到哪班去?"

新闻报道
朝鲜战争
战地日记
"三八线"上
战斗在长津湖畔
被人民欢呼"万岁"的部队
战场
战地通讯
忆汉城

"等一等，现在正商量出击的事。明天要派几个人，到一排阵地附近，打敌人的耳光子。你看薛家礼怎么样？"

"这孩子行，平常调皮点儿，打起仗来不含糊。"

"就是，我们打算让他去，由副排长自己领着，不过，还得有个把人去。"

范康听说还要添人，而且董秋田、薛家礼都要去，忙说：

"连长，我怎么样？这是游击动作，少不了我。你看，鞋带子都绑好啦。"

没等刘昆开口，董秋田先说话了：

"让老班长去吧，连长！他有经验，我们会照顾他。"

"什么话，"范康白了他一眼。"要人照顾，还能打仗吗？是龙是虎，战场上见吧。"

刘昆看见范康动了真气，忙用话岔开：

"好，就这样，三个人都去。先吃些东西，休息休息。就在这儿休息，不许心慌意乱的。三点钟行动也不晚，到时候我会喊你们的。"

十　日

天色微明，六连的伏击小组悄悄出发了。

薛家礼腰里插着五六颗手榴弹，左肩上扛着根爆破筒，右手提着自动枪，艰难地走在最后边。董秋田领头，一面机警地观察四周的情况，一面急步前进。范康居中，他像所有的老战士那样，挺起胸脯，匀称地跨着大步子。这样走了没有多久，两个人就把薛家礼甩到后边了。

"来，拿爆破筒来，我背着。"董秋田等薛家礼赶上来，伸着手说。

"副排长，咱从来没有掉过队；今天热得要命，这天气别扭透了。"薛家礼难为情地喘了一口气。

"我也是浑身燥热。看，天阴的有多沉，要下雪了。"范康也停下来，抹抹头上的汗。

董秋田很想硬把爆破筒要过来，又怕损伤了薛家礼的好胜心。一件小事情，竟使他这样左右为难起来。老实说，十几天没明没夜的战斗，早把每个人都熬得筋疲力尽了；薛家礼腿上刚负了伤，出发以前又没有得到足够的休息……那时候，连长曾把他们圈在"司令部"中，要他们休息几个钟头，不知是因为过度兴奋，还是过分紧张，几个人无论如何睡不着。薛家礼耐不住，先悄悄坐起来；作为一个指挥员，他不但没有加以制止，反而接受了范康的要求，允许范康起来吸烟。薛家礼既不吸烟，又无人一起说说笑笑，一个人干巴巴地坐着，比行军还要累，现在果然走不动了。

范康看出董秋田的意思，就试探着说：

"副排长，歇歇吧，薛家礼累啦！"

"不累，不累，你累你歇着。"薛家礼顽强地反攻上来。

董秋田看看天，依然是阴沉沉的，但有几处云霾裂开缝子，露出乳白的光，已到出太阳的时候了。时间紧急，不容许他们在这里休息。为了尽量保持隐蔽，他们已经转了几个山头，现在必须再走三四里路，才能绕到一排原阵地右后方的山沟中——他们预定的伏击阵地。

"走，占领阵地再休息。薛家礼，把爆破筒给我，我背一会儿就给你。"

"副排长，别听老班长的，我要和他赛一赛。"

他们加快了速度。薛家礼咬着牙，紧紧跟在范康后面。又转过两个山头，沿着条陡斜的小路，溜到一个深邃曲折的山沟中，然后放慢了脚步。这个山沟好像是个"死角"，离一排原来的阵地虽然不远，但还有很多针叶和阔叶的林木没被打光。

"好地形！打游击的好地方。"范康前前后后看了一遭，以一种老练的指挥员的口吻说，"就是转移困难点儿。"

"还没打响，就想撤退啦？"薛家礼机警地抓住这个好机会说。

"少说废话！"董秋田没等范康还嘴，先按住薛家礼，然后指着右前方说，"看见了吧，那几棵小松树附近，是一块小高地，能监视三面。立刻占领它。我们兵力不多，火力很强，把阵地搞好，一个兔子也不放过去。"

三个人还没有来得及进入阵地，敌人的炮火准备已经开始了。"轰，轰，轰"，重炮弹一直向山沟砸下来。山沟顷刻变成一片火海，硝烟漫天，遮住人们的视线。

"上级好估计，算准敌人要闯这条沟。跑步，占领阵地。"

董秋田领头，范康紧紧跟着，薛家礼打起精神，也一拐一拐地跑起来。

"拉开距离，跟上来。敌人的炮火正在延伸，再有几十公尺，就能通过这个封锁区。"

"副排长，你再走快点儿，就拉开距离啦！"

听着只有范康的声音，董秋田刹住脚步，掉过头来，一下撞在范康身上。薛家礼却没有见。

"老班长，你先走一步，我去看看薛家礼。"

新闻报道
朝鲜战争
"三八线"上
战斗 在长津湖畔
被人民欢呼"万岁"的部队
战地通讯忆汉城
战地日记

董秋田刚走了两三步，"轰隆隆"，一颗重炮弹摔到他前面三四十公尺远的地方。一片红光罩住眼睛，天地飞快地旋转起来，凶猛的气浪一下把他抛出老远。但他很快地挣扎起来，翻转身，先去找范康。

"没什么，上了几岁年纪，筋骨都松啦！薛家礼怎么样？"

"快去找找他，弹着点离他近得很。"

薛家礼仰面躺在刚刚爆炸的弹坑附近，左腿被炸断了，鲜血把半截棉裤浸得透湿，右腿轻轻地颤抖，上面也有许多血迹，脸颊白得怕人，两道浓眉紧紧结在一起。

"薛家礼，薛家礼，你感觉怎么样？"董秋田扑上去，跪下一条腿，凑着耳朵轻轻唤他。

薛家礼艰难地摇了摇头，开始呻吟起来。

董秋田回头看看范康，范康用袖子抹抹眼睛，连忙低下头去。再看看薛家礼，他那双清朗朗的大眼睛还是这么稚气、可爱，但上面布满了交织的血丝，显得疲沓沓的。"还没打响，就受了这样重的伤！"董秋田心里一急，几乎掉下泪来，连忙憋住一口气，张开两手来搬薛家礼。

"副排长，干什么？"薛家礼似乎吃了一惊。

"看，北边那个山崖有多好，先把你隐蔽起来，等战斗结束了，就把你背回去。"

薛家礼平静地摇摇头：

"我不去，那儿怪闷的。我的手没有负伤，照样能打手榴弹。副排长，你看见了吧？那块大石头下边有个凹凹，地形很好，过一会儿我到那儿去。"

董秋田再看看范康，他还在低着头，愣怔怔地站在旁边，没有一句话，薛家礼平躺在血泊中，那么倔强、固执，好像根本没有商量的余地。现在就看他这副排长的决心了。

"好吧，我背你到大石头那边去。"董秋田轻轻叹息了一声。

"不用背，我自己能去。"薛家礼一面说，一面从地上捡起冲锋枪，颤抖抖地递给董秋田。"副排长，你们带了去吧，我有手榴弹、爆破筒，用不着它啦。"

董秋田接过冲锋枪，还想说几句安慰薛家礼的话，但薛家礼向他摆摆手：

"副排长，快去占领阵地吧。你们把敌人放过来，打屁股，我在这儿顶着，打脑袋，夹击它！……"

"薛家礼——"好久没有说话的范康开口了。

薛家礼突然恢复了青春的活力，挣扎着坐起来，嘻嘻一笑，对范康说：

"老班长，打完仗一块回去，可别忘记叫我呀！"

"薛家礼，好孩子，谁都忘不了你。"范康勉勉强强说完两句话，猛地扭转身，头也不回地向前面跑去了。

小松树附近的地形果然好。几列峥嵘险峻的花岗石，从山顶一直伸到山脚下，曲曲折折，构成许多天然的掩体，前面长着一排野生的马尾松，矮矮的、密密的，像个大屏风。不过，仔细看看，这里有进路、无退路，在一般情况下，原不宜选作伏击阵地；董秋田所以看中了它，仅仅由于两个理由：一者能够监视三面的敌人，二者在接敌袭击的时候，能够出其不意。

"算是安家了。"范康喘口气，把腰里的手榴弹一个个拔下来，拧开盖子，摆在身边，然后掏出手巾，擦擦脸上的汗。

"怎么样？地形不错吧！看你出的这身汗，快躺下歇歇。"

范康今天累得要死，加上薛家礼的事，一肚子不好过，听了这话，果真躺倒了。可是他是个有名的急性子人，虽然上了几岁年纪，老脾气并没有改，躺了一袋烟的工夫，看着敌人还没到，就开始焦躁起来了：

"这算什么出击？明明白白是伏击。敌人如果不来，还不是在这儿白等着？"

"今天敌人一定要闯这条沟，要不然，上级不会叫咱们到这儿来，你先睡一会儿，我来监视着。"

"这时候谁睡得着？"范康仍然气鼓鼓地说。但他马上发现这气生得没有道理，连忙爬起来，一面拨弄薛家礼的冲锋枪，一面试图转变这种紧张的空气："咱们以前打伏击，老套筒，哪有这家伙好使！看，薛家礼多勤谨，枪膛擦得亮堂堂的……"

"小心，别走火；一走火就砸锅啦！"

"怎么会走火？"范康老老实实地把枪放在地上，但嘴上还不服气，"别看人老了，手可没有生呢。"

……

十点钟左右，敌人的炮火停止了。这一阵炮火准备，足足继续了四个钟头，把整个山沟前前后后地打了好几遍。两个人被震得昏昏沉沉的头脑刚刚清醒过来，很快地听到了沟外传来的摩托声音。

"行，算是没有白等。"范康赶紧掐灭卷烟，缩起身子，紧紧贴在地上。

第一股敌人约有六七十个，看样子是个加强排，根本没有排成

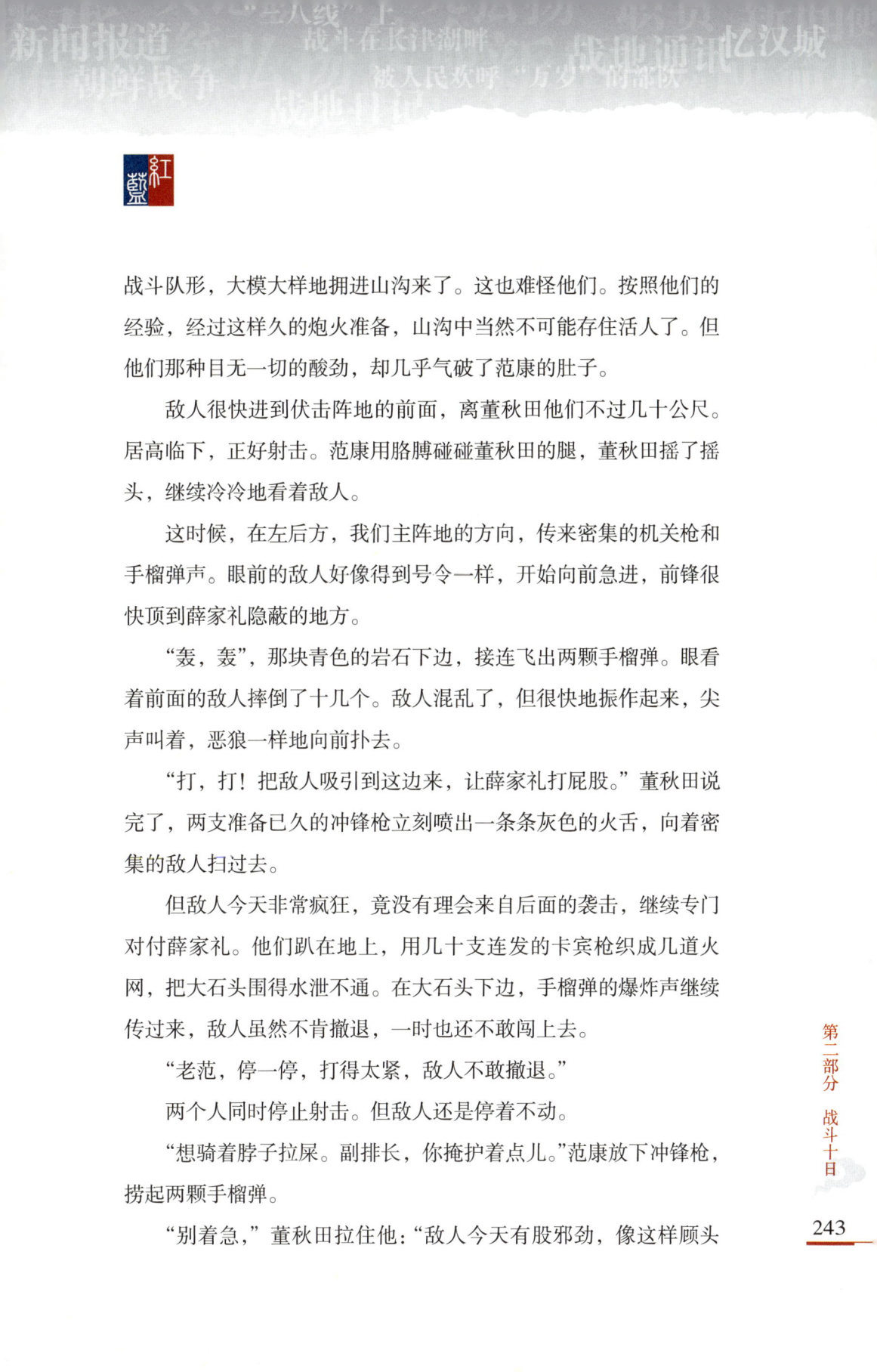

战斗队形，大模大样地拥进山沟来了。这也难怪他们。按照他们的经验，经过这样久的炮火准备，山沟中当然不可能存住活人了。但他们那种目无一切的酸劲，却几乎气破了范康的肚子。

敌人很快进到伏击阵地的前面，离董秋田他们不过几十公尺。居高临下，正好射击。范康用胳膊碰碰董秋田的腿，董秋田摇了摇头，继续冷冷地看着敌人。

这时候，在左后方，我们主阵地的方向，传来密集的机关枪和手榴弹声。眼前的敌人好像得到号令一样，开始向前急进，前锋很快顶到薛家礼隐蔽的地方。

"轰，轰"，那块青色的岩石下边，接连飞出两颗手榴弹。眼看着前面的敌人摔倒了十几个。敌人混乱了，但很快地振作起来，尖声叫着，恶狼一样地向前扑去。

"打，打！把敌人吸引到这边来，让薛家礼打屁股。"董秋田说完了，两支准备已久的冲锋枪立刻喷出一条条灰色的火舌，向着密集的敌人扫过去。

但敌人今天非常疯狂，竟没有理会来自后面的袭击，继续专门对付薛家礼。他们趴在地上，用几十支连发的卡宾枪织成几道火网，把大石头围得水泄不通。在大石头下边，手榴弹的爆炸声继续传过来，敌人虽然不肯撤退，一时也还不敢闯上去。

"老范，停一停，打得太紧，敌人不敢撤退。"

两个人同时停止射击。但敌人还是停着不动。

"想骑着脖子拉屎。副排长，你掩护着点儿。"范康放下冲锋枪，捞起两颗手榴弹。

"别着急，"董秋田拉住他："敌人今天有股邪劲，像这样顾头不顾尾，以前还没见过。我们人少，不能硬拼。再打，打打再说。"

两个人又打了几梭子弹，敌人还是不退。

"冲吧，副排长？"范康坚持着自己的意见。

"不能冲。白白搭上两个人。完成任务要紧！"

又过了一会儿，手榴弹不响了。一声呼哨，敌人同时爬起来，向着大石头扑上去。

"啊呀，副排长，……"范康话音未落，猛听得一声巨响，前边的敌人齐齐地倒下一大片，大石头也被削掉了大半边。

敌人混乱了，剩下的扭头向后跑起来了。

"老范，打，连发……"董秋田瞄准敌人的屁股，猛烈地扫射，这支冲锋枪打光了，连忙拿起另一支。范康恨不得一口把敌人吞下去，敌人虽然已经跑得很远了，他还在实行火力追击。

"节省子弹，"董秋田一再提醒说。"冲锋枪够不上啦！用一两支枪追击，会暴露我们的兵力。"

"不是副排长讲情，一人锥他一个窟窿。"范康愤愤地放下枪，缓一口气："有救急包吗？这胳膊让它钉了一家伙。"

董秋田用刺刀挑开范康的袄袖，轻轻地给他包扎伤口。范康听着主阵地上激烈的枪炮声，抹去头上豆大的汗珠子，忍着痛，对董秋田说：

"副排长，听，还在打。那边是怎么搞的？还没把敌人压回去。"

其实，自从敌人溃退以后，董秋田的心早跑到主阵地上去了。这么长的时间，每一阵机关枪的射击，每一阵手榴弹的爆炸，都沉重地打在他的心上，引起他的焦急、忧虑和希望。不过，想到当面就要到来的战斗，他马上把这种心情隐藏起来，若无其事地对范

新闻报道
朝鲜战争
"三八线"上
战斗在长津湖畔
战地日记
被人民欢呼"万岁"的部队
战地通讯忆汉城

康说：

"那边是正面，和我们这里不一样。不要急，他们会把敌人打掉的。"

"这当然，我不过是说，和这种敌人打仗，越快越好啊！"

但董秋田这一次郑重其事地摇摇头：

"有时候，快了并不一定好。比方咱们吧，就要和敌人慢慢来，把这一关卡得紧紧的，咱们的正面就好办了。"

范康不想继续分辩，卷了两支烟，递给董秋田一支，自己点着一支。

"老班长，你去看看薛家礼，好好照顾这个孩子。你不必再回来，就和他一起在那里坚持。"

范康巴不得这一声，连忙摔掉卷烟，把自己的冲锋枪交给董秋田：

"我马上去。三支冲锋枪都给你，轮着打，省得换匣子。"

"你呢？"董秋田一时没有明白他的意思，莫名其妙地问道。

"老规矩，捡敌人的。看那边有多少？副排长，开枪不要太早，不然我就捞不上了。"

*

月牙儿慢慢沉到松树梢头，一片清白微弱的光，把远山近谷照得迷迷茫茫，在六连阵地右前方的一个小山上，映出两个淡淡的人影子。

出发时候是三个人，回来时候，只剩了两个。

在第二次反击中，范康腿上又负了伤。当时老头子打得疲惫不堪，气愤愤地，决心在第三次战斗中学习薛家礼。但敌人以后再没进这条沟。他痛痛快快休息了几个钟头，抽了半口袋黄烟，临走还捞了七八支崭新的卡宾枪。有斩杀，有缴获，虽然没有抓住活的，按照他的老看法，也算是一个大胜仗。

"副排长，你看看，咱们简直变成军械员了。"老头子看到自己的阵地，重新高兴起来。

"老班长，记住，回去就给薛家礼请功。不只在我们这个方面，对全连来说，他的战斗都有极大的意义。掩护了连的侧翼，减轻了正面的压力。"

"当然。早就看出他是个有出息的孩子，这样的人，我见得很不少啦。"范康倚老卖老但特别严肃地说。

"回头把他牺牲的情形向连长作个详细报告，也给大家讲一讲。快走吧，连长要等焦急了。"

回到阵地上，两个人一下被大家围了好几层。范康像一个凯旋者一样，把身上的枪一支支递给战士们。董秋田看看阵地上的人，比走的时候又少了许多，逐渐平静的心情，顿时又沉重起来。

"副排长，你们辛苦了。"张英麟挤上来，紧紧握住董秋田的手。

"我们是伏击，没什么。你们在正面更辛苦。今天正面战斗非常激烈，我们在那边听得清清楚楚。"

"够瞧的。不过，敌人没占一点儿便宜。你们掣住敌人的腿，帮了我们的大忙啦！"张英麟突然发现情况不很对头，忙问："薛家礼在哪里？"

"牺牲了！死得很壮烈。"董秋田几乎掉下泪来。

人们同时低下头，默默地想着薛家礼生前的一切。永别了！勇敢、活泼、人人喜爱的小同志。

　　"遗体在哪里？我们马上运回来。"张英麟打破山头上的难堪的沉默，小声问。

　　"我们安置好了。他牺牲的地方，有个很深的石窟，我们把他放进去，封住了洞口，很好的。"

　　"唔，"张英麟意味深长地看着大家说："让他安安静静长眠在那里吧，我们会给他报仇的。副排长，你快去看连长，他和营长在'司令部'等你。"

　　董秋田走了。范康经过战士们一再的催促，开始绘影绘声地叙述薛家礼牺牲的事迹。

　　"是这样，我们一共消灭了七十多个敌人，都是一个个数过的。伤得不多，都是近距离战斗嘛！卡宾枪丢得到处都是，就是运不回来。还有两挺重机枪，完完整整的，都让我毁啦……"

　　"少说这些废话，直截了当说说薛家礼的战斗情形吧！"有人急不可耐地催着。

　　"别忙，我就说。这七十多个敌人，有一半多是薛家礼消灭的。起先，还没有进入阵地，他就负了伤，我们要把他'坚壁'起来，他不干。以后把他留在后边，副排长和我到前边选了个阵地。敌人来了，我们前后一夹，真要了敌人的好看啦。薛家礼是真行，几十个敌人围着打他，他呀，一点儿不怕，……"

　　"你们就在一边看着他挨打？"有人忿忿不平了。

　　"谁说这话？"范康气得几乎跳起来。"我们在后边紧打，想把敌人牵回来，谁知今天敌人吃了疯狗肉，硬是顾前不顾后的，这就糟啦，薛家礼——真是好样的，最后拉响爆破筒，把敌人炸死了一大片。……"

范康说到这里，简直说不下去了。大家跟着沉默起来。每个人都在根据自己的经验，想象着薛家礼战斗和牺牲的情形。黑暗而又安静的山头上，好像出现了薛家礼愉快、活泼的身影子。

十一日

营长突然来到六连，召集排以上干部会议。敏感的战士们马上意识到，大概又有什么不寻常的事情要发生了。

全连的排以上干部集中到掩蔽部来，刘昆、董秋田、负伤未愈的张英麟，加上营长，一共是四个人。老的排以上干部，除刘昆以外，都不能参加这个会议了。在阵地上，在战火中，这些人从来没有想到过"伤亡"二字；现在集中到这安静而狭小的掩蔽部中，你看看我，我看看你，心中却不知不觉地泛出一种沉重的远非言语可表现的味道。为了和平、祖国，我们在这里一点一滴地创造胜利，但这代价好大呀！为了它，多少英雄的鲜血已经流洒在朝鲜的山头之上了。

"我告诉大家：东线兄弟部队已开始行动了。当面的敌人，有向东抽调增援的模样。上级指示我们：马上主动整它。时间很紧，就在今天晚上……"营长和自己的部属谈话，很忌讳那种拘拘束束、死死板板的形式，他进了掩蔽部，很快地体会到刘昆他们的心情，于是直截了当把大家最关心的事情说出来，试图转变掩蔽部中的沉重的空气。

这几句话立刻产生了预期的效果。刘昆连忙掐灭手中的烟，蹭到众人的前面。董秋田瞪着疲惫酸涩的大眼睛，紧盯在营长的脸上。张英麟等不得营长把话说完，就插嘴问道：

"营长，你是说，我们就要大出击啦！"

"不，"营长摇摇头，"今天是小出击。没有前哨战，主力永远不能接触的。过去，我们在这儿顶住敌人，掩护兄弟部队的侧翼，给他们一个从容集结的机会；现在，我们的任务是采取一切方法，不让敌人溜到东边去；今天揪住它，明天再揍它。这个任务，你们觉得怎么样啊？"

"没说的，首长下命令吧！"张英麟英雄般地提出要求。

"战士们盼的就是这一着，这就好啦！"董秋田轻轻地松了一口气。

刘昆眨着两只眼，根本没有表示意见。在上级面前，他历来是有一说一，痛痛快快的，那么，今天究竟是为了什么呢？

"身体不舒服吗？刘昆！"营长都被他弄得莫名其妙了。

"首长，我从来没害过病啊！"

"你到底闷着头想什么？"

"没什么，首长！我是在想，六连打成这个样子，还能不能参加出击？"

"原来为这个，"营长禁不住哈哈大笑起来："青年人，还是沉不住气。团首长知道你们守得很苦，特别指示我，把这次出击的任务还交给你。"

"唔，噢！"刘昆撒开两手，乐得像个孩子。

"不要太兴奋，刘昆。今天偷袭三七〇，敌人不会没有准备，任务是很艰巨的。马上算一算，你们最多能够集结多大兵力？"

刘昆和两个排长一起，迅速地、一个个地把全连的人员点点名，向营长报告说：

"全连干部战士，包括轻伤不影响战斗力的在内，一共二十一名。如果发个号召的话，估计还有三四个伤势较重的会要求参加。"

"很不少。你们把兵力好好组织起来，夜间使用，至少抵得半个连呐！"

"我们可以去组织队伍啦？"刘昆说着站了起来。

"坐下，我的话还没说完。现在是五点二十分，五连一个排就来接替你们的阵地。教导员亲自带了来。你们的准备时间还很充裕，现在就计划计划，要从最坏处着想，懂吧？"营长的眼光移到董秋田身上，继续说："昨天你们的战斗小组打得不坏，大大减轻了正面的压力；配合行动，就要这样打。今晚上一定要干好，这是我们对整个战役的重要贡献。"

刘昆燃着一支烟，静静地吸了两口，竟破例对营长说：

"首长，我们的兵力很够用，就是火力，火力比过去差多了。"

"我知道你会提出这个问题，应该提出这个问题。偷袭需要火力，没有火力是不行的。我已经下了命令，给你们配备两挺重机枪。三门迫击炮也给你们；十八发炮弹，今晚上一下打光。当然，靠这点儿炮弹解决不了问题，给战士们助助威吧，你们考虑，由谁带上去呀？"

张英麟正考虑应不应该提个要求，刘昆抢先说话了：

"组织两个梯队，董秋田带一梯队，如果偷袭得手，坚决继续突破；张英麟带第二梯队，支援他，向纵深发展。我，和董秋田在一起吧。"

"不要性急，以后有的是好仗打。董秋田带一梯队，张英麟带二梯队，都可以。你，和我一起，找个机动位置。我们是偷袭，要应付各种不同的情况。"

"首长今晚上也去?"

"当然,我也是个战士啊!"营长笑着站起来:"六连是夜间动作的老手,你们去,我当然是很放心的。不过,这些天战士们守得很苦,容易冲动,一冲动,偷袭就会走样子。所以,我想到前边看看去。刘昆,进攻时候,更要沉着、冷静,这个道理,我想你是懂的。好,你们在这儿好好商量商量,我去看看战士们,两天没见,真想他们啦!"

*

刘昆交出阵地,又把几天来敌人的进攻道路、炮火集中点、经常注意的方向,以及我们火力配置、工事构筑、运动路线等等情况,详详细细地向五连长作了介绍;然后,点着一支烟,轻轻松松地从这个生活了十来天的掩蔽部中走了出来。

掩蔽部中原来挤满了人,那股强烈的热气,熏得刘昆直发晕,现在被冷风一吹,接连打两个寒噤,浑身轻飘飘的,就像卸下了一副千斤的重担。苦战八天,总算开花结果了。这几天的压力不谓不重,伤亡不能算轻,但六连硬着头皮撑下来,完成了狙击的任务,杀伤了上千的敌人,保住了钢铁连的光荣称号。现在马上就要出击。大显身手的时刻,终于以自己的艰苦努力拿到了。

"小张,跑步下命令,全体集合。"

"首长,早集合好啦!别是要出击吧?"

"谁说的?正副排长吗?"

"都没说,不说也看得出来!今天交出阵地,一定是要出击啦,六连从来没有撤退过呀。"

"好，算你们想对了。跑步告诉张排长，立刻把队伍整理好。"

明净的月光下，队伍排得整整齐齐。论人数不足一个排，有些人头上还缠着手巾或绷带。连队已经残破了，但那种雄赳赳的精神、并吞山河的气概，依然不减六连的英雄本色。

"同志们，累吗？"刘昆笑眯眯地大声问道。

"不累！"巨雷一样的声音。

"对，志愿军不说累，你们听见谁叫过苦啊！同志们，我告诉你们，我们坚守的任务基本上完成了。前天我向大家说过，上级两次表扬了我们，加上今天这一回，一共是三回。同志们，九天工夫，上级表扬了三回，上级看得起我们。今天特别要我们担任第一次出击的任务，大家想想，能够完成任务吗？"

"坚决完成任务！"又是巨雷一样的声音。

"好哇！现在就准备。营长说过：六连是夜间动作的老手，现在大家可以显显身手啦！上级看得起我们，我们不能给上级丢人。懂吗？"

"懂啦！"更大更响的振奋人心的声音。

开过动员会，大家立时七手八脚地忙起来。一切不必携带的东西都存在后面，一切能够发出声响的东西都作了处理，一切武器都进行了详细的检查，一切联络信号都订得清清楚楚的……然后，有的背靠着背，有的找到个避风的地方，静悄悄地进入战斗前的假睡状态。

范康躺在冰凉的地上，翻来覆去睡不着。他自认为是夜间动作的老内行，今晚上很想露一手。一个人挺在那里，时间过得太慢，伤口又隐隐地痛起来。"哼，找这个罪受！"老头子嘟嘟囔囔骂了一声，悄悄地爬起来，想找董秋田拉拉闲话。

"副排长，副排长。"

董秋田没吱声。范康凑上去一看，董秋田睁着两只大眼，根本没有睡着。

"副排长，今天真正要出击啦！"范康继续满腔热情地说。

"唔。"董秋田依然躺着不动。

"今晚上干好了，天明继续攻击，少说也前进它十里八里的。"

"噢。"董秋田还是冰冷冷的。

"秋田，说真的，你看今晚上到底该硬打，该软打？"

"歇歇好不好？啰啰嗦嗦的！"

范康从来没有碰过这种钉子，脑子一热，也不管什么上级下级，就气呼呼地嚷起来：

"怎么，吃了鸟枪药，跟我摆架子啦？"

董秋田看事不好，连忙爬起来，伸手拉住他：

"老范，不能多心啊！我是心里烦得慌。"

"心里烦，正该跟我说说呀！"范康的气还没有平下去。

"好吧，说说就说说，悄悄地，别吵醒人家。"

范康盘着他的伤腿，坐在地上，摆出一种能够解决任何问题的样子，大刺刺地说：

"什么事，说吧！"

"其实也没有什么，就是想起薛家礼来啦！"

"薛家礼？牺牲了，想有什么用？打仗就要有伤亡，这么婆婆妈妈的，还像个战士的样子？"范康沉默一会儿，接着轻轻叹息一声："可也难说，就是我，一时一刻也没有忘记他。放不下呀！这孩子要活着，遇上这个好机会，更要鬼子的好看啦！"

董秋田万没想到一下会惹出范康这一车话，而且他的声音越来越高，简直是演说起来了。

"老班长，别吵，咱们睡不着，人家睡得着。"

"吵什么！看看鬼子办的这些坏事，想想薛家礼这样的孩子，谁睡得着？他们不过是不吭声罢了。"

几句话把大家逗起来，有人躺着问："副排长，薛家礼的功到底批下来没有？"有些人不声不响地蹭过来，把董秋田和范康围了一圈。真是都没睡着。

董秋田估计大家是不能睡了，看看表，也到了出发的时间，索性亮开嗓子，对大家说：

"同志们，大家想想，我们抗美援朝，为的是什么？"

"这还用说，保家卫国，给朝鲜人民报仇啊！"

"还要加一条：给我们的薛家礼报仇。他为祖国、为朝鲜人民牺牲了，那么英勇，那么壮烈。我们要学习他，好好学习他。大家记住这一条，出发！"

队伍拉到三七〇北山的棱线下，营长、连长已经把二梯队布置好了。刘昆领着董秋田爬到山顶上，指看前方一片黑糊糊的小树说：

"那是你们的冲锋出发地，现在还有一个多钟头，尽可以慢慢爬过去。敌人一定很注意那个地方。你告诉大家，一定要小心、沉着、隐蔽，绝对不许暴露目标。"

董秋田带着一梯队，紧紧贴着地皮，利用每一块石头、每一个土丘、每一堆积雪，一寸一寸地向前移动。谁都知道这是整个战斗

254

成败的关键：在敌人眼皮底下活动，只要踩动一块石头，发出一点响声，马上就会招来一顿机枪，甚至引起全营计划的失败。

"吃，吃吃——"一长串曳光弹擦着董秋田的屁股飞过去，在他前后左右，留下一片红闪闪的光。他隐隐约约听到后面有人艰难地哼了两声，接着又平静了。但敌人的机枪继续向他的左右两翼胡乱打着。

"发现目标啦？"素以沉着著称的董秋田也有些心慌了。他竭力定一定神，抬头看看敌人的弹道，扭转身凑着一个战士的耳朵说："悄悄向后传，敌人没有发现目标，这是给他们的人壮胆子的。利用机枪的噪音，迅速隐蔽前进。"

敌人停停打打，打打停停，一直闹到十二点钟。第一梯队有一个战士牺牲了，但主力安全地进入了冲锋出发地。

凌晨一时，一切都已准备就绪。冲锋出发地附近是一片寂静，静得能够听到人们的紧张的呼吸。敌人的阵地上黑黢黢的，没有人声，没有火光，就像一潭死水一样。我们的阵地上，机枪手扣住扳机，迫击炮手撑着炮弹，营长盯着手表，他身边的两个司号员举起亮锃锃的号筒。

一时十分，刘昆看看营长，营长点点头，对机枪射手说："开枪，指示射击！"

曳光弹像一条条红色的火箭，撕破阴冷的夜空，向敌人阵地中央飞去。迫击炮带着尖锐的嘶声，在敌人阵地上掀起一团团血红的火焰。雄伟的冲锋号震响着远近的山谷……

董秋田带领队伍插到敌人阵地中间，敌人正在慌慌张张来回乱跑；他们完全被这种突然的打击搞乱了。董秋田想到历次成功的夜袭经验，向当面的敌人抛出两颗手榴弹，炸开一条路，坚决丢下前沿的敌人，不顾一切地向纵深插进去。但敌人的兵力比原来的估计多得多，他们慢慢清醒过来，左右一夹，立刻把我们的第一梯队淹没了。董秋田冲过两道壕沟，回头看看，并没有人跟上来。后面喊声连天，火光闪闪，战友们和敌人搅到一起，扭成一团，偷袭发生了被完全阻遏的危险。

这情况顿时把董秋田急出一身冷汗。战斗如果持续下去，敌人的后续部队如果增援上来……他简直不敢想下去了。"支援他们！"但这短兵相接的时候，既不能使用冲锋枪，又不能使用手榴弹。"索性搞个乱七八糟。拼啦！"他咬咬牙，把冲锋枪背在身上，掏出两颗手榴弹，翻过身，冲着那些戴钢盔的美国兵没头没脑地打过去。

敌人被董秋田的狂热的攻击搞得蒙头转向，混乱的阵地更加混乱了。战士们趁着这个机会，稍稍向后退让几步，连连喊叫："副排长，快闪开！"看着他跳进侧面的交通沟中，立时摆开一线的阵势，用手榴弹、卡宾枪、步枪……平推上来。

董秋田爬出交通沟去追赶部队，一眨眼的工夫，已经掉到后面了。他摘下冲锋枪，连跳带跑地赶上去。跑着跑着，前面一声巨响，震得耳朵直叫，猛抬头，一团烈火迎面扑来，沉重地压到他的身上。

"董秋田！负伤啦？"董秋田恍惚听到连长的声音，睁眼一看，果然是他：满脸是汗，没戴帽子，头上冒着热气。

"连长，二梯队上来啦？快组织追击。我躺一会儿就好了。"

"卫生员，马上把副排长背下去！"

刘昆和董秋田握握手，提起驳壳枪，追部队去了。卫生员张开两臂，来抱董秋田。董秋田轻轻推开他的手。

"这是连长的命令！"

"我知道，我自己能走，用不着。快去，赶连长去。"

卫生员站着不肯去。董秋田心里着急，但回头一想，这也不能怨他，于是就来讲道理：

"连长下的命令，自然该叫你背，可是我自己能走啊！快去追击敌人，要好好照顾首长啊。"

卫生员走了。董秋田歪在地上，听着枪声越来越远，心里是说不出的轻松、愉快和惬意……约摸过了几十分钟，董秋田被猛烈的排炮声震醒了，立刻鼓起全身精力，一跃而起，想追赶部队去。这时一颗炮弹在附近爆炸开来，明亮耀眼的火光中，闪出一个高大的熟悉的人影子。营长赶到了。

"通讯员，马上告诉六连长，立刻撤退。我的指挥位置就在这里。"

董秋田不顾一切地扑上去，恳求说：

"首长，这阵地已经占领了……"

"我知道"营长继续盯着前方，平静地说："不过，今天的任务已经完成了。今天牵住敌人，明天就有仗打。噢，听说你负伤啦，立刻下去；执行命令，我看着你下去！"

十二日

拂晓时分，天气骤变，纷纷扬扬，降下一天大雪。西北风狂怒地吼叫着。大风雪把弹坑填平，把硝烟吹散，战争的气息，一时也被它冲淡了。

老战士都记得，在大战斗的前夕，常常碰上坏天气：夏季的大雷雨，冬季的大风雪，春秋两季的风沙……坏天气当然要给我们增添不少的麻烦，但同时会给我们带来更多的方便。我们和任何敌人比，都更加吃得苦、耐得劳，所以我们不怕坏天气。一九五一年年初的朝鲜前线，敌机活动还十分猖狂，志愿军除了直接的战斗行动以外，一般不愿在白天活动；现在遇到这样的大风雪，情形就完全不同了。公路上，小路上，山头和山坡上，到处是披着雪衣的忙碌人群：运输弹药给养的后勤部队，送信、架线的通讯人员，匆匆忙忙地调动部队的战斗连队，为着各种各样的战时勤务而穿梭般来来往往的参谋、战士们……所有的人都这样忙，但在四九七高地附近，最忙的也许要算营长王继光和教导员张文奎了。他们半点钟走八九里路，赶到团指挥所，开了二十分钟内容丰富、情节紧张的会，现在又用同样的速度跑了回来。

"真热，衣裳都湿透了。"教导员身体不好，右腿又是残废，走这种路很吃力。

"热！我的手可冻僵了。团长给的好烟，来一支吧！"

两个人点着烟，深深地吸了几口；看看四周的景物，实在痛快、惬意、舒畅。

"这雪下得真妙，像这样下到天黑，什么都能准备好。"王继光伸出红肿的手，指着匆匆赶过他们的十几个背着被覆线的电话员说："看这些小伙子，棉袄都脱了。"

"北方发亮，一时半会儿晴不了。老王，你估计刘昆今天吃得下吧？"

"敌人退回三七〇，固守四九七，单靠刘昆正面突破，恐怕不大容易。不过，这时候，吃得下也要吃，吃不下也要吃，结果怎么样，这就要看你们了。"

教导员看着遥远的南方，重新陷入愉快的深思中。西北风卷着花瓣大的雪片，瀑布般向前方飞去。南方的山峦被云雾罩住，照出一层层淡灰的影子，迷迷茫茫，深不可测。今天晚上，他就要带着四、五两连，到这些没有去过的新地方——敌人的后方去打仗了。情况变得好快，两三天前，我们还在自己的阵地上，一个排、一个班、一个组地艰苦防御；现在，眼望着敌人的阵地，全师、全军马上要开始一个巨大规模的进攻。全线的出击！他的团在全师的最前边，他的营在全团的最前边，而他自己，恰恰担负了率领两个连穿插迂回敌人的任务。十几天来，他把大部分时间、精力消磨在五连的山头上，绞尽脑汁，磨破嘴唇，说服那些急不可待、要求出击的干部和战士们；现在，只要他向他们说一句："打出去，快！"一切问题，看来都能迎刃而解，办得妥妥当当的了……

"一个人想什么？教导员！"

"还不是出击的事情！五连憋得直跳，四连刚回来，劲头一定也很足。我想他们会干得很好的。"

"就是这样，前后一夹。"王继光两手比成一个圆圈，笑着说："不过，正像团长说的，今天是出敌不意，新打法：正面的打配合，穿插的打主攻。所以，还是那句话，结果怎么样，就看你们啦！"

教导员今天特别兴奋，听了营长的话，竟破例地嘻嘻笑着说：

"那就让三个连来个竞赛吧！至于咱们两个人，这好说，不是我请你，就是你请我，左右是美国人办东道吧！"

两个人一直笑到掩蔽部的门口。教导员蹚开半尺深的大雪，第一个走进掩蔽部，急问电话员：

"四连赶到没有？"

"一点钟以前就赶到了。四连长来过两次电话，说，首长回来，马上告诉他。现在我就打电话。"

"先给各连通一次话，记下来：昨天，一月十一日，东线兄弟部队解放横城，歼敌一个整师，正在继续扩张战果。这个消息马上下达。再告诉各连，赶作反击准备，连长到营部集合。复述一遍吧！"

······

刘昆受领了正面突破的任务，又欢喜、又焦急。喜的是上级看得起六连，在长期坚守之后，又把这么重要的任务交给了它。今天全线出击，在协同动作中，你看着我，我看着你：每个连都想争取英雄连，每个班都要打成英雄班，每个人都要做个英雄好汉。六连开始就得到这个巩固和发扬已有荣誉的机会，他这处处要强的人，自然是高兴的。不过，战争毕竟是战争，在具体计算兵力的时候，他很快发现竟是这样力不从心，难于施展，以致突然产生了一种少有的忐忑不安的感觉。过去，在几次大战斗的前夕，也碰到过类似的情形，他总是不声不响、不慌不忙，自己跑到最紧要的地方，把许多几乎是不可能的事情办到了。今天，他又这样想来想去，凭着全军浩大的声势，依靠六连现有的骨干，自己像过去一样跑到最前边，这小小的四九七，总会拿得下来的······

下午五点钟，按照上级指定的时刻，刘昆高高兴兴地带着队伍出发。加上机枪连新补充来的人，六连又凑足了一个排的兵力。小队伍这样精干，静悄悄地流向前方，在灰白的雪地上留下一条又长又仄的痕迹。前方不断传来零乱的枪声，一场激烈的战斗，一步步

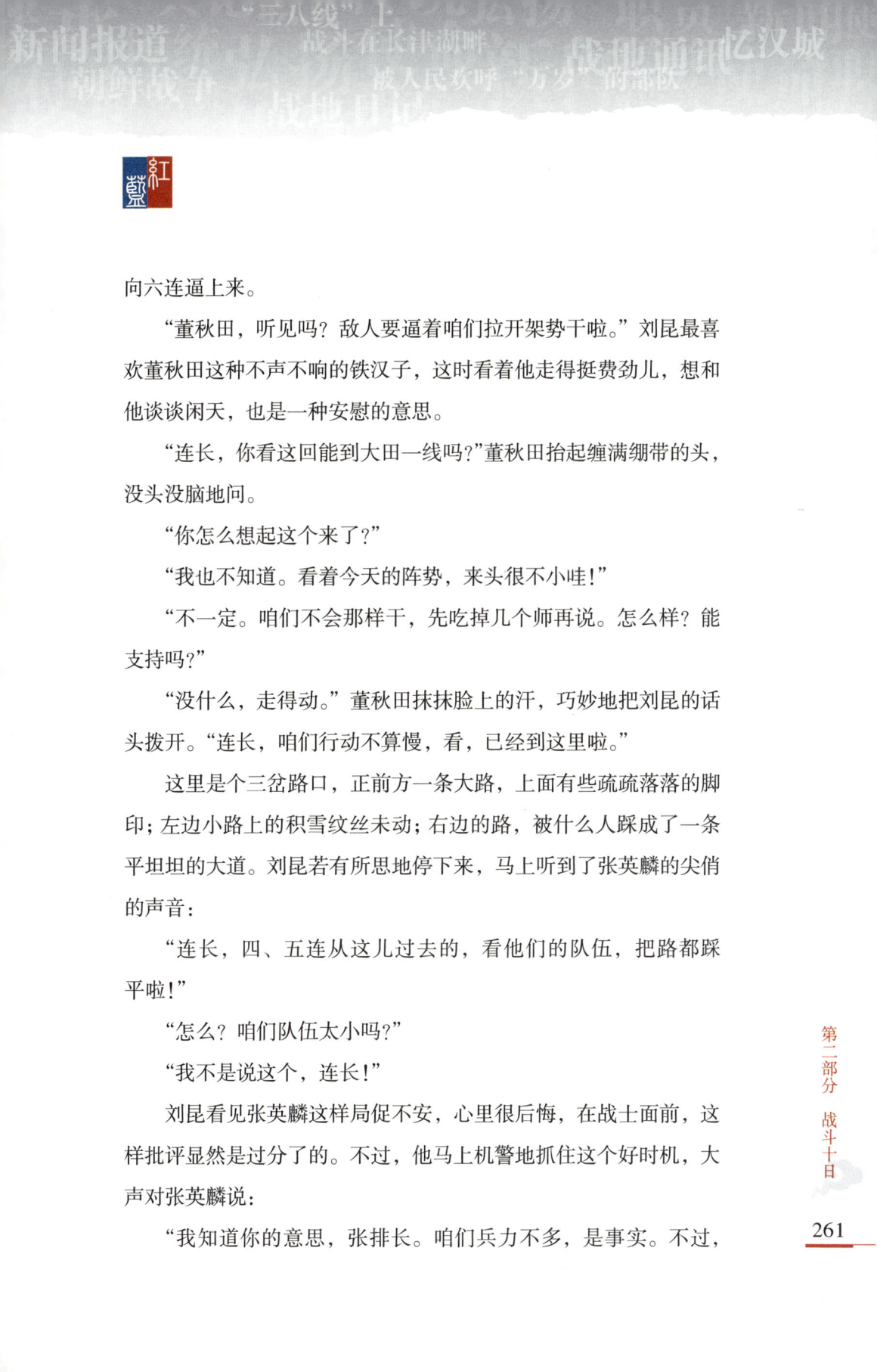

向六连逼上来。

"董秋田，听见吗？敌人要逼着咱们拉开架势干啦。"刘昆最喜欢董秋田这种不声不响的铁汉子，这时看着他走得挺费劲儿，想和他谈谈闲天，也是一种安慰的意思。

"连长，你看这回能到大田一线吗？"董秋田抬起缠满绷带的头，没头没脑地问。

"你怎么想起这个来了？"

"我也不知道。看着今天的阵势，来头很不小哇！"

"不一定。咱们不会那样干，先吃掉几个师再说。怎么样？能支持吗？"

"没什么，走得动。"董秋田抹抹脸上的汗，巧妙地把刘昆的话头拨开。"连长，咱们行动不算慢，看，已经到这里啦。"

这里是个三岔路口，正前方一条大路，上面有些疏疏落落的脚印；左边小路上的积雪纹丝未动；右边的路，被什么人踩成了一条平坦坦的大道。刘昆若有所思地停下来，马上听到了张英麟的尖俏的声音：

"连长，四、五连从这儿过去的，看他们的队伍，把路都踩平啦！"

"怎么？咱们队伍太小吗？"

"我不是说这个，连长！"

刘昆看见张英麟这样局促不安，心里很后悔，在战士面前，这样批评显然是过分了的。不过，他马上机警地抓住这个好时机，大声对张英麟说：

"我知道你的意思，张排长。咱们兵力不多，是事实。不过，兵力虽然不多，照样要打胜仗，你们以为怎么样啊？"

"对，照样要打胜仗。"战士们昂着头，大声应和着说。

刘昆说了几句战士们的知心话，一下把大家内心深处的英雄主义的烈火挑动起来。这时他最后的一点顾虑完全消失，笑眯眯地指着正前方说：

"看，营长赶到我们前面去了。快上去抓住敌人，当心它溜掉了。"

情况的发展，完全不出刘昆的预料，正面刚刚开始行动，就被狡猾的敌人发觉了。无数照明弹飞到空中，在地上映出万点金星，针一样扎进人们的眼睛。这里的工事原来是半永久性的：两边的山坡被切断了，断面泼了许多冷水，结成又光又硬的冰凌，松鼠都难爬上去；中间一条仄狭的路，路口伏着一座钢筋水泥的大地堡；地堡前面，有几道机关枪织成的火墙。敌人依托着险要的地形和强固的工事，顽强地抵抗着。

四个战士分两批去爆破地堡，都被敌人打倒了。攻击被迫停滞下来。奇袭变成了最不干脆、最不痛快的对峙战。这时候，左右两翼早打响了，从敌我双方的枪声判断，可以知道友军正在缓缓地向前推进。但在这里，进不能进，退不能退，看着敌人抓不到；而且，敌人压下来的危险也隐隐地出现了。

"原地挖掘卧射掩体，当心敌人冲下来。"刘昆愤愤地告诉两边的战士，继续目不转睛地观察敌人。地堡中至少有一挺重机枪，两三挺轻机枪，一色的曳光弹毫不停歇地打着。想从正面冲上去，看来是不可能的了。

"淌过多少大江大海，怕你这个小沟沟！"刘昆从来是不肯认输

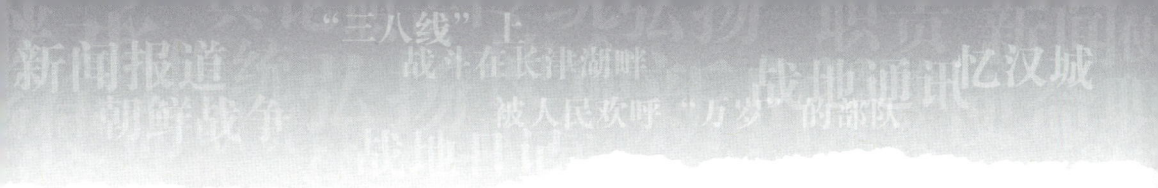

的。现在听着附近友军的胜利的枪声，心中越来越急躁，转过头来，对张英麟说："再派个小组到两边看看！"

"都找遍了，上不去。"

"带脚扎子（用粗铁丝编成的一种防滑的工具，套在鞋底上，便于攀登光滑、陡削的山坡）没有？"

"脚扎子也不管事，太滑了。连长，来两门平射炮有多好。"

刘昆鼻子里哼了一声，继续观察前面的可恶的地堡。敌人的火力丝毫没有减弱的迹象。正在无法可想的时候，偶一回头，看见营长带着个通讯员，亲自爬到最前边来了。刘昆沉重的心更加沉重，两眼直瞪着说：

"首长放心，我们吃得下！"

"不容易吧！硬碰硬——说说你们的办法。"

"办法都用过了，只能继续爆破。"

"兵力够用吗？"营长看看四周的情形，轻轻地问。

"兵力还够用，多了也展不开。营长，继续爆破吧？"

"看看再说。"营长慢慢抬起头来，一串曳光弹马上擦着耳根飞过去了。他把姿势放低，用眼前的雪堆成一堵矮矮的掩体，中间留下一个缺口，再用白毛巾包住头，伸出去，细细看了好几遍。正面接近确实困难，但看看两边，绝对没有第二条路。

"刘昆，看见吗？敌人估计我们不能从正面接近，我们出敌不意，硬要从这里上。在两翼摆两挺机枪，吸引敌人的火力，不惜一切代价，坚决由正面爆破。知道吗？这边打不动，会影响四连五连的计划。"

我们的机枪狂热地叫起来，还没有压倒敌人的火力，但正面确实松动了些。刘昆绰起一条爆破筒，身子一躬，就要冲上去。

"你想干什么？"营长严峻地问。

"首长，去过四个战士，都被打倒了。"

"你已经说过了。我还没有撤你的职，你还是连长，不是战士！"王继光很少发这样大的火，对于刘昆，这些天更是没有批评过。但在当前这种紧要关头，刘昆竟然不顾一切，企图一拼了事，在他看来，这无论如何是不可原谅的。他真想再重重地说他几句，只是想到现在不是那种时候，才勉强住了口。

营长的话一字一句打到董秋田的心中，使他难过到了极点。他觉得营长不是批评连长，简直是在批评他，而他从来没有受过这样的批评啊！"我们没有搞好，让上级受批评了。排长，你替我拿一拿吧！"他递给张英麟一个小纸包，推倒前面的雪掩体，绰起一条爆破筒，头也不回地径直向地堡爬上去。

从出发地到地堡，不过两三百公尺，但在这样严密的敌火下向前运动，却像没有尽头似的。冰冷的雪从衣领、袖口、棉袄缝里钻进来。在前边，飞蝗般的子弹"吃吃"地叫；在后边，连长不断喊着："打，打，掩护他！"董秋田仿佛看到全连的人都在瞅着自己，而这种力量，绝不是任何火力所能挡得住的。虽然如此，他还是尽可能地压低姿势，用爆破筒推着面前的雪，一寸寸地慢慢移动。出发时候，他早已下了牺牲的决心，但压在身上的沉重的担子，却逼着他不得吝惜时间，必须这样沉着、小心、谨慎。

现在面前还有二三十公尺，再有一两分钟，他的爆破筒就能从枪孔中塞进地堡里了。他想抢过这点时间，向前紧爬几步，因为用力过猛，臀部高耸起来，两条大腿同时中了几颗子弹，由于上下失掉平衡，下部猛然一沉，不自觉地扬起两手，"吃吃"几声，右臂又被机枪打着了……

董秋田苏醒过来，想继续前进，但浑身软绵绵的，一步、半步都移动不得。我们的机枪弹继续从他的身边掠过，在地堡上冒出一片火星，敌人暂时放松了他，又去专门对付我们的机枪。这里暂时变成火力的"死角"，给他留下一个喘气的机会。

"你以为老子死了，可是我还活着。"董秋田定一定神，向地堡狠狠地瞪了两眼，用嘴咬开导火索，扬起左手，尽全身气力投出爆破筒。一阵大云雾罩住他的眼睛，仔细看看，曳光弹继续从地堡中飞出来，爆破筒没有打到，失败了。董秋田无可奈何地长叹一声，颓然倒在被鲜血染红的雪地上。

六连继续派人爆破，还是没有成功。"难道四九七真的打不下了吗?"刘昆的呼吸快要停止了，头脑快要炸裂了，以致最初听到敌人阵地后方的狂风般的机关枪和手榴弹声，一时还不敢相信自己的耳朵。但这毕竟是真实的事情，友军赶到了他们的前面。今天，大出击的决定性的时刻，他没有来得及援助担任穿插任务的友军，却停在这里，把友军的支援等来了。

"大家准备好，教导员他们上来了。"营长看着手表，轻轻地说。

"张英麟，让大家准备，随我来。"正前面连续发出三颗信号弹，一颗红的，两颗绿的，光芒夺目，好看极了。就在这时候，地堡里的敌人显然开始慌乱了，机枪叫得不再像刚才那样起劲，弹道也随着升高了。刘昆抓紧这一时机，快步抢在前面，其余的人紧紧跟着，排成一个楔形，渗进敌人的阵地。刘昆首先扑到地堡跟前，从正面的枪孔中塞进一颗手雷，然后绕过地堡，向敌人纵深直插下去。不久，在混乱的阵地上，听到了营长的清清朗朗的声音：

"刘昆，记住联络记号，不要发生误会。赶快占领东边那个小岗子，把敌人卡住，不让一个跑掉。我在这儿等教导员。"

刘昆领着两挺机枪，飞快地占住营长指定的小山岗，然后命令张英麟带领所有的步兵，潜入山岗底下，迎接友军，夹击敌人。约莫过了半点多钟，枪声渐渐逼近，四、五连从右翼压下来。敌人被夹在灰白的雪地上，如搬家的蚂蚁一般，一步步挨到山岗前面。

"听命令再开枪。"刘昆趴在地上，抓着两把雪，紧盯住下面的山沟。今天晚间蓄积的满腔怒火，就要泻在当面敌人的身上。这时，四、五连已经控制了对面的山梁，两边的机枪交叉射击，两边的突击队同时冲上去，火光闪闪，杀声震天，二营打成了一个出色的歼灭战。

刘昆没有等到战斗结束，就领着机枪下到沟里来了。在山沟转弯处，迎面碰上一支队伍：一色的暗绿军装，臂上缠着雪白的联络记号，队伍前面走着个精力充沛的小个子，手提着一条驳壳枪。刘昆早发现这是自己人，连忙凑上去，"呀"的一声，抱住前边那个人：

"老焦，是你们？帮了大忙啦！四连赶得好快。教导员在哪里呀？"

"领着五连在北边的山梁上，已经和营长联络上了。教导员见你们不发信号，知道被火力压住了，我们机动了一下子。正好，你们卡住了这边。队伍呢？"

刘昆往旁边一让，把两个射手、一个弹药手、一个通讯员闪到前边：

"这是我的火力。还有一个步兵班，一排长带着迎接你们，还没回来呢。"

四连长焦景文笑着走到四个战士的跟前。机枪手见是友军的首长，恭恭敬敬行了军礼。他们的衣服完全被打湿了，磨破了。冷风吹动着棉衣上露出的棉絮，抖抖擞擞，衬上他们这些岩石般壮健的身躯，越加显示出他们的雄劲、英武、刚硬。焦景文拍拍一个射手的肩膀，说声："好样的，小伙子。"然后回过头去，向他的战士喊道：

"同志们，看，六连的英雄，在这里等我们呢！"

四连的战士围上来，把枪套在脖子上，举起六连的四个战士，抛到空中，接在手里；人们尽情地欢呼、鼓掌，在冰雪满地的山沟中引起一片长远而又深沉的回声。

从胜利的会师开起来的联欢会还没有结束，营部通讯员就带来了营长、教导员的命令：四连继续前进，配合五连夺取四八五高地。刘昆集结六连的兵力，在四九七停留待命。刘昆这时连俘虏都顾不上，更别说缴获了。他一面命令通讯员调回张英麟，一面紧紧握住焦景文的手，说声："再见，祝四连胜利"。便把头一甩，三步并作两步，急急赶回自己的新阵地来。

敌人正在逃跑，友军还没有追上他们，四周除了间或传来的零星的冷枪声，竟异样地沉寂起来了。新雪在脚下发出"吱吱喳喳"的愉快的声音。这时刘昆心中只有一个董秋田，希望他还活着，以便把刚才的情形详详细细告诉给他。现在他已经爬上了四九七的南山坡，先看见一个背着药囊的卫生员，卫生员旁边坐着董秋田。

"你还没有下去呀！"刘昆抢上去抱住他。

董秋田轻轻缩回右臂，直起身子，吞吞吐吐地问：

"连长，怎么样，敌人跑了吗？"

"一个没跑。要跑了，我还能回来这么早！告诉你，我们堵在这边，四、五连上来得又挺快，一下子，干干净净、利利落落，全部给歼灭了！"

董秋田点点头，没有再说什么。刘昆轻轻抚着他的背，一时也没想出合适的话。卫生员看着两个人这种样子，也不好再催董秋田了，三个人就这样沉默起来了。这时候，在东方，隐隐传来一阵阵春雷般的沉重的声音，断断续续，时大时小，在左边的山头上来回滚动。这是我们的大炮，东线兄弟部队的全面进攻开始了。董秋田好像比别人都要敏感些，立刻小声对刘昆说：

"连长，扶我一下，站起来听听。"

刘昆扶起董秋田，眺望被星星的微光照得如同茫茫大海的东方。那声音，比起最初时候，更加清楚，更加洪亮。董秋田苦笑一声，自言自语地说：

"大进攻，大进攻，可惜我不能参加了。"

"董秋田，受了点伤，就悲观了吗？"

"不！"董秋田愤愤地摇摇头，"咱们没有悲观过，我说的是这一次。"

"这就好。听够了吧！这儿太冷，卫生员，把副排长背下去。董秋田，你要安心休养，不要着急，下一次，我在前线上等你。"

（新文艺出版社，1954 年）

第三部分

李庄朝鲜战地日记

新闻报道
朝鲜战争
"三八线"上
战斗 在长津湖畔
被人民欢呼"万岁"的部队
战地日记
战地通讯忆汉城

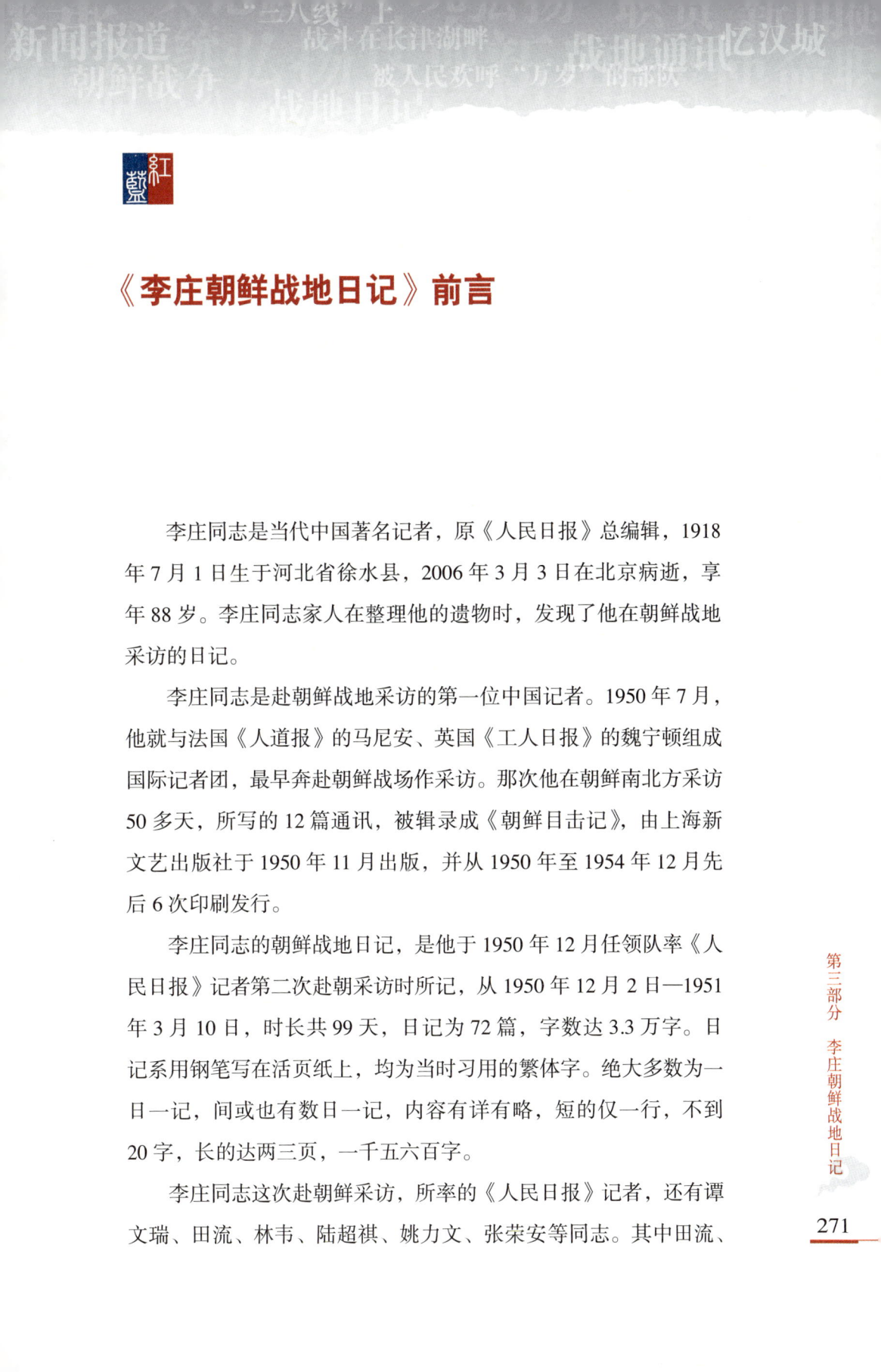

《李庄朝鲜战地日记》前言

　　李庄同志是当代中国著名记者，原《人民日报》总编辑，1918年7月1日生于河北省徐水县，2006年3月3日在北京病逝，享年88岁。李庄同志家人在整理他的遗物时，发现了他在朝鲜战地采访的日记。

　　李庄同志是赴朝鲜战地采访的第一位中国记者。1950年7月，他就与法国《人道报》的马尼安、英国《工人日报》的魏宁顿组成国际记者团，最早奔赴朝鲜战场作采访。那次他在朝鲜南北方采访50多天，所写的12篇通讯，被辑录成《朝鲜目击记》，由上海新文艺出版社于1950年11月出版，并从1950年至1954年12月先后6次印刷发行。

　　李庄同志的朝鲜战地日记，是他于1950年12月任领队率《人民日报》记者第二次赴朝采访时所记，从1950年12月2日—1951年3月10日，时长共99天，日记为72篇，字数达3.3万字。日记系用钢笔写在活页纸上，均为当时习用的繁体字。绝大多数为一日一记，间或也有数日一记，内容有详有略，短的仅一行，不到20字，长的达两三页，一千五六百字。

　　李庄同志这次赴朝鲜采访，所率的《人民日报》记者，还有谭文瑞、田流、林韦、陆超祺、姚力文、张荣安等同志。其中田流、林韦、张荣安同志已先后作古。日记中多次提到的郑律成、欧阳山尊、魏巍、安娥、白艾和新华社的很多同志，都是当时同在朝鲜采访、采风的记者和作家。李庄同志脍炙人口的通讯名篇——《被人们欢呼"万岁"的部队》及《"皇家重坦克营"的覆灭》等，就是在这次采访中创作的。

李庄同志的这份日记，不仅从未发表，而且从未示人。这些带有鲜明历史印记和真实现场感的文字，可从一个侧面反映 55 年前朝鲜战场的情境，也可体味到他采写《被人们欢呼"万岁"的部队》的采访状况、写作环境、主题提炼的凝思、谋篇布局的构想，具有很高的历史价值。为此，本社获得独家授权，全文发表这份日记。除对个别笔误作了校正外，内容和文字未作任何改动。

（宁夏人民出版社，2007 年）

新闻报道
朝鲜战争
"三八线"上
战斗在长津湖畔
战地日记
被人民欢呼"万岁"的部队
战地通讯 忆汉城

作者采访路线

北京 ➡ 过鸭绿江 ➡ 定州
➡ 清川江 ➡ 大同江桥 ➡ 开城
➡ 临津江 ➡ 平壤 ➡ 汉城

这页至今世人已琢磨不透的地形图在整个日记首页，它拨开历史的尘埃，引领我们走进那段战火纷飞的日子……

山河笔
——李庄朝鲜战地报道

李庄朝鲜战地日记

一九五〇年十二月

我怀着一种悲壮、惜别的复杂的心情，向我们的首都告别。我在汽笛声作、车已徐行的时候，看见培蓝眼睛上一层明晰的泪光。

二　日

下午一时，车离北京东站，培蓝（系李庄夫人赵培蓝同志——编者注）及安岗、友唐等同志送行。离别本来是不好受的，但是，为了抗美援朝，说不得许多了。我怀着一种悲壮、惜别的复杂的心情，向我们的首都告别。我在汽笛声作、车已徐行的时候，看见培蓝眼睛上一层明晰的泪光。我在《美丽的河山　勇敢的人民》一文中，曾经写过朝鲜母亲及妻子的泪光。这种泪光，在北京又看到了。在我"凯旋"的时候，培蓝也会"破涕为笑"吧。

三　日

上午九时余到沈阳，住一小小旅馆，真正是个小旅馆，肮脏、嘈杂、狭窄、昏暗。房间用木板隔着，隔壁不断传来唱京戏和打闹的声音。卖烧鸡、纸烟的小贩和算卦先生，不断跑到房间里来。

下午看到甘主任的韩秘书，他是一个热情、负责的人。他的一切，从让茶到谈情况，都给人以一种亲切的感觉。夜里会到甘主任，诚恳、热情、爽朗，给我以深刻的印象。他说：主要的困难是交通困难。我们的汽车，被美机打坏甚多，运输颇为不便。他认为我们应该先在鸭绿江两岸搞一时期，然后看情况，再到前边去。回来，和所有人员开会，大家都同意此做法。田（指人民日报的田流——编者注）意比较偏重在江北，林（指人民日报的林韦——编者注）意马上到前边。再三研究，还是先在两岸搞。因为，早些把一批有把握的东西搞回家去，是最重要的。

新闻报道
朝鲜战争

"三八线"上
战斗在长津湖畔
被人民欢呼"万岁"的部队

战地通讯 忆汉城
战地日记

四　日

上午买睡袋及护膝。

下午又去政治部。天很冷,许多同志脱下棉衣,大劈木柴。房子里剥剥毕毕地响,人们在炒豆荚、黄豆,以磨炒面,香气扑鼻。战士手中面,经过长途跋涉,到达勇士口里,好不容易。

持政治部信到后勤部谈路线,由一位姓孙的秘书接待。此公傲慢、无知,好像我们要向他借钱一样,过去很少见这种人。

明日我们可以走了。

五　日

上午七时余从沈阳出发,先在梅河口换车,后在通化换车。翌日上午二时半到临江。

到通化,已经看见战时景象,防空加强了。卖小食的铺子的窗口上,都用黑布罩着。火车、汽车上的灯,用铁罩罩着。有许多防空沟或防空坑。

在火车上,看到一个朝鲜青年,已参军了,十八岁,开原人,姓许。他家有六口人,父、母、兄、嫂、侄子和他。父母来中国已二十余年,土改中分了十二亩水田,今年收了 30 多石粮食(每斗 27 斤)。他说,朝鲜在东北的民族中的青年,几乎都参军了。"参军后家庭生活困难么?"他说:"这就说不得了,不把这个战争打胜,我们一切都没有。"一个通化地委青年部的同志,和他坐在一起。这位同志做过半年朝鲜民族工作,会说一些朝鲜话。两人谈得很好,挤在一起,说说笑笑,唱朝鲜战歌,说朝鲜语言。许很想买到一个口琴。他说，朝鲜人都很爱音乐。像这种情景，很像是一个民族、两个弟兄。

在通化，我们到一个小饭铺吃饭，还喝了些酒。房子低得要压住头，简陋而肮脏。客人有的站着，有的坐着，匆匆地来，匆匆地走。房外冷得鼻孔发胀，房内蒸气如烟，颇有"鸡声茅店月，人迹板桥霜"之感。

在临江，车停了，车头喘息着，车身上罩着一层厚厚的白霜。站台上挤满了人，穿军服的、穿制服的、穿农民服装的。大家都与战争有些关系。一片喧嚣，到处喊人，紧张地走来走去，谁也不知道对方到底要干些什么，但又都明了对方的目的。一切都在流动、变化，为自己的任务而着急。一切都是纷乱与不规则的，似乎随时都可能发生一些偶然的事件，使你高兴，或使你焦急。

六　日

找二分部，找了半天始找到。到二分部政治部宣传科，科中一伙青年，有北京的学生和年青的工作人员，都是抗美援朝，志愿来此的。这些同志热情、积极而愉快，他们似乎是没有忧虑的。将来可以写写他们。

和政治部刘主任谈半小时。这位中年的老干部，以他具体、朴素而又深刻、正确的分析，使我大为惊服了。他说：1. 朝鲜人民对志愿军，是由恐惧到爱护。甲午之战，清兵在朝，纪律甚坏，给予朝鲜人民深刻的印象。恨日本人，同时恐惧中国兵。我们的军纪，取得朝鲜人民无限的信任与爱戴，甚至超过人民军。2. 我们的战士，把一切仇恨集中于敌人，无饭吃、受冻……都是敌人给的。"和他拼命"，这是一个好题目。3.朝鲜人民看到我们部队自己带一切东西去打仗，英勇牺牲，至为感动。有人说："中国志愿军，只呼吸我们的空气，喝我们的冷水。"在佳山洞，志愿军烧了柴给钱，无论如何不要，坚持给，哭了。"我们这里柴多，从来烧些柴是不要钱的。"他们"没有看见过这样的军队"，自动助我挖防空洞，打扫未被敌人炸坏的房子。

晚间研究工作，决定先在临江搞几天，再去辑安。

生活；思想；材料；技巧。多想想就行了。

七　日

昨夜有空袭警报，我们都躲出去。地上铺满白雪，天空是灰沉沉的。人们纷乱地在院子里走来走去。积雪在脚下难过地吱吱作响，浅薄的防空沟中，阴湿、寒冷而黑暗，似站似坐，难过异常。待了两分钟，我就耐不住了，慢慢地走到外面来。空气似乎都凝冻了，远处传来爆炸声。夜里遇到空袭，会感到特别恐怖，看不见的敌人，有较大较多的威胁力量。敌机并未来，爆炸声是由于一辆拉炮弹的汽车着了火。

到伤兵医院访问，医院二所设在一个火柴厂中，三所设在临江中学里，一所到前方去了。我志愿部队渡江以来，此所已收转伤员三千余名。战争损失真大，伤员伙食中常，有些人面色苍白，有些人的气色还好。人们或坐或卧，有的谈笑，有的呻吟，卫生员跑来跑去，宣传员拿着报纸，大声向伤员报告胜利消息。空气是严肃的，使你几乎感到一种压迫。美国人打伤我们这么多人，他们已到清偿血债的时候了。

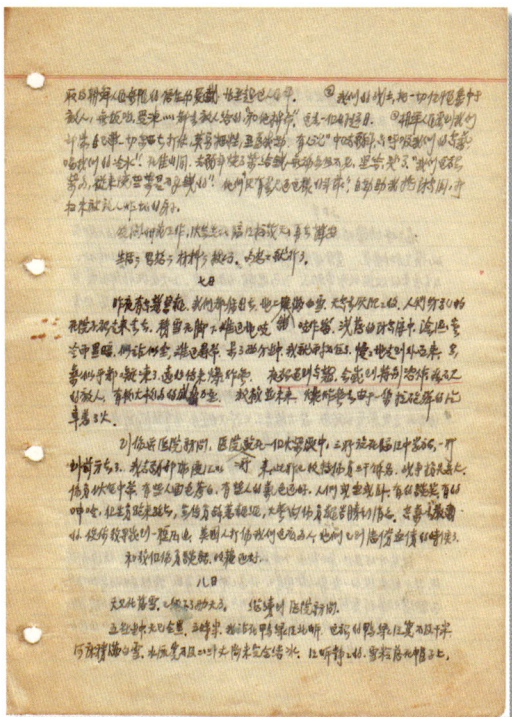

和几个伤员谈话，收获还好。

八　日

天又在落雪，已经下了两天了。继续到医院访问。

五点钟，天已全黑。五时半，我站在鸭绿江北岸，这里的鸭绿江宽不及千米，河床积满白雪，水流宽不及二三十丈，尚未完全结冰。江岸静静的，雪粒落在帽子上，沙沙作响。天空灰白，一层雾状的空气缓缓地浮动，不远的山峦被空气遮住了，淹没在灰色的海中。在远处空中，浮来几朵红黄色的火光，像蜗牛一样地移动。寒冷的气流颤动着，我们木然地注视着远方，那是我们的汽车回来了——英勇辛勤的勇士们。

十九日

清晨四时从临江出发回北京。24 日返抵沈阳。

三十日

晨六时从沈阳出发。也算是一列专车，都是到前方去的。几乎所有的人都在玩扑克和睡觉。黄昏时车过鸭绿江。大桥被炸毁数处，现在都已修好。只是原来的双轨改成单轨了。江面浩瀚，水平无波。上次我从朝鲜回国，新义州一片漆黑，安东是灯火辉煌。现

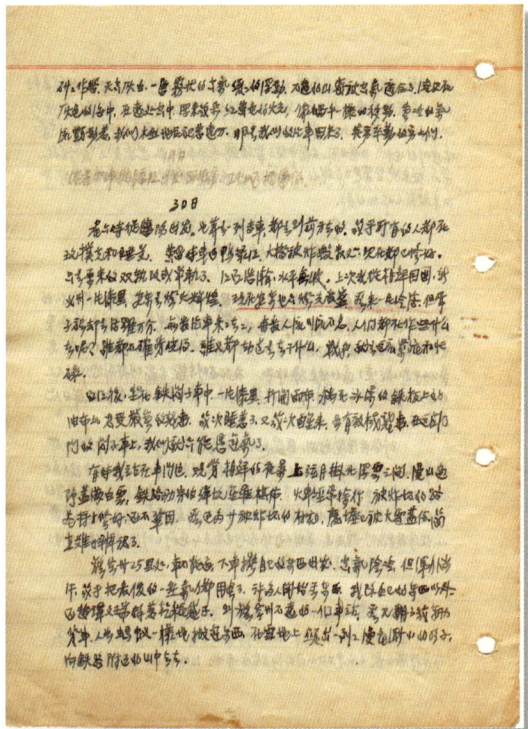

山河笔——李庄朝鲜战地报道

在安东也只灯光数盏，看来一片冷落。但骨子里却是活跃万分，无数汽车来来去去，无数人流川流不息，人们都在做些什么去呢？谁都不确实晓得，谁又都知道是去干什么。战争，就是这么紧张和忙碌。

过江后，坐在铁闷子车中，一片漆黑。打开雨布，躺在冰凉的铁板上的油布上，忍受严寒的袭击。几次睡着了，又几次醒来。如有敌机袭击，在这关了门的铁闷子车上，我们就只能凭运气了。

有时我站在车门边，观赏朝鲜的夜景。上弦月挂在浮云之间，漫山遍野盖满白云，铁路两旁的弹坑星罗棋布，火车经常徐行，被炸坏的路基将才修好，还不巩固。看过多少被炸坏的村庄，废墟已被大雪盖住，简直难以辨认了。

离定州25里处，车不能通，下车携自己的东西出发。空气阴冷，但浑身淌汗，几乎把最后的一点气力都用尽了。许多人开始丢东西。我除自己的东西以外，还替谭文瑞拿着干粮袋子。到离定州不远的一个车站，看见翻了几辆货车，人如蚂蚁一样地搬运东西，在雪地上显出一列列漫长渺小的影子，向铁路附近的山中走去。

我们只能暂时宿营。在公路附近的一个约百十户人家的村子里，看到一些不多的弹坑，没有鸡鸣犬吠，门前的厚雪上连一些足迹都没有，它好像已经"死亡"了。

过此村，又过一庄，到一个几户人家的小村住下。中间的村庄住着我国几百民工，已有月余，他们和朝鲜农民混得很熟，竟像家人一般。

我们四个人挤在这个小屋里，才安顿好，天就亮了。

我躺下，脱了衣服，想我的蓝现在还没有起床吧！你睡得一定很暖和，而且是在北京，在挂着我的相片的房子里。现在是三十一日了，是除夕，我如也在家中，和你一起，该有如何好啊！而我现在是在朝鲜荒村中的小屋里，在离开你数千里外的远方啊！抗美援朝。可恶的美国。

三十一日

飞机来了两次，听说共七架，我简直没有怕它，你响你的，我睡我的。

下午二时才起床，吃小米饭、白菜和饼干、牛肉，有多好啊！也算可笑。

蓝：你在北京，此时做些什么呢？

人们都走不动了，怪话横生。

李庄朝鲜战地日记

一九五一年一月

过了荒凉的积雪的三八线，路边房子，或毁或空，这里是无人区，南北长约二十里。李承晚强迫三八线上的居民移开，企图造成人民军进军的困难。许多家园就这样被破毁了……

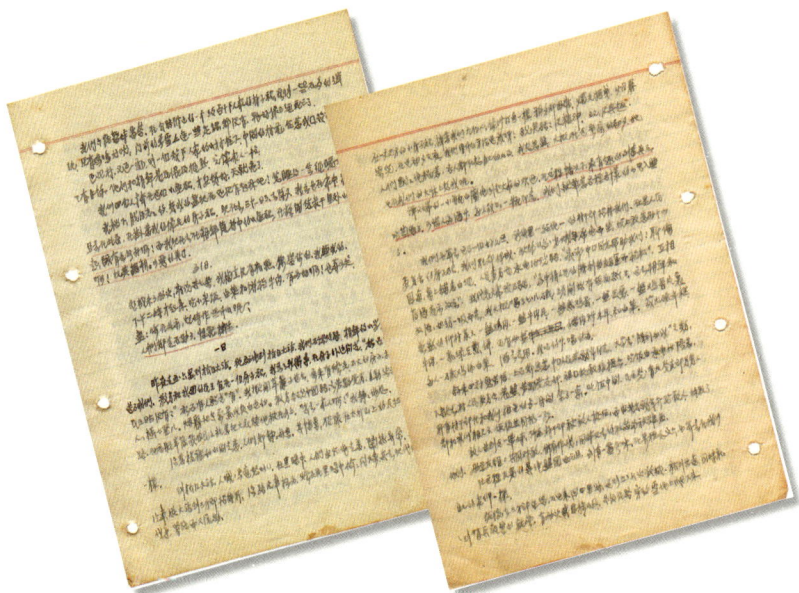

一　日

昨夜走五六里，到松江大站。从驻地到松江大站，我们不认识路，朝鲜的小学教员送了我们。教员和我国的民工住在一个房子里，我为了找向导，在房子外边问道："里边有中国民工同志没有？"里面有人说是"有"。我掀开草帘子进去，原来有灯光，不大的房子，挤满了人，横七竖八。烟雾把空气熏成灰白色的。教员会说中国话，是劳动党员，自动给我们带路。他衣服单薄，几个民工抢着把大衣替他披在身上。"真是一家人啊！"我静静地想。

沿着复杂的小道走着，人们都静静无言。其情景，很像在太行山上的反扫荡时一样。

到松江大站，人喊，马达怒吼。在黑暗中，人们匆忙地走着，

山河笔
——李庄朝鲜战地报道

新闻报道
朝鲜战争
"三八线"上
战斗在长津湖畔
被人民欢呼"万岁"的部队
战地通讯忆汉城
战地日记

热闹异常。坐着汽车,从大站到三分部招待所,沿路汽车极多,灯光在黑暗中偷偷闪烁,真是现代化的战争,紧张而又流动。

在一丈见方的小房子里,挤着我们九个人,像沙丁鱼一样,翻身都困难。烛光摇曳,烟雾缭绕,在这除夕之夜,我们用什么方法送岁呀!说笑话,没精神。玩,没兴趣。人们默默地躺着,各人都在想自己的心事。我想着蓝,大概在这寒冷的除夕,她也在我们的大床上想我呢。

谭文瑞的一小瓶白兰地引起大家的欢迎。在这种情况下,最有趣的事情莫如吃苦酒了。可惜人多酒少,每人几口,一瓶即尽,我们就带着各种各样的心思入睡了。

我们也算是过了一个好元旦。新兴里驻地的村干部招待我们。在里人民委员会的房子里,我们和郑律成、欧阳山尊、安娥等席地而坐,炕上放着两个小圆桌,桌上铺着白纸。人民委员长承龟汝说话,"感谢中国同志帮助我们!聊备薄酒表示敬意。"我代表大家说了话,"为中朝人民的胜利与友谊而干杯。"互相敬酒,必须一饮而尽。我大概喝了七八碗,头开始有些发热了。这是朝鲜最丰盛的乡村菜了,一盘鸡肉,一盘牛肉片,一盘煮鸡蛋,一盘豆腐,一盘鸡蛋片裹牛肉,一盘绿豆煎饼,还有两盘猪肉炒木耳和白菜,几大碗年糕,每人一碗鸡汤白菜。酒是尽用。我吃得少,喝得多。

拿来四封慰劳信,上面都写着中国人民志愿军同志,大字是"胜利必成"之类,下款是村人民委员会、农盟、劳动党支部、祖国抗敌后援会。吃饭由承龟汝陪着,所有村干部在和我们相连的另一房间坐了一桌。吃饭中间,民主党、青友党支部负责人都和我们相见了,饭后并同摄一影。

敌人进到这一带时，许多村干部被敌人捉住，而由我志愿军打跑敌人，解放了他们。两重友谊：共同对敌，并肩作战，同时又是解放者与被难者。

在这种友爱的异地盟国过元旦，别有一番风味。在某种意义上，也算是在我们自己的家乡一样。

饭后去三分部联络，不过来回四里路，遇到五六次敌机，听到马达声，同时听到哨兵报警的枪声。有两次我因躲不及，只得在路旁的雪地上趴下来。

下午，我看到七架我方的喷气式飞机。大地盖满了雪，一片白，天空万里无云，蔚蓝中盖着一层薄的白纱，空气清新而透明。我先看到三条整齐的白线，接着又出现四条，弧形，缓缓地移动。在白线的前面，有一个小小的晶亮的白点，在我们头上画了个抛物线式的圆圈，叫着向南方飞去了。好久，我还看到白色的长尾巴，听着那种可爱的马达的吼鸣。

我看到我们自己的飞机了。

夜里出发。等了好久，组织不好，浪费时间。在定州南边，因为联系中断又回到原地。汽车真多，一列列，一群群。冷坏了我，浑身如浸入冰中，膝盖失去知觉。冷风如刀，围在脸上的手巾都冻冰了。好冷的天气。

夜里飞机常来，炸弹及机枪声常响，真是讨厌死人。

二 日

白天在一个小山庄隐蔽，住在一个火车司机家里。主人待我们极好，烧水，送给我们烤白薯和煮栗子。栗子较我国者为大，味极甘美。我们送给房东一些工业品，如火柴、纸烟、肥皂之类。

我们睡在一个不动烟火的小房子里，下部冻得发麻。因困极，还算睡着了。

六时出发。公路及两旁雪大而不化，一片灰白，山上的苍松发出沉重的寒气。星斗满天而有一层薄雾。过清川江时，遇到许多敌机，敌机似乎是在封锁此江，不断发出照明弹。江中木桥在汽车下喳喳发响。河滩上一片空旷，几堆谷草熊熊燃烧，大概是被炸弹烧着了。听一同志说，在我们过此江前一小时，有一部汽车被敌机轰炸中了。在这种空旷开阔而简单的地形上遇到敌机，是最讨厌的事。因此，我们采取了果断的办法，任敌机在天空哼哼，我们闭了车灯，加速度前进，彼此听不到、看不到，却也相安无事。

沿路村庄，弹痕累累。朝鲜的城市完了，工业完了，许多乡村也完了。恢复起来当很吃力。

三 日

晨五时在离清川江约二十里的小山庄休息。因此庄离公路极近，白天绝不出门。在这种流动的行军过程中，住在一个地方，除吃饭睡觉外，无其他事情可做。而除了这两件事情，也就没有其他事情可做了。终日冷食，以带冰碴的饼干充饥。

朝鲜天气极冷，积雪完全不化，有半尺厚，走起路来吱吱作响。

夜间天气晴明，高旷苍蓝的天空中，挂满数不清的星斗。银河微白，状似跳动。我看着三颗星星的牛郎，以及河彼岸的织女。仄仄的一条河隔住这一对情人，不宽的鸭绿江也把我与培蓝分在

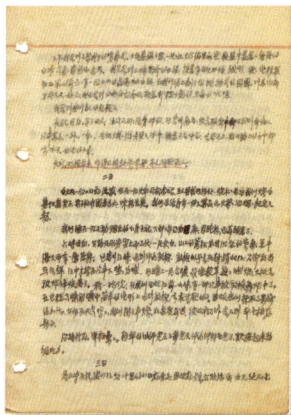

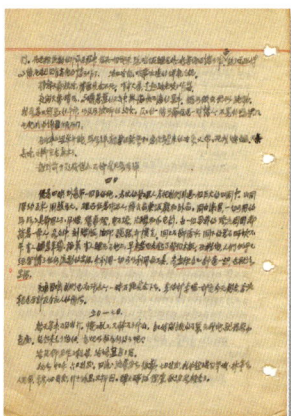

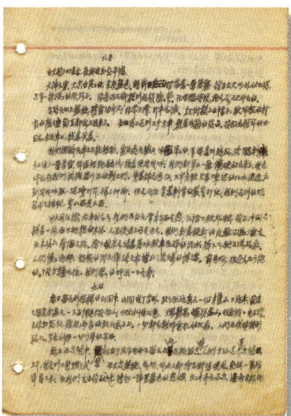

两国。

在汽车上经常打盹，照明弹、报警的枪声和急促袭来的冷风，又常常把我唤醒。天气真冷，手脚完全麻木了。

越到前方敌机越多，不断看见照明弹。

四　日

凌晨四时，到达第一个目的地。志政的管理人员把我们引进一个巨大的山洞中。山洞深约百米，洞腹甚大。里面住着许多人，办公室兼饭厅和卧室。洞内漆黑，一切可用的照明工具都用上了：洋蜡、煤气灯、电石灯、汽灯和手电筒。每一个昏黄的灯光周围，都挤着一群人，看文件、刻蜡版、油印、谈话、打扑克。洞上不断滴水，洞下的岩石坎坷不平。有人铺着草袋、稻草，有人睡在石地上，早来者还支起了几个木板。在战地，人们似乎已经习惯了任何流动的生活，会利用一切可以利用的工具，尽量使自己舒适一些。这就是生活。

交通困难，我们这么许多人，一时不能完全下去。宣传部李唯一部长今天开会，商议报道方针及分配人的办法。

新闻报道
朝鲜战争
"三八线"上
战斗在长津湖畔
被人民欢呼"万岁"的部队
战地通讯
忆汉城

五—七日

整天等车，不及成行。慌慌乱乱，又干不了什么。自己时间抓得不紧，在战地就很容易荒废。想起来是可怕的，长此以往如何得了呢？

给范（指人民日报的范长江同志——整理者注）邓（指人民日报的邓拓同志——整理者注）安（指人民日报的安岗同志——整理者注）作了报告，给培蓝写了信。

力文去 40 军，六日出发。田流、张荣安去后勤，七日出发。我与超祺去汉城。林韦去人民军，原定七日出发，行十余里，又折回。谭文瑞搞俘虏，就要看机会了。

八　日

白天开了小组会，夜间出发赴平壤。

天降大雪，天空白茫茫的，呈灰蓝色。眼前浮荡着一层薄雾，几百公尺以外的山顶，只有一抹淡淡的灰影子。沿途还不断听到飞机隆隆声。在这种时候，它是看不见什么的。

公路在山上盘旋，积雪约半尺，非常光滑，行车甚险。松树戴上白帽子，被炸毁的村庄的废墟简直都看不出来了。在山顶上遇到不少马车，载着成箱的药品。几个志愿军的女同志，坐在车上，说着笑着。

我们拥挤在车上不能转动。雪片飞在脸上，冰凉凉的，有时透到眼里，阴涩刺痛。身上堆了一层厚雪，体温把它融化，接着便结成冰，我们都穿上一层僵硬的衣服。我这时想起我们抢渡清川江的战士们，穿着棉衣过江，下半身被没有冻结的江水湿透，立刻结成

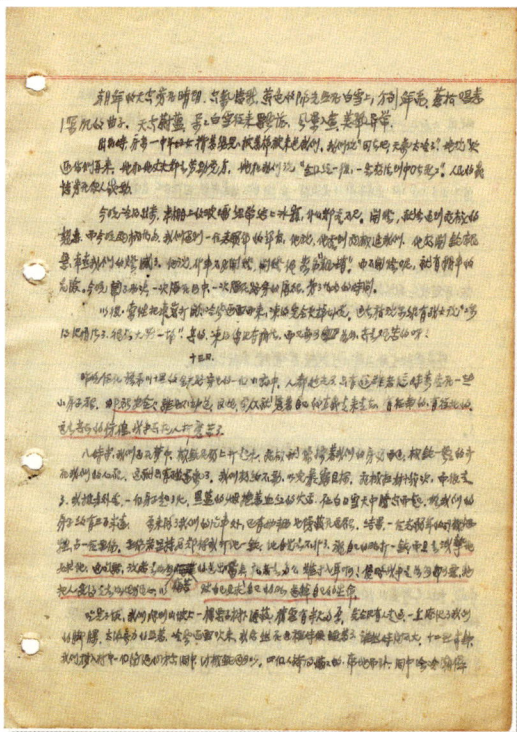

冰板，继续行军，裤子折断。但是还要冒着刺骨的严寒打仗。我们遇到的艰苦与之相较，实小巫见大巫。

过大同江桥，汽车回去了，我们只得再背负东西走过。江桥已被炸毁，几孔中间只铺着一条两三把粗的木头。人要从这上面走过去。我们钉着铁钉的皮鞋沾满了雪，走在木头上，滑溜至极。桥下几米是结着薄冰被车压碎的泥水，掉下去就不堪想象。人们慢慢地爬，飞机的闪光弹给大家增加了急躁的情绪。前进啊，后退是不可能的。十几分钟以后，我们深深地呼出一口长气。

九　日

整日留在刘桂梁的山洞中。山洞成丁字形，放了两张桌子、一个柜子、三张床，简直已经完全满了。一下子拥进十几个人，可说水泄不通。烂苹果、罐头盒子、收音机、电石灯、文件和稿纸杂乱无章地放在桌子上，一切都是战时紊乱的现象。人们在战时特别聪明，学会利用一切可用的东西。

整日在空袭中。警报由于没有电而不响了，只在飞机临空时，人们才知道是有空袭。上午，我看到三架雅克式飞机在天空盘旋，甚低，许多人都伫立街头观看。突然，一丛炸弹落下来，在我们左边几百米处腾起一阵黑蓝色的浓雾。B29升在高空，漫无目标地进行偷袭式的投弹，它是飞在地面上根本看不见的云层中，如何能看到地上的目标呢？盲目轰炸，受难者只有无辜的群众。

在敌人侵据时间，据最低的估计，平壤的爱国者及无辜群众被害达一万五千人。许多是被敌强迫南逃，在大同桥上被敌炸桥时炸死，或过江后被敌机炸死的。平壤解放后，敌机不断轰炸。一月三日，八十四架 B29 把平壤变成火海。平壤被烧了五分之三。我住过的东花园的房子现在变成了一副骨头架子，白雪盖在焦黑的钢骨水泥的残壁上。昨天进平壤时，郑律成同志说"这里是美术学院，它已没有了"，言下不胜唏嘘。我想，用山河破碎这句话形容今天的朝鲜是不够的，不是破碎，而是毁灭了。现在是冰天雪地的严寒时节，被毁灭了一切的母亲和孩子们去哪里住呢？吃什么东西呢？我看到在敌机轰炸下，摆个烟摊，背着孩子，企图赚几个果腹钱的可怜的妇女，我看到在林木萧疏、白雪皑皑的牡丹岭下，一个穿着白色单衣、背着一个婴儿、带着三个都不满五六岁的孩子的母亲，拾几块已烧未尽的木片，在雪地上升起一小团火，冒着微弱的黑烟，这可怜的一群围着她取暖。这位妇女的丈夫被杀了，家中什么都没有了，她还有什么希望呢？有什么指望呢？她看见我穿着中国人民志愿军的制服，她说"我们有苏联和中国"。真的，有这个伟大无敌的力量，再加上朝鲜人民英勇的斗争，朝鲜是会复兴的。

夜间，别人都睡了，我一个人坐在其大如豆的电石灯下。敌机不断来袭，听到两三次如雷的炸弹声。有一次，在我们的住处附近，敌机俯冲下来，空气中响起刺耳的啸声，接着又静寂了。它大概是丢下了定时炸弹，所以一时没有爆炸。

洞中甚冷，寒气不断从门隙中穿入。我连续打起寒噤，浑身发抖。或是万籁俱寂，或是敌机轰炸。而情感深浓的我，此时心绪备极复杂。喝两口酒，吸一支烟，用微温的水抹一把脸，都不可能使我安静下来。看了两遍《我们的春天》，又不想再看。我是困了，现在已是清晨五点钟了。我想起北京，想起爱人和母亲，想起战争的残酷，想起帝国主义的凶暴，想起为斗争而存在的人生，想起我

山河笔
——李庄朝鲜战地报道

们这生活丰富的一代，想起在战地时间的可怕的浪费，想起 20 天来我们没有寄回一篇稿子……

可恨的美国帝国主义者。可以说，美国兵不是人，谁要用人的眼光来看他们，那就错了，他们是牲畜，是机器的奴隶。他们每人拿着许多裸体的女人照片，他们可以接到这样的信，信纸上没有字，是满满的红嘴唇。他们强奸了朝鲜的姑娘、少妇和 50 岁的老婆婆，而要强迫她们签字或捺上手印，说明这种强奸对她们说来是"自愿的"。上面写着："神志清醒，没有被麻醉和被强迫。"他们有效率，坐着汽车打仗，司机都有卡宾枪，高级指挥官都有可供逃跑的直升飞机。而当他们的进攻受到阻击的时候，马上就拍电报给空军，请他们帮助轰炸开路。他们离开火力不能打仗，而他们的空军被称为"空中渔夫"，他们想炸大同江桥，炸了许多次，炸弹都落入江中，把鱼都炸死了。他们的枪多于人，他们可以丢掉所有的武器逃跑。我在这里吃了美国的牛肉罐头，但其中大部分是山药蛋，罐头上面有"免税"的字样，是专门做给军队用的。有人说，这种劣货是专门给死鬼吃的，资本家为什么不喜欢打仗呢？

美国兵都疯狂了，黑人在朝鲜期间四处抢铜饭碗，半斤多重的铜碗，一个人可背好几个。将军们欺骗他们说，朝鲜金子很多，饭碗都是金的，拿一两个，回了国就不必做工，就发财了。黑人无识，所以大抢铜碗。美国人被俘后说，你们可以拿走我的任何东西，但不要拿走我的金碗。

十　日

定时炸弹不断发出如雷的巨响。隔一二十分钟总要有一两次。

我在比较安全的洞子里，每听到这种响声，心就立刻收缩起来：又有多少人被毁灭了。定时炸弹显然是为了杀人民的，它不易提防，且比地雷厉害。

人们被轰炸压抑得喘不过气来，沉重、严肃而又沉默。在大街上，我看见各种各样匆忙走过的人，穿着一切可以找到或侥幸留下的衣服。有些人还穿着粉色的或绿色的罗纱。谁也不知道是什么地方更安全些，但仍毫无目标地往来走动。六七岁的女孩子背着自己两三岁的弟妹，老太太头上顶着沉重的瓦罐或布袋中盛的粮食，老汉披着棉被中的旧絮，拄着拐杖，颠簸而过。公务员穿着薄薄的衣服，单胶鞋，冻得发抖。

夜间，在万籁俱寂之后，我与桂梁、山尊一起搞东西吃。在碎瓦残垣之中，找到一些烧夷弹下剩下的焦木头，在洞中生起一炉大火。煮了一锅大米饭，开一筒猪肉罐头，倒了几碗苦酒，还用辣椒酱、咸菜和酱油拌成一碗酒菜，吃着喝着，漫无边际地谈着。从八点钟谈到清晨五点钟，始蒙头而睡。

十一日

下午三时半起床，天气晴朗，金色的太阳照在白雪皑皑的牡丹岭上，解放塔巍然矗立，在冰冻而清明的空气中，越显得超拔雄伟，象征人民力量之不可摧毁。积雪的林木发出一种紫蓝色的光辉，显得十分静谧。

可以走吗？谁都不晓得。时间，时间，真是浪费得可怕。宣传副相金午星在下午六时招待我们。平壤的国会大厦被炸毁了，破烂不堪。会议就在一个地下室里进行。木柴的烟气熏得人的鼻子发酸。破旧的桌子铺上白纸，点着四支蜡烛，有苹果和朝鲜甜饼，喝冷的甜可可。金午星致欢迎词，并把朝鲜战争中的文化工作情况谈了一遍。我代表客人致答词，最后告别时，相约"釜山、济州岛见面"。朝鲜苹果真好，我吃了四个。

八时出发，汽车真多，中国车、苏联车、朝鲜车都有，而以中国车为多。到处听到中国话，在朝鲜的寒冷的荒村中，给人以到故乡之感。一列无尽头的担架队开往前方，东北老乡们边走边说，还大声笑着。不少朝鲜同志说着不熟练的中国话。中国国际地位之高，在这种情况中最容易体会到。

到处盖着白雪，大部分时间不能开灯。飞机似乎并不太多，但有一架似乎擦着我们的汽车而过。它投下一个东西，可能是定时炸弹，然后就飞走了。住到凤山郡龟岘里，郑律成同志叫老乡的门，说是中国人民志愿军，老乡立刻就把门打开了。

十二日

下午一时起床，飞机已过几次。

朝鲜的天空实在晴朗，空气清新，黄色的阳光照在白雪上，分外鲜亮。苍松唱着深沉的曲子。天空蔚蓝，朵朵白云往来飘荡，风景如画，美丽异常。

出发时，房东一中年妇女背着婴儿、披着棉被来送我们。我们说"回去吧，天气太冷了"。她说"欢迎你们再来"。她和她丈夫都是劳动党员。她和我们说"全国统一后，一定想法到中国去看看"。人民的感情实在使人感动。

今晚冷得出奇，车篷上的玻璃，经常结上冰霜，什么都看不见。开灯，就会遇到敌机的袭击，而今晚飞机甚多，我们遇到一位志愿军的军官，他说，他看到飞机追我们，他想开枪报警，幸喜我们的灯灭了。他说，行车不要开灯，开灯很容易"报销"。而不开灯呢，就有翻车的危险。今晚闹了两次，一次陷在河中，一次陷在路旁的沟里，费了甚多的时间。

以后，索性把车窗打开，冷风迎面而来，冻得完全失掉知觉。过去听说东线有战士说，"冻得没办法了，很想大哭一场"。真的，冻得你没有办法，而又无可奈何，真是艰苦的呀！

十三日

昨晚住在离永川十里的铁路旁边的一个小庄中。人都逃光了，只有避难者临时寄居在一些小房子里。哪里安全？谁也不知道。因此，群众就凭着自己的直觉走来走去，有往南的，有往北的。这是真正的彷徨，战争真把人折磨苦了。

八时半，我们还在梦中，机枪在头上打起来，飞机就像擦着我们的房顶而过，机枪一声声地打在我们的心里，这就只有碰运气了。我们相约不动，以免暴露目标。飞机扫射十几次，而后去了。我披衣外看，一个房子起了火，黑蓝的烟卷着血红的火舌，在白日雪天中腾空而起，离我们的房子约有三百米远。原来除了我们的汽车外，还有两辆也隐蔽在这里。结果，一位志愿军的司机牺牲，另一位重伤。重伤者坚持要郑律成打他一枪，他自觉是不行了。让自己的同志打一枪，而且是诚挚地要求他，这句话，说者是如何痛苦地送出嘴来，听者是多么难于入耳啊！侵略战争是如此可恶，它把人变得竟是如此狠心，以致自己要求自己的同

山河笔
——李庄朝鲜战地报道

志送掉自己的生命。

吃完了饭，我们爬到山坡上一棵栗子树下隐蔽。积雪有半尺多厚，完全没有人走过，一直淹没了我们的脚踝。太阳无力地照着，冷风迎面吹来，我居然在这种时候睡着了，虽然时间不大。12点半钟，我们移入村中一个简陋的防空洞中，防机枪还可以。四个人挤得满满的，席地而卧。洞中阴冷潮湿，我半躺半坐地偎在里边，想闭目一睡，很快的，寒气从背脊中冒出来，迅速传到腿上，麻木，酸困，心都似乎停止跳动了。李权武同志说"这就是生活"。真的，这就是生活，这就是战争。当着我们冷得发麻的时候，敌机不断在上空盘旋，有喷气式，有B29。

人的心情真是奇怪，遇到危险，遇到困难，他可以什么都不想，专心致志地和困难、危险搏斗。因为他要生活。当着困难和危险稍一松弛，思想迅速展开，回忆过去，想望将来，过去总是拣着最有意味的想，将来也总是开创最美妙的。这也是生活，人总是要生活的。

在雪天中记日记，一字一冻，用口中热气把笔化开。

房东老太太有两个儿子、一个女婿参军了。她成天给过往的人民军与志愿军的战士们做饭，所谓成天，就是随到随做，不分昼夜的意思。她说看到人民军与志愿军的战士，立刻就想起了在前方的儿子："打仗是很苦的，希望早打完仗，他早回来。"

十四日

昨夜乘月光走路，不断遇到敌机，因不开灯，敌机也无办法。

过了荒凉的积雪的三八线，路边房子，或毁或空，这里是无人区，南北长约二十里。李承晚强迫三八线上的居民移开，企图造成

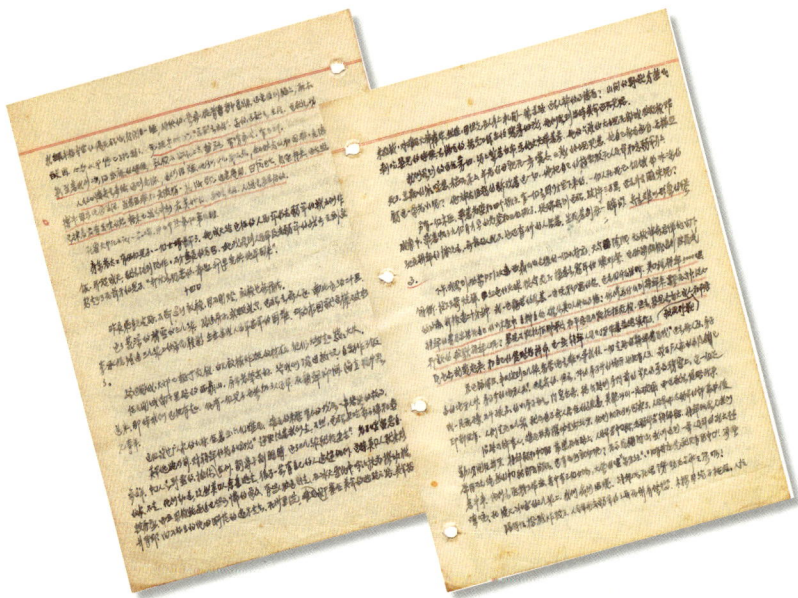

人民军进军的困难。许多家园就这样破毁了。

路过开城，大部已毁于敌机，白天敌机炸毁的村庄，现仍燃起熊熊大火。

住在开城南十里路的西鼎山。房东老汉真好，给我们让出热炕，自动做了饭送来，那时我们还没有起。他有一个儿子也参加了人民军。在朝鲜乡间，简直很少看见青年。

这个十几户人家的小村，住着五六个难民，难民的来历，有力地说明一串悲惨的故事。

美军逃跑以前，对朝鲜的老百姓说，"赶快随着我们走，不然，这里要吃原子弹和毒气弹。中国人是野蛮的，抓住你们，割鼻子，剜眼睛，过了三八线就很安全"。老百姓留恋自己的家，不走。他们知道，既然美国人仓皇逃走，后面一定有自己的人追赶他们。这

山河笔
——李庄朝鲜战地报道

时美国人就来烧毁房屋，而且用机枪逼迫这些可怜的群众。有些人被迫出走，在冰天雪地中，群众扶老携幼，离乡背井，向不知目的地的渺茫的远方走去。在沙里院，几千难民塞住美军的逃跑之路，美军招来飞机，对难民大肆轰炸，然后，用坦克在人身上轧开一条道路，这是人干的事情么？山间的野兽贪婪地剥吃婴儿的时候，是满意的。据虎口余生的裴寡妇说，他们看到当时美军还在笑呢。

我们看到的这位寡妇，头上系着白布，为她丈夫戴着孝。她的六岁的大女儿在开城被敌机炸死了，重病的弟弟哼着，躺在床上，年老的母亲在一旁叹息，三岁的女儿哭着。她自己无衣无食，怎样照顾这一群老小呢？她神情沮丧地诉说着这一切，她把自己的指望放在人民军和志愿军身上。

另有一个木匠，带着老婆和四个孩子，有一个是刚才生下来的。一个人在死亡、饥饿与冰冻的威胁中，带着怀了九个月身孕的老婆和三个孩子，从瑞兴到这里，跋涉三百里，这是什么滋味呢？现在朝鲜的情况是，无数的人死了，也还有不少的人活着，生死差别在一瞬间，真是难以形容的惨事。

下午，我看到两架 P51 攻击西鼎山山包后的一个小村庄。天空阴沉，飞机肆无忌惮地向下俯冲，投下火箭炮弹，红色的火球从空中飞下，接着是震耳的爆炸声。这两架飞机进行波浪式的攻击，前后达 20 分钟。我一边痛苦地看着，一边咬牙切齿地想：这是个什么世界，美国离朝鲜 5000 里，朝鲜的农民生活在自己的小木屋中，自耕自食，碍你美国人什么事情？你们为什么到朝鲜来，飘在空中，随心所欲地杀戮朝鲜人呢？婴儿不能抗拒野兽，和平居民不能抗拒飞机。但是，婴儿会长大成人，杀死野兽，和平居民也会武

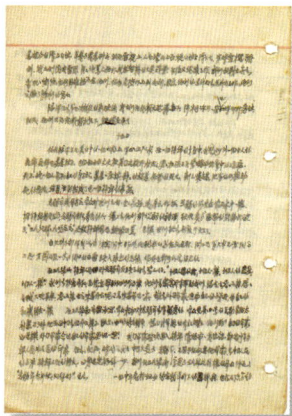

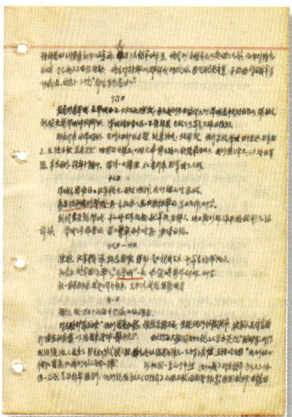

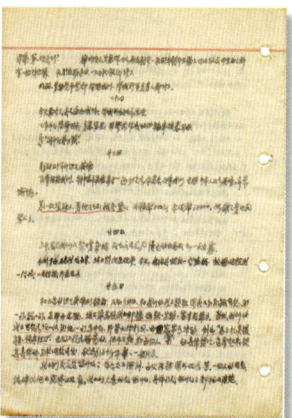

装起来，和侵略者拼命。这一点，朝鲜人民已经做着并继续做了。

为过临津江，车又绕到三八线，宿营地是难以寻找的。一个走路的朝鲜农民说："这是无人区，房子多的地方人少，房子少的地方人多。"这是真的。但是，许多房子少的地方也没有人了。几百户人家的高浪铺已成一片瓦砾，不少孤零零的小房子也是门窗全无。从公路到房门前半尺多厚的积雪上，连一个足印都没有。人们走在三八线上，就如进了无人居住的孤岛。美丽河山一片破碎，而这就是侵略战争。

沿路不断有人，难民扶老携幼走向北方，他们现在可以回家了。人民军和志愿军的部队与后勤人员开往前方。朝鲜话和中国话荡漾在公路上。人民军学中国话，志愿军学朝鲜话。朝鲜同志看到我们，常用不大纯熟的中国话问长问短，这有如何亲切呢？在高浪铺附近，我们遇到一群人民军的战士，赶着牛车，他们是医务工作者，其中有三个女同志，大声地唱《东方红》《没有共产党就没有新中国》。歌声嘹亮，在漫天冰雪的三八线上，我们感到温暖。朝鲜同志在唱赞颂毛主席之歌啊！

新闻报道
朝鲜战争
"三八线"上
战斗在长津湖畔
被人民欢呼"万岁"的部队
战地通讯忆汉城
战地日记

临津江桥被炸毁了。人民军与志愿军的工兵在并肩修桥。木梁用绳子拖住，人拉着轻易地滑上山坡，草袋子装着沙土，放在雪橇上，人也蹬在上面，从山坡上滑下去。有时雪橇翻倒，战士们滚成雪团，狠狠地骂上两句，或者轻松地大笑几声，尔后又继续工作。我们的战士真是乐观、愉快，任何困难挡不住他们，任何危险吓不倒他们。因为，他们知道是为什么工作，他们充满了胜利的信心。

临津江是第三次战役的突破线。战士们在飞机大炮轰击下，涉水过冰河，几小时即行突破。现在，他们又在飞机袭扰之下，恢复交通了。

十五日

住在临津江北丛山中的一个小庄上，有四五户人家，在一个朝鲜的木屋中，我们看到一个女人的尸体，尸体还盖着被子。这个妇女的丈夫被美国飞机射死，婆婆和孩子在惊吓与饥寒中得了重病，死了。她一个人待在自己的房子里，盖着一床棉被，静静地躺着，无声地死去。邻人叹息着，没有任何援助她的办法。结果，世间毁灭了这一个朝鲜的家庭。

志愿军威信真高。群众对我们之好，令人感动。让房子，做饭，照顾得你完全像在家中一样。据朝鲜农民说，志愿军都是善良的人，仅仅是他们那说话的语调，就把美李匪帮的欺骗打破了。《三大纪律、八项注意》，更使朝鲜农民钦佩不已。这样，我们就是无敌于天下了。

白天到了郑律成同志的防空洞中。昨晚他就与山尊住在这里。洞口只有尺半见方，洞高二尺，方圆不及一丈。洞口的白雪映入强烈的光线，做什么都可以看得见的。

在三八线北，朝鲜人民对志愿军反映之好是惊人的。"十个人讲的话，十个人一样。十个人的态度，十个人一样"。我们是秋毫无犯，且尽在帮助他们做事情。他们是倾其所有帮助我们，临走时恋恋不舍，谆谆告诫下次再来。恋恋不舍，这意味着什么呢？意味着军民一家，虽是外国军队，但与自己的子弟兵，与自己的亲戚朋友一样。在三八线南，应该承认，群众最初对志愿军是有顾虑的。群众受美、日、李的反动宣传太厉害，不了解现在的中国是个什么样子，因此，也不了解志愿军。伪国防军整得群众太苦了，他们想，"自己的军队还这样，外国军队会比自己的军队更坏一些"。我国军队几次进入朝鲜，隋炀帝、袁世凯，都给予朝鲜人民以不良的印象。但是，现在，时代不同了，中国大变了。志愿军，不同于任何其他军队，是中国人民的子弟、朝鲜人民的朋友。事实迅速粉碎一切。我们在三八线南，享受了三八线北同样的群众待遇。"志愿军会打仗，纪律好"，这是一个中年农村妇女给志愿军所下的评语。这位不识字的朝鲜农妇的朴素亲切的实感，道出了志愿军的本质。她看到志愿军如何突破三八线，如何对待老百姓，于是她下了这个结论。她是对朝鲜同志郑律成同志说的，因此就更真实。再问她对志愿军有何感想，她想了一下说，"都是有教养的人。"

十六日

凌晨到达汉城。在汉城西区，大火正在燃烧，原来我们在由临津江到汉城途中看到的照明弹，就是敌机夜袭汉城时投掷的。汉城离水原不及一百朝鲜里，这里已可算是火线的后方了。

昨夜行车，非常顺利，遇到大田部的吉普，跟着它走，可不开灯。但行至离汉城四十里处，没有油了，左旋右转，焦急万分。油用得这样光，以致汽车停在路上，欲隐蔽而不可。我们推了半天，人力终归有限，幸喜遇到一朝鲜十轮卡，借到一小桶油，加速行车，到汉城天已明。

十七日

汉城是困难的。没有粮食，缺乏燃料。我们睡在冷屋子里。

寄出《从平壤到汉城》一文。是托朴一禹内务相带的。为日记体，五千字。

敌机昼夜袭汉城。半小时没有敌机，就算很安静了。终日听到炸弹与机枪声，如临前线。汉城已今非昔比，昔日繁华，而今冷落、凄凉得很。

十八—二十日

采访。没有翻译，极为困难。借助智龙成之力，也算是很帮忙了。

托李权武军团长带去《在汉城》一文。与超祺集体创作，五千字。

敌一团进至水原，和我军打起来，大概是武装侦察性质。

二十一日

据说，敌一万五千在海州登陆，不知确否。

对志愿军部队反映"他们态度和蔼，虽然言语不通，但从他们的微笑中，被敌人反动宣传所堵住的感情，一下发出来，恐怖一扫而光了"。西大门区天盘洞六十七号工人金太炎说，"开始有人叫门，我很慌张，人进来了，用手和姿势谈了话，像是我的侄儿回来了，一下子有了感情，互相吃烟。他们的心胸和态度，和我们的人民军一样。"阿仙洞一商人于中然（52岁）过去对志愿军不了解，但一见面，觉得非常和善。"他们捉住敌人（国防军）不但不杀，还发给旅费，送回故乡。这样的军队，第一次看到。"桦川附近戈蓝峰，过去无志愿军，一夜间志愿军住满了，还不知道。而且每人都有一个防空壕，夜间发动进攻，一下子把敌人打垮了。

晚间，劳动党市党部招待我们，汉城所有负责人都到了。

二十二日

今天最冷了。真是滴水成冰，汉城似较北京为冷。

已有市民陆续回来，背负着婴儿，用胶皮做成的两轮车推着东西。

写"朝中亲善万岁"。

二十三日

访问50军打坦克英雄。

民青招待我们，朝中青年英雄集合一起，可说是群英会，只有我们这些中年人不是英雄，异常惭愧。

买了一双线袜子，质地之坏，诚属惊人，北朝币700元，合人民币28000，价钱之贵也够惊人了。

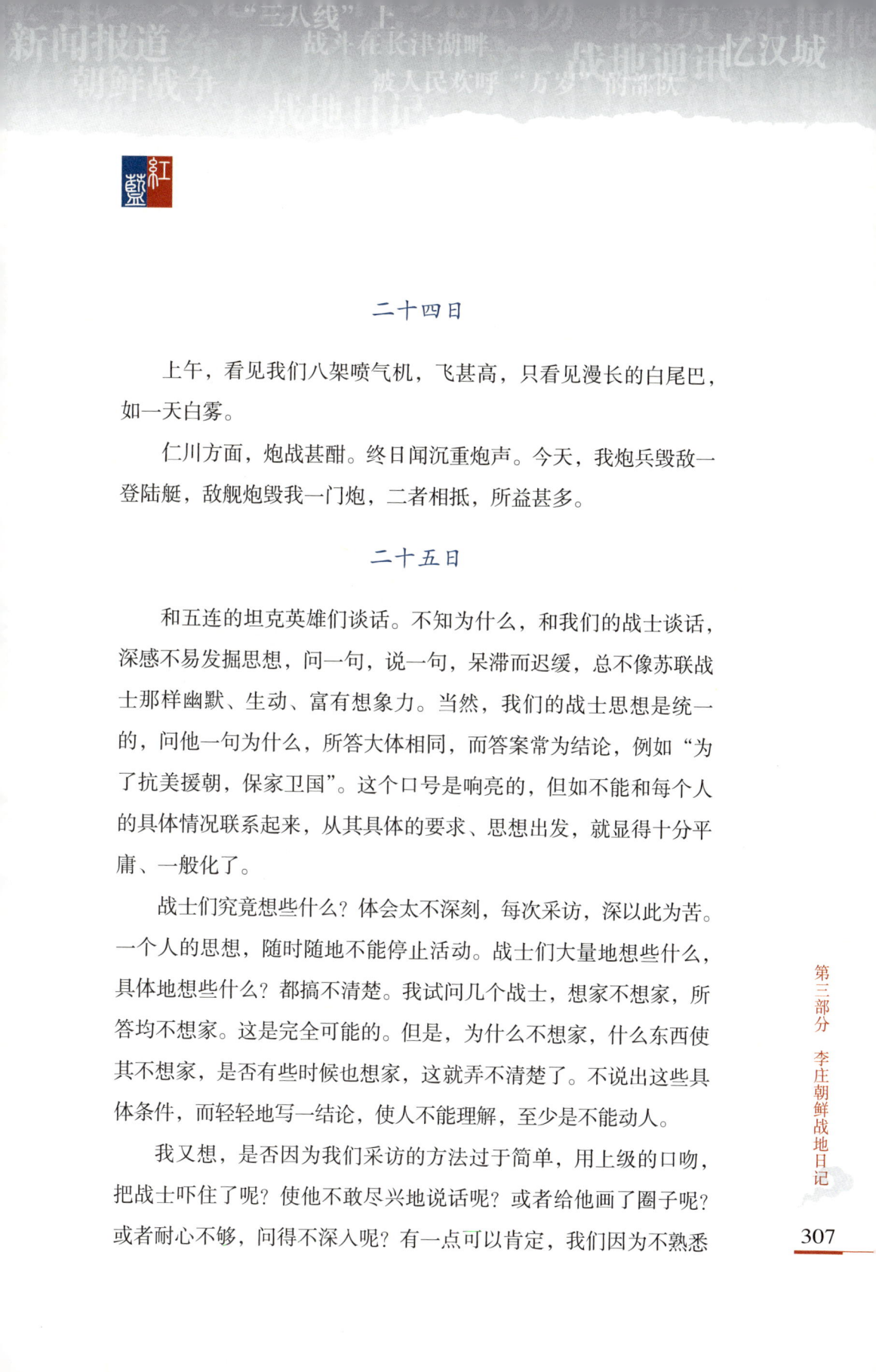

二十四日

上午，看见我们八架喷气机，飞甚高，只看见漫长的白尾巴，如一天白雾。

仁川方面，炮战甚酣。终日闻沉重炮声。今天，我炮兵毁敌一登陆艇，敌舰炮毁我一门炮，二者相抵，所益甚多。

二十五日

和五连的坦克英雄们谈话。不知为什么，和我们的战士谈话，深感不易发掘思想，问一句，说一句，呆滞而迟缓，总不像苏联战士那样幽默、生动、富有想象力。当然，我们的战士思想是统一的，问他一句为什么，所答大体相同，而答案常为结论，例如"为了抗美援朝，保家卫国"。这个口号是响亮的，但如不能和每个人的具体情况联系起来，从其具体的要求、思想出发，就显得十分平庸、一般化了。

战士们究竟想些什么？体会太不深刻，每次采访，深以此为苦。一个人的思想，随时随地不能停止活动。战士们大量地想些什么，具体地想些什么？都搞不清楚。我试问几个战士，想家不想家，所答均不想家。这是完全可能的。但是，为什么不想家，什么东西使其不想家，是否有些时候也想家，这就弄不清楚了。不说出这些具体条件，而轻轻地写一结论，使人不能理解，至少是不能动人。

我又想，是否因为我们采访的方法过于简单，用上级的口吻，把战士吓住了呢？使他不敢尽兴地说话呢？或者给他画了圈子呢？或者耐心不够，问得不深入呢？有一点可以肯定，我们因为不熟悉

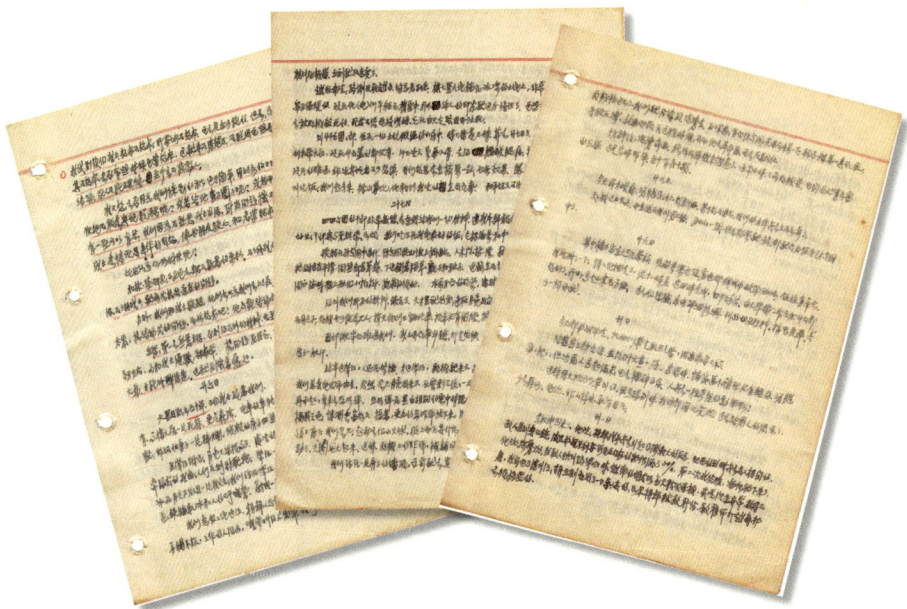

战士生活，所发问题搔不着痒处，因此不能诱导战士尽情说出具体的思想，像与朋友谈心，和老婆话家常一样。

此问题如何解决呢？

和林、陆研究，主要还是生活不熟悉的缘故。不了解战士，所以不知道他们想些什么，如何生活。不了解战士，就无法提出适当的问题。

另外，我们和战士谈话，他们会以为我们是上级，因此拘束，不能畅所欲言。我们问得太笨，提结论式的问题，如你想家吧！他只能结论式地回答"不想家"。

生活，第一是熟悉生活，否则得不到好材料，甚至看见了也等于看不见。第二，改善我们的采访方法，多和战士漫谈、话家常。提问题要注意，提这种问题：我们点出一句，他就要说一大篇，才

山河笔
——李庄朝鲜战地报道

能解释清楚。这就要搔着痒处。

二十六日

天黑出发，去 50 军。三个战士跟着我们。汉城冷冷清清，街上一片黑暗，连个人影子都没有。高楼大厦一片死寂，更是阴森。电车的车轨，都给尘土塞满了。行至车站附近，几乎每房皆毁，炸坏的房子一片稀烂，烧毁的房子四壁朝天。战争真是残酷已极。

至汉江附近，月亮已经很高了，清冷的天空，衬以半圆残月，本甚幽美，但在这敌机经常临空的战地，人们反倒讨厌它。汉江一片灰白，远山近树，都笼罩在乳白色的空气中。坚冰在月光下发出一片微光。我们站在汉江岸上，清清楚楚地看到汽车、火车和人影子在移动，马达、铁轮轧冰和人的呼喊声，蔚成一片紧张的战云。

我们急匆匆地过江，朝鲜人民军正在紧张地架设便桥。凿开冰块，揳入木柱，然后再铺木板。工作的人很多，喊声吵得人发晕。我们起初是漫不经心地走着，后来听到飞机声，立刻就加快速度了。

越往南走，路侧死尸越多，均为老百姓，横七竖八地躺在冰冻的土地上，非常难看。人是需要温暖的，现在他（她）们平躺在积雪中，所以给人的印象就过分强烈了。这些老百姓都是被飞机杀死的。死者不信飞机残酷，竟在白天走路，因而致死。

到 446 团团部，住在一个土炕微温的小房中。时已清晨三时，算是二十七日了。为了走路方便，我们未带大衣，现在什么盖的都没有。汗已冷了，寒气入骨，走得腰酸腿疼，抵抗力几已全失，现在的难过，非经其境者不可想象。我们想着尽量挤紧一点，也无效果。蒙眬两三小时，有人叫吃饭，我们起身来。据山尊说，他听到我冷得直出长气。和平惯了，不如过去能吃苦了。

二十七日

446团的干部非常热情，尽量供给我们一切材料，连战斗详报都让我们看了。打个好仗，干部兴高采烈，常常如此。我们吃了在战地最好的饭，包括海参和中国烧酒。

谈话在防空洞中进行。防空洞从山坡上掘进去，入木门，拐一弯，就是洞了，方圆丈许，洞顶挖得相当平滑，洞壁钉着草袋，下边铺着稻草、毯子和被子。这简直不是防空洞，而是一个小房子。洞口临时种上两个小松树，掩蔽得很好。水原方面的炮声，清晰而沉重地传过来。

得到我们所要的材料，满意了。天才黑就出发，争取月亮出前过汉江。听446团同志说，在月光下，飞机也可能看见人。前天他们三辆汽车，根本没有开灯，被飞机打坏了。

团部派半个班送我们，战士都只带步枪，行走甚快，我们拼命跟着，两小时行三十里，出了一身大汗。

跑步过汉江，人还在修桥。才过汉江，飞机就来了，飞得不高，左右有红绿灯，防止互撞。我们着急地向市内走，忽然，看见月亮出来了，在云彩之后，一片灰黄。正在奇怪，见一火球从云中冉冉而起，原来是照明弹。照明弹在黑白相间的云中时隐时现，忽而雪亮，忽而鲜红，忽而变成橘黄之色，情调丰富极了。接着，更多的照明弹投下来，汉江以北明如白昼。有两颗正在我们头顶上落下。我们看见，起初是个小火球，从上而下，其行甚快，到我们顶上两千公尺处，顿然停止不动了，光圈也大起来。这时，飞机上的炸弹、机枪同时大作。

我们站在一片房子的墙根，面前就是宽阔的公路，敌机飞到顶上，我们就蹲下，飞机转过去了，我们就沿墙根继续走。百十米远，有个防空洞，先进去躲一下。里面躺着一具死尸，手被反缚，枪击而死。在这种时候，不知他是革命者还是反动派。

十分钟后，继续前进，离照明弹越来越远了。过半小时，已无飞机声。还闻近处有如雷的巨响，这是定时炸弹，至少有几十颗。

二十八日

今天浑身酸痛，头脑昏昏的。想写东西，苦于想不进去，我们的身体真是大不如前了。

飞机近日甚多，而且总在我们头上转，要小心一些。但如闻声就躲，那就只得住在防空洞中了。

二十九日

集中精力写重坦克营稿。晚间参谋长设宴送郑律成与欧阳两同志，饭后有舞会，我应酬了一下，悄悄地溜走了。从十一时写，近四时完成，四千余字。白天准备工作充分，什么都想好了，所以写起来甚方便。这是个经验，写成详细提纲，列出必要材料，构思完毕，真可一挥而就。

三十日

今天郑与欧阳走。托他们带走重坦克营、游击队三稿。

给蓝写了封长信，并随附大画一张。写信时，情感万千。虽然没有睡够，头脑昏昏沉沉，但给爱人写起信来，还是精神百倍。人真是一种奇怪的动物啊！

这封信大概可以带到的，因为临别时，我对郑开玩笑说，这是给爱人的信，丢了，可是罪过。他说，炸不掉我，就有信在。

三十一日

李权武回来了。他说，朝鲜战争真是引起国际最大的注意。现在的世界真是息息相关的。敌人进到惠山镇，波兰与匈牙利等新民主国家的物价涨了20%。第二次战役后，物价就下来了。他说，陈赓说，当敌人快到鸭绿江时，越南的胡志明每天听收音机，感觉沉重异常，愁眉不展。我军过了清川江，胡立刻长出了一口气。如果朝鲜被敌所占，敌移师打越南，那是很够受的。

近日情势又紧张了，敌全线骚动，向我试探进攻。估计还不是大举进犯，而是探我虚实，相机夺我汉江以南的桥头堡垒。这就势在必打了，桥头堡垒不能失，如果失了，敌我隔汉江相峙，对我下次战役极为不利。为了下次战役的胜负，桥头堡势在必争。因此，我军正纷纷调动，进入战斗位置。敌目的地在汉城与原州。

八架喷气式飞机轮番攻一军团第一次的驻地，距我处约1000米。

夜八时出发，找38军。80里行四小时。过磨盘隅里，几百户人家的小镇子，现在变得什么都没有了。到军部驻地嘉谷里，距政治部还有十里。二通讯员陪我们走。过一高山，虽不带行李，仍出满头大汗，真是体力不如以前了。

李庄朝鲜战地日记

一九五一年二月

　　开始写《被人们欢呼"万岁"的部队》综合的开头一大段，想解决战士们为什么这么英勇的问题，想写爱国主义和国际主义。入朝以来，在实际考验中，战士的政治认识提高了一大步，由想国而爱国，由出国而体会到自己行动的国际意义……

新闻报道
朝鲜战争
"三八线"上
战斗在长津湖畔
被人民欢呼"万岁"的部队
战地通讯忆汉城

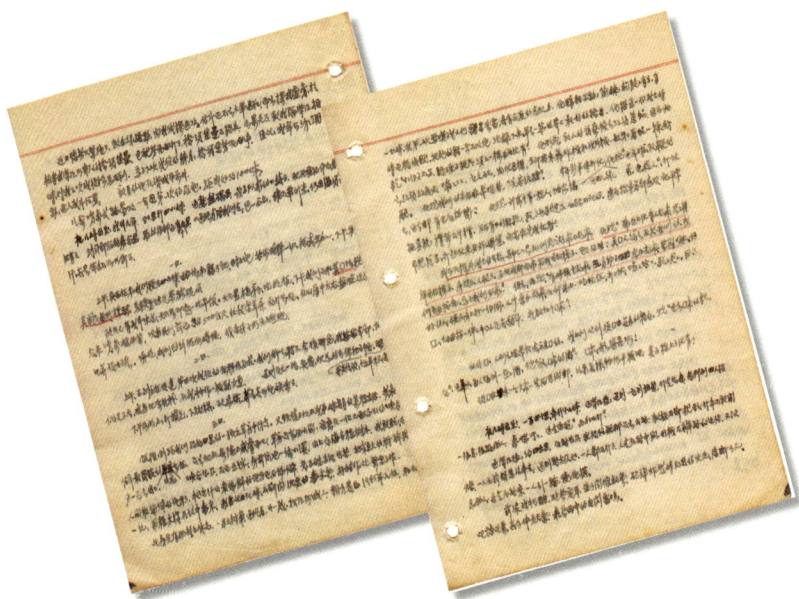

一　日

上午，吴主任和我们谈了四小时。这个同志和蔼可亲，耐心地给你解释一切，极感动人。下午，被英国记者所采访，为谈重坦克营被歼事。

现在已有战斗味道。天不明即起，吃早饭。天已黑才进房子，吃晚饭。下午，我们正和英国同志谈，忽来喷气机两架，攻击我们前面约 500 公尺的数座草房。飞行甚低，在山沟中左右盘旋迂回，也算很好看。傍晚，我们回到驻地的时候，几座房子仍在燃烧。

二　日

上午，王副主任传达第四次战役的任务及要求。我们都去听了。会后研究，我暂留军部，他们先下去，我写现有材料，在战斗

山河笔
——李庄朝鲜战地报道

中作一机动力量。遇到民大一同志，吴农，现为 38 军保卫部长。晤谈甚欢，十五年未见，真想不到。

下午及晚上，打扑克，下跳棋，玩象棋，算是真正的娱乐了。

三　日

饭后，到距我们驻地四里的一独立草房中防空。又恢复了抗日战争时期的某种生活，找最偏僻最隐蔽的山庄去住。只是现在无陆上威胁而已。草房只有两小间，坐落在一个三面高山的峡谷中，另一面是出口。峡谷甚仄，不过五十米，房前流过一条小溪，山上长满各种树木。我敢说，这是人间最偏僻的地方了，较太行山最偏僻的地方还要偏僻。老百姓生活甚苦，把粗大的树干挖成一坑，用粗木棒在坑中春米。我写此记时，不断闻沉重的春米声。村姑做此繁重工作。

此房先有两战士休息。一名王树华，通讯员，二十一岁，松江阿城人，翻身农民，1945 年入伍。和王谈一小时，我第一次惊叹战士们语言丰富，具有高度的表现力。他讲话生动、简练、干脆、有力，有时还很幽默。把他的话一字不改地记录下来，准是一篇世界上最好的文章。他描写一个战士时说，"小个子不高，眼珠子挺大，头上一根毛也没有。"他形容敌人的侦察机是红头苍蝇，因为它是红头红尾巴，嗡嗡嗡，长久不去，发现目标，立刻招来轰炸机和战斗机，就和苍蝇一样讨厌。他说我们的生活非常艰苦，"先苦后甜"。今年新年时打仗，过"三八线"，他说，"过年啦，放鞭炮去，过去哪有这么热闹？"他说，部队中有一种人，调皮捣蛋，这种人"打仗挺勇敢，背柴不少背。反正有三句话说，说了也就完了，

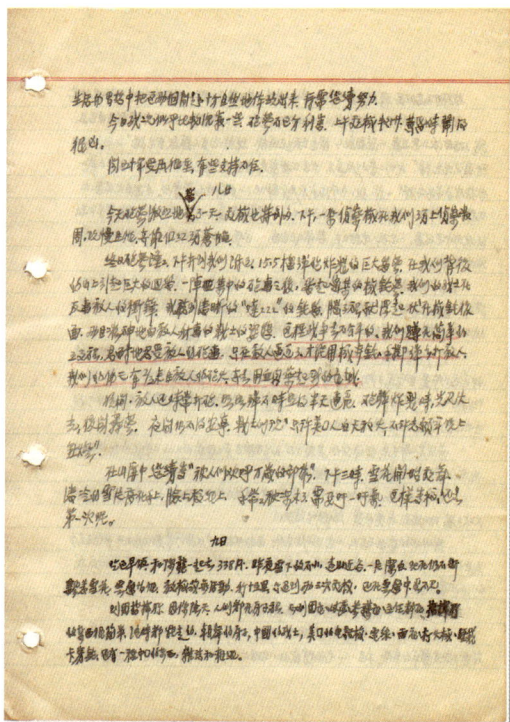

山河笔
——李庄朝鲜战地报道

心里不记事。连长、指导员都喜欢他。平常吊儿郎当，打起仗来要炸碉堡，他真能完成任务"。

我正在探究战士的思想，其中之一是他们究竟想家不想家。他说："队伍上没有人想家。看看朝鲜这个样子，房烧了，人杀了。要把我那个家搞成这个样子，还了得吗？美国人总是要搞我们的，我们也要搞他，为了我们的家。"但是，他说，"有时候也想家，负伤了容易想家，苦闷嘛。好好的人，硬在身上打一个洞。人少容易想家。在部队上，吃吃饭，打打仗，嘻嘻哈哈，说说笑笑。回了国，大拇指一伸：中国人民志愿军，打败十二个国家。"

在外国，人们是经常怀念祖国的，战士们吃到从国内运来的粮食，说"这是祖国的粮食"。过年了，每人喝到一点点酒，说"这是祖国的酒"。祖国，真是响亮啊！

从国内来一人，大家一定问这问那，北京怎样，物价平稳吧，麦子种上了没有？

夜八时出发，一百四十里，车行十小时。过汉江后，遇到一长列担架，行走甚速，老乡们四人抬一伤员，后跟两人，气喘吁吁，边走边说"多加小心"。

过汉江后，约四五里，公路甚仄，我很怀疑那不是公路。敌机不断扰乱，行车不敢开灯，一人在前领着汽车走。遇到路太仄处，一人都不行了，人走在路中间，司机不辨路的边沿，又改为两人，各走在路旁，一人引一轮，慢慢地摸。

前线战斗正酣，炮声震耳，并可闻机枪声。炮弹炸裂时发出的火光，清晰可见。此情此景，真如仲夏天气，暴风雨中的电闪雷鸣。

部队供给工作真有一套，我们领到干粮（烙饼）、牛肉罐头和

新闻报道
朝鲜战争

"三八线"上
战斗 在长津湖畔
被人民欢呼"万岁"的部队

忆汉城
战地通讯

砂糖。据说，砂糖是匈牙利慰劳的，罐头为我国东北出品。

四　日

宿在离前线二十里的一个群山中的独立草屋中，此村名曰谷里，为一零散山庄。草屋在山坡上，目标甚大。时已晨六时。

前线的飞机当然多了。十一时，一架侦察机低空盘旋数周，低得擦着山腰而过。估计会招来一些战斗机，但是没有，想未发现目标。

睡两小时。我们三个人（吴农部长、陈龙同志）闲谈，半倚半卧，天南海北。陈龙谈起美俘营中的情况，得悉这些少爷兵和冒险者也吃了一些苦头。他们懒惰，又没有面巾，半月不洗一次脸，泥垢有半分厚。他们互相偷窃，你偷我的睡袋，我偷你砍的柴火，或者把门窗偷去烧掉了。他们互相做买卖，轮流做饭的人偷下一些粮食，卖给别的俘虏换些黄烟吸。你花五十美金买我一件衣服，我花五个美金买你一支纸烟，你那纸烟或者就是偷了来的。他们互相倾轧，白人美兵给黑人美兵打饭，故意给他少打一些。黑人反抗，说我们大家都是俘虏。他们懒惰，上山砍柴，每人只背两把粗的一捆，却说，我们每天吸收的不够2000卡，不能劳动，劳动要费卡路里。他们吃了一些苦头，因此大骂美政府，不该送他们到朝鲜来。可以说，他们都是些不知羞耻的人。美国生活方式的教育就是如此。

成天闻战声，机枪及炮声不断，飞机更不用说了。

赵部长说：此次出国，战士们在爱国主义与国际主义思想上提高了一大步。过去新战士出省作战都不愿意，现在出国作战了，得

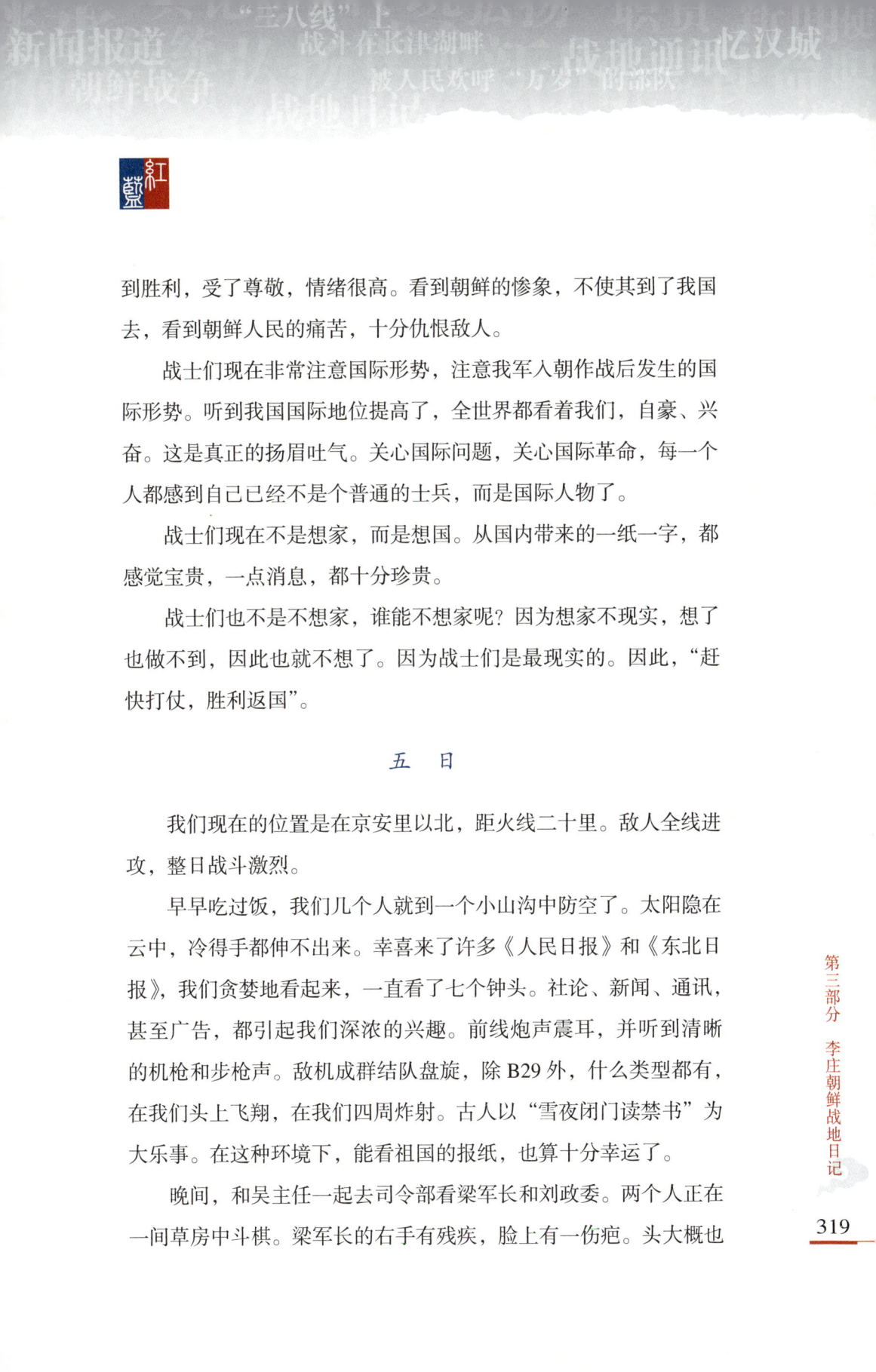

到胜利，受了尊敬，情绪很高。看到朝鲜的惨象，不使其到了我国去，看到朝鲜人民的痛苦，十分仇恨敌人。

战士们现在非常注意国际形势，注意我军入朝作战后发生的国际形势。听到我国国际地位提高了，全世界都看着我们，自豪、兴奋。这是真正的扬眉吐气。关心国际问题，关心国际革命，每一个人都感到自己已经不是个普通的士兵，而是国际人物了。

战士们现在不是想家，而是想国。从国内带来的一纸一字，都感觉宝贵，一点消息，都十分珍贵。

战士们也不是不想家，谁能不想家呢？因为想家不现实，想了也做不到，因此也就不想了。因为战士们是最现实的。因此，"赶快打仗，胜利返国"。

五　日

我们现在的位置是在京安里以北，距火线二十里。敌人全线进攻，整日战斗激烈。

早早吃过饭，我们几个人就到一个小山沟中防空了。太阳隐在云中，冷得手都伸不出来。幸喜来了许多《人民日报》和《东北日报》，我们贪婪地看起来，一直看了七个钟头。社论、新闻、通讯，甚至广告，都引起我们深浓的兴趣。前线炮声震耳，并听到清晰的机枪和步枪声。敌机成群结队盘旋，除B29外，什么类型都有，在我们头上飞翔，在我们四周炸射。古人以"雪夜闭门读禁书"为大乐事。在这种环境下，能看祖国的报纸，也算十分幸运了。

晚间，和吴主任一起去司令部看梁军长和刘政委。两个人正在一间草房中斗棋。梁军长的右手有残疾，脸上有一伤疤。头大概也受了伤，常常歪着。两眼熬得通红，时常用力把上眼皮提起来，每次用力，额间就挤出一片皱纹。刘政委是个愉快的人，年轻的脸上长着长长的黑胡子。军政委必要的稳重的风度总是掩盖不住他那跳动的性格。过了不久，三个师的负责干部都来了，两个政委，一个副师长，开始汇报情况。已经打了十几天的112师政委先说，人们都站起来，端着一支洋烛，站到墙壁上的地图跟前，按图索骥说着部署和战斗情况。艰苦，敌人压力太大，师根本没有机动兵力，弹药常常打光，师警卫连、侦察连都拉到第一线，炊事员凡年轻者都扛了步枪，因为每连有的只剩下二三十人，用不着这些炊事员了。阵地还是退出两三处，都是打光了弹药才退的。

梁军长默默无言地听着，手中的红蓝铅笔缓缓转动，艰涩的眼睛死盯着地图。有人不时询问几句细节。113师副师长谈了谈自己的情况。军政委开始谈，表扬112师守得好，同时指出一些缺点和错误。梁军长谈部署，先说敌情：京安里以西是骑1师、3师、25师、伪1师、土耳其旅，京安里桦川是24师、伪6师，桦川东是2师、7师、伪2师、伪8师。从上月25日至本月5日，敌前进30华里，目的是搞汉城。他说：我们要守住。汉城是不能丢的，即使敌人突破50军的正面，只要我们东部防线守得住，他就不敢进汉城。接着，他站起来，走到地图之前，各将领跟着他，听着，他用铅笔指着，这里摆一个团，这里一个连就行了，这是前沿阵地，至多摆一个班，这是主阵地，绝不能丢的。人们简单地问，他干脆地回答，没有一句废话。这些青年将领们对于防御总不大甘心，他们像战士一样，愿意出击打敌人，不愿意防御挨打。但是，当着他们觉得自己背起敌人，是为了掩护主力集结，争取全局的胜利，他们没有话说，坚决执行，完成任务。现在站在地图之前，他们却又不能忍耐当前的情况了。"敌人的榴弹炮就摆在这里，狂妄极了"，"这里是一个团，想法子摸他去"。112师政委说："现在是有心无力，想出击没有兵。过一天像过一年。在隐蔽部里，经常看表。"这些人永不服输，永不会输，永远都想主动打人。112师政委是跑得满头大汗来的，走了二三十里，不能坐车，路被炮火封锁了。

部署完毕，又谈了弹药、粮食、伤员等问题，军长再次告诉大家："这是运输线，绝不让"，"这里是主阵地，绝不丢"，"我们全军防御，已有七天。七天，京山里以北绝不让敌人来"。但是为了准备万一，从京山里到汉江边，他都分配了任务，构筑纵深阵地。

会议结束，已是晨二时，将领们抓起帽子，甚至没有告别就匆匆走了，部署队伍去了。

第一次看这种场面，一片紧张。指挥所的紧张又和火线上不同。火线是在流动中的宁静，指挥所是在宁静中的流动。会议中，不断有人探进头来，送几份电报。军长们凝神而视，有新情况情，需要他们费脑子，而在战时，这是经常的。

六　日

昨天是旧历除夕，简直忘记了。今日蓦然想起是元旦（指农历正月初一——编者注）。元旦是在山沟中防空、看报、闲谈中过去的。今日白天战斗比较沉寂。黄昏，炮声大作，飞机真多。隔着一山就是战场。那里天色苍黑，且带昏黄，大概是炮弹与炸弹硝烟所致。敌机群不断在我们隐蔽的上空盘旋，山石被炸得黑黄烟雾，冲天而起。

元旦，想培蓝、想母亲、想孩子，一句话，想我们伟大祖国。有肴无酒，用糖水代之，无人聚谈心曲，打了一场扑克，尔后就蒙头睡了。

七　日

开始写《被人们欢呼"万岁"的部队》。综合的开头一大段，想解决战士们为什么这么英勇的问题，想写爱国主义和国际主义。入朝以来，在实际考验中，战士的政治认识提高了一大步，由想国而爱国，由出国而体会到自己行动的国际意义。我是用了个笨办法，把这些东西集中起来，写成一段，而未糅和到对于战士的具体描写中。如何在战士的战斗生活与思想中把这两个问题十分自然地体现出来，将需继续努力。

今日战况似乎比较沉寂一些，炮声不过分厉害。上午飞机较少，黄昏时闹得很凶。

闻 50 军受压很重，有些支持不住。

八　日

今天炮声激烈地响了一天，敌机也特别多。下午，一架侦察机在我们头上侦察数周，既慢且低，真像个红头苍蝇。

终日炮声隆隆，下午打到我们附近。15.5 榴弹炮炸裂的巨大响声，在我们背后的山上引起巨大的回声。一阵集中的炮击之后，响起密集的机枪声。我们的战士在反击敌人的冲锋。我听到清晰的"哒哒哒哒"的枪声，脑子里就浮起伏在机枪后面、双目凝神地向敌人反击的战士的姿态。这种战争是不公平的。我们蹲在简单的工

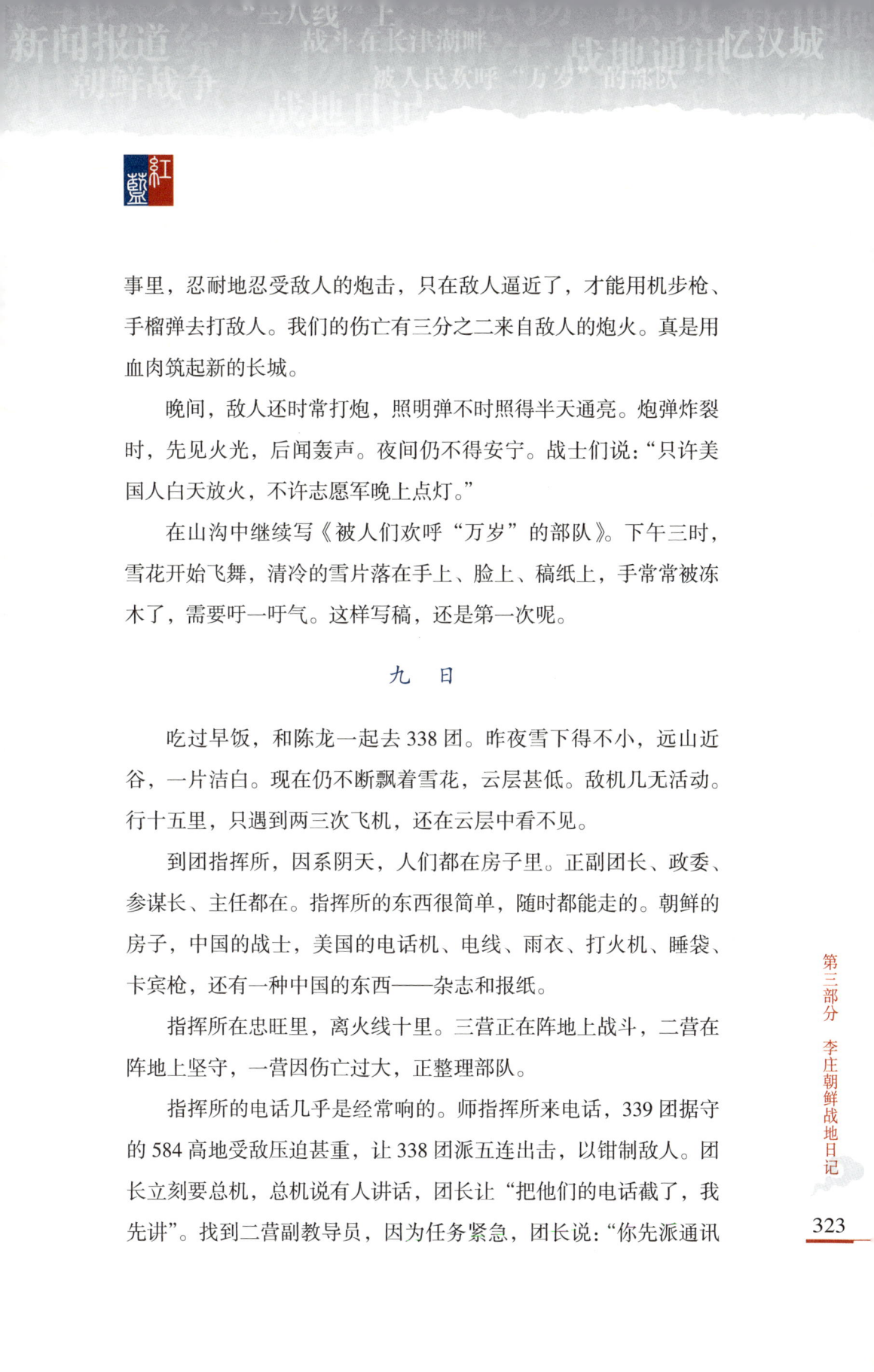

事里，忍耐地忍受敌人的炮击，只在敌人逼近了，才能用机步枪、手榴弹去打敌人。我们的伤亡有三分之二来自敌人的炮火。真是用血肉筑起新的长城。

晚间，敌人还时常打炮，照明弹不时照得半天通亮。炮弹炸裂时，先见火光，后闻轰声。夜间仍不得安宁。战士们说："只许美国人白天放火，不许志愿军晚上点灯。"

在山沟中继续写《被人们欢呼"万岁"的部队》。下午三时，雪花开始飞舞，清冷的雪片落在手上、脸上、稿纸上，手常常被冻木了，需要呼一呼气。这样写稿，还是第一次呢。

九　日

吃过早饭，和陈龙一起去338团。昨夜雪下得不小，远山近谷，一片洁白。现在仍不断飘着雪花，云层甚低。敌机几无活动。行十五里，只遇到两三次飞机，还在云层中看不见。

到团指挥所，因系阴天，人们都在房子里。正副团长、政委、参谋长、主任都在。指挥所的东西很简单，随时都能走的。朝鲜的房子，中国的战士，美国的电话机、电线、雨衣、打火机、睡袋、卡宾枪，还有一种中国的东西——杂志和报纸。

指挥所在忠旺里，离火线十里。三营正在阵地上战斗，二营在阵地上坚守，一营因伤亡过大，正整理部队。

指挥所的电话几乎是经常响的。师指挥所来电话，339团据守的584高地受敌压迫甚重，让338团派五连出击，以钳制敌人。团长立刻要总机，总机说有人讲话，团长让"把他们的电话截了，我先讲"。找到二营副教导员，因为任务紧急，团长说："你先派通讯员传五连马上集合，然后我再告你任务。”一前一后，也许能争取一分钟吧！一分钟也是宝贵的。全连白天出击，大任务。五分钟后，师部电话又来，584高地已失，让五连靠近584高地的一个排坚守不动，改派两个连出击。一会儿，电话又来，暂时不要出击。这时，通五连电话断了，参谋长让把无线电话架起来。

团长半倚半睡，守住电话机，“大出击的时间快到了，一定要守住”，“莺子峰阵地无论如何不能丢”。团长去理发，参谋长接过电话。这个青年人非常急躁，催总机快接线，让对方快找人。总之，他的样子都是紧张的，而情况确也紧张。

下午，师部来电话，让338团夜里出击。团长躺着，参谋长坐在电话机上，共对一张地图，互相研究兵力布置。团长看了半天，对参谋长说：“你先说说你的意见。”参谋长就说开了：“五连一排，这个沟出去，估计这里有敌人，四连在这里火力牵制……”副团长在一边呼呼睡着，政委和我们谈这次出击，主任和白艾谈二次战役。

通讯员不断走来，领弹药的，要粮食的，问是否撤退第三梯队的人的……三营提议赶快把功批完，政委说："现在顾不上，晚上有时间再说。"

我们去一、二连。战士们在山坡上挖洞而居，隐蔽得很好。山头上，一青年战士在冷风中大吹口琴，他们真是无忧无虑，随时都是愉快的。

我们的部队伤亡真大。二连除副连长外，连长、政指、副政指到队都不及三天，连长还是今天来的。一连半数连干部也是新的，所有班长都是几天以前的战士。但是，战士情绪依然很高。我们的部队太好了。

在猪油灯下，吸着战士的黄烟，和英雄谈话。

晚间回来，天空如墨，积雪泛着微光，前线照明弹常常发出通明的火光，如初生月亮。沿路除三匹志愿军的马外，未遇一人。走在积雪的小公路上，一脚高、一脚低，闻这一带特务甚多，陈龙持枪在手。在我们左面一山上响了三枪，甚惊愕，如真遇到，才糟糕吧。

十 日

坐在一个积雪的山沟中写稿子。手冻木了，不是写，而是画。《被人们欢呼"万岁"的部队》脱稿。

今日战斗极烈，排炮响亮，飞机随时不断，又打又炸，极为恼人。昨天未出动，今天似乎要补起来。

十一日

天气晴朗。今日为飞机最多的一天。从上午七时至下午四时，大批飞机不断。抬头一看，天空随时都有十几架敌机，喷气、野马为多。有四批 B26 共 24 架掠空西北去，可能去炸汉城。在我们南方十里许的高山上，腾起一片黄橙橙的云雾，为纳巴姆炸中的村庄、草木腾起的浓烟和硝烟而成。敌机成群在云雾中进出，轰炸并扫射。天色蔚蓝，只有那里的颜色是特别的。

着手写《不让敌人过汉江》。想把 38 军守卫战的意义、作用及气势写进去。每次战后要写出其特点，这就是特点。能再蕴以战士的思想感情，始为力作。目前感觉困难者厥为此点。另外，不能亲自在火线上，趴在战士身边，体验体验生活，亦为大憾事。

我们战士的英勇，的确使人感动。飞虎山防御战，阵地一度失守，因我战士已经全部牺牲。后来，阵地收复，战士们发现阵地上有一牺牲的战士，抱着一个敌人，同时死的，估计是敌人冲上来了，他上去和敌人扭打，最后可能和该敌一起被别的敌人打死。敌人太弱，我们战士太英勇。现在的防御战，炊事员、卫生员、上士、文书，往往投入战斗。否则依两方火力对比及攻守人力对比我们早被歼或被逼过汉江了。

在山沟写文章，人的胆子似乎特别大。敌机在你头上盘旋，满可以完全不理它。有时看两眼，大半被好奇感受支使。有一架侦察机，在我们前方约一里半的小公路上，慢慢盘旋。总有几个钟头，转两个弯子，它向下一栽，又往上一仰，敌炮就打一两发。据说，这是给敌兵校正与指示射击距离及偏差，以便夜间敌炮能封锁公路。

在战地，什么东西都是缺乏的。一个同志在我送他几张活页纸后，连声感谢。我从人家那里要几根火柴，喜欢得不得了。因为没有墨水，我写东西已经考虑尽可能去掉不必要的字了。简练由于墨

"三八线"上
战斗在长津湖畔
被人民欢呼"万岁"的部队
新闻报道
朝鲜战争
忆汉城
战地通讯
战地日记

水，实在有意思。

吃过晚饭，突然通知开会。政治部科以上干部都集中到公路旁边汽车司机的房子里，由王副主任作报告，他宣布一个好消息，"出击今晚开始"。人们都喜形于色，憋了半个月，现在可以吐一口气了。其景象很有些像听到日寇投降时。人在炕上坐得满满的，此时简直是屏神静气。王分配了工作，大部分人下师帮助工作，吴农部长到后勤。许多人是马上出发。会中飞机声不断。

会毕出门一看，外面雪亮。半弯新月已经偏西，几个照明弹悬在我们不远的前方，光耀夺目，如数轮圆月。是否敌人已知我在东面出击，现在在这里用照明弹窥察我军行动呢？很奇怪，我们的房子它一定看得清清楚楚，但未轰炸或扫射。

听这种会，对自己有大好处。王说"与阵地共存亡"的口号是否合适，值得研究。这句话很壮烈，但内容有缺陷，一是死守挨打，二是死而后已。战士们说："有我在，阵地丢不了。"这就好，充满胜利信心，而又气概惊人。好好学习，细心体会，抓出旁人讲的，好好回味其道理，实在十分重要。

十二日

昨晚睡甚迟，今晨起很早。上午，到赵副部长防空洞中睡一觉，佝偻着身子，只躺下一个人，用草袋盖住口，真是穴居。起初还冷，以后不觉得了，足足睡了三小时。

睡起，写《不让敌人过汉江》第二部分，精神甚好，写三千余字，此文还算满意。

四时后，八架喷气式在头上转了许多圈，然后飞到阵地上空肆

新闻报道
朝鲜战争
"三八线"上
战斗在长津湖畔
被人民欢呼"万岁"的部队
战地通讯　忆汉城

虐。我这里看得清清楚楚，猛栽下去，猛升上来，升时屁股后拖一长长黑烟。有时在高空打转，也拖一缕长烟。此时太阳已落山，尖山（南为阵地）上盖满白雪，橙中透紫的云雾笼罩在阵地上空，再远一些，是片片金色淡云。麻雀受惊，成群在我头上飞过，如果不是战争，倒很好看呢。

　　吃完晚饭，到112师师部。空中悬着几盏照明弹。路上不断遇到自己的同志，告诉我们，"在这段公路上走，动作快一些，敌人用炮封锁着"。走到观音里，大火正在燃烧，烟雾弥漫，辛辣而沉重，使人窒息。这个不小的村子快烧光了。问路时，我们已经走过，又折转来。据说沈主任住在山坡上的防空洞中，山坡上长着许多小松树，防空洞挖得很好，你走在旁边，也不会发觉。终于找到了，在一个小沟中，弯腰进门行三步，是一丈长、五尺宽、三尺高的洞子，费两警卫员两天之力挖成。有一盆炭火，非常暖和。房子里的东西，照例是电话机、卡宾枪、茶碗、雨衣之类。沈主任和蔼可亲，首先告诉我们，去团指挥所的路被封锁甚密，不能去。又说，吴主任打电话说我们来，他已派通讯员去接，但未遇到。部队同志关心我们，真是无微不至。

正谈之间，几发炮弹像人哭泣一样，飞过我们的洞子附近，爆炸了，声音惊人。真实战场味道。

五个人挤在防空洞中，和衣而卧。

十三日

今天整日在防空洞中谈材料。《前进报》两个记者也来了。收获极丰，还是到部队好。

敌机整日不断，简直是没有一分钟不闻飞机声。三架侦察机始终在头上盘旋不去，指挥炮兵及战斗机轰炸。我几次到洞外山坡上观察，看喷气及野马低飞俯冲肆虐。

谈话经常被报告情况的电话铃所打断。下午三时三刻，突闻清脆尖利的炮声，"喔——咝——嗵"，出口及爆炸声均很近。炮弹撕裂空气的啸声，使人牙齿发酸。沈主任出去观察一下，回来立刻摇电话："怎么回事，哪里？武家沟口，敌人怎么插到那里去了？五三〇是敌人的？几辆？八辆。在武家沟口打炮，没有步兵，好好。"原来敌人的坦克离我们这里只有七八里了，它沿着一条小公路，可一直跑到师部门口。

东线十一日夜已获初胜，俘美军 300 人，伪军 1000 多人，缴榴弹炮十门。而敌人今天仍在这里猛攻。是还未察清我军的意图而做梦呢？是借此掩护撤退呢？还是想在这里猛攻，以牵制我军的进攻部署呢？不管如何，咬紧牙关，谁坚持到最后谁胜利。

下午六时一刻，情况更见紧张，沈主任听着一个电话，让通讯员看司令部（离此一里）的沟里有何动静。原来我409阵地失守，九连只余三人。此沟乃完全暴露。

十四日

今日继续在沈主任的防空洞中谈话，不断传来东面的胜利消息，也不断传来当面敌人逼近的情况。敌人十几辆坦克已进到师部附近七八里处，沿着小公路可以直插过来。武家山失守了，炮弹把指挥所前面一个山头打成一片焦土。我在山坡上观察敌人炮击的情况，炮弹出口很近，不过才几里。炮弹从空气中"咝咝"飞过，山头冒起一片白烟，接着是巨大的轰声。山上的雪完全被炮弹打黑了。

沈主任电话不断地响，"490.1高地下来一个人，一营只剩了两个干部"。沈和政委电话，"一营长建议把一切可用的人组织起来，由他自己领着，打出去，比像这样被敌人拴在树上好"。某营教导员对沈主任说："我们有一个人打一个人，寸土不丢，绑带所都组织好了，一人两颗手榴弹。"沈主任看着地图，沉吟半晌："敌人占了武家山这边495高地，打我们很好打。"我在一边听着，电话中的嗓音都是哑的，像哭了一样。沈打电话指示后勤："把医院里的轻伤员组织一下，回头335团去两个干部带他们，还要作战。"

师长告诉某营长："你组织通讯员拉到山上去，让教导员带着炊事班守村子。"营长说："我的通讯员早就没有了，编到部队上去

"三八线"上
新闻报道
朝鲜战争
战斗在长津湖畔
战地通讯 忆汉城
被人民欢呼"万岁"的部队
战地日记

了。""营部还有多少人能作战?""绑带所,三个手榴弹。""好,你就守着机子吧!"

沈布置一切,干部自己放哨,把一切都准备好。

太阳落山了,防空的人开始回来,但还都待在山坡树下。小公路上走下轻伤员,三个一群五个一伙,有两个同志边走边谈笑。三架野马式掠空而过,他们继续走路,继续谈笑,连头也不抬。他们从生死场中走进走出,把一切生死均置之度外。飞机不知对他们打了多少次,但仍不顾一切,只面对地面的敌人。这些可敬的战士。

夜里回到军指挥所。

十五日

昨、前两日甚为疲劳。今日只看看材料。在吴岱主任处听听收音机。

敌进攻仍甚猛烈。这大概是横城虽已收复,而地平里并未解决之故。敌拼命攻我,一方面牵制我的兵力,一方面如果得手,还可威胁地平里我军后方。

晚间,陈一帆同志从112师回来。他是在后勤,而后勤也受到严重威胁。他说,112师之苦简直是无法形容的。一切非战斗人员都投入战斗了。战士们一二十天未休息,不洗脸,衣服被撕成一条一条的,棉花纷飞,简直不能看。没有饭吃,饿极了,拿出日记本上的毛主席照片看看,有人暗暗垂泪。不是悲哀,而是希望。在最困难的环境中,战士们看到自己的领袖,会生长无限的力量。忠诚而勇敢的英雄们。

晚间,几次被炮弹声所惊醒,近而且大。我们的伙房附近都落了炮弹。

十六日

今天是最紧张的一天。地平里敌人原来有八千，且工事甚好，三天未能解决战斗。昨夜又攻，详情未悉。因此，敌人今日拼命攻击。

从七时开始，在离我们驻地十里，即 112 师指挥所的前山上打起来。巨炮炸裂的轰声，长期在山谷中回荡。机枪之密为我平生仅见，和滚水沸腾或火车行进一样，用炒豆子来形容是不合适的，因为它已连成一片，真像刮风。

天气阴沉，云层极低，下着大雪，不是雪花，而是雪粒。北风怒号，卷着雪粒狂飞，在空中织成一片瀑布，相距不远的山峦都消失在瀑布中。无飞机活动，给战士们减少许多麻烦。我们隐蔽在小小的防空洞中，注目西视，看山上有何动静没有。枪炮声有时停歇半分钟或几秒钟，大地突然静寂，耳朵中一片空虚。风卷山上枯叶，沙沙作响。特别在雪停之时，这种声音分外刺耳。不久枪炮声又起，大地仍是一片沸腾。

在这种环境中，看书写文章，都有些安不下心去。

黄昏，我们才知道，敌人曾打到我处四五里，军长的房子都被打坏了。我们的指挥机关真沉得住气。幸喜敌人不猛，否则还很讨厌呢。

七时出发，向江北转移。半轮新月挂在高空，有蒙蒙雾气。牲口和人一起行动，相当拥挤。过汉江冰上，遇到许多黑龙江的民工赴前方，穿着短衣服，戴着大皮帽，行走矫健，气宇轩昂。"老乡，

"三八线"上
战斗在长津湖畔
新闻报道
朝鲜战争
战地日记
战地通讯
忆汉城
被人民欢呼"万岁"的证欧

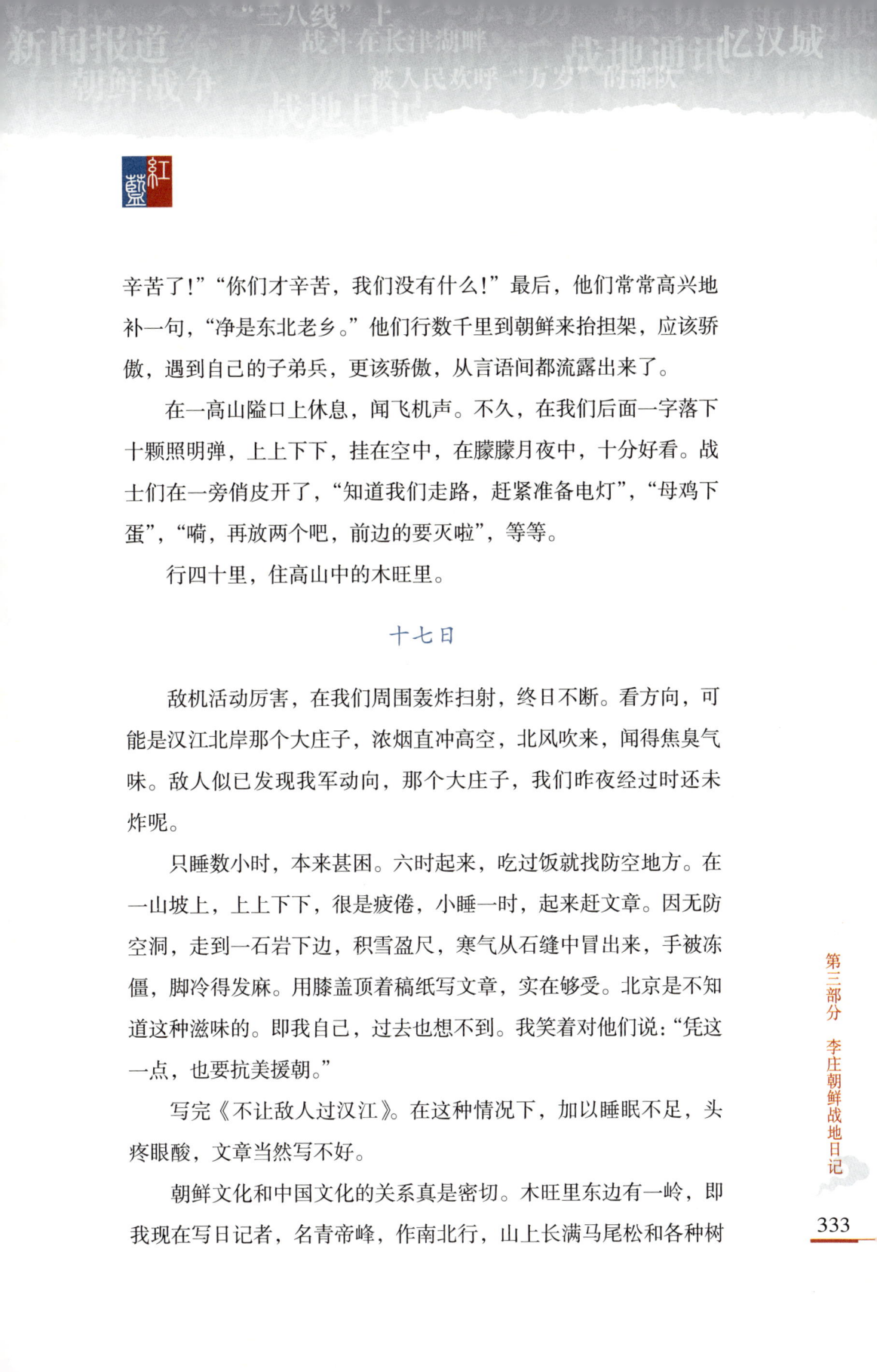

辛苦了!""你们才辛苦,我们没有什么!"最后,他们常常高兴地补一句,"净是东北老乡。"他们行数千里到朝鲜来抬担架,应该骄傲,遇到自己的子弟兵,更该骄傲,从言语间都流露出来了。

在一高山隘口上休息,闻飞机声。不久,在我们后面一字落下十颗照明弹,上上下下,挂在空中,在朦朦月夜中,十分好看。战士们在一旁俏皮开了,"知道我们走路,赶紧准备电灯","母鸡下蛋","嗬,再放两个吧,前边的要灭啦",等等。

行四十里,住高山中的木旺里。

十七日

敌机活动厉害,在我们周围轰炸扫射,终日不断。看方向,可能是汉江北岸那个大庄子,浓烟直冲高空,北风吹来,闻得焦臭气味。敌人似已发现我军动向,那个大庄子,我们昨夜经过时还未炸呢。

只睡数小时,本来甚困。六时起来,吃过饭就找防空地方。在一山坡上,上上下下,很是疲倦,小睡一时,起来赶文章。因无防空洞,走到一石岩下边,积雪盈尺,寒气从石缝中冒出来,手被冻僵,脚冷得发麻。用膝盖顶着稿纸写文章,实在够受。北京是不知道这种滋味的。即我自己,过去也想不到。我笑着对他们说:"凭这一点,也要抗美援朝。"

写完《不让敌人过汉江》。在这种情况下,加以睡眠不足,头疼眼酸,文章当然写不好。

朝鲜文化和中国文化的关系真是密切。木旺里东边有一岭,即我现在写日记者,名青帝峰,作南北行,山上长满马尾松和各种树

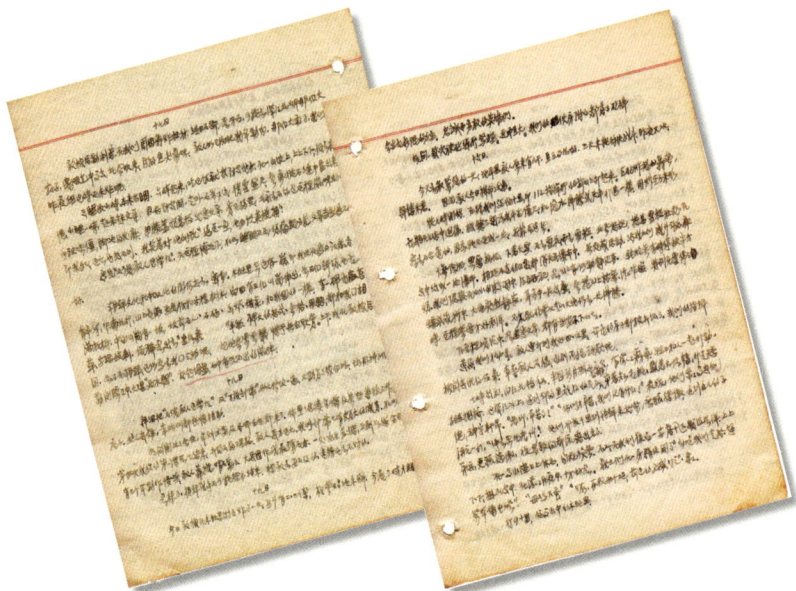

木，向西有三个山岗伸出，如三个箭头，也长满松树，中间山岗有一坟，坟前石人、石碣、香炉、供桌，和我国的一样。有一碑长满苔藓，字迹斑驳，依稀看出是"皇明嘉……"年物，碑文的格式、风格、用语都和我国相同。如不在朝鲜，还以为是我国之物呢。此地风景秀丽，惜乎无由欣赏。上午，我在敌机活动间隙之中，大唱"延水谣"。想起培蓝，心中有说不出的滋味。

十八日

详细把《不让敌人过汉江》及《万岁部队》两文修改一遍。又动员了几个同志，协同抄了个底子。求人真难，幸同志们都热情相助。

晚间开政工会议，军刘政委及各师主任都来了。布置继续守备

"三八线"上

新闻报道

朝鲜战争

战斗在长津湖畔

战地目记

战地通讯忆汉城

被人民欢呼"万岁"的部队

及某些善后工作。第四次战役的第一阶段已结束。打得不够理想。敌人兵力过大，我们部队已有颇大的减员，加以有三个军动作慢些，敌人靠拢，啃不动了。大兵团作战最讲配合，一处发生差错，立刻影响全局。

看样子，朝鲜战争不可能轻易结束。轻敌是要不得的，速胜也是不对的。

十九日

今日敌机在木旺里附近炸了一天，至少有二三十架，枪声始终未断。今晨三时才睡，六时被飞机惊醒。坐在防空洞中，十分阴冷。昨天下了大雪，约四寸。今日微有太阳，所以就特别冷了。北京的人，是不知道这种滋味的。

在困冻交加中，把两文又修改一遍，整整弄了一天。文字生涩，十分惊人。真不晓得过去文章是如何发出去的。在这种环境中，为争取时间，自难免粗糙，以后当尽量争取搞得好一点。

陈龙同志今天走，托他带去两文及陆超祺《土耳其旅》文。谢天谢地，早些到了，且不要丢掉。托他带去给培蓝信。

二十日

总社阎吾同志来，是随 26 军参观团来的。他说了一段话，我觉得颇有道理。他说，什么东西支持部队能打仗呢？主要是荣誉心。"你好，我更好，绝不能装熊。"部队国际主义及爱国主义精神较前进步，战士已有一般的认识。三野部队过沈阳，看见那么多烟筒都在冒烟，心里十分高兴，"我们祖国真好啊。我们打出去，就

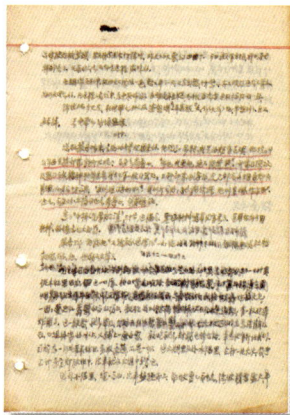

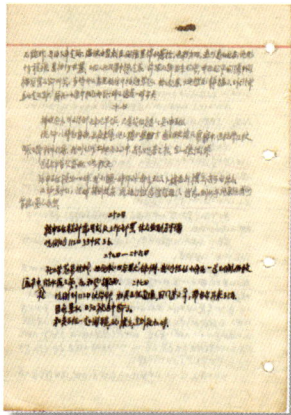

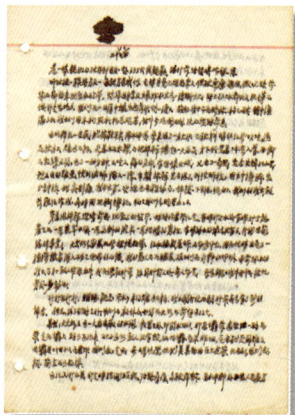

能保证它们冒烟，做东西"。但是，主要的、直接的还是荣誉心，新英雄主义。

写了《中朝人民骨肉之谊》，三千字，还满意，零碎材料总算没有丢了。运用任何可用材料，的确是个大问题。

阎吾说，他能把《不让敌人过汉江》一文，从这里带回总社，然后由总社转报馆，谢谢他，但愿不要丢了。

晚七时出发赴112师，王副主任派一小吉普送我们，走小路30多里，走公路约80—90多里。从木旺里出发，过一小沟，转山嘴走上公路。敌炮封锁甚紧，山嘴上弥漫一团烟雾，是炮弹打的。今天是元宵节，淡云遮住皓月，空气微明，敌机白天轰炸的火光，一团团蔓延在葱郁的高山顶上。敌炮出口的火光，清晰可见。在我们附近，有一枚炮弹炸开了。过一铁桥，就是汉江，公路在江边悬崖上凿石而成，右为万丈高山，左为浩瀚江面，已经解冻的冰上，又铺上一层白雪。敌炮就是封锁这条公路。幸喜没有打着我们。司机为一河北青年，姓田，勇敢豪迈，不畏一切。过文湖里及外水隅里，全村一片大火，几乎全部房屋都被炸中，汽车就在火堆中钻过。

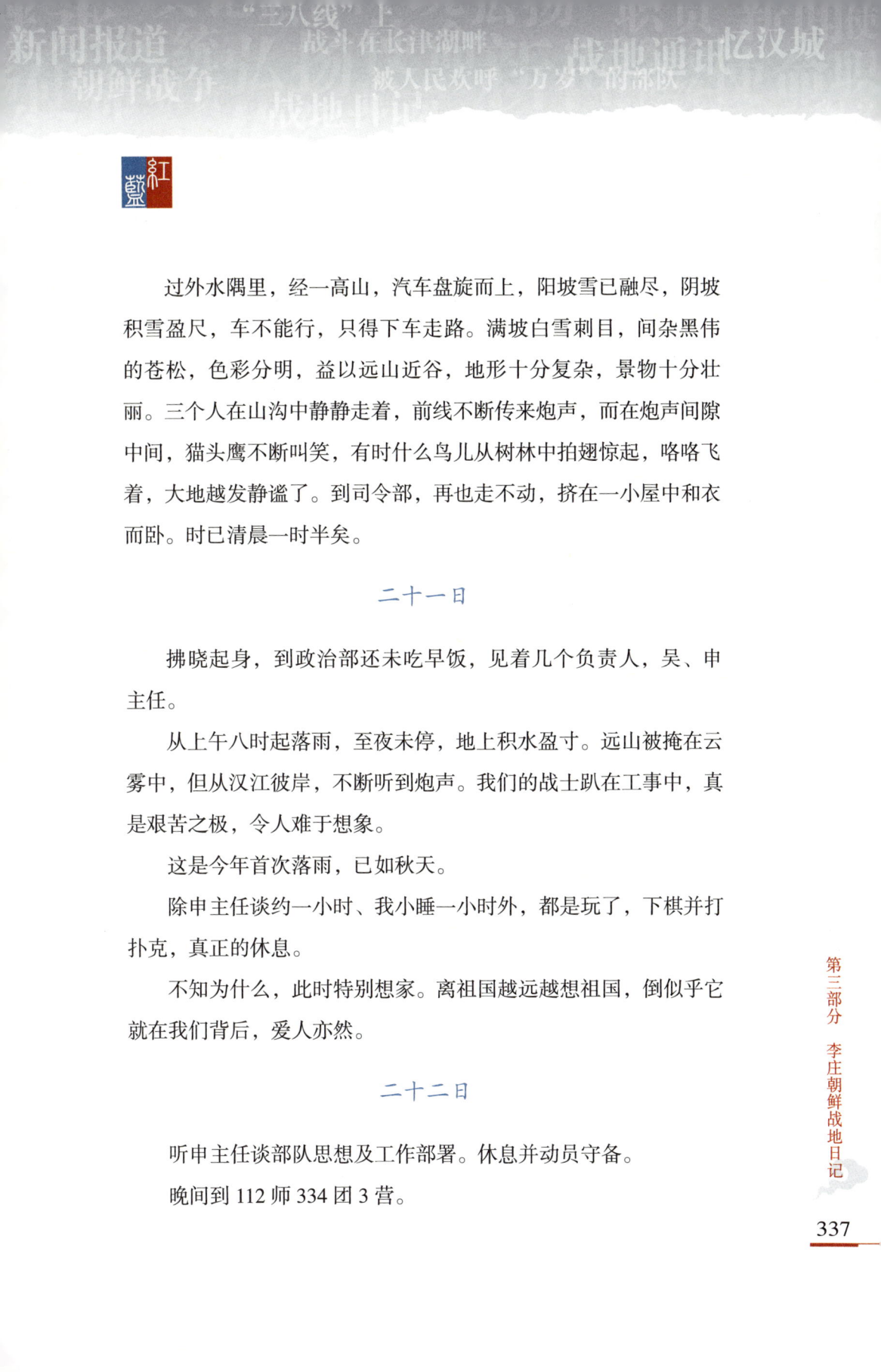

过外水隅里，经一高山，汽车盘旋而上，阳坡雪已融尽，阴坡积雪盈尺，车不能行，只得下车走路。满坡白雪刺目，间杂黑伟的苍松，色彩分明，益以远山近谷，地形十分复杂，景物十分壮丽。三个人在山沟中静静走着，前线不断传来炮声，而在炮声间隙中间，猫头鹰不断叫笑，有时什么鸟儿从树林中拍翅惊起，咯咯飞着，大地越发静谧了。到司令部，再也走不动，挤在一小屋中和衣而卧。时已清晨一时半矣。

二十一日

拂晓起身，到政治部还未吃早饭，见着几个负责人，吴、申主任。

从上午八时起落雨，至夜未停，地上积水盈寸。远山被掩在云雾中，但从汉江彼岸，不断听到炮声。我们的战士趴在工事中，真是艰苦之极，令人难于想象。

这是今年首次落雨，已如秋天。

除申主任谈约一小时、我小睡一小时外，都是玩了，下棋并打扑克，真正的休息。

不知为什么，此时特别想家。离祖国越远越想祖国，倒似乎它就在我们背后，爱人亦然。

二十二日

听申主任谈部队思想及工作部署。休息并动员守备。

晚间到 112 师 334 团 3 营。

二十三—二十六日

在三营收集材料。此地较四谷里尤偏僻。我们住的小房在一道山涧两股流泉中，夜闻水流之声，如和风骤雨。

二十七日

晚间到112师政治部，和吴主任商量，回国写文章，带电台再来38军。

因无墨水，日记被迫中断了。

和吴主任一起闲谈，玩扑克，直到夜十二时。

二十八日

晨一时，从112师政治部出发，赴335团找魏巍。临行前，给超祺同志留一信。

师政派一联络员及一通讯员送我们。这时月亮已经出来了，但被云层遮住，微微见路。前线不断传来沉重的炮声，炮弹出膛和爆炸的火光，清晰可见。路上的冰都化了，泥泞不堪，行走甚吃力。我们在一山沟中蜿蜒前行。到一渡口，几个战士正在修船，船已破，舱中灌满了水。战士们用木勺取水，极为艰苦，估计今晚修不成，决心绕路前进。

过北汉江一支流，脱掉鞋袜，涉水而过。原来出了一身大汗，已被料峭的江风吹冷，湿衣披身上，难过已极。看着水不太深，只把棉裤卷起一尺多高。才下水，觉着冰寒入骨，两脚不敢踩石头。过了一两分钟，不冷了，痛得要命，有些像火烧。又过了一会儿，

山河笔
——李庄朝鲜战地报道

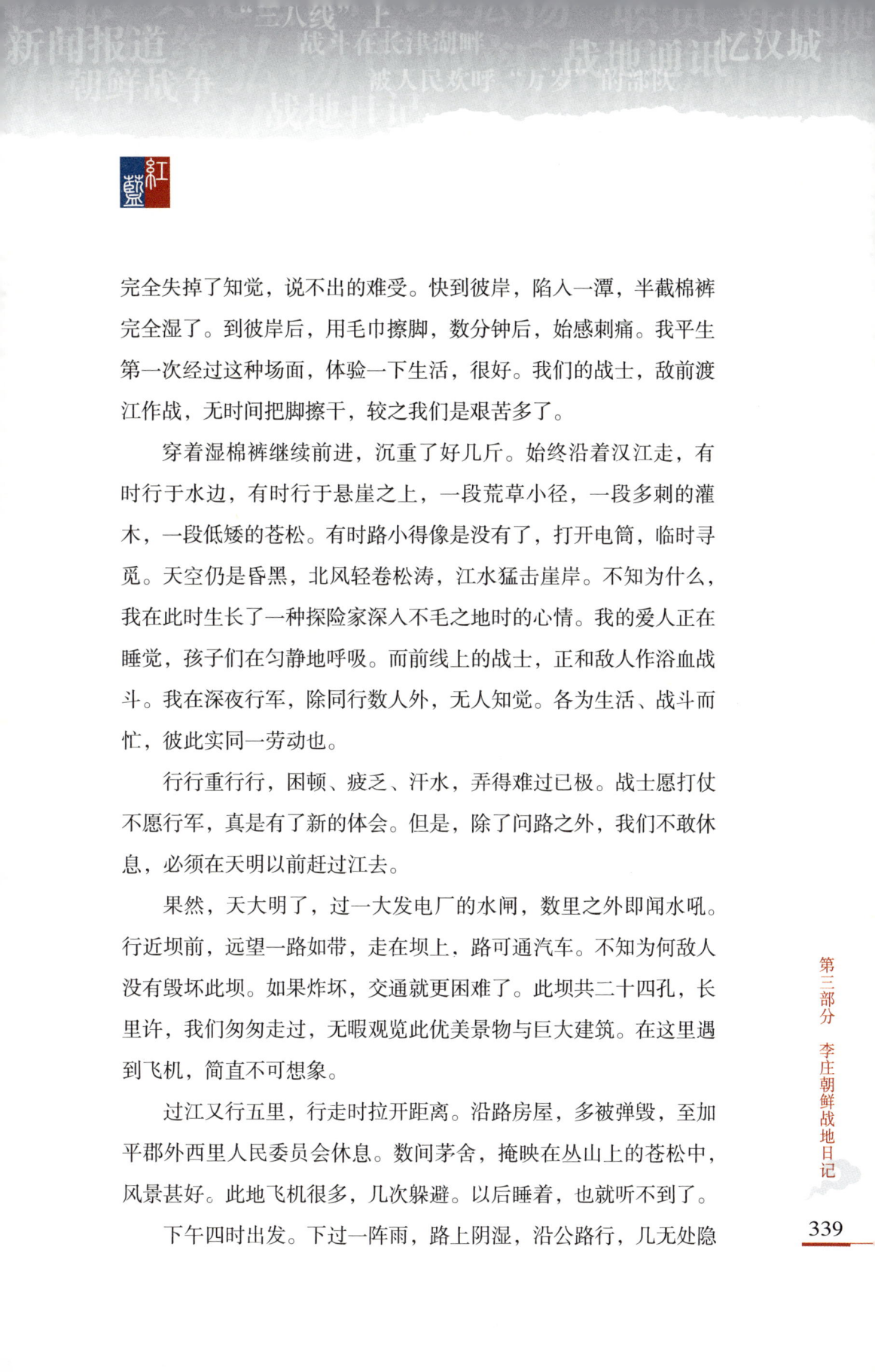

完全失掉了知觉，说不出的难受。快到彼岸，陷入一潭，半截棉裤完全湿了。到彼岸后，用毛巾擦脚，数分钟后，始感刺痛。我平生第一次经过这种场面，体验一下生活，很好。我们的战士，敌前渡江作战，无时间把脚擦干，较之我们是艰苦多了。

穿着湿棉裤继续前进，沉重了好几斤。始终沿着汉江走，有时行于水边，有时行于悬崖之上，一段荒草小径，一段多刺的灌木，一段低矮的苍松。有时路小得像是没有了，打开电筒，临时寻觅。天空仍是昏黑，北风轻卷松涛，江水猛击崖岸。不知为什么，我在此时生长了一种探险家深入不毛之地时的心情。我的爱人正在睡觉，孩子们在匀静地呼吸。而前线上的战士，正和敌人作浴血战斗。我在深夜行军，除同行数人外，无人知觉。各为生活、战斗而忙，彼此实同一劳动也。

行行重行行，困顿、疲乏、汗水，弄得难过已极。战士愿打仗不愿行军，真是有了新的体会。但是，除了问路之外，我们不敢休息，必须在天明以前赶过江去。

果然，天大明了，过一大发电厂的水闸，数里之外即闻水吼。行近坝前，远望一路如带，走在坝上，路可通汽车。不知为何敌人没有毁坏此坝。如果炸坏，交通就更困难了。此坝共二十四孔，长里许，我们匆匆走过，无暇观览此优美景物与巨大建筑。在这里遇到飞机，简直不可想象。

过江又行五里，行走时拉开距离。沿路房屋，多被弹毁，至加平郡外西里人民委员会休息。数间茅舍，掩映在丛山上的苍松中，风景甚好。此地飞机很多，几次躲避。以后睡着，也就听不到了。

下午四时出发。下过一阵雨，路上阴湿，沿公路行，几无处隐蔽。遇到敌机，才真讨厌呢。天黑了，公路桥断，过一铁桥，长约五十丈，深有五六丈，桥下流水有声，映着一条灰色光辉，才走还没有什么，慢慢腿发软，心跳起来。鼓起勇气前行，终达彼岸。神经衰弱者，想是没法这么走的。

十一时到军后勤部。得悉魏巍他们已于今晨走了。一日之差，悔之莫及。

晚上睡觉，棉衣尽湿，一片阴冷之感。

李庄朝鲜战地日记

一九五一年三月

路上有不少朝鲜农民补路，大部为妇女，穿着单衣，在大雪中，一步步把公路加宽，实在的这样的人民，会胜利，应该胜利……

新闻报道
朝鲜战争
"三八线"上
战斗在长津湖畔
被人民欢呼"万岁"的部队
战地通讯忆汉城

一　日

　　留在后勤部，和部长及主任谈后勤工作情况。腰酸腿疼，不想走路。身体真是不行了。在极度困乏中，和他们谈了四小时半，长不少新知识。

二　日

　　看到一些新电讯，及一些新报纸。许久不看，颇为高兴。

　　晚间坐 38 军后勤部的卡车到德实里一汽车队的大本营。司机同志开着两盏大灯风驰电掣而进。如果遇到飞机，真是天大的目标。这一百三十里路，组织得非常之好，每距五里有一哨兵，遇有敌机，即向汽车鸣枪报警。岔路口及桥上也有哨兵，警戒并负责指路。公路如都能如此组织，当可少坏许多汽车。

在司机旁边，非常紧张地坐了三点多钟头，平安无事到目的地。汽车才停，飞机已到。我们开玩笑说运气好。其实，我们在路上也可能遇到敌机了，不过听不见而已。

三数人家，房子都被队伍挤满，我们在两人中间插进去，小睡四小时。冷得要命。在我的感觉中，真比三九天还冷。

三　日

德实里属扬州郡，是我一生见到的树木最多的山地。附近群山，都被或粗（两三围）或细（碗口大小）的苍松和马尾松所笼罩。松涛滚滚，如置身海滨。

早饭已毕，我们去观览名胜，有一妃陵，前面苍松之中，辟出一条空道，如瓶颈，颈后松绕作圆形，如瓶腹。前有一堂，堂侧一碑，形式格局及词文意思，都和我国的碑文相仿。堂后为坟及翁仲。我们又去参观一庙，名"云岳山奉先寺"，为我看到的最大的朝鲜庙了。"大雄殿"及古色古香的对联、神像，都和我国的古刹相仿。佛前两灯，作八角形，木板悬烛，下垂八幅彩绸，这是我在中国没有见过的。奉先寺有一铜钟，比我高一尺，广可三围，厚七八寸，为"成化五年"物。

天冷得简直不成话，把隆冬天的装备完全披上，还冷得直发抖。飞机终日不断，似乎连一些空隙都没有。P51多次在我们头上盘旋，低得惊人，机翼上的标志，看得清清楚楚。但是，在这个大松林中，却是保险极了。到处放着东西，米袋、枪支、油箱、汽车零件、行李之类。下午，修理班修理一辆小吉普，有氧气设备，简

"三八线"上
战斗在长津湖畔
忆汉城
新闻报道
朝鲜战争
战地通讯
被人民欢呼"万岁"的部队

直开起小工厂来了。

读《团队之子》百页。

四 日

天似乎比昨天暖一些。读完《团队之子》。昨夜虽很冷，但和衣而卧，似乎今日已经恢复了积日的疲劳。

晚八时出发，两部大车，六十余人。飞机甚多。有人说坐这种车是"撞大运"。天空晴朗，繁星发出晶莹的微光。但不开灯，仍看不见路。

行150里，到一汽车山洞中，不能走了，因前面桥梁尚未修复。山洞凿石而成，旁为悬崖绝壁，以下为一河，水流声震人耳鼓。此洞受敌机多次袭击，洞中弹痕累累。

和群众挤着睡三四小时。肮脏而空气浑浊。天明，移到一山坡上的防空洞中。

五 日

白天在防空洞中睡觉。天寒风大，不能成眠，疲劳已极。

上午，四架喷气式袭击山洞，投弹十余枚。这些东西在我们上空低飞而过，低得实在惊人。我们简直怀疑要把帽子掀掉。重磅炸弹使此洞不断震动。飞机卷带的气浪发出使人牙酸心跳的嘶声。结果，洞的两口各落炸弹一枚，震落的石头把汽车的玻璃及灯都打碎了。

今天绕铁原而过。铁原是有名的机枪口、飞机窝。此地为四条公路交叉点，且地势甚平，故飞机十分注意。而交通管制又很不好，汽车火车挤成一团，车灯星星点点，恍如闹市。幸喜今晚阴天，否则是不可想象的。

过铁原后下起大雪，在车灯照耀中，巨大而繁密的雪片从空降下，被北风卷打得向南直冲，层层叠叠，虚无缥缈。到底是春天，沾身即化，衣服全湿。平安无事过铁原，司机都说是幸事。

路上有不少朝鲜农民补路，大部为妇女，穿着单衣，在大雪中，一步步把公路加宽，实在的这样的人民，会胜利，应该胜利。

六　日

白天睡在一天然石洞中，有郡的剧团为群众演戏。我因疲倦已极，不暇去看，倒在山洞中，睡了几个钟头，不是太冷，还不会醒呢。

向平壤进发。沿路车辆成群。40军的高射炮部队疾驰而过。49军的部队（49军未入朝，此处似为39军笔误——编者注）也正开往前方，数不清的人流、大炮、车马，滚滚而进，各种交通工具都用了。有许多战士用两轮胶皮手推车载着东西，随队前进。这些战士到了前线，会够美国人受的。

七　日

住在一个四五十户人家的小村子里，距公路约两三里。整日天阴，飞机来得很少。

此村已为39军的部队住满。我到一个正在做饭的房子里烤火，看见几个战士正在做饭。身上的霜雪见火即融，最初感觉特别寒冷，以后就好起来了。战士们都是河北人，我们谈得极好。他们问了前方许多情况，"我们已经到达37线了？""美国人的攻击精神到

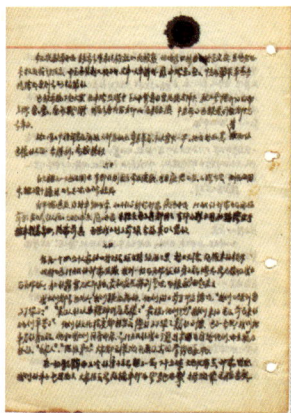
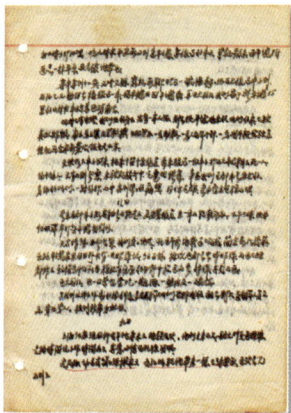
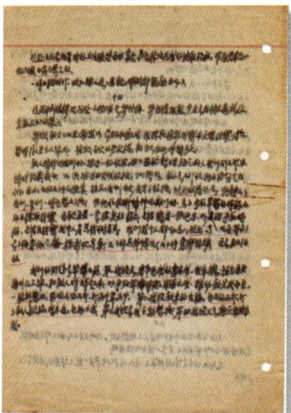

底怎样?"最后,他们说,"我们来得迟了。前面来的同志们辛苦了。"他们的文化程度都相当高,懂得37线之类的事情。过了一会儿,我到指导员的房子里,他和战士们同房而居,是39军的战士让出半边房给他们,而且让了热的。"自家人"、"阶级弟兄",大家都这样说。在异国,真比骨肉还亲呢。

在一个肮脏而不冷的房子里睡了一觉。下午五时,部队出发,我们的车子也出发了。大家注意看飞机,车行如风驰电掣。据说像这种速度,每小时可行100里。晚九时半,平安无事到达平壤。等后面的车子,警报频来,而平壤附近是一抹平原,亦危险地带也。

等车等到十二点,又冷又困,穷极无聊,吃了一碗温面,仍不见后面车子到,不得已又转回去接后面一车。从平壤北回平壤南,再过大同江,我们宿于离平壤15里的小村中。车子空着迎头南去。

此村已有电灯,我们住的房子,先有一家人住,老乡从平壤逃来的。他们的家,已被美国人炸毁。家主为工业大学教授,三个儿子,一为助教,一为人民军干部,一为战斗机驾驶员,但现在全家无菜吃,饭也是小米。

天快明了，车子回来，拖来十几个重伤员。原来后面一个车子，行不久就翻了，死一人，伤十余人。天有不测风云，未被飞机打中，竟遭此惨案。幸喜我们这部车是安全的。负伤的同志们，一路同行，心中感到深深的痛楚。同伴遇难，容易产生这种心理。

八　日

看来这部车子短期内是不能走了，要安置伤员，且一车不能载许多人。下午三时，决与伍必端步行赴平壤找关系。

天空晴朗，西风甚紧，我们急急地走。在这平原地带，遇上飞机，简直无法隐蔽。在距平壤数里的田野中，有一片炸弹坑，有百余。据说还都是定时炸弹，不过已经都炸了。敌机为什么在这种没有房屋的田野中投这么多定时炸弹，真想不通。

过大同江，在一个营饭堂吃一瓶酒、一盘肉及一碗饭。

先找到政治工作队的杨科长，是志愿军同志们告诉我的。这里街上，志愿军人员之多，实在惊人。后到新华分社住。

九　日

上海记者组的柳思平同志等来了，晤谈甚欢。他们才来不久，就大叫交通困难，走路时间比工作时间多了。其实，事情还在后头呢。

看见她，知道志总已经搬家了。长江同志（指人民日报范长江同志——编者注）托他带来一信，已给曾金，这次是见不到了。

晚赴文化宣传省对外文化联络局的宴会，局长提议为我的健康干杯，作为党报一个记者，也感光荣之至。

一时不能成行，玩玩、睡睡、看看书报，时间都荒废过去了。

十　日

晚间与刘桂梁同志同赴大使馆看柴代办（指当时中国驻朝鲜大使馆临时代办柴成文同志——编者注）。柴热情诚恳，完全是老朋友远离后重温友好的样子。

柴说，敌于七日发动总攻，前方正在激战。我采取机动防御与交替防御，可能暂时撤至三八线北。据说，这次攻势规模，较过去任何时期为大。

敌人条件比我们好，经过一个战役，两三周就整理补充好了。我们则不行，因条件限制故也。不过，经过四次战役后，可以证明，敌人是不行的，它不能赶走我们，进攻，也占不了什么便宜。相反，我们还会找空子搞它。现在的情况是，它整不了我们，我们一时也整不了它。但它的技术条件比我们好。为了争取准备的时间，不得不采取防御。这就要受一定程度的损失，包括让出一些地方，以空间争取时间，包括在防御战中人员器材的损失。我们几个人都知道，现在北京特别是上海等地，充满一种乐观空气，不了解具体情况，不了解实际困难。这是要不得的。

我们的问题是准备不够。第一战役是仓促迎战的遭遇战，我本拟预先进至清川江之线，和敌人对峙起来，以争取准备时间，开春大战。谁知敌先我而至，一股到楚山，因此不得不打，打多少算多少。第二战役敌来得太猛，也不得不打，打了敌人就跑，我未追，也无力追。第三战役是我主动整它。第四战役又是它主动整我。

山河笔——李庄朝鲜战地报道

红蓝

第四部分

李庄朝鲜战地报道回忆文章

随人民军在南朝鲜 /"空前伟大""空前艰苦"
的战争 / 真实性、片面性及其他 / 复仇的火焰
从心里烧起 / 我在朝鲜战争初期的采访经历 /
一个中国记者经历的朝鲜战争

随人民军在南朝鲜

　　人们多说新闻记者消息灵通。1950 年 6 月，我在《人民日报》总编室综理稿件，消息该不闭塞了，但在 26 日收到朝鲜半岛发生战事的消息，竟同读者一样感到突然。

　　1950 年上半年，尽管台湾、西藏等少数省、区还未解放，我们国家的注意力已开始转到经济恢复和社会改革。6 月下旬举行了全国政协一届二次会议，听取和讨论刘少奇作的"关于土地改革报告"、周恩来作的政治报告、陈云作的"关于经济形势、调整工商业和调整税收诸问题"的报告。会议定 7 月 1 日至 7 月 7 日为和平宣言签名周，号召全国人民参加签名保卫和平。人心如此，突然得知东邻发生战火，难怪不少人说如听晴天霹雳。

　　《人民日报》27 日刊登大标题新闻"朝鲜共和国军队转入反攻"，文称："朝鲜民主主义人民共和国 25 日下午 6 时发表公报称：朝鲜民主主义人民共和国警备队于 25 日拂晓遭到南朝鲜伪国防军的意外进攻后，展开了顽强的防御战。警备队在与人民军的协同作战下，迅即击溃敌人的进攻，转入了反攻。"《人民日报》同日据此发表社论："朝鲜的全面内战爆发了。"

　　我们国家的和平建设于是受到严重影响。朝鲜战事消息，从此长期占据《人民日报》头版和国际版大量篇幅。

新闻单位都力求发表独家消息，而《人民日报》当时尚未派遣常驻朝鲜记者。范长江（社长）、邓拓（总编辑）十分关注此事，同有关方面多次商量，决定派我到朝鲜前线采访。这已是7月开头的事。

朝鲜欢迎外国记者往访。当时平壤仅有塔斯、新华两通讯社的常驻记者，人手不多，逐日采发朝鲜公布的新闻电讯，难以分身到前线采访。恰好法国《人道报》记者马尼安、英国《工人日报》记者魏宁敦也要去朝鲜，商定我们组成一个采访团，我为发言人。当时交通阻塞，马尼安从巴黎到北京，要经过香港，整整用了一个星期。我们7月15日从北京出发，朝鲜人民军进军的第一高潮已是尾声了。

长江同志对记者工作有丰富经验和浓厚兴趣。他在我临行时说：当记者，要尽量"前伸"，千方百计取得第一手材料。三个记者，三个国家，有好处，便于交流经验；也准备出点麻烦，因为工作习惯、生活习惯不同，一定要搞好团结。他还说，稿子不嫌多，越快越好，你的稿子我来处理，随到随发。他的诺言后来完全兑现了，稿件处理很及时，都安排在醒目位置。我自问也没有辜负他的嘱咐。

从新义州入朝鲜国境，朝鲜劳动党平安北道党委代表和新华社平壤分社记者刘桂梁同志来接。刘前一天冒着轰炸，从平壤乘坐一个蒸汽火车头赶到这里。新义州虽已遭受多次轰炸，还保持道首府（相当我国的省会）的庄严和秩序。道党委员长（相当我国的省委书记）热情接待我们，详细介绍全道人民热烈支援前线的情况，50%以上的青年已参加人民军，其中有不少华侨。

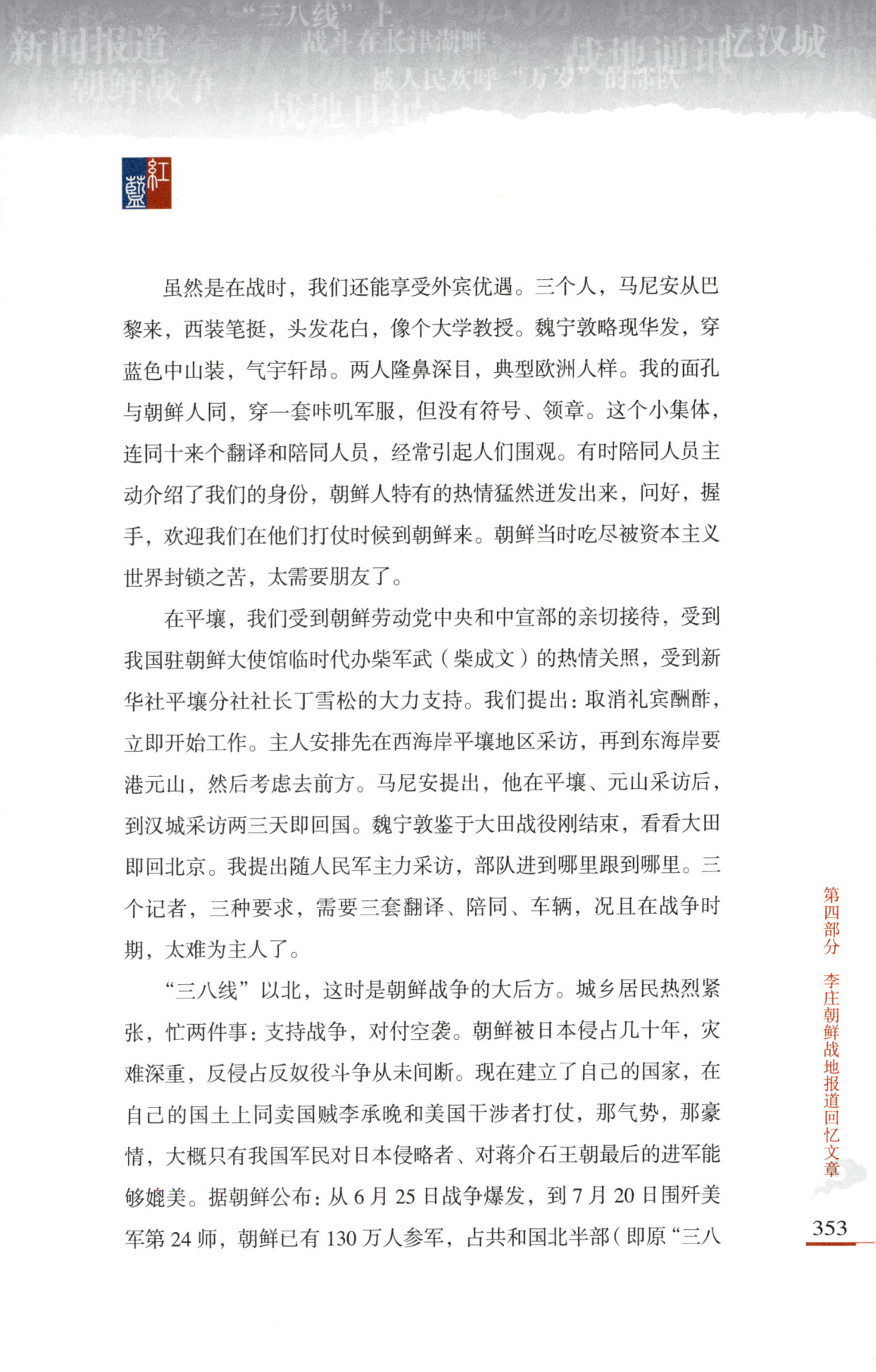

虽然是在战时，我们还能享受外宾优遇。三个人，马尼安从巴黎来，西装笔挺，头发花白，像个大学教授。魏宁敦略现华发，穿蓝色中山装，气宇轩昂。两人隆鼻深目，典型欧洲人样。我的面孔与朝鲜人同，穿一套咔叽军服，但没有符号、领章。这个小集体，连同十来个翻译和陪同人员，经常引起人们围观。有时陪同人员主动介绍了我们的身份，朝鲜人特有的热情猛然迸发出来，问好，握手，欢迎我们在他们打仗时候到朝鲜来。朝鲜当时吃尽被资本主义世界封锁之苦，太需要朋友了。

在平壤，我们受到朝鲜劳动党中央和中宣部的亲切接待，受到我国驻朝鲜大使馆临时代办柴军武（柴成文）的热情关照，受到新华社平壤分社社长丁雪松的大力支持。我们提出：取消礼宾酬酢，立即开始工作。主人安排先在西海岸平壤地区采访，再到东海岸要港元山，然后考虑去前方。马尼安提出，他在平壤、元山采访后，到汉城采访两三天即回国。魏宁敦鉴于大田战役刚结束，看看大田即回北京。我提出随人民军主力采访，部队进到哪里跟到哪里。三个记者，三种要求，需要三套翻译、陪同、车辆，况且在战争时期，太难为主人了。

"三八线"以北，这时是朝鲜战争的大后方。城乡居民热烈紧张，忙两件事：支持战争，对付空袭。朝鲜被日本侵占几十年，灾难深重，反侵占反奴役斗争从未间断。现在建立了自己的国家，在自己的国土上同卖国贼李承晚和美国干涉者打仗，那气势，那豪情，大概只有我国军民对日本侵略者、对蒋介石王朝最后的进军能够媲美。据朝鲜公布：从6月25日战争爆发，到7月20日围歼美军第24师，朝鲜已有130万人参军，占共和国北半部（即原"三八线"以北地区）人口 1/10 以上。

朝鲜人最恼火的是美国空军的骚扰。李承晚可说没有空军。朝鲜人民军空军作战英勇，但兵力单薄，开战没有几天，美国干涉者即完全掌握制空权。为了"摧毁"朝鲜的士气民心，美国飞机日夜横行，见人就打，见房就炸，而和平居民只能"消极防空"，代价是很重的。马尼安在二次大战期间，参加法国抵抗运动，同德国法西斯军队打过仗。魏宁敦在希特勒发动"英伦战役"、企图用空军征服英国时候，在伦敦担任防护队员，专同德国飞机"打交道"。他二位都说，从没有见过这么频繁、猖狂、如入无人之境的飞机。至于我，在抗日战争、解放战争中，从来没有把日本、蒋军那点飞机放在眼里。现在却大不同。我们从元山回平壤，三个记者，四辆小汽车，也成为 6 架轻轰炸机的攻击目标。大概因为我们跳车及时，只损失一辆汽车。我们站在一个山坡上，目力所及，多处起火，都是被敌机击中的草房。专向手无寸铁的居民逞凶，这叫什么战争？三个人气不过，利用防空时间，起草一份联合声明，揭露美国飞机屠杀和平居民的暴行。新华社广播了这个声明，据说在国际社会发生了一定影响。

还有更气人的。7 月 22 日，我们在黄海道碧城郡观察"三八线"两侧的战场，被 8 架美国战斗机相中了。小炸弹、机关炮劈头盖脑大打一场。在那狭窄的田间公路上，进退不得，只好跳出汽车，卧在稻田中，怒视敌机肆虐。一架海军战斗机俯冲过低，失去控制，撞倒一排柳树，坠地爆炸，距我们车队不过百多米。稻田满是泥水，可惜马尼安的法国西装，苦了魏宁敦的哔叽中山装，倒是我的咔叽军服，到汉城已完全干透，未留污迹。在农村打游击的经验，看来还是有用的。

在汉城一起工作两三天，我们三人分手了，我沿着人民军进军道路，赶赴大邱前线。

这场战争突然爆发，越打越大，据我看，从根本上说，是美国执意称霸世界，当地球的宪兵。就事论事，则是由于当事诸方对形势估计不足。战事先是涉及两国三方。两国，是说事实，不是名义。名义上，美国打着"联合国军"旗号，参与者有16国之多。但美国以外的15个国家，多的出兵两旅，少的提供几架飞机，壮声势而已，所以实际是美、朝两国。三方，即美国、朝鲜民主主义人民共和国和李承晚的"大韩民国"。李承晚定"北伐统一"为"国策"，同山姆大叔共同估计"北韩（对朝鲜民主主义人民共和国诬称）兵力不过8万，装备着来复枪，火炮甚少，士气不高，不能作战"。其实，金日成主席领导的抗日游击战争骨干，太白山（纵贯朝鲜半岛的主要山脉）革命游击战争的老战士，原在中国人民解放军服役、朝鲜内战爆发前回到朝鲜的朝鲜族官兵，都有长期革命战争经验，武器装备也远远超过美、李的估计，所以开战不过3天，李承晚军即狼狈南逃，连"首都"汉城都顾不及了。美国人看不起李承晚军，扬言汉城、鸟致院等地所以战败，是因为李承晚军不中用，它的陆军还没有出场。于是匆忙派出24师万余人，进至大田（汉城以南约150公里的战略要地），满以为依靠锦江天险，可以挡住人民军的攻势。谁想一战败北，主力被歼，师长迪安就俘，这才恶梦惊醒，大步南逃，退守洛东江东、普贤山南沿海一隅。这是一方。朝鲜战争开始第二天，美国空军即大举参战，它的地面部队如何动作，一时还看不清楚。以后来了万把人，大田一役，将其全歼，乘势追击，似乎很快能把美军逐出国土，于是定8月为完全解放朝鲜国土月。这是另一方。到1950年10月底，战事扩大到三国四方。麦克阿瑟之流对中国的决心和力量估计错误，先是认定中国不会出兵，把中国的警告视为"讹诈"、"恫吓"。看到中国真出兵了，又自我安慰，先说中国只是"保护水电站"，后说是要"挽回面子"。杜鲁门比麦克阿瑟清醒，在11月中第二次战役挨了大棒以后，立即宣布美国处于紧急状态，增调陆海空三军，把这场"局部战争"扩大成"中型战争"。

我沿着人民军的胜利之路前进。主人提供的条件在当时可能是最好的了，但我们行动极慢。主要是美国飞机捣乱。它先以普通炸弹破坏公路桥梁、渡口，朝鲜军民随时修复，保证运输畅通。后来美国飞机增投定时炸弹，给我们的主人造成更大麻烦。几颗"大特务"（朝鲜人民军对定时炸弹戏称）楔入土中，能使交通长时间中断。主人从安全考虑，坚主改道绕行。雨季水涨，道路不熟，有时一夜走几十里，比步行都慢。大家于是商定，不顾炸弹威胁，抢时间赶路。遇有定时炸弹，加大油门高速前进。有一次，在垒泉附近过洛东江，我们两辆吉普才过便桥，定时弹突然爆炸，距后车只有几十米，几秒钟。几个人欢快高喊："吉人天相"，"感谢马克思在天之灵"。

在大邱城外，我随东线指挥部行动，朝鲜民族保卫省（相当我国防部）副相（副部长）武亭将军在此指挥。十多年前，这位朝鲜革命志士在中国参加抗日战争，曾任八路军总部直属炮兵团团长。我先访问武将军，叙旧，致敬，了解东线战局；接着访问人民军最前沿一个师团。师团长出于安全考虑，千劝万劝我不能再前伸。我们登上一座 1100 米高山，满目苍翠，林木遮天，敌机擦着头皮穿梭飞过，大家似乎不闻不见，果真应了那句话：和英雄在一起，懦夫也会变得勇敢。用 8 倍望远镜观察大邱，但是可望而不能取。敌人以大邱（在北）、釜山（在南）、庆州（在东）、马山（在西）为支点，构成菱形纵深阵地，号称"釜山环形防御圈"，又称"东南防御方阵"。阵中麇集美军 4 个师、英军 1 个旅、李承晚军 5 个师和一些特种部队。敌人以大量坦克组成活动堡垒，以远程火炮和炮兵校正机布成弹幕，以轰炸机、歼击机构成外围隔绝地带，背靠釜山港，掌握制海权，粮弹充足，供十多万众死守硬磨。朝鲜人民军尽管士气高昂，作战英勇，因兵力、装备悬殊，久攻不下，真是顿兵坚城，兵家大忌。随着时间的流逝，人们慢慢看清楚了：这是敌人的圈套，把人民军主力吸引在这里，掩护它的主力登陆仁川，突击汉城。

眼见得战事胶着，一时没有大的新闻，我只好带着一包人民军英勇战斗的材料，仍取冒险赶路办法，回到汉城。遇见大使馆武官组的同志，详细介绍了前方的见闻，受到同志们的注意。此时他们已接到火速赶回的电报，劝我一起行动。我说，新闻记者赶热闹，哪国都一样，干一段再说吧！于是继续进行未了的新解放区的采访。

感谢主人的关照，我得以用不太长的时间，访问相当多地区的人、事。凡是我认为新解放区应该报道的方方面面，大体都采写了。由于都是独家新闻，读者相当关注。以后出了《朝鲜战地目击记》小册子，也很有读者。

在汉城遇到中国人民慰问团许多同志，特别亲切。有些热心

同志想继续"前伸",主人坚决主张到此为止。为参加朝鲜庆祝
"8·15"解放5周年盛典,慰劳进行祖国解放战争的朝鲜军民,感
谢朝鲜人民对中国革命的援助,我国各民主党派、人民团体、少数
民族代表组成慰劳团到朝鲜慰问,郭沫若(中国保卫世界和平大会
委员会主席)任团长,李立三(中华全国总工会副主席)任副团长。
庆祝会后,团长率领部分团员继续在朝鲜北半部工作,李立三率领
部分团员到汉城慰问,途中多次遭敌机袭击,幸无伤亡。宴会之
后,立三同志同我长谈,询问我在朝鲜新解放区的见闻以及对东南
前线战局的看法,最后含蓄地说:要注意敌人动向,大邱、釜山不
会长期僵持下去,敌人很可能另有动作。你要同使馆密切联系,不
能一个人长期闯来闯去。

他的告诫和武官组的行动显然是一回事。考虑到我在朝鲜新解
放区的采访任务基本完成,就从汉城回到平壤。恰好报社来电,要
我回国汇报工作。

到了安东(当时尚未改名丹东),气氛紧张,全市已呈临战状
态。看来还是我们中央估计准确。

"空前伟大""空前艰苦"的战争

抗美援朝战争是美国干涉者强加给中国人民的。1950年10月，新中国成立不过一年，经济凋敝，百废待兴，全国人民殷切希望休养生息，和平建设。但是不行，美国不让。朝鲜内战炮声一响，美国立即进占台湾，阻挠我们解放自己的神圣国土；连续侵犯轰炸我东北地区，向新建立的共和国施加压力；占领朝鲜临时首都平壤后，继续分路猛进，杀奔我国边境，一些好战分子公然叫嚣："鸭绿江不是把（中朝）两国截然分开的不可逾越的障碍。"它的野心是太大了。

来者不善，而且不可理喻。我国一面积极备战，一面通过多种渠道发出警告。但它一概不听。中国人有股犟劲，不管别的朋友是否言而有信，我们答应了的应该做的事，一定贯彻到底，即使作出巨大民族牺牲。

1950年11月2日，《人民日报》头版头条刊登读者投书："本报读者纷纷来信主张'实行抗美援朝保家卫国'。"11月5日，头版通栏刊登各民主党派联合宣言，"拥护全国人民在志愿基础上为着抗美援朝保家卫国的神圣任务而奋斗"。署名的有中共、民革、民盟等11个单位。11月8日头版头条新闻："在中国人民志愿部队参加下朝鲜人民军获重要胜利。"其实作战之前十多天，志愿军早已出动了。此后两年多，抗美援朝成为我们国家的头等大事，在《人民日报》上占有特殊重要的地位。

全中国看着朝鲜。阵容空前浩大的文化部队——记者、作家、艺术家……跟随志愿军开往朝鲜。《人民日报》组织一个记者团，包括田流、林韦、谭文瑞、陆超祺、姚力文、张荣安、李庄等七人，到朝鲜采访。当时编辑部人手不多，一次派出这么多人，决心是很大的了。但是动作较迟，12月中旬才出发，以致本报报道志愿军的第一篇专稿，不是本报记者的文字，而是特约记者李伟同志写的《人民志愿军在胜利前进》。

我是再度去朝鲜。鉴于朝鲜绝大部分地区已被美、李军队洗劫，征得报社同意，每人在安东购置一个睡袋，两斤干粮，以备急需，哪知道过江后立即用上了。同战士比，记者经常受到类似的优待。

我们到达朝鲜北部丛山中的志愿军司令部时，二次战役早已结束。听过战场形势介绍后，立即分头到前线、后勤部门、俘房营采访。我们的文字从12月17日起陆续见报，因为都是事后采访所得材料，多数质量不算高。

战地记者最大的困难是不能及时了解全局，在抗美援朝初期更加突出。为了应付朝鲜战场可能发生的严重局势，我们国家在8月即预作准备，不可谓晚。但部队10月下旬过江，还显得相当仓促。打过仗的都知道，几十万大军出国作战，谈何容易。先头部队还未进入预定地区，就同疯狂北进之敌遭遇。兵力未及集结，阵地未及构筑，全凭指挥机动灵活，部队积极主动，奋战12昼夜，歼敌15000人，取得初战胜利，志愿军在朝鲜站稳了脚跟。敌人吃了

一棍，还未摸清我军的力量和决心，立即增调部队，调整部署，发动它所说的"圣诞节回家"的总攻。我军发挥运动作战的优势，冒零下30度严寒，奋战一月，歼敌3.6万人（其中美军2.4万多人），收复平壤，把美军赶回"三八线"。此役规模大、时间长、战区广，加之交通不便，通讯困难，不必说没有赶上作战的记者，就是极少数赶上了的，甚至一直随军行动的部队新闻工作者，也难了解不断流动变化的全局，以致这个时期未能出现综析全局的文字，而这是国人希望首先看到的。

我随志愿军38军采访时间比较长，写过一篇通讯《被人们欢呼"万岁"的部队》，反应不错。当时不便提番号，但在朝鲜谁都知道写的是38军。这是个老部队，解放战争中第四野战军的"拳头"之一，在朝鲜二次战役中战绩辉煌，志愿军总部通令嘉奖，最后一句就是"38军万岁"。这样高的评价从未有过。以38军对朝鲜人民和祖国人民的伟大贡献、英雄气概和牺牲精神，确实当之无愧。这是战后采访之作。后来38军打到汉江以南，我随军采访，写通讯《光辉阻击战》，能够说说敌我攻守态势了，因为当时战线相对稳定，对战局了解已经比较全面明晰。

我同38军112师的一个营共同生活了一星期，一起吃，一起睡，详细记录他们在战事最激烈的10天之中战斗、生活诸多情况。过鸭绿江时，这个营有700多人，这时几间草房就挤住下了。但指战员士气甚高，因为一直打胜仗。我把材料带回北京，真人实事，汇集成文。烈士们的主要事迹，都有生者目睹耳闻，我据以如实介绍；谈到某些细节，那些淳朴的幸存者声明，在战斗现场看不清，听不到，是根据对烈士的了解和个人的经验"想的"。因此，我写到的生者和逝者，都改变了姓名。但真人实事，并非文学创作的"原型"。承《新观察》同志们大力支持，这篇纪实文字先在这个刊物连载，后来印成一本小书《战斗十日》，寄托我对几百烈士的尊敬和怀念。大概是出于这种革命情谊，十年内乱期间，38军在河北省"支左"，我在北京挨批，有同志转告说，38军有同志询问我的情况，意思是想给予帮助。这在当时可不是小事。我自问还能经受住当时的考验，没有麻烦他们。但这番革命深情，是永远不会忘记的。

我还访问过志愿军27军、50军等部队指战员和伤员，写过他们付出重大牺牲取得的长津湖之战和歼灭英国皇家重坦克营的胜利。从万千英雄人物的奋斗和我本人的体会，对当时流行的抗美援朝战争"空前伟大"、"空前艰苦"的说法，体会越来越深切。

说"空前伟大"，不是指战事规模和我军的斩获，那是比不上淮海战役、辽沈战役的。十年国内革命战争、抗日战争、解放战争，老对手日本法西斯和蒋介石，都曾经很强大，但许多地方不能同当时的对手比。这个"世界宪兵"，独家垄断原子弹，号称从来没有打过败仗，是帝国主义头子。全世界无人敢惹，我们决心惹一惹。全世界无人敢动，我们偏要动一动。一动两年多，歼敌70万（连同朝鲜人民军的战绩，共歼敌109万），最后迫敌在停战协定上签字。全军上下，前方后方，自豪自信，慷慨壮歌——这就是我们的士气，就是我们的战斗力。没有这一条，"空前艰苦"是不可能战胜的。

"空前艰苦"是老红军、老八路们的体会，很快传遍全军。主要由于这个战争遇到许多前所未见的情况。在国外作战，战地是狭

新闻报道
朝鲜战争
战地日记
"三八线"上
战斗在长津湖畔
被人民欢呼"万岁"的部队
战地通讯忆汉城

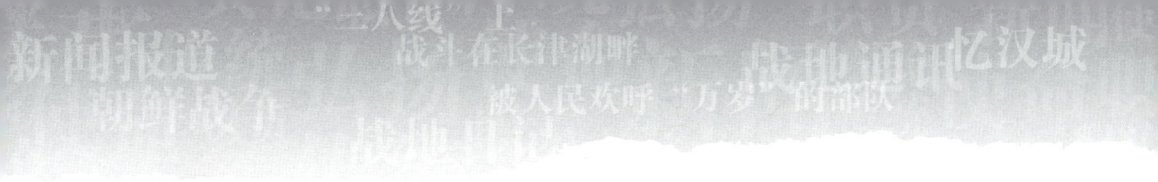

长半岛，蜂腰部仅有 170 多公里，太白山纵贯南北，河流又多东西向，回旋余地很小，严重限制我军擅长的运动作战，有利于敌人的机舰封锁。过去后勤供应也困难，但粮食可就地筹集，械弹取自敌人。这时粮弹车械均由国内供应，敌人疯狂破坏，常常缓不济急。"一把炒面一把雪"，够艰苦了，可在战争初期，还常常连炒面都吃不到。祖国人民关怀志愿军，军需物资准备充沛，但不容易抢运上来。头几个月，约有 30% 到 40% 的物资被敌机在路上打掉，司机、汽车伤亡损失十分严重。后来高炮部队大批入朝，掩护桥梁、渡口等交通要点；我空军相继出动，逐步掌握鸭绿江到清川江百多公里的制空权；公路沿线普设防空监视哨，使交通运输日益改善。但终朝鲜战争，后勤供应始终是困扰我们的一大问题。彭德怀同志为此高度评价后勤战线的贡献，以至说："朝鲜前线的胜利，百分之五十一的功劳在后勤。"

我军同蒋介石、同日本法西斯军队打了 22 年，装备都居劣势，但没有朝鲜战争悬殊之甚。战争的决定因素是人。空军不能解决战斗，但对它的作用不能低估。美军在朝鲜经常保持 1200 架到 1800 架飞机，给我们造成的巨大困难，没有到过朝鲜的人们是难以想象的。我在朝鲜从未持枪作战，但多次经历人与现代战争技术的搏斗。举一个例子："三八线"北铁原、平康、金化间交通枢纽，敌人叫作"铁三角"；我们同志戏称为"生死关"或"锻炼区"，每次经过此地，要作决死的思想准备。这里四面皆山，中间一片开阔地，几条公路交汇，敌机 24 小时重点封锁。它先投定时炸弹，散布紧张和恐怖；战斗机日夜巡逻，见人见车，俯冲炸射。我几次夜间到此经受"锻炼"，虽路上被毁汽车累累，司机仍然大开前灯，高速飞驶，就像空中根本没有飞机。"联合国军总司令"、美国陆军上将李奇微被迫承认："幻想单靠空军切断敌人的补给线是错误的。"我们的同志也公正地说：艰苦，确实艰苦，我们付出的代价也是巨大的。

第五次战役以后，双方的战线大体沿"三八线"稳定下来。敌人战线缩短，兵力"抱团"，更便于发挥技术优势。我们供应线延长，打运动战的机会基本消失。入朝作战以来，我们毙伤敌人上百万，但歼灭师以上建制部队不多，主要原因是敌人有极大的技术优势，我们遇到过去少见的"艰苦"。现在整军整师歼敌更少可能，即及时果断改变战术："削萝卜"——一团、一营地"削"，进攻时"削"，防御时也"削"，聚少成多，同样能收歼灭敌人有生力量之效。打惯大歼灭战的人起初觉得"不过瘾"，因为"艰苦奋斗"一场，没有多大缴获。过一段时间，都明白这个决断十分正确，大家就比赛"削萝卜"了。

"空前伟大"，"空前艰苦"——谁也没有见过这种宣传提示，谁都按照这个基调写文章。这是所有同志愿军一起生活过的人一致的体会。本报记者出动较晚，大家依此精神，奋力工作，弥补迟到的损失。《人民日报》从 12 月 17 日开始刊登本报记者的文字，连续 5 篇都安排在头版，可见编辑部对来自朝鲜的报道是多么重视，对本报记者的工作是多么支持。特约记者李伟、杨朔、魏巍、舒群（以发表文章先后为序）等名家积极为本报写作通讯报告，以杨朔的作品为多，魏巍的《谁是最可爱的人》影响最大。新华社记者和部队新闻工作者也写了大量作品支持党报。新中国成立以来，《人民日报》报道一件大事，如此集中突出，如此经久不懈，抗美援朝为第一次。

　　在这场历时三年的"中型战争"（对两次世界大战而言）中，我们国家为人所不敢为，向全世界显示了国威军威。志愿军几十万指战员献出宝贵的生命。不少新闻工作者——主要是部队新闻工作者为中朝人民流尽最后一滴血。本报近 10 名记者先后多次到朝鲜，屡历惊险，幸无伤亡。

真实性、片面性及其他

从 1950 年 7 月到 1951 年 4 月，《人民日报》派我三到朝鲜，先随朝鲜人民军采访，后随中国人民志愿军采访。文字写了不少，有些当时还得到好评。究竟完成任务没有呢？当时自我感觉是好的，领导也说很不错。特别是第一次，我国仅派出一人，又在南朝鲜新解放区和战区走了一大圈，占有"热点"、"独家"的优势。但是用现在的眼光看看，也许能得六七十分。

第一次与英、法两国的党报记者同行。首次出国采访，三人中我最年轻，自我提醒要发愤，要谨慎。后两次同中国同志一起，记者很多，大家比着，还是信守上述自律。发愤当然很对。谨慎也好，但有时变成拘谨，加上某些老框框束缚，误了不少事。

新闻必须真实，在我是天经地义的事。朝鲜人民军、中国志愿军的战斗英雄，中朝两国的抗敌模范，凡是写进文字的，有的是我现场目睹，有的是事后访问当事者所得，有的材料来自烈士、伤员的战友或亲人，都是真实可靠的，没有发现失实情事。但有不足之处。多年来我积累了一个观点："朴素自生动"，主张新闻作品写人状物，贵在朴实，不必修饰。人事本身就是生动感人的，你老老实实、朴朴素素地写出来，必然生动感人；如果人事平平，记者却厚施脂粉，西施也会被涂成东施。这个观点一般说也不能算错，但我

山河笔
——李庄朝鲜战地报道

有时强调过头，以致文字干瘪，缺少生气。

揭露敌军的暴行，特别是对和平居民的罪行，是经常报道的一个题目，同样求实，绝不渲染。我写的这方面文字，有的是亲身经历（如敌机滥炸），有的是幸存者或目击者介绍（如敌军虐杀），根据都很充分。但有时顾虑多，也束缚了自己的手脚。我曾两次访问新义州：第一次在1950年7月中旬，当时该城已遭几次轰炸，破坏还不严重，气氛紧张，但秩序井然。第二次在1950年12月，这个整洁美丽的江城已被彻底夷平。11月8日，100多架美国飞机袭击新义州，其中有80多架B29重轰炸机。先用烧夷弹轰炸城市外围，烧起一圈大火；然后在市区进行"卷地毯"式的穿梭轰炸，战斗机在城市周边反复扫射，封锁居民外逃道路。参加过卫国战争的一位苏联记者说，新义州被破坏的程度超过斯大林格勒。使用现代技术对和平居民进行如此野蛮的屠杀，是敌军灭绝人性的铁证。我掌握了足够的材料。由于担心客观上夸大敌人力量，造成某种对战争恐怖心理，就放弃了这个证据确凿的"真实"，十分可惜。但这并不是唯一的例子。

我同《人民日报》记者陆超祺同志合写一篇通讯《在汉城》，这是第三次去朝鲜的事。其中有一句话：汉城保卫战是"在最勇敢的人民和最不勇敢的敌人之间发生的"。对敌人作这种一般性的评断，应该说不太准确。这种不准确却以不同形式多次出现在我本人以及某些同行的文字中。朝中两国人民及其部队，以劣势装备、菲薄供应对付仅仅没有丢原子弹的敌人，最后战而胜之，至少是逼而和之，完全当得起"最勇敢"三个字。敌人，在许多情况下可以说它"最不勇敢"；在不少情况下却不应该这样说。我借助翻译同志问过不少美国俘虏，为什么要远涉重洋，侵略人口只及你们 1/20 的新独立的国家？他们的答话使我惊奇，不少人并且毫无悔罪之感。有的公然声称，美国有责任有力量充当"国际宪兵"，他来朝鲜是执行"神圣任务"的。有的则毫不掩饰地说，他们愿意打赢这个战争，"由军士升为军官，回家买座房子。"有的说这次被俘"纯属不幸"，因为"美国从来没有打过败仗"。骄狂、无知、贪婪，在美军官兵中不是少数。单兵作战，夜战，近战，他们相当怯懦；一旦"抱成团"，又与现代战争技术和大量钢铁搞到一起，他们的战斗力可不算低，有时还相当顽强，至少不能说那个"最"字。

在一个相当长的时期，"帝国主义是纸老虎"这个概念在我头脑中相当牢固。在战略上说这是对的，在战术上看来却不能无条件地这么说。但我当时缺少这种辩证法，而有这种误解的恐怕不只我一人。1951 年 3 月 2 日，《人民日报》一版登了一个材料："在（朝鲜）龙源里战斗中，英雄的郭忠田排，一个排对美国兵 500 余人，与敌人大量飞机坦克激战竟日，自己无一伤亡，夺获大炮 6 门，汽车 58 辆，歼灭敌人 700 余名。"这个材料当然是要告诉读者：我军十分英勇，敌人过于无用，是"最勇敢"同"最不勇敢"的一次较量。这个材料并不出自新闻记者之手，可见"纸老虎"观点影响很广。材料所说我想是真实的，在朝鲜早就听到了。但我可以肯定，材料即使真实，说得也不全面、不清楚，一定有什么很重要的东西漏掉了。彭德怀同志在朝鲜讲过这样的话：新闻要合乎事实，合乎实际情况，不能夸大，不能片面。比如，我军一个排歼灭敌人一个排，自己没有流血。你这里没有流血，是因为别人那里流了血。片面写不流血，会引起轻敌，失去教育意义。"敌人这样好打，还抗

新闻报道
朝鲜战争
"三八线"上
战斗在长津湖畔
被人民欢呼"万岁"的部队
地地通讯
战地通讯忆汉城

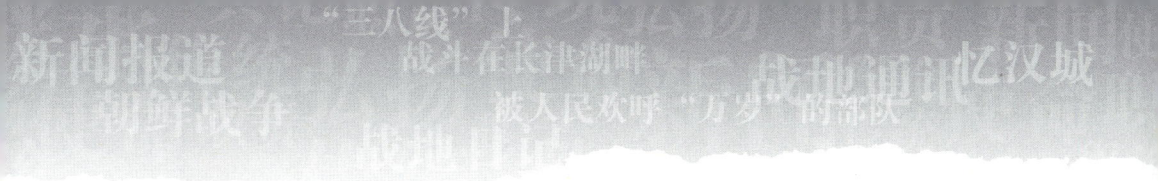

美援朝干什么?"彭总的话一针见血。我个人的看法,出现这类纰漏,有片面性作怪,也有怕犯错误的潜意识的干扰,至少我个人是这样。可见坚持真实性原则,既需要"水平",也需要"勇气"。

也是多年老习惯:记者一般是写新闻写通讯,不写或少写评论;国际事务,特别是涉及友好国家的事务,更是记者个人评论的"禁区"。这里有记者素质不高的因素,也有体制的原因。我在朝鲜洛东江前线采访时,精神特别亢奋。朝鲜人民军指战员作战英勇,视死如归,令人感动。但敌人有钢铁围成的纵深阵地,有制空权和制海权的有力保障,以人民军当时的兵力和装备,想把敌人赶下海去是不可能的。这个仗如何打下去? 我很有些话想说。但知识准备不够。中朝、中美关系略有所知,朝美关系全然无知;也曾想到在这战局僵持的背后,美国必然准备什么新动作,点它一下有好处。因独处一隅,资料缺乏,无法作出判断,最后只好带着大包材料,回到汉城,继续进行南朝鲜新解放区的采访。以我当时的功力,固然不可能写出合格的评论;以我们国家当时的习惯作法,即使写成了也难以发表。所以提高记者素质,改革新闻工作体制,在我们一直是个亟待解决的问题。

朝鲜"三八线"以南广大农村,土地集中,地主剥削极为残酷,农民盼土地如旱年望云霓。可能因为是在战争时期,形势要求速战速决,当地的土地改革一般都在十天左右完成全过程。得到土地的农民欢天喜地,我写了文字鼓吹、歌颂。但是这样由上而下的快速发动,能否巩固土改成果? 这种群众斗争如何同解放战争密切结合? 我都有些看法。在客观报道的同时,应该说可以委婉地作出某种评论。当时领导土改的基层干部,有的就是太白山(纵贯朝鲜半岛南北的主要山脉）游击战争的指挥员，对上述问题也有值得重视的看法，适当加以介绍，就是很好的评论。我又是考虑朋友关系过多，忍痛放弃了。同一些国家的记者比，在报道中作评论，一直是我们的薄弱环节。解决这个问题，离不开体制改革，但主要依靠人员素质的提高。近几年不少中青年记者在这方面有所突破。这个问题的解决，看来并不像过去想的那么难。

第一次去朝鲜，缺乏经验，时间仓促，从准备到成行，仅一个多星期。物质准备极简单，做了两套适合战地穿着的服装。当时服装店老板闲得发慌，一昼夜准时交货。主要是知识准备：翻古籍，找材料。临时抱佛脚也有用处，第一篇通讯《美丽的河山 勇敢的人民》就用上了。火车过新义州——平壤间的清川江时，我想到隋炀帝侵略朝鲜，在此大败而归；看到居留朝鲜的华侨向火车上的人民军战士热情欢呼，想到国际主义的新时代。都写了，可惜太简单。我知道中国封建王朝三次侵略朝鲜，知道中朝两国一再合力抵御日本侵略，知道当代两国志士仁人并肩革命半个世纪。可惜这些反映两国关系历史发展和两国人民革命情谊的材料，我都没有充分运用。因为有顾虑，怕太长，怕离题。我写稿编稿崇尚精练，这当然不错。但精练和丰满并不矛盾。如果把多方面、多层次说明主题的材料通通砍掉，那就不是割盲肠，而是切大腿了。

抗美援朝战争产生新闻通讯、报告文学数以千计，最出色最具魅力的，当推魏巍同志的《谁是最可爱的人》。这篇优秀作品对志愿军的伟大形象和精神世界作了深刻剖析和生动描绘，使读者自然而然得出结论：志愿军是最可爱的人。这样好的文字不出于数以百计的专业记者之手，而出自为数不多的部队作家，值得我们深思。

在志愿军38军，我同魏巍一起工作过不长的时间。魏巍熟悉部队，热爱战士，积十多年生活（从抗日战争到抗美援朝），把革命战士的思想感情、音容笑貌"吃透"了，并以高超笔力，写就如此出色文字。在一起生活期间，我只见他调查、笔记、出神，想是揣摩、思考，但未见他着手写作。看来是在回国以后，酝酿成熟，精雕细刻，"用最能代表一般的典型例子，说明本质的东西"。这个"本质的东西，就是对于伟大祖国的爱，对朝鲜人民深刻的同情，和在这个基础上的作一个革命英雄的荣誉心"（这里引的话，是魏巍对记者谈他写作此文的经验时说的）。这是记者的路子，更是作家的路子。这中间值得我们学习的东西很多，最重要的我看是满腔热情当小学生的精神和极为认真、精益求精的态度。

《人民日报》先后有十几个记者到朝鲜，没有写出这样的好文字。从根本上说，是功力不深，又缺乏写作"传世作品"的雄心；对记者工作的理解，我看也有不全面处。我们奉行用最快的速度报道最有意义的事物的原则，这本是对的。但不能把时效和精深对立起来，片面追求时效而轻视质量。在朝鲜战地，通讯极为困难，记者的文字只能托便人带到北京或者安东。常常是中午得悉有同志黄昏出发回国，立即卡时间赶写文字，因为延误一两小时，就可能推迟十天半月。有引擎催人之急，无文不加点之能，文字往往流于粗陋，有时甚至不能充分表现本人的水平。其实当时写作的通讯，多数并不具备新闻电讯要求的时效，为早几天发稿而影响质量，不能说是合理的选择。

这篇短文主要写我在朝鲜战地采访期间的阙失和教训，兼及新闻工作中个人想到的一些问题，毫无否定当时新闻报道巨大成绩之意。那成百成千篇反映中朝人民军队英雄业绩和精神风貌的新闻作品，激励、教育几亿为社会主义奋斗的当代人，也为后人留下珍贵的历史纪录。它的作用，其他式样的文字并不能代替。

复仇的火焰从心里烧起

　　《复仇的火焰》是我第三次去朝鲜战场时，在安东（即今之丹东）伤兵医院里写的一篇通讯。两小时采访，三小时写稿，不说文不加点，确是一气呵成。事后看，再有一两小时，稍加涂饰，改得精致一些就好了，当时原不必那样火急付邮。

　　采写快，处理也快。范长江同志接到此稿，看看有些意思，立即放下他事，亲自编辑、定稿，第二天《人民日报》一版见报。范在我国新闻界的造诣，大家是公认的。他从记者工作起步，在《人民日报》社长岗位上，还是亲自部署记者采访，亲自处理记者的稿件，这种精神值得学习。

　　写文章，我还少有这样的冲动。当时满腔怒火，不事雕琢，只想争分夺秒，把这个血淋淋的催人奋起的惨剧记下来，献给万千关怀朝鲜战争的读者。这种感情积蓄很久了。抗日战争时期，在太行山武乡县岍口村，日本侵略军一次"扫荡"刚退，我赶到它制造的杀人场。78具老弱妇孺的尸体！日军用人血在庙前影壁上涂写的"杀人场"三个斗大日化汉字，猛烈敲击穿军装和穿便服的未死者的心：此仇不报，何以为人！抗日战争以前，武乡人性情平和，不吃鸡肉，甚至不敢杀鸡。到了40年代，没有在这个那个杀人场遇难的武乡人却杀人了，杀日本兵，杀随之而来的蒋家兵，有的杀红

"三八线"上
战斗在长津湖畔
被人民欢呼"万岁"的部队
战地通讯
忆汉城
新闻报道
朝鲜战争
战地时讯

了眼，成为战斗英雄。抗日战争，解放战争，峪口那样的惨案我看得多了，写过一篇报告文学，题目就叫《仇恨》。朝鲜战争初期，在汉城、水原、忠州、春川等朝鲜南部城市，我又看到许多杀人场，有的出自"李承晚"们之手，有的是美国侵略军所为。新仇牵动旧仇，在心底结成一团怒火。

"抗美援朝，保家卫国"，在新中国成立初期，对我国人民是一次爱国主义、国际主义大教育、大发动。同我国在日本侵略时期出过一些"汉奸"一样，朝鲜在日本侵据时期也出过一些"朝奸"。这一小撮人类渣滓，卖身投敌，为虎作伥，跟随日本侵略者来我国作恶，成为大大小小的虐害狂。群众恨之入骨，贬之为"高丽棒子"、"二鬼子"。许多人不了解朝鲜志士仁人同我国军民并肩在中国抗日的情况，一时也分不清朝鲜人民和一小撮"朝奸"的区别，听说出兵援朝，想到"高丽棒子"，心里很不舒服。报纸宣传"高丽棒子"就是李承晚之类，"抗美"就是抗击美国侵略者及其走狗"高丽棒子"，"援朝"就是援助曾经同我们并肩抗日现在继续同我们一起反对美国侵略的朝鲜人民。群众反映：报纸说得对，理顺气了，只是"心里总像有个苍蝇"。

怎样消除一些人心里这个"苍蝇"？是我在抗美援朝初期经常思考的题目之一。我国志愿军入朝作战已一个半月，早就应该交卷了。正好，在安东伤兵医院遇到志愿军某部步兵炮连指导员张忠。这位刚在二次战役负伤下来的青年干部的亲身经历，足能生动有力地赶跑一些人心里的"苍蝇"，我就老老实实、匆匆忙忙地记录下来，写成这篇通讯。在那个撕心裂肺的杀人场上，张忠对战士说的那几句话，也是说给全国人民听的："同志们，什么是抗美援朝？

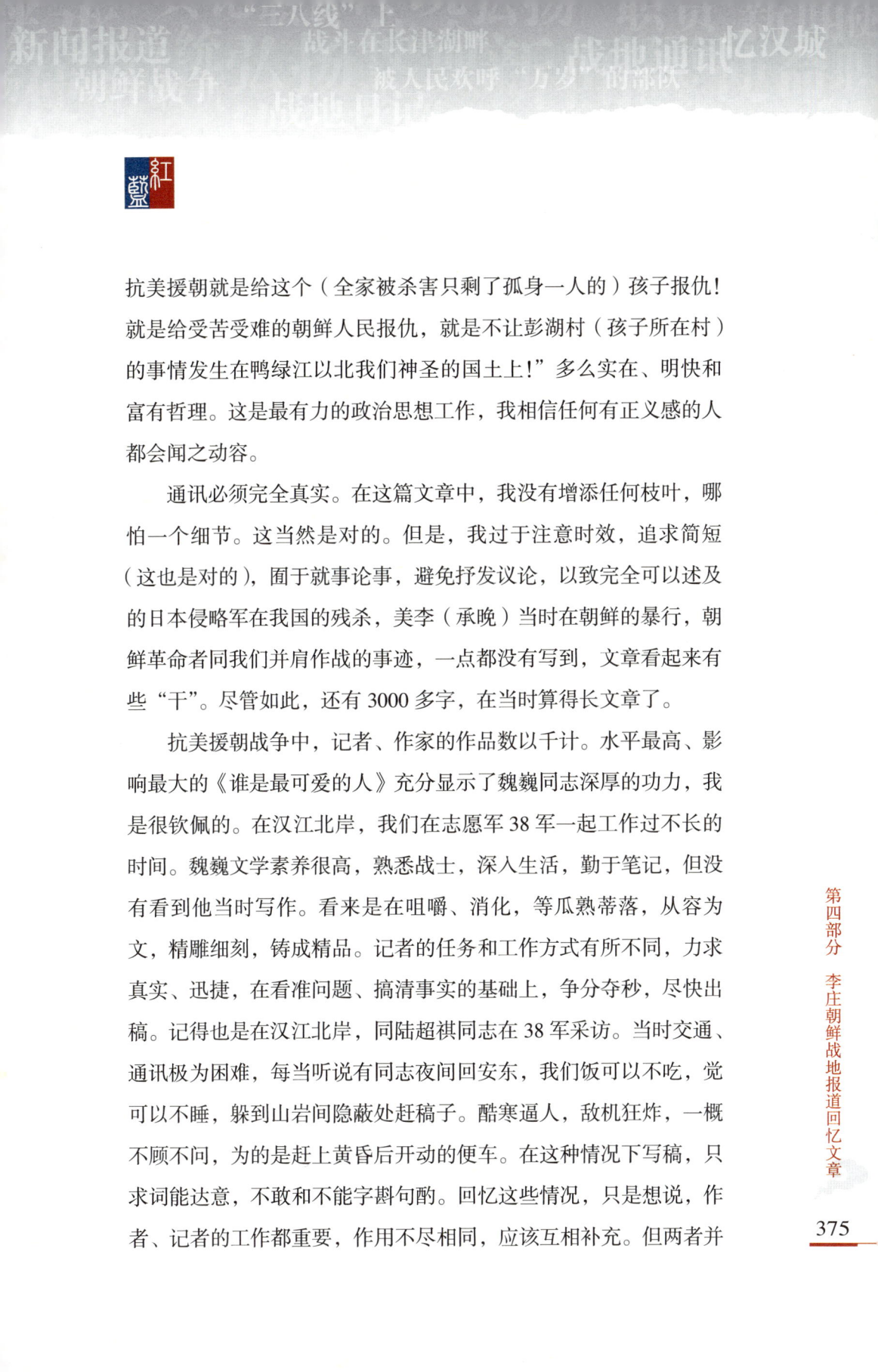

抗美援朝就是给这个（全家被杀害只剩了孤身一人的）孩子报仇！就是给受苦受难的朝鲜人民报仇，就是不让彭湖村（孩子所在村）的事情发生在鸭绿江以北我们神圣的国土上！"多么实在、明快和富有哲理。这是最有力的政治思想工作，我相信任何有正义感的人都会闻之动容。

通讯必须完全真实。在这篇文章中，我没有增添任何枝叶，哪怕一个细节。这当然是对的。但是，我过于注意时效，追求简短（这也是对的），囿于就事论事，避免抒发议论，以致完全可以述及的日本侵略军在我国的残杀，美李（承晚）当时在朝鲜的暴行，朝鲜革命者同我们并肩作战的事迹，一点都没有写到，文章看起来有些"干"。尽管如此，还有 3000 多字，在当时算得长文章了。

抗美援朝战争中，记者、作家的作品数以千计。水平最高、影响最大的《谁是最可爱的人》充分显示了魏巍同志深厚的功力，我是很钦佩的。在汉江北岸，我们在志愿军 38 军一起工作过不长的时间。魏巍文学素养很高，熟悉战士，深入生活，勤于笔记，但没有看到他当时写作。看来是在咀嚼、消化，等瓜熟蒂落，从容为文，精雕细刻，铸成精品。记者的任务和工作方式有所不同，力求真实、迅捷，在看准问题、搞清事实的基础上，争分夺秒，尽快出稿。记得也是在汉江北岸，同陆超祺同志在 38 军采访。当时交通、通讯极为困难，每当听说有同志夜间回安东，我们饭可以不吃，觉可以不睡，躲到山岩间隐蔽处赶稿子。酷寒逼人，敌机狂炸，一概不顾不问，为的是赶上黄昏后开动的便车。在这种情况下写稿，只求词能达意，不敢和不能字斟句酌。回忆这些情况，只是想说，作者、记者的工作都重要，作用不尽相同，应该互相补充。但两者并无明显界线，中外都有一些新闻记者，在日常繁忙的采写工作中，注意拓展视野，锤炼思想，积累材料，一旦时机成熟，写作同本职有关或无直接关系的作品，记者又是作家。可以想见，随着我们国家记者队伍革命化、年轻化、专业化进程的加速，这样的同志会越来越多新闻工作前程似锦。

（以上四篇原载李庄《我在人民日报四十年》，
人民日报出版社，1990 年）

我在朝鲜战争初期的采访经历

1950 年 7 月 10 日，《人民日报》社长范长江突然对我说：朝鲜战争国际化，美国成为朝鲜人民解放战争的头号对手。它的海陆空军在朝鲜占绝对优势，它出动大量地面部队，其先头部队 24 师侵入朝鲜大田即被歼灭，现正继续增兵。法国《人道报》准备派记者去采访，英国《工人日报》也准备派记者去，中央决定派你去，三家组成一个记者团，你牵头。少奇同志写了信给朝鲜劳动党中央，他们会帮助你们。

能派到战地采访这是我求之不得的事情，我当即表示：愿意不顾一切，全力以赴。我虽然水平有限，至少能够做到一条，像抗日战争、解放战争中一样，绝对不会给中共党员这个光荣称号抹黑。长江说："相信你会完成任务的，中央决定你去是经过慎重考虑的。我还想去呢！"

《人道报》记者马尼安，是法共中央党员，在第二次世界大战中参加过法国抵抗运动，花白头发，文质彬彬，像个大学教授。《工人日报》记者魏宁顿是英共党员，在希特勒发动"英伦战役"，妄图以大轰炸迫使英国投降时，在伦敦当过救护队员，稍有华发，在中国当过英语专家，穿一身哔叽中山装，气宇轩昂。我临时赶制一套比根据地大有改善的卡叽军装。这身制服虽然比他二位的穿着远为"土气"，但在战地却实用得多。

长江从我的办公室走后，我才来得及把此事的方方面面回味一番。我这次接受的任务有几个第一：第一次出国采访，对友邻国家的国情民情都不了解，对美军的一切更加无知；第一次跟外国记者共事，仅仅知道他们二位是法共、英共党员；第一次远离直接领导，独立执行任务。我下定决心，努力工作，谨言慎行，绝对不辜负领导的信任，绝对不给国家、给党丢脸。

三人同行，我牵头。我认为这个"头"就是为同伴服务，我们三人在朝鲜都是客人，好在朝鲜有中国大使馆，有事可随时请示使馆党委。

我的妻子赵培蓝在《人民日报》当编辑，她也是在反对日本侵略者不断"扫荡"中长大的，当然支持我承担这个任务。临行前她提议照一张"全家福"，我明白她的意思。"全家福"，其实只有 4 个人，两个大人之外，就是两岁多的女儿、一岁多的儿子。在朝鲜的几次遭遇，险些使这张照片成为最后的纪念。

在北京准备时间很短。除办签证、交代工作之外，还得抓紧时间看一些背景材料。找到几本介绍朝鲜历史情况的书，可惜没有时间细读，到战地又不能带它；儿时看过一些关于中朝关系的演义、说部，虽然还有印象，但其观点荒谬，没有利用的价值。

几天之后，马尼安从香港到达北京，我就在准备非常仓促的情况下匆忙出发了。

朝鲜热烈欢迎我们前往访问，我们是到朝鲜的第一个国际记者团。朝鲜遭受日本几十年殖民统治，朝鲜民主主义人民共和国建立不久，尚未获得国际广泛承认，建立外交关系的国家不多，在朝鲜

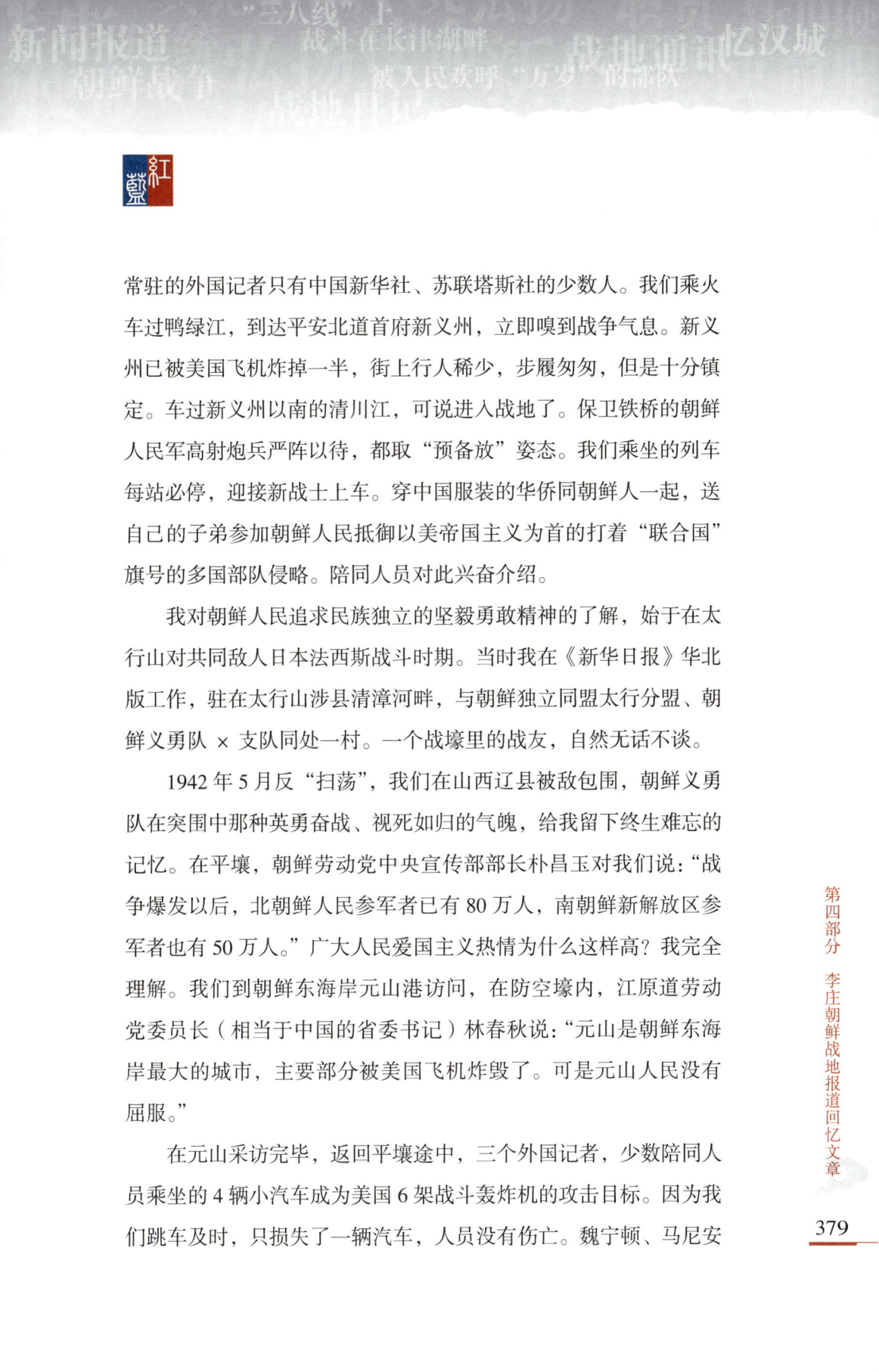

常驻的外国记者只有中国新华社、苏联塔斯社的少数人。我们乘火车过鸭绿江，到达平安北道首府新义州，立即嗅到战争气息。新义州已被美国飞机炸掉一半，街上行人稀少，步履匆匆，但是十分镇定。车过新义州以南的清川江，可说进入战地了。保卫铁桥的朝鲜人民军高射炮兵严阵以待，都取"预备放"姿态。我们乘坐的列车每站必停，迎接新战士上车。穿中国服装的华侨同朝鲜人一起，送自己的子弟参加朝鲜人民抵御以美帝国主义为首的打着"联合国"旗号的多国部队侵略。陪同人员对此兴奋介绍。

我对朝鲜人民追求民族独立的坚毅勇敢精神的了解，始于在太行山对共同敌人日本法西斯战斗时期。当时我在《新华日报》华北版工作，驻在太行山涉县清漳河畔，与朝鲜独立同盟太行分盟、朝鲜义勇队 × 支队同处一村。一个战壕里的战友，自然无话不谈。

1942 年 5 月反"扫荡"，我们在山西辽县被敌包围，朝鲜义勇队在突围中那种英勇奋战、视死如归的气魄，给我留下终生难忘的记忆。在平壤，朝鲜劳动党中央宣传部部长朴昌玉对我们说："战争爆发以后，北朝鲜人民参军者已有 80 万人，南朝鲜新解放区参军者也有 50 万人。"广大人民爱国主义热情为什么这样高？我完全理解。我们到朝鲜东海岸元山港访问，在防空壕内，江原道劳动党委员长（相当于中国的省委书记）林春秋说："元山是朝鲜东海岸最大的城市，主要部分被美国飞机炸毁了。可是元山人民没有屈服。"

在元山采访完毕，返回平壤途中，三个外国记者，少数陪同人员乘坐的 4 辆小汽车成为美国 6 架战斗轰炸机的攻击目标。因为我们跳车及时，只损失了一辆汽车，人员没有伤亡。魏宁顿、马尼安

"三八线"上
战斗在长津湖畔
新闻报道
战地通讯忆汉城
朝鲜战争
被人民欢呼"万岁"的深夜

经历过希特勒的大轰炸，二位一致认为德国飞机都没有这么猖狂狠毒，他们即使在大战初期也还受到盟国空军的抵抗，不像美国飞机在这里如入无人之境，军事目标摧毁了，工厂炸完了，就对手无寸铁的平民出气，这叫什么战争？我们三个人利用防空时间，就自己亲眼所见，起草一份声明，揭露美国飞机屠杀和平居民的恶行，请新华社发出。这是我们的亲身经历，时间、地点、情况准确无误，又有三个人签名，当时在国际社会产生了相当广泛的影响。

从元山回来，我们要求立即去汉城采访，主人得做许多准备工作。三个记者，三国语言，翻译、车辆、陪同人员，在战争时期，在一个人口不多的新建立的发展中国家，不是轻而易举的事。主人尽全力照顾我们。中国大使馆临时代办柴成文抗战期间在八路军总部工作，我们在太行山是老相识；新华社平壤分社社长丁雪松、特派记者刘桂梁自认为是"半个主人"，全力协助我们。就这样我们还在平壤等候了两三天。

一天，从朝鲜中央通讯社回旅馆途中，两位朝鲜人民军军官客气地拦住我，问我是不是"中国同志"。两位都是校官，制服考究，中青年，很英俊，中国话说得很好。我说是中国记者，《人民日报》的。深谈以后才知道，他们两人原来是中国人民解放军东北野战军的团营干部，中国延边朝鲜族人，中校姓朴，父亲早年参加中国共产党领导的"红光支队"在东北抗日，牺牲了。日本投降后他和同行的李姓少校参加东北民主联军，打过辽沈战役。朝鲜民主主义人民共和国需要干部，他们响应号召，集体来朝鲜参加了人民军。

我在朝鲜写的一些通讯，多讲中朝两国当代革命者并肩战斗的革命情谊，尽量少提中朝两国的历史关系。主要原因是我对这方面的知识积累很少。记得我 20 世纪 80 年代第四次访问朝鲜，主人邀我在平壤参观，到达"苏文峰"，主人想引我们看一座古色古香的庙，又有些踌躇。我心知其意，诚恳地说，对这座庙的庙主盖苏文，我们都该致敬。他曾率领朝鲜军民抵抗中国封建王朝的侵略。中国人民反抗封建王朝的起义，可能是世界上次数最多、规模最大的，从这个意义上说，中国封建王朝是两国人民的压迫者。主人动容致谢，说：共产主义者都是真诚的国际主义者。

对中朝两国的历史关系不可不提也不多写，这就是我的态度。在访朝第一篇文章《美丽的河山　勇敢的人民》中，我简单提到隋炀帝曾经侵略朝鲜，没有多加发挥。9 月中旬我从朝鲜采访回来，向长江、邓拓汇报工作，我说由于历史知识积累不足，有时影响文章质量，对中朝两国历史关系的议论，就因为心里不是很有底，尽量采取少谈的办法，不知是否恰当？长江说，历史知识不多，可以学习、补足，至于中朝历史关系怎样议论，你那种(写新闻通讯时)不可不提、不可多写的想法是对的。

战事正在南半部进行，北半部已是后方，人们该做什么做什么，大致可以概括为生产、支前两事，同我们过去在敌后抗日根据地反"扫荡"间隙时的情况相仿，唯一不同的是防空。天空经常有敌机活动，它在丘陵地区不能造成太大危害，但对人们的日常生活却有不小的干扰。对我们这类"外宾"影响更大。4 辆汽车非常惹眼，陪同人员特别小心，以致走走停停，前进甚缓。我们提出不管敌机多么猖獗，我们照常疾行赶路。几经争取，陪同人员勉强同意，谁知当天就出了事。

7 月 22 日，我们正在"三八线"以南不远的田间公路上疾驶，离汉城只有 20 多公里，突然遭到 8 架美国海军飞机攻击。两辆轿车、两辆吉普，袒露在一条毫无遮掩的狭窄的田间公路上，两边稻田一望无际，禾苗长势甚旺。听到飞机俯冲的啸声，几个人从车里扑出，滚到稻田里，几枚小炸弹随之在附近爆炸。一架敌机不知是由于机械失灵，还是驾驶员操纵失误，竟撞毁公路右侧一排电杆，栽在我们右前方近 300 米的稻田里，起火焚毁。可怜马尼安的法国西服，可惜魏宁顿的毛料猎装，被烧得不成样子，再看看我的驼色军装仍完好无损，二人都开玩笑说我有预见性。其实，我哪里有他们那些考究服装？我这套卡叽军装还是赶做的。马尼安留在汽车里的照相机毫未受损，为那架失事飞机、那个曝尸在朝鲜的飞贼留下了多张照片。

经此惊险，取得经验，到汉城以后，主人把我们乘坐的轿车都换成小吉普，风挡全都放倒，视野开阔，遇空袭跳车方便多了。

当时汉城不像 50 年代解放初期的北京，倒有些像天津。高楼很多，商业繁盛。商店的字号、招贴几乎都用汉字，使人忘记身在他国。有轨电车照常行驶，熙熙攘攘。除了汉江渡口等极少数向南的交通要道以外，整个城市几乎没有遭到轰炸，这一点出乎我的想象。平壤已被炸得面目全非，汉城城区基本未遭轰炸，这意味着什么？按照我的粗浅分析，这是对方准备反扑的征候，不得不早作防备。朝鲜当时驻共和国南半部的最高负责人李承烨会见记者团时，我坦率地说了一个"刚到汉城的外国记者"的上述看法，他委婉表示这是过虑。同样的意见我也向我大使馆在汉城的同志谈过，希望他能设法代为转达。

马尼安在汉城待了两天，即经平壤、北京回国。他在平壤见了金日成，写了访问记。我和魏宁顿事先对此事毫无所知。魏听说马独自访金大发脾气，说这是资产阶级作风，对两个兄弟党报记者玩这种手法很不光彩，等等。我一笑置之，没有参与关于此事的议论。因为我的一贯思想是战地记者的岗位在前方，在战地。

此时大田战役结束不久。美军 24 师轻敌冒进，在大田被歼，师长迪安被俘。这是朝鲜人民军一次歼敌最多的辉煌战例。魏宁顿提出他准备访问大田，然后回国。我考虑当前战事集中在东线洛东江流域，双方争夺重点是大邱、釜山，既然魏去大田，我正好去东线，两人分开采访可以多写一些东西，于是就在汉城分手了。

越往前，美国飞机越猖狂。主人给我换了车辆：两部新缴获的崭新美国小吉普。翻译、陪同、警卫，坐了满满两车。给主人增添这多麻烦，我心里非常不安，几次提出不必这样兴师动众。主人说："三八线"以南是新解放区，社会治安不像共和国北半部，我们的安排完全是为了工作。想想主人说的也有道理，白天不能行车，全靠夜间赶路，特务打黑枪、以信号弹给敌机指示目标的事情经常发生。而朝鲜领导方面原来估计的南半部人民大规模起义配合人民军作战的举动我从没有听说过。

为了减少损失，朝鲜军方施行交通管制，白天禁止机动车辆行驶。各渡口夜间车辆很多，十分拥挤。我当时是"外宾"，一般享受先行的优待，但遇到定时炸弹拦路的桥梁，陪同人员坚持主张绕行。因道路不熟，转来转去，有时跑了半夜，又回到原来的地方。我只好打破"客随主便"的惯例，向陪同人员建议，今后不说"安全第一"，只提"赶路为上"。我说，打仗总会有牺牲，当然要防止无谓的牺牲。当牺牲和任务发生矛盾的时候，还是应该不怕牺牲，不惜代价完成任务。我具体建议：我们只有两辆小吉普，目标不大，行动快捷，事先仔细检查机械，拉大距离，加快速度，不顾一切闯过去。虽然也冒点险，谅无什么大事。陪同人员大概也认为这是唯一可取的办法，不再坚持反对意见。行至大邱以北的安东，眼前横亘一河，河上便桥为去大邱必经之路。守桥的警备队员说不能过，桥上有几颗定时炸弹，美国飞机昨天下午投的，还没有爆炸。前方炮声隆隆，吸引我们赶路。我们原准备拂晓前赶到人民军东线最高指挥部，能否如愿赖此一冲。我认为应该向守桥警备人员说明我们的任务，谢绝一切善意的劝阻，按照已有的安排大胆赶路，发生任何问题由我们这个集体负责。谁知天下竟有如此巧事，我乘坐的第二辆吉普刚刚过桥，一枚定时炸弹轰然爆炸，掀起的土石骤雨般落入卸下车篷的车中。如果晚过几秒钟，如果炸弹早炸几秒钟，一车 5 人全成烈士。大家开玩笑："真要感谢马克思在天之灵！"我们这个集体的领队朴少校说，"我这次的任务，也真光荣而艰巨。"

在大邱外围一个小山村中，见到东线最高司令官武亭将军。青松遮掩，几户人家，不远处炮火连天，这里却出人意料的静谧。原来司令部尽量前伸，已到敌人火力封锁区内。敌人为彻底阻断人民军的后勤的供应，在火线近处设两条火力封锁线。我们如果不是采取多少有些冒险的"大距离、加速度"行车法，到达司令部不知要推迟多久。

武亭将军对我访问东线表示热烈欢迎。抗日战争期间，他这个朝鲜劳动党党员转为中国共产党党员，在太行山与中国战友并肩对共同的敌人作战，"八·一五"后回到祖国，任民族保卫省副相（相当中国的国防部副部长），战争开始不久即到东线指挥作战。他仔细向我介绍敌我态势。他说："朝鲜人民军英勇敢战，不怕牺牲，吃苦耐劳，不在八路军之下。装备还超过八路军，可是比美国陆军的火力差远了，更不要说海空军。"

朝鲜最高统帅部发布命令，号召人民军英勇作战，在（1950年）"8·15"完成祖国解放大业。从东线即主战场的情况看来，这是绝难做到的。而且屯兵坚城，长期消耗，乃是兵家大忌，结果如何尚不可知。一个记者如果持"将军"立场，蓄意问难，这实在是个好题目，但对自己的同志、战友，这个问题只能闷在心里。看看武亭司令的焦急神情，看看那几个苏联顾问（他们都着便装）沮丧的面孔，我蓦然感觉来得不是时候。

但我还是要求到第一线采访，武亭说可以到师指挥所看看，不要到部队去了，"现在是对峙形势，记者不要无限制前伸，没有什么意义。"访问前沿师指挥所时，同李师长登上一座1100米高山，满目青翠，林木遮天，敌机擦着头皮飞过，几个人似乎不闻不见，果真应了那句话：和英雄在一起，懦夫也会变成勇士。用八倍望远镜观察大邱，几处高楼历历在目，可惜可望而不能取。

朝鲜战争本来是一场人民解放战争，自从美国假联合国名义插进来，性质变了，规模大了。据我在朝鲜战地观察，朝鲜最初完全没有料到美国会出兵干涉，也未想到祖国解放战争会发生严重曲折。美国也没有料到中国会派出志愿军赴朝作战，他先认定中国不会出兵，视中国警告为"讹诈"、"恫吓"；看到中国要出兵了，又自我安慰，先说中国不过是要"保护水电站"，后说是要"挽回面子"。直到在云山战役挨了大棒，才发现真正遇到了强对手，匆匆忙忙宣布美国"处于紧急状态"，火速增援海、陆、空军，把一场

新闻报道
朝鲜战争

"三八线"上

战斗在临津湖畔

被人民欢呼"万岁"的部队

战地通讯忆汉城

"局部战争"扩大成"中型战争"。

有没有目光深远、判断准确的人呢？有，毛泽东。从我在朝鲜接触的事实，综合以后战局的发展，证明他对朝鲜半岛形势的观察符合实际，他对美国可能出兵干涉的预见完全正确，他在中共中央集体支持下作出的抗美援朝决策显示了崇高的无产阶级国际主义精神和伟大战略家的远见卓识。1954年显示中国为世界五大国之一的日内瓦会议得以召开及其成就充分证明了这一点。

我在朝鲜东线采访完毕，武亭告诉我东线近期不会有大的动作，并含蓄提醒继续留在这里没有多大意义。

我带着一大包朝鲜人民军英勇战斗事迹的材料，仍取来时冒险赶路办法回到汉城。在旅馆遇到十几位中国军人。大使馆驻在汉城的同志介绍，这是使馆武官组的同志。我很奇怪，武官组怎么有这么多人？但当时不便多问。他乡遇战友分外亲切，我详细介绍在东线的所见所闻，包括个人的一些想法。他们听、记相当认真。这时他们已经接到火速回国的电召，劝我一起行动。我感谢他们的好意，却说，"新闻记者赶热闹，各国都一样。请诸位放心，我留在汉城继续进行朝鲜南半部新解放区的采访大概不会有什么问题。"事后得知，这些同志都是东北边防军的师、团干部，经主人邀请到朝鲜来了解美伪军情况的。

感谢主人的关照和安排，我利用不太长的时间，走了不少地方，访问新解放区的新人新事。凡是我认为应该报道的方方面面大体都采访了，写成独家新闻，在《人民日报》发表。

在朝鲜新解放区采访后期，遇到中国人民慰问团，感到特别亲切。慰问团包括我国各民主党派、人民团体、少数民族代表人物，来朝鲜参加庆祝"八·一五"5周年盛典，慰问进行祖国解放战争的朝鲜军民，并感谢朝鲜人民对中国革命的援助。中国保卫世界和平大会委员会主席郭沫若任团长，中华全国总工会副主席李立三任副团长。庆祝会后，郭沫若率部分团员继续在朝鲜北半部工作，李立三率部分团员到朝鲜南半部慰劳，途中遭受敌机多次袭击，幸无伤亡。有些团员还想到前线慰问，主人坚决劝阻到汉城为止。在汉城欢迎慰问团宴会之后，李立三同我长谈，询问我在朝鲜新解放区的见闻以及对朝鲜战局的看法，最后含蓄地说，要密切注意敌人的动向，大邱、釜山不会长期僵持下去，敌人很可能另有动作。他谆谆嘱咐我一定同大使馆保持密切联系，"千万不能一个人长期闯来闯去"。

他的告诫和武官组的行动显然是一回事。考虑到我在朝鲜新解放区的采访任务基本完毕，就从汉城回到平壤。正好报社来电要我回京汇报情况，我即搭大使馆汽车回国。一路敌机骚扰，白天简直不能行车。敌人显然增加了空中力量，说明战事逐步升级。

回到安东（当时还未改称丹东），气氛已经相当紧张，全市一片临战状态。所以我说，对于朝鲜当时战局，毛泽东估计最有远见，判断最为准确。一个月以后，应朝鲜方面邀请，中国人民派出几十万志愿军抗美援朝，保家卫国。

第一次在朝鲜战地采访为以后到朝鲜战场采访作了铺垫。由于中国人民志愿军入朝，到朝鲜的中国记者多了，我个人写的通讯也不少。也许第一次有"独家"之利，读者显得更注意些。有此缘由，我那些通讯辑成的《朝鲜战地目击记》一书，受到读者欢迎。

（原载《今日名流》1997年第12期）

一个中国记者经历的朝鲜战争

在整个朝鲜战争期间，我曾三次到朝鲜战地采访。第一次是率国际记者团前往采访，这次采访写的通讯，陆续在报刊发表，后结集出了《朝鲜战地目击记》。现将第一次赴朝采访的有关情况简要记述，以纪念中国人民志愿军赴朝参战 50 周年。

我成了国际记者团团长

1950 年 6 月 25 日夜间，我在上夜班时收到新华社发的一条急电：南朝鲜军队突然在"三八线"西部向朝鲜民主主义人民共和国守备部队发动进攻。朝鲜守备部队奋起迎击，并转为反攻。当时也在值夜班的总编辑邓拓，亲自赶写社论，指出"朝鲜内战爆发了"。

这条电讯被处理成最重要的新闻登在第二天《人民日报》的头版头条。过了两天，时任人民日报社社长范长江同志突然对我说："从种种迹象判断，美国可能大举干涉，朝鲜预期的南部人民大起义并未发生，朝鲜战事很难像设想的那样迅速结束。法国《人道报》准备派马尼安、英国《工人日报》准备派魏宁顿去朝鲜采访。我们也要派人去，中央提到了你。你们组成一个国际记者团一起去，三人为众，你当团长，对外就称记者团发言人。"

新闻报道
朝鲜战争
"三八线"上
战斗在长津湖畔
被人民欢呼"万岁"的部队
战地通讯忆汉城

当时新中国成立不久,国际交往尚未开通,也没有建立对外航空联系。魏宁顿是英共党员,人已在北京,他算《工人日报》驻北京记者,实际是在我有关部门当专家。马尼安是《人道报》记者、法共中央委员。他要先从法国到香港,然后乘火车来北京,这样我有几天时间看有关资料。

坐火车去朝鲜,跨过鸭绿江,第一站是新义州。新华社朝鲜分社社长丁雪松派记者刘桂梁来接我们。这时铁路交通已极不正常,刘桂梁是乘火车头从平壤赶来的。新义州是平安北道的首府,城市已被美国飞机炸掉一半,但市民情绪还很安定。平安北道劳动党委员长在一间地下室接见我们,向我们介绍全道人民支援前线的情况:"你们可以看到,美国飞机可以破坏我们的建筑,但是打不垮人民解放南半部的坚强意志。为了解放共和国南半部,平安北道要人有人,要钱有钱。现在敌人已被压缩到东南部,全面胜利指日可待。"以后我们所到之处,从干部到群众,充满乐观、速胜的情绪。

平壤也被美国飞机炸得一塌糊涂,但还有地方可住。我们这个国际记者团被安排在平壤国际旅行社住,一栋两层楼房还算完好,条件也不错。招呼我们的服务员是两个白俄。到了晚上,必须用厚毯子把窗户严严实实遮死,所以屋里十分气闷。朝鲜劳动党中央宣传部部长、朝鲜中央通讯社社长分别会见我们,作了详细的情况介绍。朝方为我们赴战地采访作了充分的准备。三人配备了三个翻译,加上保卫人员,我们一行成了由三辆苏联胜利牌轿车组成的车队。

我体会到空军对现代战争的影响和作用

在朝鲜采访，最恼人的是美国飞机。从 6 月 28 日起，它就参加了朝鲜内战，使朝鲜人民解放战争变成民族解放战争。随着战争升级，美国经常保持作战飞机 2000 到 3000 架。军事目标炸完了，就炸公路上的机动车辆；公路上的车绝迹了，又炸居民的草房。美军的许多飞行员参加过第二次世界大战，飞行和作战技术相当熟练，这时又无对手，遂得横行无忌。我们乘车赶路，就曾多次遇险。一次三架美国海军飞机低空扫射我们的车队，不知是飞机机械故障，还是飞得过低撞到公路旁树上，一架飞机竟栽到我们车队前百多米处。飞机轰然爆炸，飞行员当时身亡，我们也吓了一大跳。此后我们由轿车改乘吉普车，并且摘掉风挡、车篷，避险、跳车都方便。再往后还不行，只能改昼行为夜行。

最初我们的空军尚未编训完成，斯大林又说苏联飞机也没有准备好，我们只能消极防空，为此付出了沉重的代价。

在朝鲜，中国人民志愿军参战后，毛泽东主席规定不取朝鲜一草一木，一切装备、给养都由国内运去，军运成为头等大事。中国人民志愿军司令员彭德怀说过：我们在朝鲜发扬光荣传统，取得了伟大胜利。如果评功摆好，百分之五十一的功劳应归于后勤。这是对后勤工作的高度褒奖，也确实反映了在没有空军或空军极度弱小的条件下进行现代战争的艰苦。马尼安在二次大战中参加过抵抗运动，魏宁顿在二次大战中当过专门同德国飞机打交道的"防护队员"。他们两人都说，在第二次世界大战初期，德国飞机虽多虽强，总会遇到盟国飞机的抵抗和干扰，从来没有

像美国飞机在朝鲜这样横行霸道。其实，同中国人民志愿军参战以后的情况比，美国飞机在朝鲜战争初期的数量和活动还少得多呢。

马尼安在平壤、元山采访了朝鲜人民"支前"工作后，到汉城仅待了三天，就转道北京回国了。魏宁顿从汉城到大田待了三天，采访了歼灭美军 24 师的遗迹，也匆匆回到北京。我们这个国际记者团只剩我一个人。

朝鲜战争初期，"三八线"以南大部分地区很快获得解放，但有一个"钉子"无法拔除。美国假"联合国军"之名，退守釜山一隅，纠集美军四个师、英军一个旅、李承晚军五个师和一些特种部队近 20 万人，以大邱（在北）、釜山（在南）、庆州（在东）、马山（在西）为支点，构成方圆几十里的菱形阵地，号称"釜山环形防御圈"，又称"东南防御方阵"。敌人握有绝对的制空权和制海权，交通便捷，供应充裕，以大量坦克组成活动堡垒，以远程火炮和炮火校正机布成内线屏障，以轰炸机、歼击机构成外围屏障，弹药充足，昼夜盲射，同朝鲜人民军死磨硬抗。以人民军的兵力、火力，绝难拔下这个"钉子"。此种情况很像第二次世界大战的北非之战，美、英军队最后退守亚历山大港，凭借海空优势，坚壁困守，德军久攻不下，美、英终于扭转战局。殷鉴出新，值得注意。

我在大邱外围的一个小村庄采访了朝鲜人民军东线指挥官武亭将军，他身边当时还有几个穿便装的苏联顾问。在我国抗日战争期间，武亭在八路军总部工作，驻太行山，并由朝鲜劳动党党员转为中共党员。朝鲜民主主义人民共和国成立后，武亭从中国回到朝鲜，任民族保卫省副相。我和他在太行山就认识，这时战地重逢，感觉特别亲切。他先用朝语说开场白，由译员做翻译。可能嫌翻译费时、费事，突然改用汉语问："毛主席好吗？我非常想他。"其中文的熟练程度，同中国人完全一样。他向我详细介绍了东线即当时朝鲜主战场的敌我态势，分析敌人可能采取的动作，以及人民军准备的对策。但是他未提到人民军最高司令部所发"在8·15把敌人全部肃清"的命令。显然对那个命令有不同看法。最后他说，这里最近不会有大的动作，如果你有更重要的采访任务，可以考虑先去完成。我明白了他的意思。第二天，带着一包朝鲜人民军英勇作战的材料，乘车返回汉城。

本来应该是几个小时的路程，我们却走了两夜两天。因为白天很难行车，夜间公路和渡口又十分拥挤。在春川过一条河，敌机刚在桥上投了几枚定时炸弹，有的还未爆炸。守桥战士无论如何不许通过。这可难为了保卫兼照顾生活的朴少校。经反复交涉，好说歹说，以我们"责任自负、仔细检查汽车机件、大距离、加速度过桥"为条件，使其他车辆让路，我们这两辆"外宾"汽车冒险通行。说来也巧，我乘坐的第二辆车通过不到一分钟，一颗定时炸弹轰然爆炸，泥土、碎石落了一身，幸喜无人受伤。我又一次体会到空军对现代战争的影响和作用。

"你千万要注意敌人的动向"

1950年8月15日，朝鲜民主主义人民共和国建立五周年。朝中两个新生的社会主义国家休戚与共，中朝两国人民在长期斗争中互相支持。在朝鲜战争胜利开始的时刻，我国派出庞大的中国人民慰问团，慰问进行祖国解放战争的朝鲜军民，感谢朝鲜人民对中国革命的援助。这个慰问团由我国各民主党派、人民团体、少数民族代表组成，中国保卫世界和平大会委员会主席郭沫若任团长，中华全国总工会副主席李立三任副团长。慰问团在平壤工作后，郭沫若率领部分团员继续在朝鲜北部慰问，李立三率领部分团员到汉城慰问。途中多次遇到敌机袭击，因保卫得力，幸无伤亡。有些同志到了朝鲜战地，还想"前伸"，慰问火线军民。朝鲜主人考虑美国飞机越往南越猖獗，为慰问团安全计，婉言劝止。

8月下旬，在一地下室里，我参加了在深城由朝鲜最高领导人之一、南半部主要负责人李承烨举行的欢迎宴会。宴会之后，李立三同志与我长谈，询问我在朝鲜战地的见闻以及对东南前线战局的看法，最后含蓄地说："你千万要注意敌人的动向。大邱、釜山不会这样长期僵持下去，敌人很可能另有动作。你要同大使馆密切联系，不能一个人跑来跑去。"

在慰问团所住的同一宾馆，我遇到十几位中国军官。他们听说我从东线前方回来，马上找我仔细询问敌方配备和动态，以及东南部山川景物，很多人作了详细记录，谈话持续了大半天。我悄悄问大使馆临时代办柴成文，这里怎么有这么多中国军官？他随口说，这是大使馆武官组同志，问他们什么都可以介绍，越详细越好。我越听越糊涂，一个武官组怎么能有这么多人？而且语气、服装都不像外事人员。事后我再问柴成文，他才悄悄告诉我，这是东北边防军的一些指挥员，是来了解情况的。我恍然大悟，联系我在东南主战场的见闻。感觉到朝鲜战场正在酝酿着大的变化。

过了几天，敌机活动频率大大增加。报社要我回京汇报工作，

新闻报道
朝鲜战争
"三八线"上
战斗在长津湖畔
被人民欢呼"万岁"的部队
战地日记
战地通讯
忆汉城

我遂搭柴成文的汽车返回祖国。到了安东（丹东）发现全市已处于临战状态。这是 1950 年 9 月上旬。不久，美军在仁川登陆，朝鲜战局发生剧变，战火很快烧到我国门口。中国人民组建志愿军赴朝参战，伟大、艰巨的抗美援朝战争开始了。

（原载《北京青年报》2000 年 10 月 20 日）

编辑后记

李庄于 1979 年访问朝鲜时，摄于金刚山。

1984 年 9 月，李庄率《人民日报》代表团访问朝鲜。朝鲜劳动党中央委员会总书记金日成（前排中）接见代表团。

山河笔
——李庄朝鲜战地报道

1984 年 9 月，李庄率《人民日报》代表团访问朝鲜时摄于板门店谈判旧址。

距朝鲜卫国战争和抗美援朝半个世纪后，报刊刊发的李庄回忆朝鲜战地采访的文章。

山河笔
——李庄朝鲜战地报道

1951 年上海新文艺出版社出版的《朝鲜目击记》。

1950 年 11 月海燕书店刊行的《朝鲜目击记》，书名、作者署名、连同出版社名称都是从右向左排字的。据说这是新中国新闻工作者第一本被结集成书的作品集，时在新中国成立一年零一个月后。

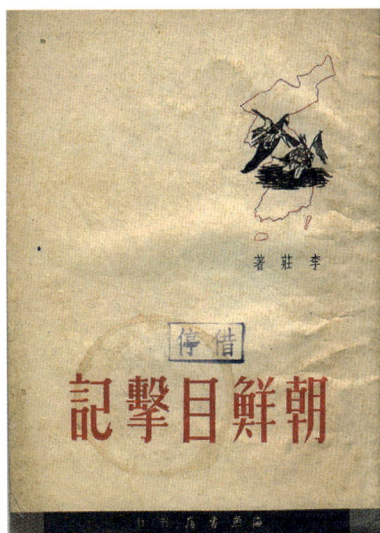

遥远的记忆

《李庄朝鲜战地日记》编后

◎哈若蕙

　　《李庄朝鲜战地日记》的编辑工作断断续续进行了数月，其间，有许多细微而深切的触动撞击心扉，使我对这位当年赴朝鲜战地采访的第一位中国记者，今日世人缅怀的新闻界老前辈更加心怀景仰。相信，随着岁月的沉淀，它会散发出醇香，长久地滋润心怀。

　　还记得，最后一次通读《日记》，是在北京的秋日——参加新闻出版总署举办的第38届出版社社长总编辑学习班期间。那天，大多数同志去承德考察了，国家行政管理学院的专家公寓安静地沐浴在绚丽的秋阳中，在写字台前坐下，我拿起带在身边多日的《日记》清样，凝神做定稿排版前的再一次审读。

　　李庄同志的这本《朝鲜战地日记》算不上鸿篇巨著，时间跨度仅3个月，从1950年12月2日—1951年3月10日，99天；日记总量72篇，不过3.3万字。但是，这本用钢笔写在活页纸上，内容有详有略的《日记》却真正浓缩了历史，将一份记者与战士的真情袒露在读者面前。跟随着《日记》带有鲜明历史印记和强烈现场感的文字，不知不觉中我们走进了55年前的岁月和那场国门之外惨烈而英勇的战争。而作者在《日记》中自然流淌的情感，对亲人、对祖国、对保家卫国的志愿军战士的理解和热爱，以及作为战地新闻记者的敏锐、执著与坚韧均深深地感染着我们。

应该说，感动在看《日记》的第一篇就开始了。在这里，李庄同志记下了他作别祖国、亲人的一幕：

> 下午一时，车离北京东站，培蓝（系李庄夫人赵培蓝同志——整理者注）及安岗、友唐等同志送行。离别本来是不好受的，但是，为了抗美援朝，说不得许多了。我怀着一种悲壮、惜别的复杂的心情，向我们的首都告别。我在汽笛声作、车已徐行的时候，看见培蓝眼睛上一层明晰的泪光。我在《美丽的河山，勇敢的人民》一文中，曾经写过朝鲜母亲及妻子的泪光，这种泪光，在北京又看到了。在我"凯旋"的时候，培蓝也会"破涕为笑"吧。
>
> （1950 年 12 月 2 日）

这是何等的真切，依依别情跃然纸上。应该说，李庄此次赴朝采访并非首次。4 个多月前的 1950 年 7 月中旬，他就与法国《人道报》的马尼安、英国《工人日报》的魏宁顿组成国际记者团奔赴朝鲜，于 9 月上旬返国，前后在朝鲜停留 50 天，连续发回的 12 篇访朝通讯，均在 1950 年 7—9 月的《人民日报》刊载。其中包括《美丽的河山　勇敢的人民》《走在民主朝鲜的土地上》《"三八线"上》《罪证》《全朝鲜都和美国侵略者作战》《访问金日成将军的故乡》（此篇系作者回国后补记）等。由此，李庄同志成为赴朝鲜战地采访的第一位中国记者。时隔数月，此次李庄又任领队率《人民日报》记者赴朝采访，而且这一去就是 3 个月，何况此时妻子正怀着身孕。但是，党的新闻工作者的责任，敦促着他义无反顾地再赴战火纷飞的邻国。

编辑后记

403

　　根据采访日记所记，李庄同志此次采访的大致路线是：12 月，先是在鸭绿江北岸做先期采访，他们深入伤兵医院，采访从战斗一线回来的同志，在空袭警报中、在频起的爆炸声中感受着战时紧张的氛围，也思考着"生活、思想、材料、技巧"这些新闻写作的基本点；12 月 30 日，他们跨过了鸭绿江，在朝鲜荒僻的小村宿营，在新兴里与里人民委员会的朝鲜同志一起迎接 1951 年元旦，随后历尽艰辛过清川江、大同江桥，奔赴平壤、汉城；2 月，他们在京安里以北，距火线 20 里、10 里的志愿军部队采访，"在猪油灯下，吸着战士的黄烟，和英雄谈话"，"坐在一个积雪的山沟中"写《被人们欢呼"万岁"的部队》，再至木旺里，在敌机终日不断的轰炸扫射中，在无防空洞可钻的石岩下边，踏着盈尺积雪，用膝盖顶着稿纸写《不让敌人过汉江》（发表时分为两篇，名为《光辉的阻击战——汉江南岸战斗纪实》《"我们打出去"——汉江南岸战斗纪实》——编者注）；3 月，过北汉江，过德实里，绕行铁原，回平壤，再过大同江，在战火中感知战局的变化，思考敌我双方的较量抗衡。

　　看样子，朝鲜战争不可能轻易结束。轻敌是要不得的，速胜也是不对的。

（1951 年 2 月 18 日）

　　现在北京特别是上海等地，充满一种乐观空气，不了解具体情况，不了解实际困难，这是要不得的。

　　……

　　我们的问题是准备不够。第一战役是仓促迎战的遭遇战，我本拟预先进至清川江之线，和敌人对峙起来，以争取准备时间，开春大战。谁知敌先我而至，一股到楚山，因此不得不打，打多少算多少。第二战役敌来得太猛，也不得不打，打了敌人就跑，我未追，也无力追。第三战役是我主动整它。第四战役又是它主动整我。

（1951 年 3 月 10 日）

日记在 1951 年 3 月 10 日戛然而止。

因为是日记，本无示人的目的，所以一切的叙述均真切质朴、鲜活清新，很好地还原了作者的写作环境、采访情境以及彼时彼刻的心理感受。在《日记》中，我们看到了一个情感深浓的李庄，一个思想敏锐的李庄，一个心中装着祖国、一切以党的新闻事业为重的李庄，一个克己严、责己切的李庄，一个文思缜密、才华过人的李庄。

从北京出发后数日，李庄等抵达鸭绿江北岸的辽宁临江车站，李庄的笔下传递出战时紧张的气氛以及静穆肃然的意境。

车停了，车头喘息着，车身上罩着一层厚厚的白霜。站台上挤满了人，穿军服的，穿制服的，穿农民服装的。大家都与战争有些关系。一片喧嚣，到处喊人，紧张的走来走去，谁也不知道对方到底要干些什么，但又都明了对方的目的。一切都在流动、变化，为自己的任务而着急。一切都是纷乱与不规则的，似乎随时都可能发生一些偶然的事件，使你高兴，或使你焦急。

（1950 年 12 月 5 日）

五点钟，天已全黑。五时半，我站在鸭绿江北岸，这里的鸭绿江宽不及千米，河床积满白雪，水流宽不及二三十丈，尚未完全结冰。江岸静静的，雪粒落在帽子上，沙沙作响，天空灰白，一层雾状的空气缓缓地浮动，不远的山峦被空气遮住了，淹没在灰色的海中。在远处空中，浮来几朵红黄色的火光，像蜗牛一样的移动，寒冷的气流颤动着，我们木然地注视着远方，那是我们的汽车回来了，英勇辛勤的勇士们。

（1950 年 12 月 8 日）

与和平时代的新闻采访不同，李庄的战地采访充满了艰辛，出生入死，饱经考验。1950 年冬季的朝鲜，异常寒冷，风雪袭人，常常是摄氏零下 30 多度的低温。从李庄的日记中，我们一次次地触摸"严寒"，领略着种种难以想象的艰苦卓绝。

我们拥挤在车上不能转动。雪片飞在脸上，冰凉凉的，有时透到眼里，阴涩刺痛。身上堆了一层厚雪，体温把它融化，接着便结成冰。我们都穿上一层僵硬的衣服。我这时想起我们抢渡清川江的战士们。穿着棉衣过江，下半身被没有冻结的江水湿透，立刻结成冰板，继续行军，裤子折断。但是还要冒着刺骨的严寒打仗……

过大同江桥，汽车回去了，我们只得再背负东西走过。江桥已被炸毁，几孔中间只铺着一条两三把粗的木头。人要从这上面走过去。我们钉着铁钉的皮鞋沾满了雪，走在木头上，滑溜之极。桥下几米是结着薄冰被车压碎的泥水，掉下去就不堪想象。人们慢慢地爬，飞机的闪光弹给大家增加了急躁的情绪。前进啊，后退是不可

山河笔
——李庄朝鲜战地报道

新闻报道
朝鲜战争
"三八线"上
战斗在长津湖畔
被人民欢呼"万岁"的部队
战地日记
战地通讯
忆汉城

能的。十几分钟以后，我们深深地呼出一口长气。

（1951 年 1 月 8 日）

过北汉江一支流，脱掉鞋袜，涉水而过。原来出了一身大汗，
已被料峭的江风吹冷，湿衣披身上，难过已极。看着水不太深，只
把棉裤卷起一尺多高。才下水，觉着冰寒入骨，两脚不敢踩石头。
过了一两分钟，不冷了，痛得要命，有些像火烧。又过了一会儿，
完全失掉了知觉，说不出的难受。快到彼岸，陷入一潭，半截棉裤
完全湿了。到彼岸后，用毛巾擦脚，数分钟后，始感刺痛。

（1951 年 2 月 28 日）

行路的艰辛如此，更难的是还要在这样的酷寒和困顿中写稿，
"一字一冻，用口中热气把笔化开。"因为没有墨水，"写东西已经
考虑尽可能去掉不必要的字"，作者却又苦中作乐地感慨"简练由
于墨水，实在有意思"。

作为中央党报派出的战地记者，李庄深知自己肩负的重任，报
纸在等着他们具有独有视角的战地通讯，祖国人民也期盼着从中感
知战况，得到鼓舞与震撼。他不能懈怠，却又下笔慎重，苦苦地寻
求着采访、报道、写作的突破口，为的是给人民一份真实！

当年的志愿军战士，被称为"最可爱的人"，为将战火阻于国
门之外，为帮助曾经并肩战斗的友好邻邦抗击侵略，无数中国青年
参军赴朝，与朝鲜人民军浴血奋战，名垂青史。然而，英雄不会是
苍白的，侠骨柔肠，自有丰富的内心世界。他们的英雄行为，应该
有更为深厚的支撑。李庄曾经苦于发掘不到战士们的真实心理，为

编辑后记

被采访者千篇一律的回答而责备自己，他坚持认为"口号是响亮的，但如不能和每个人的具体情况联系起来，从其具体的要求、思想出发，就显得十分平庸、一般化"（1951年1月25日）。李庄在《日记》中检讨着自己。

战士们究竟想些什么？体会太不深刻，每次采访，深以此为苦。一个人的思想，随时随地不能停止活动。战士们大量的想些什么，具体的想些什么？都搞不清楚。我试问几个战士，想家不想家，所答均不想家。这是完全可能的。但是，为什么不想家，什么东西使其不想家，是否有些时候也想家，这就弄不清楚了。不说出这些具体条件，而轻轻地写一结论，使人不能理解，至少是不能动人。

我又想，是否因为我们采访的方法过于简单，用上级的口吻，把战士吓住了呢？使他不敢尽兴地说话呢？或者给他画了圈子呢？或者耐心不够，问得不深入呢？有一点可以肯定，我们因为不熟悉战士生活，所发问题搔不着痒处，因此不能诱导战士尽情说出具体的思想，像与朋友谈心，和老婆话家常一样。

生活，第一是熟悉生活，否则得不到好材料，甚至看见了也等于看不见。第二，改善我们的采访方法，多和战士漫谈，话家常。提问题要注意，提这种问题：我们点出一句，他就要说一大篇，才能解释清楚。这就要搔着痒处。

（1951年1月25日）

执著的李庄要求自己"每次战后要写出其特点……能再孕以战士的思想感情，始为力作。……不能亲自在火线上，爬在战士身边，体验体验生活，亦为大憾事"。

在远离祖国的地方，李庄和志愿军战士们一样，想念着亲人。不同的是，战士们是用想念祖国含蓄着这份情感。而李庄却可以在《日记》中直白而深情地表达对妻儿的思念。

夜间天气晴明，高旷苍蓝的天空中，挂满数不清的星斗。银河微白，状似跳动。我看着三颗星星的牛郎，以及河彼岸的织女。仄仄的一条河隔住这一对情人，不宽的鸭绿江也把我与蓝分在两国。

（1951 年 1 月 3 日）

昨天是旧历除夕，简直忘记了。今日蓦然想起是元旦（春节——编者注）……想培蓝、想母亲、想孩子，一句话，想我们伟大祖国。有肴无酒，用糖水代之，无人聚谈心曲，打了一场扑克，尔后就蒙头睡了。

（1951 年 2 月 6 日）

上午，我在敌机活动间隙之中，大唱"延水谣"。想起培蓝，心中有说不出的滋味。

（1951 年 2 月 17 日）

李庄同志是《人民日报》创始人之一，早在全国解放前，就已是华北根据地军民熟悉并喜爱的记者，写了不少脍炙人口的文章。

编辑后记

409

1950 年发表的《任弼时同志二三事》，更是几十年里一直入选语文教科书。李庄同志诸多散文、论文，"思想深邃，为文谦和，下笔从容，辞章凝练"（李东东《李庄文集·写在前面的话》），至今仍为人称道。而《朝鲜战地日记》记于极其艰苦的战时，均用钢笔直接写在活页纸上，不加雕饰却神思饱满，是美文，是檄文，更是令人难忘的历史记录。

我想，用山河破碎这句话形容今天的朝鲜是不够的，不是破碎，而是毁灭了。现在是冰天雪地的严寒时节，被毁灭了一切的母亲和孩子们去哪里住呢？吃什么东西呢？我看到在敌机轰炸下，摆个烟摊，背着孩子，企图赚几个果腹钱的可怜的妇女，我看到在林木萧疏、白雪皑皑的牡丹岭下，一个穿着白色单衣、背着一个婴儿、带着三个都不满五六岁的孩子的母亲，拾几块已烧未尽的木片，在雪地上升起一小团火，冒着微弱的黑烟，这可怜的一群围着她取暖。这位妇女的丈夫被杀了，家中什么都没有了，她还有什么希望呢？有什么指望呢？她看见我穿着中国人民志愿军的制服，她说"我们有苏联和中国"。真的，有这个伟大无敌的力量，再加上朝鲜人民英勇的斗争，朝鲜是会复兴的。

（1950 年 1 月 10 日）

至汉江附近，月亮已经很高了，清冷的天空，衬以半圆残月，本甚幽美，但在这敌机经常临空的战地，人们反倒讨厌它。汉江一片灰白，远山近树，都笼罩在乳白色的空气中。坚冰在月光下发出一片微光。我们站在汉江岸上，清清楚楚地看到汽车、火车和人影子在移动，马达、铁轮轧冰和人的呼喊声，蔚成一片紧张的战云。

（1951 年 1 月 26 日）

过外水隅里，经一高山，汽车盘旋而上，阳坡雪已融尽，阴坡积雪盈尺，车不能行，只得下车走路。满坡白雪刺目，间杂黑伟的苍松，色彩分明，益以远山近谷，地形十分复杂，景物十分壮丽。三个人在山沟中静静走着，前线不断传来炮声，而在炮声间隙中间，猫头鹰不断叫笑，有时什么鸟儿从树林中拍翅惊起，咯咯飞着，大地越发静谧了……

（1951 年 2 月 20 日）

路上有不少朝鲜农民补路，大部分为妇女，穿着单衣，在大雪中，一步步把公路加宽，实在的这样的人民，会胜利，应该胜利。

（1951 年 3 月 5 日）

《李庄朝鲜战地日记》即将付梓，我们愿以一颗虔诚之心，将这份遥远的记忆奉献给读者，也奉献给中国人民解放军建军 80 周年。

丙戌冬日于银川沁心苑

新闻报道
朝鲜战争
"三八线"上
战斗在长津湖畔
被人民欢呼"万岁"的部队
战地通讯
忆汉城

穿越硝烟的笔迹

——父亲李庄的战地篇章与家国情怀

◎李东东

2006 年，我父亲李庄辞世后不久，家人在整理他的遗物时，发现了他在 1950 年底至 1951 年初于朝鲜战地采访时的日记——一叠泛黄的活页纸，记录了他抗美援朝采访报道的一次经历。次年春，宁夏人民出版社据此精心编辑的《李庄朝鲜战地日记》出版。时光飞逝，转眼整整十年了。

明年，2018 年 7 月 1 日，父亲百年诞辰纪念日。当年他"一声炮响上太行"参加革命时，填干部履历表，关于出生年月，他说党的生日就是自己的生日，填为 7 月 1 日；于是我们家总是一边纪念党的生日，一边给老父亲过生日。时逢难得的百年纪念，后人总想为前人做点什么，在编纂"红蓝文稿"时，谨将父亲当年的朝鲜战地报道成果完整归集，以《山河笔》名之，编辑出版。《山河笔——李庄朝鲜战地报道》内容包括四个部分：李庄朝鲜战地采访报道新闻作品；长篇通讯《战斗十日》；那叠宝贵的战地日记；还包括父亲写于 20 世纪 80 年代、90 年代和新世纪初，关于他朝鲜战地报道的回忆文章。

此次编辑出版《山河笔——李庄朝鲜战地报道》，人民出版社为之作出版前言；作为女儿、也作为本书编辑之一，我是应该写点儿什么以作编后记的。可是看看十年前宁夏人民出版社哈若蕙同志为《李庄朝鲜战地日记》所作编后《遥远的记忆》——若蕙是以抒情散文和文学评论见长的——其充满深情，其博记旁引，其文采烨然，就实在感到十年前她已归结得非常好了，使我真的有点儿无从下笔。

当然，这次本书编辑出版涵盖的内容不同，包括了父亲当年公开发表的各类体裁新闻作品和"本无示人的目的"的日记，以及父亲的回忆文章；而由于我特别认为若蕙当年为《李庄朝鲜战地日记》所作编后颇具概括力，一定要再次发表，于是我的编后记，自我感觉就是在她的后记之后写后记，不能追步前尘，须得另辟一径了。

在全国政协履职十年，又是文史和学习委员会委员，多年受教育受影响，记录与存史的意识常常萦回心中脑中。时下，在纷繁、浮躁、高速追逐前进的社会潮流中，尚有一股讲传统、讲学风的清流，我深以为是好风气；还有，我的一大幸运是老母亲健在，94岁高龄的抗战老干部，头脑清醒，思维敏捷，忆及当年事，除具体时间如精确到月份须核实外，事情大多记得清清楚楚……于是，我的编后便在写下一些感想的同时做点儿拾遗补缺的事情，以使这篇编辑手记稍有存在的意义。

这次编纂整理父亲有关朝鲜卫国战争和抗美援朝时期新闻工作成果，远不是把十多年前先后出版的《李庄文集》和《李庄朝鲜战地日记》中的文章归置一下那么简单，还是遇到了不少问题的。这些问题，如果父亲在世，直接问问他就立即搞清了；可是如今，我却不得不在几十万字的不同稿子中查来找去，还不知是否盯对正确。譬如父亲的"三到朝鲜"，究竟是哪三次？父亲回忆文章中多次提及三次赴朝，母亲也明确地说父亲去了三次朝鲜，可她年事已高，对每一次、特别是第二次和第三次的具体情况说不准了。2007年编辑出版《李庄朝鲜战地日记》时，我和宁夏社编辑看不出来这叠日记记录的是他第几次赴朝，于是用了含糊、圆通的提法——"应该说，李庄此次赴朝采访并非首次"，以与中央决策抗美援朝之前父亲就第一次入朝采访相区分；而没弄明白的事情，当时也就放下了。

真是"子欲养而亲不待"！1950年和1951年春，李庄朝鲜战地通讯写作发表时，我还没出生；1984年，"当代中国记者丛书"以《新纪元集》编辑出版李庄新闻作品时，我刚刚走上新闻工作岗位不久，忙着拼搏人生又一途；2004年秋，我在宁夏工作期间编纂出版《李庄文集》，卧床北京医院的父亲幸得亲眼看到了自己一生文字成果的结集，而我自以为当时"认认真真地读了父亲的全部文章"（《李庄文集》"写在前面的话"），其实还沉浸在担任宣传部长那奔波忙碌的心态中。待到今天，我真正能静下心来，认认真真地回看父亲的著述，想去切磋探讨、深入研究时，老人早已长行多年。这种他在的时候你顾不过来、你顾得过来的时候他不在了的遗憾，世世代代发生在多少儿女的生活中啊！

2011年春，在迎接中国共产党成立90周年前夕，柳斌杰同志和我主编了《中国红色记者》（上下册）。最初向新闻教育大家方汉奇先生征求入选传主的意见时，方先生在电话中一口气说出五六十个名字，亏得我是学新闻的，竟也或名或姓地一股脑都记了下来。方先生接着说，你们再查查《中国大百科全书·新闻出版卷》，比较遴选一下，应该就不会错了。又说，你爸爸是毋庸置疑的名记者，不管按中共的还是按红色的、还是按当代的，都是公认的名记者；不是因为他当了人民日报总编辑，是因为他有优秀作品，主要新闻成果是朝鲜战地报道。我跟了一句：那新中国成立时他写的开国通讯报道呢？方先生仍以毋庸置疑的口气说：李庄被新闻业界学界公认名记者，主要是因为他的朝鲜战地通讯。

　　"朝鲜战争中第一位中国战地记者李庄""中国新闻工作者抗美援朝战地采访第一人"——这个提法常常见于对父亲李庄的介绍中。作为女儿，作为新闻后学，结合父亲一生为人低调的特点，我体会这里至少说到了两个方面：其一，他是在朝鲜内战、中国出兵抗美援朝前那个阶段就被派赴前线并发回报道的中国新闻工作者，因而是第一个入朝采访的中国战地记者；其二，他三次入朝采访及其报道成果，属于新闻工作者中在战地出入时间较长的、成果反响很大的。恕我孤陋寡闻也无从查找，相信一定有部队或地方新闻工作者、或有更多的战地采访时间和作品；相对于新闻作品必须及时报道的新闻性要求，亦有影响更大更深远的文学作品……这些，我将在后面谈到。

　　我愿不舍笔墨写下这篇从未写过这么长的图书编辑手记，就是为了把党的新闻工作者李庄因而"名"之的朝鲜战地报道整理清楚，同时也即是对本书编辑思路、脉络的简要介绍。如出版社认为作为编后过长，那就作为附录文章亦可。大约包括这么三部分内容：《山河笔》辑录文章的编选；李庄三入朝鲜战地的情况；我的几点感悟。

编辑后记

本书辑录文章的编选

本书内容由四部分组成：李庄朝鲜战地新闻通讯，长篇通讯《战斗十日》，李庄朝鲜战地日记，李庄关于朝鲜战地报道的回忆文章。

第一部分，李庄朝鲜战地新闻通讯。1950 年 7 月至 1951 年 3 月，李庄署名发表于《人民日报》的二十多篇新闻通讯。前 12 篇为他第一次入朝、即作为国际记者团领队前往朝鲜内战战地采访的报道成果，反映的是朝鲜卫国战争和朝鲜人民军的情况；其中 11 篇直接写于朝鲜战地，第 12 篇《访问金日成将军的故乡》回国后成稿、发表。第 13 篇《东条的下场等待着杜鲁门》发表于 1950 年 11 月，从内容看，不是战地报道，属政论性新闻作品；从时间看，发表于他再赴朝鲜战地稍前。从《战斗在长津湖畔》以下的 9 篇，是抗美援朝期间的战地通讯，报道对象和内容主要是中国人民志愿军，特别突出的是"万岁军"38 军。

值得一提的是，海燕书店于 1950 年 11 月、新文艺出版社于 1951 年 11 月辑录了李庄赴朝鲜卫国战争战地的采访报道成果，出版《朝鲜目击记》一书，据说是新中国成立后党的新闻工作者新闻作品结集成书的第一本。父亲在《我在朝鲜战争初期的采访经历》一文文尾这样写道："第一次在朝鲜战地采访为以后到朝鲜战场采访作了铺垫。由于中国人民志愿军入朝，到朝鲜的中国记者多了，我个人写的通讯也不少。也许第一次有'独家'之利，读者显得更注意些。有此原由，我那些通讯辑成的《朝鲜目击记》一书，受到读者欢迎。"

第二部分：长篇通讯《战斗十日》。父亲在 20 世纪 80 年代末回忆文章《"空前伟大""空前艰苦"的战争》中写道：我随志愿军38军采访时间比较长，写过一篇通讯《被人们欢呼"万岁"的部队》，反应不错。当时不便提番号，但在朝鲜谁都知道写的是38军。这是个老部队，解放战争中第四野战军的"拳头"之一，在朝鲜二次战役中战绩辉煌，志愿军总部通令嘉奖，最后一句就是"38军万岁"，这样高的评价从未有过。以38军对朝鲜人民和祖国人民的伟大贡献、英雄气概和牺牲精神，确实当之无愧。……我同38军112师的一个营共同生活了一星期，一起吃，一起睡，详细记录他们在战事最激烈的10天之中战斗、生活诸多情况。过鸭绿江时（指出兵抗美援朝时——编者注），这个营有700多人，这时（指记者在朝鲜战场见到这支部队时已牺牲几百人——编者注）几间草房就挤住下了。但指战员士气甚高，因为一直打胜仗。我把材料带回北京，真人实事，汇集成文。烈士们的主要事迹，都有生者目睹耳闻，我据以如实介绍；谈到某些细节，那些淳朴的幸存者声明：在战斗现场看不清、听不到，是根据对烈士的了解和个人的经验"想的"。因此，我写到的生者和逝者，都改变了姓名。但真人实事，并非文学创作的"原型"。承《新观察》同志们大力支持，这篇纪实文字先在这个刊物连载，后来印成一本小书《战斗十日》，寄托我对几百烈士的尊敬和怀念。

"后来印成的一本小书"，即新文艺出版社1954年版《战斗十日》，其扉页后、正文前的"内容提要"如下——

本书是写中国人民志愿军一个营对敌作战的故事。时间在一九五一年春节前后，地点在朝鲜的汉江南岸。

这时候，志愿军和朝鲜人民军一起，已把美国侵略军从鸭绿江

编辑后记

边赶到汉江以南。一九五一年一月，美国侵略军纠集了在朝鲜的全部人马，向朝鲜人民军和中国人民志愿军阵地展开全线进攻。中线志愿军某部奉命扼守汉江南岸阵地，尽量杀伤和阻遏敌人，掩护东线友军从容集结，歼灭窜入横城地区之敌。书中记述的这个营，正是这部分志愿军的先头部队。他们在极端艰苦的条件下，英勇抗击在人力、装备上数倍于自己的敌军，圆满地完成了上级给予的任务。

本书所记述的内容都是真实的。书中的人名，因每个人的事迹有所取舍增减，都换过了。就全书言，与其说这是一篇小说，似不如说这是一篇报告，因为它在极广泛的范围内，都是写的真人真事。

父亲在不同题目的回忆文章中还写到，大概是出于这种革命情谊，38军的同志多年来一直很惦念他，特别是在地方干部最艰难的"文革"期间；这番革命深情，他是永远不会忘记的。几十年后的今天，从同为全国政协委员的前38集团军政委黄嘉祥中将那里，我再一次直接听到了当年部队同志们对党的新闻工作者李庄的尊重和情谊。

第三部分：李庄朝鲜战地日记。从1950年12月2日至1951年3月3日，99天，72篇，3.3万字。能确定的是，这是父亲抗美援朝期间的战地日记，但是究竟是第二次入朝、还是第二次与第三次入朝的经历，仍难确定。下一节我将谈到。

第四部分：李庄关于朝鲜战地采访的回忆文章。这次编辑整理本书，我找到了父亲对他20世纪50年代赴朝鲜战地采访报道的全部回忆文章，这些文章见于不同的书、报、刊，写作与发表时间从20世纪80年代后期到21世纪初。刊于本书的六篇文章分别是：《随人民军在南朝鲜》《"空前伟大""空前艰苦"的战争》《真实性、片面性及其他》《复仇的火焰从心里烧起》（以上四篇原载于《我在人民日报四十年》一书，1990年），《我在朝鲜战争初期的采访经历》（原载于《今日名流》杂志，1997年），《一个中国记者经历的朝鲜战争》（原载于《北京青年报》，2000年）。

而1999年出版的《难得清醒》一书，是父亲对自己一生经历的全面总结，是他的最后一本著述其中的第41章和42章，看来也是对他朝鲜战地采访报道生涯的最完整总结，与在其之前和之后发表的前述几篇命题文章，因主旨平行而情节上不免重合，我和人民出版社编辑商定，将之辑入"红蓝文稿"的另一本书《岁月痕》。而《山河笔》所辑这几篇回忆文章，因应不同的写作或受访契机，回顾的是同一件事情"朝鲜战地报道"，亦难避免情节上的重复。但仔细阅读之下，每篇文章都有不同的、难得的"新闻"和细节，故同时刊于此，籍与几十年前的现场情形、现场感受、新闻报道相参照。

<h2 style="text-align:center">李庄三入朝鲜战地的情况</h2>

李庄三赴朝鲜战地采访，是他的亲身经历，一方面有他自己的回忆文章，同时有他健在的妻子的记忆。可是他的第二次、第三次战地采访的情况，包括起止时间和作品，则一直没有归拢清楚——就我自己而言，2004年编辑《李庄文集》的时候，爸爸在世，却没有想到这个事情，问一问；而2007年编辑《李庄朝鲜战地日记》、发现了需要搞清楚的问题想问问时，爸爸已经不在了。又十年，这次编辑工作，还是在这里解不开——94岁高龄的妈妈就是记得爸

爸去了三次朝鲜，可是已说不清楚后两次的时间和情节；而我，本着不能亲历、亲见、亲闻，就是从故纸堆里也想法查找明白、不留遗憾的"轴劲"，把有关材料翻了个遍，来回比对，有了很多进展，不知算不算准确表述了真相。

出版于 1990 年的《我在人民日报四十年》一书中，父亲回忆文章《真实性、片面性及其他》一文里这样写道——

从 1950 年 7 月到 1951 年 4 月，《人民日报》派我三到朝鲜，先随朝鲜人民军采访，后随中国人民志愿军采访。文字写了不少，有些当时还得到好评。究竟完成任务没有呢？当时自我感觉是好的，领导也说很不错。特别是第一次，我国仅派出一人，又在南朝鲜新解放区和战区走了一大圈，占有"热点"、"独家"的优势。但是用现在的眼光看看，也许只能得六七十分。

首先，父亲第一次入朝是明白无误的，是在中央决策抗美援朝前、与英法两国记者组成国际采访团，深入朝鲜南部采访报道那次，其成果是 12 篇新闻通讯。近日，我从人民日报社图书馆宝贵的报纸合订本中一一找到了这些文章、拍摄了当年直排版的老报面；又终于从旧书摊买到了 1950 年海燕书店和 1951 年新文艺出版社分别出版的《朝鲜目击记》，该书结尾部分，是父亲写于 1950 年 11 月 1 日的后记——

这十几篇通讯，除《访问金日成将军的故乡》是于北京补记者外，其余都是在朝鲜写的。记者于七月中旬赴朝鲜，于九月上旬返回，前后在朝鲜停留约五十天。在这期间，朝鲜人民军解放了大田，迅速进至洛东江一带。其后，朝鲜战局就出现了一种胶着的局面。这种胶着局面，一直继续到美国侵略军在仁川登陆，朝鲜人民

新闻报道
朝鲜战争
战斗在长津湖畔
被人民欢呼"万岁"的部队
战地通讯忆汉城
战地日记

军暂时实行有计划的战略撤退的时候。

这短短的五十天，对记者是个非常深刻的教育。朝鲜人民的英勇，美国侵略者的残暴，记者是永远不能忘记的。……在这美帝国主义者的侵略战火已经逼及全朝鲜，朝鲜人民正和万恶的敌人进行生死斗争的时候，出版这本小册子，目的就是向读者提供一些有关朝鲜战争的现实的材料。如果读者能从这里看到朝鲜人民为什么必然获得最后的胜利，美国侵略者为什么必然招致最后的失败，那就是记者最大的愿望了。

而在《难得清醒》一书的第42章结尾，父亲写道——

我在朝鲜工作告一段落，范长江同志正好来电要我回报社汇报。敌机更加猖獗，平壤到新义州火车已不通行。大使馆临时代办柴成文奉命回国述职，我搭他的汽车同行。回到安东（后改为丹东），气氛已很紧张，全市一派临战状态。敌机经常侵犯我国领空，空袭警报使人心烦。

对朝鲜战局，毛泽东同志看得极准。一个月以后，应朝鲜政府邀请，中国人民派出志愿军抗美援朝，保家卫国。几十万大军出动，如果事先不作大量准备工作，是绝对不可能的。

同样在《难得清醒》第42章里，父亲回忆到：

——我第二次去朝鲜，随志愿军38军采访时间最长。这是一个老部队，原为第四野战军第一纵队，是"四野"的"拳头"，在东北解放战争中战功赫赫。后来到38军采访的还有《人民日报》的陆超祺，我两人合写了不少通讯。

——我第三次去朝鲜，同陆超祺同志合写过一篇通讯《在汉城》，是介绍美军仁川登陆后朝鲜人民军保卫汉城战斗的。

这就是让我纠结了许久弄不清楚的所在了。十多年前编书时，不论从父亲的抗美援朝战地通讯看、还是从他的战地日记看，1950年12月到1951年3月的战地采访，我一直认为是他的一次战地之行；那么父亲三赴朝鲜的另一次呢——在此之前的1950年11月？还是1951年4月之后又有一次赴朝？我查阅了《人民日报》上刊登的全部署名李庄的关于朝鲜战争的报道，不论是"本报朝鲜战地特派记者李庄"，还是"本报特派朝鲜战地记者李庄"，还是"本报特派记者李庄"或"本报记者李庄"，都没有看到显示他在1950年11月或1951年4月之后去过朝鲜——当然，除非去了战场而没发稿子，这也是不能排除的。

于是，我就集中地、认真地阅读他的抗美援朝战地通讯和战地日记，终于有所发现。父亲的日记是从1950年12月2日"下午一时，车离北京东站"、母亲等人送行记起的，接着是3日、4日、5日、6日、7日、8日、19日、30日、31日（1950年部分）……我注意到了3日、19日、30日的记录。

12月3日：上午九时余到沈阳，住一小小旅馆，真正是个小旅馆，肮脏、嘈杂、狭窄、昏暗。……下午看到甘主任的韩秘书，他是一个热情、负责的人。……夜里会到甘主任，诚恳、热情、爽朗，给我以深刻的印象。他说：主要的困难是交通困难。我们的汽车，被美机打坏甚多，运输颇为不便。他认为我们应该先在鸭绿江两岸搞一时期，然后看情况，再到前边去。回来，和所有人员开会，大家都同意此做法。田（指人民日报田流——编者注）意比较偏重在江北，林（指人民日报林韦——编者注）意马上到前边。再三研究，还是先在两岸搞。因为，早些把一批有把握的东西搞回家去，是最重要的。

　　其后一篇，是隔了多日的 19 日的记录，寥寥几笔，但信息很清楚："清晨四时从临江出发回北京。24 日返抵沈阳。"

　　接着是十多天后、30 日的日记——

　　"晨六时从沈阳出发。也算是一列专车，都是到前方去的。……黄昏时车过鸭绿江。大桥被炸毁数处，现在都已修好。只是原来的双轨改成单轨了。江面浩瀚，水平无波。上次我从朝鲜回国，新义州一片漆黑，安东是灯火辉煌。……过江后，坐在铁闷子车中，……有时我站在车门边，观赏朝鲜的夜景。上弦月挂在浮云之间，漫山遍野盖满白云，铁路两旁的弹坑星罗棋布，火车经常徐行，被炸坏的路基将才修好，还不巩固。看过多少被炸坏的村庄，废墟已被大雪盖住，简直难于辨认了。……"

　　如此，我觉得应该是这么个情况：父亲的第二次赴朝，是 1950 年 12 月 2 日离开北京至 12 月 19 日从吉林临江返京，也就是日记里中央机关报的同志们商议"先在鸭绿江两岸搞一时期"、"早些把一批有把握的东西搞回家去"的这一次。这次抗美援朝采访报道，父亲过江了没有？我原以为他是在鸭绿江我方一侧采访并返京汇报、送材料，后经多番比对各种材料好不容易又有发现，他在《难得清醒》第 42 章中写道："我曾三次过朝鲜平安北道首府新义州。第二次在 1950 年 11 月底，这个美丽的江城已是一片瓦砾。"从"三次过朝鲜平安北道首府新义州"来推断父亲的三次入朝时间，一次是 1950 年 7 月至 9 月，一次是 1950 年 12 月 24 日至 1951 年 3 月，那么中间一次就是这次——1950 年 12 月 2 日至 12 月 19 日。唯一还有点儿对不上的，就是父亲回忆文章或许在时间记忆上有误，将他的第二次赴朝的 1950 年 12 月记成了 11 月；也或许，真有一次在 1950 年 11 月，既不见于他的日记、也没有发表作品的朝鲜之行？终于，我在父亲的《真实性、片面性及其他》一文中看到："我曾两次访问新义州：第一次在 1950 年 7 月中旬，当时该城已遭几次轰炸，破坏还不严重，气氛紧张，但秩序井然。第二次在 1950 年 12 月，这个整洁美丽的江城已被彻底夷平。"——看来《难得清醒》第 42 章中的"11 月"应属笔误。

至此，算是基本弄清了爸爸三赴朝鲜的情况。而我的老妈妈则大声对我说：可以了，不要查了，几十年前的事，具体日子我记不清了，你爸爸也不见得就记得那么准，他的回忆也不能保证不出错。他去了朝鲜战地，作了新闻报道，完成了任务，留下了作品，这就行了！

我的几点感悟

写到这里，已过七千字，向来要求自己不写长文章，此时的我面临抉择，要么赶紧收束，或者，继续写下去。我的选择是，可能的话，尽量简洁一些，但一定要写完写好；因为，我总觉得如此整理一些文章、一部书籍，是带有总结性的，是最后一次了。

父亲和他的同事战友，在新中国刚刚成立，好不容易从多年战争盼来和平之际，义无反顾地从和平走向战争——

1950 年 6 月，中国人民在中国共产党领导下，经过 22 年武装斗争刚刚争得来之不易的和平生活，朝鲜内战爆发。美国为了维护其在亚洲的霸权地位，推行侵略政策，在其后不久出兵朝鲜。1950 年 10 月，应朝鲜民主主义人民共和国政府的请求，为保护我国东北地区的安全，中国人民志愿军跨过鸭绿江"抗美援朝，保家

山河笔——李庄朝鲜战地报道

卫国"。

从父亲和他的新闻工作、文化工作的同事、战友们身上，从他们留存在中国新闻史、中国文学史上的不朽篇章中，我感受到了很多很多，这里简谈几点：忠诚与眷恋，跃然纸上的家国情怀；无私与无畏，贯穿始终的拼搏精神；通才与捷才，倚马可待的新闻功力；新闻与文学，殊途同归的使命担当。

忠诚与眷恋，跃然纸上的家国情怀。只有经历过战争的人，才能痛切了解战争是多么无情，战斗是多么残酷；也只有经历过战争的人，才更能深切体会和平的不易与宝贵。然而，虽已亲身经历过抗日战争、解放战争，深知战地艰险，父亲还是义无反顾地告别妻子儿女，告别北京的和平生活，奔赴朝鲜战地采访报道。

父亲的回忆如此真切：（1950 年）7 月 10 日，人民日报社长范长江突然对我说：朝鲜战争国际化，美国海空军在朝鲜占绝对优势，它还动用陆军侵入朝鲜，其 24 师到达大田即被歼灭，现正继续增兵。法国《人道报》准备派记者去采访，英国《工人日报》也准备派记者去，中央决定派你去，三家组成一个记者团，你牵头。少奇同志写了信给朝鲜劳动党中央，他们会帮助你们。你有什么意见？

我当然没有意见。到战地采访，求之不得，还能有意见？我表示：愿意不顾一切，全力以赴。我虽然水平有限，至少能够做到一条：像抗日战争、解放战争中一样，绝对不给党和国家丢脸。长江说："相信你会完成任务的，中央决定你去经过慎重考虑。我还想去呢！"

父亲的家国情怀，或说他的理想信念，本能地、充分地、不加雕饰地在危难关头流露出来——

对组织上，也就是"国"，敢于担当、不负重托，他说：我这次接受的任务有几个第一：第一次出国采访，对友邻国家的国情民情都不了解，对美军的一切更加无知，仅听说它的陆军平常，军舰不能上岸，但空军十分猖狂，完全掌握了制空权以及制海权，给朝鲜人民军造成极大困难；第一次跟外国同志共事，仅仅知道他们二位是共产党员；第一次远离直接领导，只能独立完成任务。我下定决心，绝对不辜负领导的信任，绝对不给国家、不给党丢脸。个人不足道，但人家看你是新中国、是中国共产党派出的记者，这个关系很大，要谦虚谨慎，勤奋工作。……

对妻儿老小，也就是"家"，他充满依恋又不辞远行：我的妻子在人民日报当编辑，她也是在反对日本侵略者不断"扫荡"中长大的，当然支持我承担这个任务。她提议照一张"全家福"，我明白她的意思。"全家福"其实只有四个，两个大人之外，就是两岁多的女儿、一岁多的儿子。在朝鲜的几次遭遇，险些使这张照片成为最后的纪念。

时隔数月，1950年12月，父亲担任领队率人民日报记者赴朝鲜进行战地报道。上次在朝鲜战地采访时险些牺牲的经历、对妻儿的不舍和对未出世孩子（也就是1951年夏出生的小女儿李东东）的期盼……都没有阻挡父亲赴朝的脚步，党的新闻工作者的责任，敦促着他再赴战地。1950年12月2日的日记中，父亲毫不掩饰依依别情：下午一时，车离北京东站，培蓝（指我的母亲赵培蓝）及安岗、友唐等同志送行。离别本来是不好受的，但是，为了抗美援朝，说不得许多了。我怀着一种悲壮、惜别的复杂的心情，向我们的首都告别。我在汽笛声作、车已徐行的时候，看见培蓝眼睛上一层明晰的泪光。我在《美丽的河山，勇敢的人民》一文中，曾经写过朝鲜母亲及妻子的泪光，这种泪光，在北京又看到了。在我"凯旋"的时候，培蓝也会"破涕为笑"吧。

无私与无畏，贯穿始终的拼搏精神。 战地记者在战地采访中经历的艰辛和危险，百年来多有见诸著名战地记者的回忆文章。当年在朝鲜战场，中国记者普遍受到朝鲜人民军和中国人民志愿军的多方保护和照顾，但他们自感重任在肩，不避艰危，深入前线，深入部队，为人民军特别是志愿军的流血拼搏所感染，马上援笔，斐然成章。父亲在谈起当年我志愿军指战员抗美援朝、出国作战、保家卫国的英勇壮举时，曾十分动情地说："我们打赢了这场战争，可以说收获很大，但是代价也是巨大的！值不值得？值。志愿军战士用自己年轻的生命和青春的热血捍卫了新中国！"

而对自己的战地经历，父亲曾谦虚地说："与战士们相比，我们这些战地记者受的那点苦实在算不上什么。"父亲的战地通讯和日记中记述志愿军战士的艰苦卓绝和流血牺牲，比比皆是；他晚年的多处回忆中，也记述了自己亲身经历的艰辛和惊险：7月22日，我们正在"三八线"南不远的田间公路疾驶，离汉城只有几十公里处，突然遭到八架美国海军飞机攻击。两辆轿车、两辆吉普，袒露在一条毫无遮掩的狭窄田间公路上，两边稻田一望无际，禾苗长势甚旺。听到飞机俯冲的啸声，几个人从车里扑出，滚到稻田里，几枚小炸弹随之在附近爆炸。一架敌机不知是由于机械故障，还是驾驶员操纵失误，竟撞毁公路右侧一排电杆，栽在我们右前方两三百米的稻田里，起火焚毁。……经此惊险，取得经验，到汉城以后，主人把我们乘坐的轿车都换成小吉普，风挡全都放倒，遇空袭跳车方便多了。

我从父亲的文章中不仅看到了许多无畏的情节，还深深感受到他的无私与敬业，《难得清醒》第42章中这样写道——

……马尼安在汉城待了两天，即经平壤、北京回国。他在平壤见了金日成，写了访问记。我和魏宁顿对此事毫无所知。魏听说马独自访金大发脾气，说是资产阶级作风，对两个兄弟党报记者玩这种手法很不光彩，等等。我一笑置之，没有参与关于此事的议论。因为我的一贯思想是战地记者的岗位在前方，在战地。

一般来说，新闻记者如有采访政要、特别是国家级主要领导人的机会，都会十分珍视、绝不放过，无论社会主义还是资本主义国家的记者概不能外——因为这是出稿子、出大稿子、出独家大稿子的绝好机遇。可是父亲李庄当年却很淡定，不论从内心深处还是从行为实践，始终如一：战地记者的岗位在前方，在战地。这使得他这个在当年的朝鲜就已大名鼎鼎的中国战地记者，直到时隔三十多年后的1984年访问朝鲜时，才见到朝鲜劳动党中央委员会总书记金日成。

通才与捷才，倚马可待的新闻功力。新闻记者，就其职业而言，是以新闻采访写作为天职。每一位记者都渴望能在自己的新闻职业生涯中，写出更多脍炙人口的精品，更多传之久远的力作，并将其作为毕生追求。而要写出精品力作，除了必须具备政治敏锐和新闻敏感，看来还得有一身倚马可待、及至"单兵作战"的真本领、硬功夫。

人民日报原副总编辑陆超祺同志在怀念李庄的文章中，这样描述他们在朝鲜并肩进行战地报道的感受——

　　跟李庄在战地当记者，可以得到全面的锻炼。不怕苦不怕死，冒着美军的飞机大炮，深入战壕采访，是一种锻炼；还有一种锻炼，是在战火中写稿，出手快。那时从前线到国内没有固定的邮路，没有民用电报，记者的稿子全靠临时回后方的汽车带到丹东（当时叫安东）投邮。李庄有这样的本事：白天和干部战士打牌聊天——一种采访方式，听说晚上或次日有人回后方，马上找个清静地方躲起来写稿，赶在回国汽车开动之前交稿。这是真正的"倚马可待"的硬功夫。1951年二三月在《人民日报》上发表的《在汉城》《"皇家重坦克营"的覆灭》等通讯，都是用半个白天或一个晚上赶写出的。李庄没有做过国际问题的专职记者或编辑，也没有专门研究过什么国际问题，但1954年中苏美英法政府首脑在日内瓦开会，讨论朝鲜和印支问题时，报社指派李庄为首席记者，就是因为他有"倚马可待"的硬功夫。

　　父亲在《复仇的火焰从心里烧起》一文中这样回忆他的一次采访报道：《复仇的火焰》是我第三次去朝鲜战场时，在安东（即今之丹东）伤兵医院里写的一篇通讯。两小时采访，三小时写稿，不说文不加点，确是一气呵成。事后看，再有一两小时，稍加涂饰，改得精致一些就好了，当时原不必那样火急付邮。……采写快，处理也快。范长江同志接到此稿，看看有些意思，立即放下他事，亲自编辑、定稿，第二天《人民日报》一版见报。

　　……写文章，我还少有这样的冲动。当时满腔怒火，不事雕琢，只想争分夺秒，把这个血淋淋的催人奋起的惨剧记下来，献给万千关怀朝鲜战争的读者。这种感情积蓄很久了。抗日战争时期，在太行山武乡县峪口村，日本侵略军一次"扫荡"刚退，我赶到它制造的杀人场。78 具老弱妇孺的尸体，用人血在庙前影壁上涂写的"杀人场"三个斗大日化汉字，猛烈敲击穿军装和穿便服的未死者的心：此仇不报，何以为人！

父亲从年轻时起，高大沉稳，不苟言笑，勤于学习，笔力雄健，大约从太行、或从华北根据地时，就算著名记者了。我那一辈子谨言慎行的老妈妈，发表于 2013 年的《相逢相知在太行山上》一文中，也写到了青年时期李庄的捷才：就在我和李庄通信前不久，晋冀鲁豫《人民日报》创刊了。李庄是参加创刊的成员之一，他写了文章《为七百万人民请命》发表在创刊号上，邓小平看了非常高兴。当时，人民日报如果有稿子要送邓小平审阅，编辑部总是派李庄去，因为他手快，能很快又准确地领会刘、邓首长的修改意图并能迅速组织语言。小平同志很喜欢他，每次去了，都给他一包"大前门"香烟。李庄得到邓政委给的香烟，都高兴地拿回来和烟友一块儿享受。

新闻与文学，殊途同归的使命担当。当年，参加抗美援朝志愿军的都是各部队的精锐，定期轮换，以便都能见识见识美国军队，体会出国作战的艰苦。各个领域的文化人，首先是新闻记者，也包括作家、艺术家、戏剧工作者，都有计划地赶往朝鲜，进行报道和创作，生产了大批反映、记录、歌颂抗美援朝的作品。这里我想谈的感想是，从父亲的实践和体会中，我们看到的是新闻工作和文化工作既有共同的使命担当，又有不同的工作规律。

为此，父亲在回忆文章中写道：写抗美援朝战争的作品以千百计，影响最大的当属作家魏巍的《谁是最可爱的人》。这是一篇报告文学，篇幅不长，《人民日报》一版登载，中央人民广播电台连

"三八线"上
战斗在长津湖畔
新闻报道
被人民欢呼"万岁"的部队
战地通讯忆汉城
朝鲜战争
战地日记

续广播，一时洛阳纸贵。在朝鲜，我和魏巍同时在38军采访，明显看出记者、作家工作方式不同。两人同时访问，工作都很紧张，记录、提问、思考……我是记者，"现贩现卖"，随时注意怎样把稿件传回北京。战地通讯万分困难，军用电台不传新闻稿件，山野间谈不上商业性邮电，唯一的办法就是托人从汉江南带到鸭绿江北的我国边境城市安东，再从安东寄往北京。一般是中午听说有人回国办事，下午到附近山坡上寻一岩凹隐蔽处赶写通讯。当时还没有圆珠笔，都用钢笔写作。天寒笔冻，只能用口中热气化冰，随呵随写，进度很慢，心急如焚。写完回来已是黄昏，常常自嘲这些作品可算得"文不加点"。……作家工作方式不同。我看到魏巍也作记录，有时静坐沉思，大概是在酝酿、揣摩，但未见他动笔。《谁是最可爱的人》在若干时间以后发表，可见提炼、概括、精雕细刻，水平甚高之外，又下了极大功夫。

我认为记者、作家任务不同，当然也难截然分开。记者多数写"管一天"的东西，只要真正能管一天，就起了应有的作用。当然，像范长江的《中国的西北角》，题材重大，角度新颖，当时言人所不敢言，提供了许多新信息，可以称得上新闻记者的传世之作。朱启平的《落日》，记述有历史意义的大事，有感情，有联想，给人以爱国主义的思想营养，也称得上传世之作。

记者在采访中注意积累材料，最后成为作家的也不乏人。"管一天"，真正抓住、写出人们当时关心的事件，点出、暗示它的意义与前途，对读者有所帮助、启发，也可以算得上乘之作。新闻记者不必妄自菲薄。

可以看到，父亲一方面充分肯定了魏巍的报告文学《谁是最可爱的人》的重大成就和影响；另一方面在谈及自己朝鲜战地采访期间的阙失和教训、兼及新闻工作中个人想到的一些问题时，又特别说明他毫无否定当时新闻报道巨大成绩之意："那成百成千篇反映中朝人民军队英雄业绩和精神风貌的新闻作品，激励、教育几亿为社会主义奋斗的当代人，也为后人留下珍贵的历史纪录。它的作用，其他式样的文字并不能代替。"

是的，在历时三年的朝鲜战争中，我国许多新闻工作者奔赴朝鲜战场，屡历艰险，采写发表了众多新闻作品，一些部队记者为中朝人民流尽了最后一滴血。1952年6月，著名作家丁玲在为人民文学出版社出版的《朝鲜通讯报告选》所作序言中，激情澎湃地写道："在一年多的时间中，报刊杂志发表了上千篇的文章，歌颂了我们的英雄人物。这些文章向全国、全世界，作了最忠实的报道。我们从这些诗篇中，看见了我们最关心的人们是如何地生活着，战斗着。我们为他们的行动所感动，而流泪，而奋起。这些诗因为它们的内容符合了现实，符合了全中国人民的要求而被传诵着。这些诗人的名字即刻也被人民所熟悉了。刘白羽、魏巍、李庄……都是读者们所羡慕的人们。他们也在朝鲜，他们也穿着志愿军的军装，冒着炮火的危险，成天与英雄们在一起，他们是最懂得英雄的。他们鼓舞英雄们：'同志们！前进吧。祖国的人民全望着你们哪！'他们又拿英雄们的事迹来教育我们：'看！多么可爱的人呵！我们能够不努力生产，不努力学习来报答他们吗？'这些作家、诗人，用最大的热情来做这些工作，写了这样多的文章，不只是教育了人民，而且在文学创作的领域上开辟了道路，放射着光芒。我们能不感谢他们吗？"

山河笔——李庄朝鲜战地报道

习近平总书记在中国人民解放军建军 90 周年前夕提出要求："我们要铭记光辉历史、传承红色基因，在新的起点上把革命先辈开创的伟大事业不断推向前进。"今天，回顾六十多年前那场和平与正义战胜霸权主义的战争，仍深深地为我们伟大的祖国和伟大的军队感到光荣与自豪。而随军报道人民军队英勇战斗的新闻工作者，同样有着伟大的爱国主义和革命英雄主义情怀；他们为着国家和民族的利益英勇奋斗、不畏艰辛、不惜流血牺牲的精神仍然激励着我们。

我是不大讲择时撞日的，可冥冥之中有时又似乎遇到一些巧合。本书全部文章 5 月份即已结集，责任编辑不时在提醒和催促我的编后记。思路不清、他事分心，我也着急。终于，在贵州参加第十二届中国传媒年会后返京的飞机上，提笔赶紧先写起来——那天，是 7 月 7 日。又由于思路调整带来的查找资料的繁复，二十天竟未能脱稿，实在令人心急，于是周五时与责编明确约定，一定在本周末写完，下周一交稿，言出必行。而本周星期日：7 月 30 日，朱日和沙场阅兵。一篇与战争和战地报道相关的文章，写于战争爆发之时，结于沙场阅兵之日，本身纯属巧合，没有别的意义；但它在我心里留下了因巧合而强化的记忆：关于父辈的战地传奇，关于红色新闻继承，关于我的短暂军旅生涯和终生军人情结……

电视里、手机上，到处充满着沙场阅兵的冲天豪气，这沙场阅兵，是新中国成立后我军首次以庆祝建军节为主题的盛大阅兵，是纪念中国人民解放军建军 90 周年长河大浪中最夺目的波峰。十年前，宁夏人民出版社在《李庄朝鲜战地日记》编后记结尾处写道：《李庄朝鲜战地日记》即将付梓，我们愿以一颗虔诚之心，将这份

新闻报道
朝鲜战争
"三八线"上
战斗在长津湖畔
被人民欢呼"万岁"的部队
战地日记
战地通讯忆汉城

遥远的记忆奉献给读者，也奉献给中国人民解放军建军 80 周年。今天，此刻，我也就借这又一个十年的契机，不知天高地厚但也郑重其事地收束一句，愿将《山河笔——李庄朝鲜战地报道》奉献给读者，也奉献给中国人民解放军建军 90 周年。无疑，这只是一掬小小的浪花；但滔天大浪，是由无数浪花汇成的。

（完稿于 2017 年 7 月 30 日）